S. FISCHER

Michael Lentz

HEIMWÄRTS

Roman

S. FISCHER

Der S. Fischer Verlag hat sich zu einer nachhaltigen Buchproduktion ver-
pflichtet. Gemeinsam mit unseren Partnern und Lieferanten setzen wir
uns für eine klimaneutrale Buchproduktion ein, die den Erwerb von
Klimazertifikaten zur Kompensation des CO_2-Ausstoßes einschließt.
Weitere Informationen finden Sie unter *www.klimaneutralerverlag.de*

Erschienen bei S. FISCHER

© 2024 S. Fischer Verlag GmbH,
Hedderichstr. 114, D-60596 Frankfurt am Main
Die Nutzung unserer Werke für Text- und Data-Mining
im Sinne von § 44b UrhG behalten wir uns explizit vor.

Satz: Pinkuin Satz und Datentechnik, Berlin
Druck und Bindung: GGP Media GmbH, Pößneck
ISBN 978-3-10-397518-5

»Denn wir wollen immer nur bei uns sein.«
Ernst Bloch

TRUHE

Ich glaubte nicht an Gespenster. In der großen schwarzen Truhe, die im Flur vor dem Schlafzimmer meiner Eltern stand, wohnte aber eine Hexe. Hatte Mutter mir nicht gesagt, öffne nicht die Truhe, da wohnt die Hexe Hackefey? Natürlich habe ich die Truhe geöffnet, mehrmals sogar, es wohnte keine Hexe darin. Und nun, da meine Eltern das Haus verlassen hatten, um zum ersten Mal ohne die Kinder für mehr als nur ein oder zwei Tage zu verreisen, gab es die lang ersehnte Gelegenheit, den gesamten Inhalt der Truhe, von der meine Mutter immer wieder sprach, als sei sie der Sinn ihres Lebens, einmal länger als nur für verstohlene Augenblicke zu betrachten. Tante Eliles, die während der Abwesenheit der Eltern auf uns aufpasste, hatte ihr Zimmer im Erdgeschoss, sie schaute im Wohnzimmer fern, ging ab und an in den Keller, um Lebensmittel zu holen, kochte und betrat den ersten Stock nur, um morgens und abends das Badezimmer aufzusuchen, das sie mit uns Kindern teilte, den Flur zum Schlaf- und Badezimmer der Eltern betrat sie ebenso wenig wie mein Zimmer unter dem Dach, der Weg die Treppe hoch war ihr zu beschwerlich, sagte sie, ich könne ja herunterkommen, wenn ich etwas von ihr wolle. So hatte ich also ganze Tage und Nächte Zeit, mir die Dinge der Truhe vertrauter zu machen als alles andere, das mich umgab. Schaute meine Tante im Erdgeschoss einen Spielfilm, was sie am Abend nach gemeinsamen Spiel-, Bastel- und Kochstunden mit uns regelmäßig tat, konnte ich sicher sein, dass sie für einige Zeit *vom Erdboden verschluckt* war, wie meine Mutter zu sagen pflegte, schließlich wollte sie, wie sie immer betonte, beim Fernsehen nicht gestört werden, selbst einen Toilettengang erlaubte sie sich erst nach dem Ende des Films.

Und heute schaute sie einen Spielfilm von kolossaler Länge, auf den sie sich den ganzen Tag schon gefreut hatte: *Die zehn Gebote*. Ihre Einladung, zumindest bis zum Schlafengehen mitzuschauen, hatte ich dankend abgelehnt. Die Zehn Gebote waren mir im Religionsunterricht schon zu viel, geschweige denn in der Kirche, wo sie jedes für sich behandelt wurden, als seien sie ein Todesurteil. Hieß es nicht, *Du sollst nicht töten*? Einer aber durfte immer töten, und der hieß Gott, und die, die es ebenfalls taten, hielten sich für Gott.

Ich hatte also 220 Minuten Zeit, mich mit der Truhe zu beschäftigen, die seit Wochen mein ganzes Denken besetzte, in meinen Träumen hatte sie eine solche Größe gewonnen, dass ich mich in ihr bewegen konnte, alles um mich herum war Truhe, wo auch immer ich mich befand im Traum. Wenn ich nur erst ihr Geheimnis gelüftet hätte, sagte ich mir, würde ich endlich wieder von anderen Dingen träumen. Und eben die Dinge, die sich in der Truhe befanden, galt es nun, allesamt ans Tageslicht zu befördern, durch Mutters Rede hatten sie zum Teil schon eine monströse Ausdehnung angenommen, auch hatte ich den leisen Verdacht, Mutter könnte sich an sie teilweise nicht richtig erinnern und es gäbe sie gar nicht. Ist es denn nicht so, dass die Dinge in der Vorstellung gewaltiger, kostbarer, unvorstellbarer werden, und ihr wirkliches Erscheinen enttäuscht zumeist, oder dass sie nur in der Vorstellung wirklich sind? Die Truhe war keine Truhe, sondern eine Kommode, ich nannte sie trotzdem Truhe.

Sie hatte eine verschließbare Frontklappe und zwei Schubladen, keinen Deckel, man beugte sich also nicht über sie, sondern kniete oder hockte sich vor sie hin. So wie Mutter es immer tat, ohne mir dabei allerdings Gelegenheit zu geben, ins Innere der Truhe zu schauen, aus der sie immer nur Kleinigkeiten herausholte, mit sicherem Griff, ihre Hände hatten Augen, die auch im Dunkeln sahen.

Das Öffnen der Frontklappe kam für mich einem religiösen Akt gleich, ihr Schlüssel war zwar klein und hatte zu viel Spiel, ich nannte ihn aber meinen *Schlüssel Petri*, und jedes Mal fürchtete ich, er könne seinen Dienst verweigern. Die Truhe war bis obenhin mit Schachteln, Schatullen, Kisten und Kartons angefüllt, die größten und schwersten unten, die kleinsten und leichtesten oben. Sie waren allesamt beschriftet. Mutter hatte alles so einsortiert, dass ich fürchtete, der kleinste Eingriff hätte ihre Ordnung unwiederbringlich zerstört. Ich war stolz auf diese Ordnung, die meine Mutter war. Und sicher hatte sie auch eine Inventarliste all der Gegenstände in der Truhe angelegt. Da die Frontklappe weder zur Decke noch zum Boden der Truhe reichte, wurden die oberen und die unteren Kisten, Schachteln und Schatullen vom Rahmen der Klappe ganz oder teilweise verdeckt; wollte man an sie gelangen, musste man zunächst die in der Mitte herausräumen.

Vorsichtig legte ich die ersten Schachteln auf die Klappe, um mir einen kurzen Überblick über ihren Inhalt zu verschaffen. Die Klappe in ihrem goldenen Scharnier hielt jedoch nicht viel aus und knarrte alsbald schon bedenklich, so dass ich ihre Fracht auf den Boden stellte. Die Schachteln waren original und so alt wie ihr Inhalt, manche schienen nur zum einmaligen Gebrauch vorgesehen, es würde Mühe kosten, sie beim Öffnen oder Schließen nicht sogleich zu zerstören. Jede Schachtel war anders, und jede hatte ein Eigenleben. Mutter hegte und pflegte sie, viele sahen neu aus, insbesondere der Anblick der dünnwandigen Spanschachteln mit ihren motivreichen Bemalungen und Verzierungen erzeugte Ehrfurcht, die Passgenauigkeit ihrer Deckel erforderte beim Wiederverschließen Geduld und Präzision. Auf ihnen hielt ein Kind seine Schultüte im Arm und stand vor einem Haus, ein Kind saß auf seiner Schulbank, verschiedene Puppen waren zu sehen, Strand und Wellen.

Mehrere Schachteln hatte ich bereits geöffnet, da hörte ich von unten ein Geräusch, als wäre eine Tür zugeschlagen worden, die Tante ist im Anmarsch, dachte ich. Hier konnte ich die Kisten, Kästchen, Schachteln und Schatullen also unmöglich so ausführlich und in Ruhe untersuchen, wie ich mir das vorgestellt hatte. Wäre es nicht besser, die gesamte Truhe auf einmal auszuräumen und ihren Inhalt in meinem Zimmer unterzubringen, anstatt mich jedes Mal überwinden zu müssen, zur Truhe zu schleichen, sie zu öffnen und ihr eine weitere Kiste oder Schachtel zu entnehmen? So sollte es sein, die auf den Kisten stehenden Schachteln und Schatullen zuerst und dann die großen Kisten.

Schnell schloss ich die Schachtel wieder, erhob mich, nahm eine weitere mit, machte das Flurlicht aus, schloss leise die Tür hinter mir, öffnete die Speichertür und war schon im Begriff, die glänzend hellgrau gestrichene Treppe hinaufzugehen, als ich innehielt und noch einmal nachhorchte, ob meine Tante tatsächlich auf dem Weg nach oben war. Nichts rührte sich. Ich hätte vor ihr nichts verbergen können. Jetzt hast du mit der Sache angefangen, jetzt musst du sie auch zu Ende bringen, sagte ich mir, trug die beiden Schachteln in mein Zimmer, eilte wieder hinunter und wollte die anderen Schachteln, Schatullen und Kisten holen.

Hatte die geöffnete Frontklappe die beiden Schubladen mit den goldenen Knopfgriffen verdeckt, zogen sie nun, da die Klappe wieder geschlossen war, mein Interesse auf sich. Nach einigem Zögern setzte ich die bereits aufgehobenen Schachteln wieder ab. So schmal die Schubladen waren, so lang waren sie. Ihr Herausziehen schien kein Ende zu nehmen, bis sie schließlich herausfielen. Sie waren so lang wie der Flur, der mir als kleines Kind unendlich lang vorkam. Suchte ich Trost bei den Eltern, konnte ich es, den Flur mit seinem hellgrauen Filzteppich entlangeilend, kaum erwarten, an ihre Schlafzimmertür zu klopfen oder einfach hineinzustürmen, wenn die innere Pein unerträglich geworden war. Wendete ich mich von den Schubladen ab und betrachtete dann erneut ihren Inhalt, hatte ich den Eindruck, es befände sich etwas anderes in ihnen als zuvor. Hier waren keine Schachteln, Kisten und Schatullen Herrinnen der Ordnung, hier lag alles aufeinander, übereinander, durcheinander, und doch nicht ganz, die Ordnung der Dinge war empfindlicher, als sie sich den Augen zunächst offenbarte, schließlich musste es ja eine Ordnung geben.

Von den Schachteln und Schatullen konnte ich immer mehrere gleichzeitig auf mein Zimmer bringen, die sperrigen Kisten waren schwerer als gedacht. Mit ihrem Hochheben war es ja nicht getan, sie mussten die enge und recht steile Speichertreppe zu meinem Zimmer hoch. Wie lange hatte ich wohl Zeit, mich mit ihnen zu beschäftigen, ohne dass ihr Verschwinden bemerkt würde?

Auf meinem Zimmer konnte ich mich nicht entschließen, mit der Sichtung ihres Inhalts zu beginnen, ich wollte sie auf dem Bett, dem Teppich und dem Tisch auslegen, damit sie mir in größerer Übersicht ihre Geschichten erzählten. Wie viel Zeit würde ich dafür benötigen? Sicher mehr als die zwei Wochen bis zur Rückkehr meiner Eltern. Wann aber, wenn nicht jetzt? Würde meine Tante mich hier in meinem Zimmer aufsuchen, obwohl sie das noch nie getan hatte? Und wenn ich nach den beiden Wochen nicht fertig wäre? Ich fürchtete, meiner Mutter würde das Verschwinden sofort auffallen oder sie würde das Zimmer unter einem Vorwand inspizieren kommen. *Inspizieren* war ein Wort, das bei uns zu Hause schon früh in Gebrauch war. Überhaupt beeindruckte mich mein Vater mit einem großen Vorrat an technischen Begriffen, die mich so bezauberten, dass ich über Jahre nicht in Erfahrung bringen wollte, was sie eigentlich bedeuteten.

Ich ließ die Kisten in meinem Schrank verschwinden, legte die Schachteln und Schatullen unter mein Bett und versuchte mir einzureden, sie seien gar nicht da. Gleichzeitig fühlte ich mich dabei eigenartig sicher, es schien, als strahlten sie Ruhe aus, eine Geborgenheit, die mich umhüllte und vollkommen sorgenfrei machte. Ich musste die Kunst des Vergessens lernen, die ich doch beherrschte, schließlich konnte ich im Nu alles vergessen, was meine Mutter mir sagte, wenn es mehr Tadel als Lob war, und stets war es mehr Tadel als Lob. Ich stellte mir vor, dass alles, was Mutter mir sagte, bereits der Vergangenheit angehörte. Ich könnte ihr dann mit einem Verständnis begegnen, das ihr gebührte, wüsste ich, spräche sie aus der Vergangenheit, doch mehr über ihre Sorgen und Gründe. Sprach sie aber nicht immer aus der Vergangenheit und wiederholte das Wenige, das sie sagte, nicht permanent? Sicher. Aber es bedrohte mich unablässig neu. Wäre alles, was sie sagte, bereits vergangen, spräche sie als Gestorbene mit mir.

Ich ruhe mich nur kurz aus, dann bringe ich alles zurück, sagte ich mir. Also ruhte ich mich aus. Sollte aber der Inhalt der Truhe nicht nach und nach in meinem Besitz sein, wollte ich ihn nicht *haben*? Etwas in meinem Besitz zu haben, sollte zeitlebens einer meiner Antriebe sein. Ist es auch wahr, dass man vergessen muss, um erinnern zu können, und wollte ich die Ansprüche, die meine Eltern an mich stellten, bereits vergessen, während ich sie hörte, so vergaß ich die Kisten und Schachteln, die ich in meinem Schrank und unter meinem Bett untergebracht hatte, keineswegs; um sie allerdings erinnern zu können, so, dass sie mich fortan überallhin begleiteten, ohne unmittelbar anwesend zu sein, musste ich sie noch genau untersuchen, sie mir einprägen, wie Symbole oder Konterfeis von sogenannten Persönlichkeiten auf Münzen geprägt werden. Und dafür brauchte es ungestörte Zeit. Wann, wenn nicht jetzt?

Der Blick aus dem Dachfenster meines Zimmers erhaschte nur den Himmel. Erst wenn ich mich dicht am geöffneten Fenster nach vorne beugte, konnte ich einen Teil des hinteren Gartens sehen. Der Garten war groß, für uns Kinder eine Art Wildnis. Ich liebte es, die Kaninchen beim Grasen zu beobachten. Sie hoppelten von Stelle zu Stelle. Das Kind hoppelt von Unterrichtsstunde zu Unterrichtsstunde. Am liebsten saß ich auf einem Stuhl mitten unter ihnen und rührte mich nicht. Ich rührte mich auch sonst kaum. Eines Abends stolzierten Fasane über die Wiese. Niemand wusste, wo sie herkamen. Katzen schlichen die Wege links und rechts der Wiese entlang. Meisen gab es, Amseln, Spatzen, Eichelhäher, Rotkehlchen und Grünfinken. Und Tauben. Ihre ruckartigen Bewegungen stießen mich ab.

Es hatte geregnet, nun setzte die Sonne sich durch und warf einen frühabendlichen Lichtspalt auf den Schrank und das Bett. Ich holte die Schachteln, Schatullen und Kisten aus ihren Verstecken und trug sie auf den Schreibtisch, an dem ich feierlich Platz nahm.

Man muss es nehmen, wie es kommt, sagte meine Mutter immer, also nahm ich die Dinge und Bilder eins nach dem anderen aus den Schachteln, Kisten und Schatullen, betastete sie zärtlich und beschnupperte sie. Ja, das war die alte, heilige Zeit, die ihnen unaufhörlich entströmte. Es war das Gestern, das morgen sein wird.

Der Anblick all der Dinge verursachte jedoch ein eigenartiges Schuldgefühl. Es hatte etwas Brennendes, weithin Offenes und war ohne die gewohnte Bloßstellung, die das elterliche Schimpfen so oft bewirkte, dass den Ohren eine Taubheit wuchs. Die Taubheit, die nachließ, wenn die Eltern den Raum wieder verlassen hatten, markierte nur einen Punkt; dieses Schuldgefühl aber kleidete meinen ganzen Körper aus, ich war dann nur noch Schuld, mit leuchtenden Wangen und einem Ziehen im ganzen Körper, als wollte mich sein Inneres verlassen. Obwohl sie nicht in meinem Besitz waren, dies spielte ich nur, weckten die Dinge zugleich ein Verantwortungsgefühl: Ich bin der Letzte der Familie, der das Erbe verwaltet, ich bin ein Trauerverwalter, ein Todaufsager. So unermesslich reich ich mich mit einem Mal fühlte, die Schattenseite der Dinge war die Empfindung eines vorweggenommenen Todes der Eltern, als wäre mir das Erbe schon zu ihren Lebzeiten ausgezahlt worden. Um ihren tatsächlichen Tod abzuwenden, blieb mir nicht viel Zeit, dachte ich, ich musste die Schachteln also bald zurückbringen. Oder sollte ich dies nicht vom Verhalten der Eltern abhängig machen? Die größte Wirkung, die von den Dingen ausging, solange sie bei mir waren, war indes der Stillstand der Zeit, aus dem ich mich kaum befreien konnte, der mich dasitzen ließ, als wäre mein Körper leer, ohne Organe, und als wäre ich einzig dazu fähig gewesen, regungslos nach innen in den leeren Körper zu schauen, durch dessen Haut und Knochen das Licht schien. Und dann, ich fühlte es, waren die Dinge in meinem Körper.

ZETTEL

Die Dinge, die ich in Händen hielt und eingehend betrachtete, hatten schon andere in Händen gehalten, sie hatten andere
Umgebungen und Zeiten gesehen, an anderen Orten gelegen.
Und mit ihnen waren alle diese Zeiten und Orte zugegen. Ich
konnte in den Dingen lesen und andere Dinge und Bilder sehen,
sie waren ganz Gegenwart, und jetzt, während ich mich an sie
erinnere, bedauere ich, nicht mehr im Elternhaus zu leben, das
zu besitzen ich täglich träume, und bin traurig, dass die Eltern
nicht mehr leben und dass wir, vielleicht der Zeit geschuldet,
keine Sprache füreinander hatten, erst fast fünfzig Jahre später,
an einem anderen Ort, einem anderen Tisch, versucht die Erinnerung im Angesicht eines Kindes, das meine Mutter und
meinen Vater nicht mehr kennenlernte, eine andere, verbinden-
de Sprache zu finden. Dieses Kind, einige der Dinge und Bilder
in Händen, stellt Fragen, die zu stellen ich versäumt habe. Es
stellt Verbindungen her, die ich ahnte, aber nicht auszusprechen
wagte, es lässt sich nicht bevormunden, schließlich hat es seinen eigenen Mund, und es hat Augen, und was es sieht, sagt es.
Dieses Kind lässt sich nicht beirren, es kommt der Beirrung auf
die Spur, es malt und zeichnet, und auf seinen Bildern finden
die Dinge seiner Umgebung und seiner Phantasie neu zusammen. In diesen Bildern scheinen die Dinge und Bilder meiner
Kindheit und Jugend wieder auf. Die Familie vor einem Haus.
Die Familie vor einem Haus mit Garten. Die Familie vor einem
Haus mit Garten und Sonnenschein. Ein Boot. Ein Hund. Eine
Wiese mit vielen bunten Blumen. Ein Liegestuhl am See, ein
Badetuch am Meer. Förmchen im Sandkasten, im Sand, am

Meer. Gesichter. Luftballons. Und noch mehr Luftballons. Ein großes Bild aus Luftballons. Und gab es Streit, lag das Bild in Streit mit sich. Doch bald schon lichteten sich die Farben und Formen, ruhig spazieren die Menschen auf einem Weg zurück ins Haus. Das Kind lädt ein, hier mitzutun, sich selbst zu malen, und zwar so, wie man sich gerade empfindet. Alles gehört zusammen auf diesen Bildern, es gibt nur den Moment und nur ein Bewusstsein, das alle teilen, alle sind anwesend, und niemand geht einer Tätigkeit nach. Habe ich jemals Vater und Mutter und mich und meine Geschwister gemeinsam auf einem Bild gemalt? Oder auch nur Vater und Mutter? Oder einen von ihnen allein? Selbst mich habe ich nicht gemalt. Ich betrachte die Bilder des Kindes, ob nicht Wolken aufziehen, das Gesicht sich verfinstert. Es kann besser malen, als ich je werde malen können. Was heißt schon besser? Dein Bruder ist aber *besser* als du. Deine Schwester ist aber *besser* als du. Spaltpilz Wettbewerb, der die Familie auseinandertreibt.

Vor mir, auf dem Tisch, lag ein rotes, abgegriffenes Lederportemonnaie mit einem Foto darin und zweiunddreißig Pfennig. Grünspan hatte die Kupfermünzen schon stark angegriffen, das Portemonnaie roch modrig, es musste mal feucht geworden sein, das Foto hatte einen Wasserrand, der das Gesicht entstellte. Die Hexe. Unter den Münzen lag ein kleiner Zahn in Gestalt einer Fee, bei näherem Betrachten war es vielleicht nur ein Knochensplitter oder ein Stück Elfenbein. Bild Geld Fee. Bild und Geld gehörten der Fee, das Portemonnaie war ihr Haus. Würden sie nicht für immer zusammenbleiben, ginge die ganze Welt auseinander. Vielleicht hatte der Zahn der Person auf dem Foto gehört. Und was ihr geblieben war, ist dieser Zahn und zweiunddreißig Pfennig. Und das Portemonnaie. Oder dies alles zusammen ist von dieser Person geblieben. Ich legte alles zurück ins Portemonnaie und nahm mich der anderen Dinge an, die in der Schachtel lagen. Eine korallene Perlenkette mit Kreuz. Zählschnur gewisperter Wiederkehr. Die Perlen als dornige Rosen, damit man sich ordentlich daran sticht, das Kreuz mit Blütenformen und Weintrauben. Ob ich sie behalten und verkaufen sollte? Ich zählte 59 Perlen. Die verlorene Schar schwarz gekleideter, kopfgebeugter Frauen, die allmorgendlich in den Bänken vor dem Seitenaltar kniend den Rosenkranz beteten. Was mir Furcht und Schrecken bereitete, sehe ich heute als krisenfeste Aufführung, als kompromissloses Ritual einer Feier des Selbst. Es tut gut, dich in Händen zu halten, meine Gebete aber sind anderer Natur: sechs große Perlen *Mein Vater* und Lobpreis *Ehre sei meinem Vater und seinem eingebildeten Sohn*, drei einzelne und fünf mal zehn kleine Perlen *Gegrüßet-seist-Du-Spiegelbild*. Nach dem Kreuz mit meinem Korpus eine große und drei kleine Perlen, es folgt eine große Perle als erste Perle vom Kranz, der aus fünf mal zehn kleinen und fünf großen Perlen besteht: Nach zehn kleinen Perlen folgt jeweils eine große. Insgesamt werden also fünf Durchgänge wiederholt.

O du freudenreicher Rosenkranz meiner Kindheit, die nicht immer wusste, wie ihr geschah; du schmerzhafter Rosenkranz meiner Jugend, die sich geißelte und nicht immer verstand, was man ihr sagen wollte; du lichtreicher Rosenkranz, der ich mich öffentlich bezeugte, der ich eine Truhe und Geheimnisse habe und mir offenbar und verschlossen bin; und du, glorreicher Rosenkranz der Geburt meines Kindes, das sich selbst ähnlich ist; und auch du, trostreicher Rosenkranz, der mich von der Wiederkehr erlöst.

Neben dem Rosenkranz ein Band Čechov, Erzählungen, die

einen tiefen Eindruck hinterließen. Verlor ich lesend nicht den Boden unter den Füßen, verschwand ich, mich selbst vergessend, nicht ganz in der Lektüre, und wurde mir nicht das, was ich las, ganz leibhaftig? Was auch den Menschen, von denen die Erzählungen handelten, widerfuhr, es widerfuhr mir. Doch die Erzählungen gingen zu Ende, und ich blieb übrig, und als ich wieder zu mir kam, war ich enttäuscht, dass es vorbei war, was vorbei?, und wollte ich dann nicht von vorne beginnen, als sei es der Sinn der Erzählungen, bereits im Lesen vergessen zu werden? Genau so. Lesen war ein Durchgang, es war der Flur zum Schlafzimmer der Eltern. Ich gehe hindurch, gehe vorbei.

In einer der Geschichten geht ein Schiff unter, die Matrosen verschwinden einer nach dem anderen und werden von den Haien gefressen. Oder das Schiff geht nicht unter, aber es herrscht Skorbut oder Schwindsucht, und die Vorräte sind fast aufgebraucht. Also würfeln die Matrosen, wer noch bleiben darf und wer nicht. Sie hoffen, dass baldige Rettung naht. Oder das Schiff droht unterzugehen, es geht aber nur ganz allmählich unter, und die Matrosen haben eine Freude daran, um ihr Leben zu würfeln. Der Verlierer wird jeweils den Haien zum Fraß vorgeworfen, und alle betrachten jedes Mal neugierig das Schauspiel, bis sich die letzte Spur Blut im Wasser verloren hat. Ich habe die Einzelheiten vergessen, die Lektüre aber ließ mich die Welt mit anderen Augen sehen. Ich nahm jetzt Schiffsuntergänge wahr, wo keine Schiffe waren, erkannte im sechs Kilometer entfernten Badesee, der einmal ein Baggersee war, das große Meer, das buchgerecht verkleinert worden war. Nicht also die sogenannte Wirklichkeit kommt im Buch vor, sondern das Buch ist die Wirklichkeit.

Ein kleiner Zettel war in den Čechov eingelegt. Vielleicht diente er als Lesezeichen oder das Buch als sein Versteck? Das

Papier des Zettels war brüchig, ich legte ihn vorsichtig auf den Schreibtisch und untersuchte ihn. Was gab es zu untersuchen? Er war stark verblichen, leicht wasserrandig. Die Linien, die das Wasser hinterlassen hatte, sahen aus wie Buchstaben, die ich sogleich zu entziffern begann. Mit jedem Entziffern konnte ich Neues lesen. Ich las die Zeichen des Zettels in die Geschichte von Čechov hinein, das Buch war nun das Schiff, dann wurde unser Haus zu dem untergehenden Buchschiff, ich selbst zu einem der Matrosen, die Aussicht auf ein baldiges Ende löschte die lastende Vergangenheit aus, von nun an traf ich unter der Schirmherrschaft von Krankheit und Untergang meine eigenen Entscheidungen, bis ich auf der Rückseite des Zettels Bleistiftnotizen in kleinster Schrift entdeckte. Stand dort nicht zu lesen – aber nein, das ist sicher nur ein sich bald wieder änderndes Augenspiel. Ich schaue weg, ich schaue wieder hin, nun steht anderes zu lesen da. Ich beschloss, den Zettel zu behalten. Mein Interesse weckte nun eine kleine Tänzerin, die zusammen mit einem um Kopfeslänge größeren Spiegel in einer Spanschachtel lag. Die Tänzerin trug ein rotes Kleid und war auf Watte gebettet, stellte man den Spiegel mit seinem gelben Rahmen dicht vor sie hin, setzte sie sich sofort in Bewegung und drehte unermüdlich ihre Pirouetten. Von der Ballerina ging eine hypnotische Wirkung aus, und als ich mich selbst im Spiegel erblickte, fühlte ich mich beobachtet, fortan hatte ich nur noch Augen für dieses andere Kind im Spiegel, das mich mit großen Augen anschaute, als hätte es mir etwas Vertrautes oder Erschreckendes oder Geheimnisvolles mitzuteilen. Wer war das? Ob dieser Wer auch die Augen nicht von mir lassen konnte? Wie konnte ich feststellen, ob er ebenfalls wegschaute, wenn ich wegschaute? Vielleicht mit einem zweiten Spiegel. Ich stellte die Ballerina mit ihrem Spiegel so auf die Ablage unter dem Waschbeckenspiegel hinter mir, dass ich ihr Gesicht aus dem Augenwinkel sehen konnte. Sie beobachtete mich jetzt ebenfalls über den Waschbeckenspiegel. Also die Spiegel verhängen? Ich würde von Zeit zu Zeit überprüfen, ob sie mich immer noch beobachten kann. Ich nahm ihr den kleinen Spiegel weg. Ohne diesen Spiegel tanzte sie nicht. An dem Waschbeckenspiegel schien sie kein Interesse zu haben, er brachte sie nicht zum Tanzen, und sie schaute nicht in ihn hinein. Ohne ihren Spiegel konnte ich sie mir so hinstellen, wie ich wollte, ich hatte direkte Kontrolle über sie. Aber sie tanzte nicht mehr. Ich stellte sie an den Rand der Ablage, was sie vielleicht als Strafe deutete. Dort konnte sie nun stundenlang in derselben Stellung verharren, auf den Fußballen, das rechte Bein angewinkelt, mit leicht vorwärtsgebeugtem Oberkörper, die Arme in halber Höhe im 45-Grad-Winkel nach hinten gestreckt, als sei sie im Begriff, ins Wasser zu springen, oder als wolle sie etwas unter sich inspizieren und drohe dabei den Halt zu verlieren. Ich setzte mich. Sie schaute zu mir herunter. Sie schaut auf mich herab, dachte ich. Also stellte ich sie vor mich auf den kleinen Tisch, an dem sie früher *oft stundenlang in derselben Stellung* gesessen hatte, *ohne irgendeine Beschäftigung*, wie ich in einem anderen Buch, das in der Schachtel lag, nachlesen konnte. Und schaute sie jetzt nicht auch *unverwandten Blickes* zu mir herüber? In ihrem *wunderschön geformten* Gesicht erkannte ich Ähnlichkeiten mit mir. Und auch ihre Augen waren *seltsam starr und tot*, allein von feuchten *Mondesstrahlen* in ihnen keine Spur. Nein, ich konnte nicht behaupten, dass, wenn ich sie nur lange genug anschaute, ihre Blicke immer *lebendiger flammten*.

Ach, würdest du wenigstens *Ach* seufzen. Wie wäre es, wenn ich ihr den Kopf absägte und ihn vor mich auf den Tisch setzte?

20

Würde der Kopf, vor seinen gelben Spiegel gestellt, wieder anfangen zu tanzen? Ob die Ballerina meiner Mutter gehörte? Sie muss zeitlebens in ihrer Schachtel gelegen haben, so glänzend und tadellos war noch das Rot ihres Kleides und des Sockels, auf dem sie stand. Sie hatte das Gesicht meiner Mutter. Sie war meine Mutter. Eine gewisse Sorge war in ihrem Blick, die sich gegen das seltsam Starre und Tote ihrer Augen behauptete. Möglich auch, dass die Ballerina meiner Oma gehörte, zu deren Strenge in Ausdruck und Gestalt sie so gar nicht passen würde. Gehörte sie meiner Oma, und war sie meine Mutter, so war die Ballerina also die Tochter meiner Oma. Solche umständlich hergeleiteten Verwandtschaftsverhältnisse haben mir immer gefallen, sie hielten mir die Familie etwas vom Hals, *Du denkst immer um zehn Ecken*, sagte meine Mutter, und ich musste mir immer vorstellen, wie das ist, um zehn Ecken zu denken.

In allen Kisten lagen jeweils mehrere Schachteln, die Aufschriften hatten wie *Quitten Insekten Spieluhr, Ferien* oder *Spiegel*. Anstelle von *Michael*, wie auf einer der Schachteln in der Kiste *Puppen* stand, fand sich ein weiterer Zettel mit einer schönen Handschrift von Oma mütterlicherseits: *Puppen sind Familienerbstücke*, stand dort und *Matrosenanzügelchen kann ausgezogen und kalt gewaschen werden*. Das weiße Kostüm, zu dem auch eine weiße Kappe gehörte, war augenscheinlich ganz neu. In weiterer Schachteln aus der Kiste *Puppen* lagen zum Beispiel ein Armband und selbstgestrickte Kleidung, darunter Mützchen und Socken in unterschiedlichen Größen, auf einem Paar war ein Haus im Grünen zu sehen, das mich an meine Kindheitsferien auf einem Hof erinnerte, inmitten von Bienen und Bäumen und Wiesen und Äckern. Schulsachen und Kindergartensachen fanden sich. Einen Kindergarten hatte ich nie besucht.

Mutters Mutter habe ich in meiner Erinnerung ein einziges Mal in meinem Leben gesehen, und von diesem einzigen Mal werde ich zehren bis an mein Lebensende. Ihre Handschrift aber war mir genauso vertraut wie die von meiner Mutter, die ihr an Schönheit in nichts nachstand. Für mich war Omas Handschrift Oma selbst. Mutter fürchtete ihre Mutter geradezu, deren Handschrift ihr Befehl war. Ich stellte mir vor, dass Mutter irgendwo im Haus einen Zettel ihrer Mutter findet und ihr Leben nach dem Inhalt dieses Zettels neu ausrichtet. Als ich zusammen mit Vater den Film *Das Testament des Dr. Mabuse* anschaute, ein Stummfilm kann nicht schaden, meinte er, Mutter war da anderer Meinung und verließ unter Protest das Zimmer, stellte ich mir vor, Oma sei dieser Mabuse und schreibe meiner Mutter noch aus dem Jenseits Zettel am laufenden Meter, und Mutter müsse sie alle lesen und das Geschriebene befolgen. Und Oma schaute aus dem Jenseits zu und erfreute sich an dem entstehenden Chaos und an Mutters Verzweiflung, wie sie schweißgebadet die Befehle ausführte, die zum Teil zuvor Ausgeführtes wieder rückgängig machten, und ihre von Oma befohlenen Handlungen gleichzeitig vor der Familie zu verheimlichen versuchte. Familienerbstücke. In der Schatulle *Ring* fand ich einen Ring und unter dem Ring einen dritten Zettel, ebenfalls in Omas Handschrift: *Dein Ehering*. Wahrscheinlich auch ein Familienerbstück. Die Eltern trugen ihren Ehering Tag und Nacht, mir war der Ring zu groß. Die Schachtel mit der merkwürdigen Aufschrift *Träume* machte mir Angst, ich öffnete sie nicht, vermied es sogar, sie länger als nötig zu berühren. *Schule* hingegen schien mir, wenn auch in der Vorstellung lästig, so doch unverdächtig. Ich fand verschiedene Hefte vor, teils in sogenannter Schönschrift, teils mit krakeliger Mabuseschrift, in deren Entzifferung ich mich für eine Weile verlor. Die Krakelhefte enthielten mindestens zwei verschiedene Handschriften, die ich als die meiner Oma und meiner Mutter erkannte. Mir schien, als erzählten die Handschriften, gerade weil sie so unleserlich waren, ganze Leben, sie waren Seelenausschläge. Die letzten Seiten des Heftes waren noch leer, bald wollte ich meine Handschrift hinzusetzen und das bereits Geschriebene, das Unlesbare, zu einer Geschichte verbinden.

Manche der Schachteln enthielten Fotografien in Schwarz-Weiß und Farbe. War da nicht ich zu sehen? Es war wohl meine Mutter. Und hier, war das nicht unser Haus? Auf einem Foto war die Truhe zu sehen, vor der ich eben noch gekniet hatte, bis die Knie schmerzten. In dem riesigen Haus, in dem sie stand, sah sie ganz winzig aus. Es schien Bewegung in die Bilder zu kommen, je länger ich sie betrachtete. Hier winkte einer, da wehten die Blätter am Baum, ein Haus veränderte seine Fassade, Schnee rutschte von den Hängen, hinter den Gesichtern waren andere Gesichter zu erkennen, sie gingen ineinander über, wechselten, in einem Moment war ein Gesicht ganz alt, im nächsten wieder jung.

Eine Schachtel hatte keine Aufschrift und war leer. Mutter hatte die Bilder dieser Schachtel vielleicht herausgenommen oder zukünftigen Bildern einen Platz reserviert. Ich stellte mir diese Bilder vor.

Hatte ich sie lange genug betrachtet und auswendig gelernt, legte ich die Bilder, von denen es noch viele zu entdecken gab, in umgekehrter Reihenfolge auf den Tisch, um sie dann, ebenso wie die Dinge in ihre Schachteln und Schatullen, eins nach dem anderen in der richtigen Reihenfolge wieder in die entsprechenden Schachteln der Kiste legen zu können und alles zusammen so in die Truhe zurückzustellen, wie ich es vorgefunden hatte. Ist nämlich die Ordnung der Dinge gestört, passiert ein Unglück, auch im Körper. Allerdings gab es etwas, das bei mir für einige Unruhe sorgte. Dieses Etwas hieß *fotografisches Gedächtnis*. Mein Schulfreund Paul hatte erzählt, seine Mutter habe ein solches und bemerke kleinste Abweichungen in der Anordnung zum Beispiel der Haushaltsdinge. Die Truhe war meine Meisterprüfung der Heimlichkeit. Heimlichtuerei begleitete mich fortan in allen Lebenslagen. Selbst vor mir lernte ich, Dinge zu verheimlichen.

Die Schachtel *Parfum* roch süßlich, als wäre etwas ausgelaufen. Ich wagte nicht, sie zu öffnen. Eine *Apfelkuchen* beschriftete Schachtel enthielt unter anderem ein Rezept in Großmutters Handschrift, das sofort zur Lektüre einlud. Der geliebte Apfelkuchen.

Es schien so, als halte Mutter für alles etwas in Reserve, und es war noch nicht ausgemacht, ob hierbei etwas aus der Vergangenheit, der Gegenwart oder der Zukunft zum Zuge kommen sollte. Mir gefiel die Vorstellung, dass es für alles Ersatz gibt, selbst für die Menschen, die alle nur Platzhalter sind, für den Platz ist schon Platz gemacht, und den Platz kann niemand halten.

So war auch in den drei Kisten allesamt noch Platz, einzelne Schachteln hätten in sie noch verräumt werden können, vielleicht waren die Kisten ursprünglich einmal voll, und Mutter hatte ihnen die Schachteln entnommen und nicht wieder zurückgelegt. Vielleicht hatte Mutter ihnen eine besondere Bedeutung beigemessen. Ich werde jetzt alles öffnen, sagte ich mir und öffnete alles.

SCHRIFT

Die Entdeckerfreude war so groß, dass ich mit der Zeit den Überblick über den Inhalt der Kisten, Schachteln und Schatullen verloren hatte. Anstatt die Gegenstände wieder zurückzuräumen, hatte ich sie überall im Zimmer verteilt, die Bilderstapel waren verrutscht und zum Teil vom Tisch gefallen, hier lag ein kleiner Spiegel, dort der Buchstabe *E* aus Holz. Es ging *drunter und drüber*, wie Mutter selbst dann noch zu sagen pflegte, wenn mein Zimmer bestens aufgeräumt war. Sollten die Dinge doch erst mal daliegen und sich kennenlernen. Nun wart ihr so lange in der Dunkelheit, ohne voneinander zu wissen, jetzt könnt ihr euch beschnuppern und anfreunden, sagte ich ihnen. Was sie auch taten.

Wie wäre es, überlegte ich, wenn ich auch die restlichen Kisten, Schachteln und Schatullen auspacken und so im Zimmer verteilen würde, dass ich vom Tisch aus jedes Teil erreichen könnte. So geschah es auch, nur dass der Boden bald schon so voll war, dass ich die Sachen übereinanderstapeln musste. Ich war überrascht, wie viel es war, wollte ich mir etwas Bestimmtes genauer anschauen, das ich zunächst nur flüchtig wahrgenommen hatte, und stets war ich mir sicher, es sofort wiederzufinden, musste ich mir für jeden neuen Anlauf einen neuen Weg bahnen. Oftmals fand ich das Gesuchte nicht wieder, dafür aber etwas interessantes anderes. Drei Kaleidoskope zum Beispiel, die, drehte man sie nach links und rechts um die eigene Achse, mit ihren Spiegeln die in der Röhre befindlichen bunten Glaskörper zu symmetrischen Formen zusammenkommen oder auseinanderdriften ließen. Nach allen Seiten fließende, unendlich sich entfaltende

Blüten, ein permanent nach außen sich kehrendes Innen, und immer wird den Augen Neues angeboten, alles ist in Bewegung, die Aufmerksamkeit kann sich aufs Zentrum oder die Peripherie richten, und was zunächst weit entfernt war, zeigt sich nun als Mitte. Oder eine Schachtel mit einem Dutzend Minifernsehern, auch Gucki-Klick-, Gucki- oder Klick-Fernseher genannt, mit deren Bildern ich für Stunden aus der Gegenwart verschwinden und in die Vergangenheit und die Zukunft abtauchen konnte. Hier, auf diesem Guckibild winken meine Eltern vor einer Bergkulisse, hier sitzen sie in einem Boot, mein Vater in einem kurzen dunkelblauen Hemd, meine Mutter in einer weißen Bluse, die Haut ist gebräunt, alle Fliehkräfte des Alltags scheinen aufgehoben. Ich nahm einen anderen Gucki-Fernseher. Meine Eltern stehen vor einer tulpengesäumten weißen Hauswand, hier auch und hier wieder, und auch auf den nächsten Bildern stehen sie vor dieser Wand, Vater hebt Bild für Bild seinen linken Arm etwas höher, Mutter steht unverändert, allein ihr Mund bewegt sich. Dann, nach vielen Bildern, ist die Serie zu Ende. Ich beginne von vorn, dieses Mal klicke ich die Bilder schnell durch, und siehe da, Vater zeigt auf etwas, Mutter sagt etwas, und wieder von vorne, was zeigt Vater, was sagt Mutter, von vorne, Vater zeigt auf ein Schiff, und Mutter sagt: Viele Grüße.

Eine ewig grüßende Mutter, über ihren Tod hinaus. Wer hat das schon? Da sah ich, dass ein Teller zu Bruch gegangen war, ein zweiter rutschte langsam von der Bettdecke. Ich las die Scherben vom Teppich auf, ihre Kanten fügten sich passgenau wieder zusammen. Bei nächster Gelegenheit würde ich sie kleben und darauf vertrauen, dass der Bruch unbemerkt bliebe. Der Teller gehörte zu einem wertvollen Hutschenreuther-Service, das Mutter schon verloren geglaubt hatte. Es war also in der Truhe, ein eindeutiger Beleg, dass Mutter keinen Überblick über ihren gesamten Inhalt hatte und dass es vielleicht kein Verzeichnis der in ihr aufbewahrten Gegenstände gab. Ich räumte den Schreibtisch ab, deckte zwei Teller, Tassen und Untertassen und lud meine Oma mütterlicherseits zum Kaffee ein. Sie sah aus wie meine Mutter, wenn sie einmal alt sein würde. Und sie sah aus wie das sehr alt gewordene Kind, das erst achtundvierzig Jahre später geboren sein würde. Ich stellte Oma Fragen über ihre jüngere Tochter, ich fragte sie, ob Mutter als Kind ein eigenes Zimmer gehabt habe, ob sie sich mit ihrer Schwester gut verstanden habe, ob sie eine gute Schülerin gewesen sei, ob sie ihre Tochter geliebt habe, warum ihre Tochter Angst vor ihr gehabt habe, warum diese Angst in der Familie grase und noch vieles mehr, und die Oma antwortete als mein zukünftiges Kind. Was heißt also Jahre, und was heißt Zeit, sagte ich mir. In einem einzigen Augenblick kommen Vergangenheit und Zukunft zusammen – in einer gewesenen Gegenwart. Deine Mutter hat die Kisten, Schachteln und Schatullen samt Inhalt von mir bekommen, sagte Oma nach einer Weile. Na ja, sagte sie, zumindest das meiste. Die Dinge, die uns umgeben, prägen uns genauso wie die Eltern, sagte Oma. Die alten Schulbücher, soll man sie wegschmeißen? 1 plus 1 sind immer noch 2, früher wie heute. Und die Wörter, wechseln sie täglich ihr Hemd? Unter Apfel wird auch in einhundert Jahren noch Apfel verstanden, sofern es dann noch einen gibt. Der Alphabetdackel wird auch dein Kind noch erfreuen, denn erst wer die richtige Reihenfolge der Buchstaben kennt, kann sich die Welt erschließen. Und der Dackel ist erst dann Dackel, wenn die Reihenfolge der ineinandergehängten Buchstaben stimmt. Anders gesagt, das Alphabet ist erst dann Alphabet, wenn der Dackel stimmt, sagte Oma. Wo ich gerade bei Tieren bin, da gibt es noch eine Spieluhr mit einem Vögelchen, das deine Mutter eines Tages deinem Bruder schenken wird, du wirst dafür etwas anderes bekommen, eine goldene Taschenuhr. Die Spieluhr ist uralt, meine Mutter erzählte mir, das Vögelchen könne verschiedene Melodien singen und auch Worte sagen, sagte Oma. Und dann gibt es noch eine Insektensammlung, sagte sie. Die Insekten hat dein Opa gesammelt, der ja Arzt war. Er hatte auch Insekten in Bernstein, also die in Bernstein eingeschlossen waren. Es beruhigte ihn, die toten Insekten auf seinem Schreibtisch zu haben und zu beobachten. Er sammelte sie mit Klopfschirm, Leuchtturm, Kescher, Hand oder Pheromonfalle und tötete sie meist in einem Glas mit Essigäther. Manchmal waren sie jedoch schon tot und im Tod gekrümmt und eingetrocknet. Dann hat er sie in der feuchten Kammer mit Wasserdampf oder Pepsin aufgeweicht, als Arzt kannte er sich aus. Präpariert hat er sie nass mittels Einlegen in Alkohol, das Nadeln mit speziellen Insektennadeln auf einem Spannbrett oder einer Unterlage aus Styropor mochte er nicht, außerdem kamen da eher Libellen oder Schmetterlinge in Frage, sagte Oma. Handelte es sich um kleinere Insekten, hat er sie manchmal aber auch einfach aufgeklebt. Waren die Insekten dick, musste er sie ausnehmen und neu füllen. Opa interessierte die Anwesenheit des Todes, sagte Oma. Mit echten Insekten spielen, dachte ich. Ihnen Namen geben. Über sie herrschen. Sie dressieren und bedrohen. Ihnen zu fressen geben. Sie sich gegenseitig fressen lassen. Ihnen beim Sterben zusehen.

Wieso liegt das teure Geschirr in der Truhe und ist nicht unten im großen Zimmer bei den anderen Tellern und Tassen? Mutter hatte wohl nicht für alles Platz, was sie von ihrer Mutter übernommen hatte oder aufgezwungen bekam. Man sollte sich von allen Elternsachen trennen, sie sind eine Last, verstopfen die

Poren, man schämt sich für sie, und nur selten stimmen sie froh, und das Schlimmste ist, sie definieren Platz, indem sie ihn wegnehmen. Und dann gibt es die frohen Stunden, da man nicht an die Eltern denkt, und die Dinge erinnern wieder an sie. Heißt *Geschirr* nicht Einrichtung, Ordnung und bedeutet *Zurechtgeschnittenes*? Das Erbe spannt dich ins Geschirr. Du erbst Geschirr, damit es dich zurechtschneidet, dir eine Ordnung aufzwingt, dich ohne Unterlass schert.

Eine schöne Handschrift hat deine Mutter, sagte Oma, sie schreibt immer fein säuberlich alles auf. Ist die Schrift von größter Übersichtlichkeit und Schönheit, macht deine Mutter sich keine Sorgen mehr, denn die Ordnung der Schrift ist die Ordnung der Welt. Und mit diesen Worten verabschiedete Oma sich. Ich werde beobachten, sagte ich mir, ob ich im Gesicht auch solche Altersflecken bekomme wie sie. Und ob das Kind achtundvierzig Jahre später Ähnlichkeiten hat mit ihr.

Aus dem aufgetürmten Haufen neben dem Schreibtisch zog ich einen Bündel Zettel mit Mutters Handschrift, der dort steckte wie das Fähnchen auf einer Sandburg. Einkaufszettel. Merkzettel. Private Zettel. Ihre Handschrift gab mir Sicherheit. Wer so schön schreibt, sagte ich mir beim Anblick eines der Zettel, weiß dich sicher durchs Leben zu führen. Wusste sie aber nicht. Ihre Handschrift war schön für sie selbst. Der kleinste Vermerk über eine Anschaffung, in akkurater Handschrift notiert, brachte für sie die Welt in ein Gleichgewicht. Schönheit war kein Kriterium, ordentlich musste es sein. Ordentlichkeit. Das und keine sonst waren ihre Orden. Wenn der Orden schief hängt. Die Erinnerung an dieses und jenes mag verblassen, kaum aber je die schöne Schrift. Mutter stapelte die kleinen Zettel im Esszimmerschrank neben den großen Tellern auf. Notizblöckchen. Karopapier. Ihre rechteckige Form gängelte die Schrift nicht, sie gab ihr einen Rahmen, den meine Mutter im Leben sonst vermissen mochte. Das kleine *h* hatte ein langes rechtes Bein, das bis in das Kästchen unter ihm hinabreichte. Ich stellte mir immer vor, es sei der Krückstock des kleinen *h* oder ein Wanderstab, Chaplins Spazierstock. Vielleicht erging Mutter sich, war ihr Alltag in Unordnung geraten und drohte sie ihren Halt zu verlieren, in der Ordnung ihrer Schrift, die nie mehr in Unordnung geraten konnte, ihren sauber ins Kästchen gesetzten Buchstaben, blaufarbene Vasen in den Regalkästchen, Füllhörner der Schrift, Nektar für die Bitternis des Lebens.

Solche Zettelchen wusste ich zu Dutzenden in Mutters Sekretär im Wohnzimmer, den sie von Oma geerbt hatte und dessen Inhalt zum Teil noch von Oma stammte. Karierte Ringblöckchen waren Mutter am liebsten. Aus ihnen hätte sie einen schönen Papierdrachen leimen können, der unterschiedlichste Inhalte zusammenhält, in den sie alles hineingeschrieben hätte, damit in solcher Konzentration *einmal ein Ende wird* von ihr, so hätte ein solcher Papierdrache aus Mutter ein Buch mit sieben Siegeln statt eine ihrer Herkunft Nachtrauernde gemacht, die sie nun geworden war. Der Papierdrache wäre zu meinem Lieblingstier geworden, er hätte mich durch die Unterwelt und die Himmelsregionen gleichermaßen geführt, nicht auszulesen und gerade deshalb stets geeignet, auf ihm davonzufliegen. Kurswechsel allerorten, wohin ich auf seinen Papieren auch geschaut hätte; Orte, die auf keiner Landkarte zu finden gewesen wären, Ereignisse, die nicht stattgefunden haben würden, und dennoch ein wahres Lebensbild, das sich selbst enthielt.

Solange die Zettel im alten Sekretär lagen, war ich mit Mutter verbunden. Es bedurfte einiges an Fingerspitzengefühl, seinen im geöffneten Zustand als Schreibplatte dienenden Pultdeckel zu öffnen, der massive Messingschlüssel verfehlte leicht den Schließhaken und ging dann einmal herum im Schloss. Der Pultdeckel knarrte, und jedes Mal fürchtete ich, er würde heruntergeklappt zu schwer sein und aus den Scharnieren brechen. Wäre das unmerklicher vonstatten gegangen, ich hätte mich dem Sekretär und seinem Innenleben häufiger gewidmet. Denn so sollte auch mein Leben sein, stellte ich mir vor: unhörbar, heimlich, verschwiegen. Unsichtbarkeit hätte es mir erlaubt, den Gesprächen meiner Eltern beizuwohnen, wenn sie über mich redeten. Wenn sie aber nun überhaupt nicht über mich sprachen und im alltäglichen Tun bereits alles gesagt war? Worüber redeten sie überhaupt mit mir, wenn sie mit mir sprachen? Das traurige Rauschen der Pappeln hatte mir mehr zu sagen. Es wohnten so viele Stimmen in ihnen, dass ich mich jeden Tag mit einer anderen unterhalten konnte. Auch meine Jahrhunderte entfernten Vorfahren hörte ich, die erstaunt waren, wie wenig sich die Gegenwart aus der Gegenwart machte und alles nur auf eine ferne Zukunft ausgerichtet war. Als müsse man stets aufgescheucht werden. Als gäbe es kein *Jetzt*, immer nur ein *Später*. *Später einmal wirst du*, ja was denn? *Später einmal wirst du das alles verstehen. Später einmal wirst du dich an alles erinnern.*

Neben der Mutterschrift gab es die Vaterschrift. Ging die Mutterschrift leichtfüßig über das Papier, war grazil und schmal in der Führung und neigte nach rechts, so war Vaters Schrift eine Triumphschrift, die breiten Fußes das Feld bestellte und sich doch immer behaupten musste, denn stets schien ihr ein starker Sturm entgegenzublasen wie dem Haar von Mabuse bei seiner Nachtfahrt in offener Karosse, sie kippte nach links, fiel aber nicht um, als lehnte sie sich an die Vergangenheit und wollte das

Kommende, das ihr vor die Füße fiel, die jedesmalige Gegenwart, wie ein Hobel spanend abrichten. Gab die Mutterschrift ihrem Grund erst Kontur und Tiefe, indem sie das Papier mit einem filigranen Gitternetz überzog, Spinnenbeinchen, die auf ihm tanzten, und Schrift und Grund waren eine schöne Einheit, als umarmten sie sich, grub sich Vaters Schrift tief ein in den Grund, der ihr doch immer im Weg war. Ich brauche dich nicht, ich sehe dich nicht, schien die Vaterschrift mit jedem Hobelschritt zu sagen. Mitteilungen an seine Kinder unterschrieb Vater mit *Vater*. Auch Postkarten aus dem Kurzurlaub, die ausnahmslos Mutter schrieb. Als Motiv wählte sie gerne Innenstadtansichten oder sonstige Attraktionen der Urlaubsregion, ein See mit Booten, im Hintergrund ein Berg, die Sonne scheint. Mutters Mitteilungen beschränkten sich zumeist auf Bestätigungen oder Korrekturen des vorderseitig abgebildeten Wetters. Ihre Schrift glich einem ruhig dahingleitenden Boot, sie fuhr ein lichtes Bild, das man mehr betrachtete als las und das sich jäh verdunkelte durch ein hecküber im Schriftwasser steckendes *& Vater*, dessen Krängung sich zum Untergang neigte. Der Vorderseite verlieh die namenlose Unterschrift ein wurmartiges Relief, einzig das kaufmännische *&* befreite den Blick aus dem Labyrinth der Schrift und ließ mich über ein Warenhaus nachdenken, in dem Väter und Mütter nach Bedarf in Regale eingestellt sind.

Sechsundvierzig Jahre später als das Datum des Poststempels auf einer solchen Karte schreibe ich das Wort *Vater* auf eine Zeichnung des Kindes und könnte Vaters und meine Handschrift nicht mehr voneinander unterscheiden.

ALPHABET

Ich habe keinen Kindergarten besucht. Ich konnte in der Grundschule das Alphabet nicht. Ich habe es mir einfach nicht merken können. Drei Sätze, die mit Ich anfangen, ohne dass ein Ich vorkommt. Sehr wohl gemerkt habe ich mir jedoch, als Erstklassenletzter mit dem Gesicht zur Wand stehen zu müssen und so lange die Buchstabenfolge auswendig zu lernen, bis ich sie fehlerlos vor der Klasse hersagen konnte. Das Bild hiervon war nicht klar konturiert, ich sah eine Hülle Ich und eine weiße, unbegrenzte Wand. Völlige Stille. Umrisshaft markierte Leere. Warum konnte ich mir das Alphabet nicht merken? Hatte ich es nicht bereits zu Hause gelernt, auch ohne Kindergarten? Und wieder vergessen? Nein, ich hatte es ganz sicher nicht zu Hause gelernt, die schiere Not, nein, die innerlich gefühlte, die nicht zu unterdrückende Notwendigkeit, dort zu überleben, wo doch Liebe und Fürsorge regieren sollten, erstickte jede Muße bereits im Keim, die Luft wurde für die erhöhte Wachsamkeit benötigt, die mich auch nachts nie so tief schlafen ließ, dass ich nicht bei einem Angriff der von den Eltern bestellten Dämonen, so stellte ich es mir vor, pfeilgeschwind aus dem Bett emporgeschnellt und davongeeilt wäre. *Fibels Leben* lehrt, dass, selbst wenn man das Alphabet unvollständig lässt, ein Leben nicht ausreicht, alle, so die Zählung Fibels, 24 Buchstaben zu versetzen, das könne man nämlich *1 391 724 288 887 252 999 425 128 493 402 200-mal*, und dabei müsste man, was Fibel verschweigt, den mitversetzten Unsinn erst noch wieder entfernen. Vielleicht aber, so dachte ich mir, ist gerade der Unsinn von besonderem Interesse; dass Unsinn keinen Sinn habe oder mache, ist nämlich Unsinn.

Es kommt nun ein Umstand noch hinzu, der allein ausreichte, das Alphabet abzulehnen: Mir missfiel die Reihenfolge der Buchstaben. Ich war viel zu sehr damit beschäftigt, mir neue Abfolgen einfallen zu lassen und diese im Kopf durchzugehen und bei Gefallen murmelnd zu testen, als dass ich noch Zeit gehabt hätte, mich auswendig lernend auf das Alphabet in seiner überkommenen Ordnung einzulassen. Und überhaupt das Aussehen der Buchstaben, ihr Körper! Das breitbeinige A mit seinem spitzen Kopf. Das unanständige B, dem es nichts nutzt, aufrecht zu stehen. Das fischmäulig-krapfige C, dem alles durch die Lappen geht. Das stelzig-staubige H, auf dem man immer den Teppich klopft. Die Lanze I, die, wohin sie auch fliegt, nur Schaden anrichtet. Das J – fehlt. Das K, das mich aggressiv macht, es hat Fühler wie ein Insekt, Scheren wie ein Krebs. Und so geht die Reihe durch bis Z, der zackigen Schlange, die will, dass wir in den Apfel beißen.

Der wichtigste Grund, warum ich das Alphabet nicht lernte, war aber, dass ich nicht wusste, wozu es überhaupt gut sein sollte. Wozu brauchte ich es? Mit den Zahlen war es etwas anderes, das sorgte für Gerechtigkeit, wenn einmal wieder Streit über die Anzahl der Bonbons ausgebrochen war, die jeder hatte oder erhalten sollte. Waren Zahlen genau nur dafür gut, so doch immerhin. Aber Buchstaben? Ich war nicht dazu bereit, ins Lesen hineinzukommen, und ein Buch war für mich auch nicht mehr als ein Mensch, es genügte mir, wenn Mutter sagte, *Der redet wie gedruckt* oder *Wenn die redet, lese ich ein Buch*, was man ja dahingehend verstehen konnte, dass da eine Frau redet, und meine Mutter liest gleichzeitig ein Buch. Am liebsten war mir aber ihr Spruch: *Die redet wie ein Wasserfall*, womit sie vornehmlich Frau Bruckemann meinte, die regelmäßig zu Mutters Kaffeekränzchen

kam und vom Betreten des Hauses an, von Mutter in das Große
Zimmer geführt, dort stundenlang im Ohrensessel bei Kaffee und
Kuchen sitzend, bis zum Verlassen des Hauses am frühen Abend
tatsächlich ununterbrochen redete und nach etwa einer Stunde,
wie Mutter betonte, dasselbe noch mal anders erzählte. Dabei interessierte es Frau Bruckemann nicht, dass mit ihr noch vier oder
fünf andere Damen in der Runde saßen, die ebenfalls nur zu gerne
etwas gesagt hätten, was Frau Bruckemann durch Stimmhöhen-
variationen stets zu parieren wusste. Die Damenrunde kannte das
seit Jahren. Frau Briefhof, die ein wenig jünger war und wie jedes
Mal darauf bestand, Frau Bruckemann im zweiten Ohrensessel
des Großen Zimmers gegenüberzusitzen, leicht abgewandt von
den anderen Damen, Frau Briefhof eröffnete, kaum dass Frau
Bruckemann sich gesetzt hatte, eine zweite *Redefront*, wie meine
Mutter das nannte, im Ton zwar gemäßigter, aufgrund ihrer tie-
feren Stimmlage jedoch umso penetranter, eine Art Grummeln,
als ahmte sie das Grummeln ihres Mannes nach, der selbstredend
beim Kaffeekränzchen nicht zugegen war. Meine Mutter stand,
kaum dass sie saß, wieder auf, neue Milch für den Kaffee zu holen
oder eine frische Kuchengabel, wenn eine der Damen die ihre aus
Versehen auf den Teppich hatte fallen lassen, und ich verdächtigte die eine oder andere der Eingeladenen, den momentanen
Verlust der Kuchengabel bewusst inszeniert zu haben, der umso
attraktiver war, je sahniger der Kuchen, denn selbstverständlich
kannten die Damen meine Mutter gut, und so wussten sie, dass
Sahnekuchen auf dem Boden, möglicherweise die allseits beliebte
Schwarzwälder Kirschtorte mitsamt Kirsche, von meiner Mutter
schneller vom Teppich entfernt wurde, als sein Sturz vom Teller
zum Boden brauchte. Dann war der Likör leer, dann fehlte Sahne,
dann wurde nach Sprudel gefragt, dann fiel ein Gläschen um,

dann roch es komisch, dann schlief Frau Seinhoff ein, was meine Mutter empörte, hatte sie sich doch kurzerhand selbst eingeladen, dann wurde gebeten, für wenigstens zehn Sekunden das Fenster zu öffnen, woraufhin an die letztes Jahr um ungefähr dieselbe Zeit überstandene Grippe erinnert wurde, die auf das viel zu lange Öffnen desselben Fensters zurückgeführt wurde, was ein Beweis dafür sei, dass aus Geschichte gelernt werden könne.

Mich faszinierten das Einsetzen und Aussetzen der Stimmen, ihre unterschiedlichen Färbungen und Erregungen, das Dazwischenreden, Unterbrechen, die unterschiedliche Länge der Äußerungen, die Musik im Sprechen. Meine Mutter sagte immer, es gehe bei solchen Zusammenkünften, die landauf, landab Kaffeekränzchen heißen, um nichts, weshalb es auch nicht schlimm sei, wenn sie eine Zeitlang nicht bei den Damen säße und ihnen weiter zuhören könnte, die Themen wechselten wie die Windrichtung, es käme eben nur darauf an, sich regelmäßig zu treffen und Konversation zu treiben. Man zeige dadurch, dass man guten Willens sei, niemanden vergesse, und vor allem, dass die Eingeladenen einem wichtig seien. *Konversation treiben*, das klang für mich so, als betreibe man Handel und sei dabei überaus vornehm. Oder als sei es eine Art von Sport, Gesellschaftssport. Allerdings gab es auch diese Minuten, in denen nur geschwiegen wurde, alle saßen da und starrten vor sich hin. Wer hätte, wäre er zufällig in die Runde geraten und der Damen zum ersten Mal in seinem Leben ansichtig geworden, in solchen Momenten nicht gedacht, sie seien beleidigt, etwas habe sie zutiefst gekränkt und es liege nun vielleicht an einem selbst, die Damen wieder miteinander zu versöhnen.

Etwa achtundvierzig Jahre später, ich war drei Jahre alt und ging schon seit eineinhalb Jahren in die Kita, spielte ich mit einem roten Dackel, der aus dem kompletten Alphabet bestand, von A wie Schnauze und Z wie Schwanz. Ein Geschenk zu meiner Geburt von Eugen Roggenmir, genannt Georg Imgruenen, da aus allem, was er dachte und tat, etwas Schönes wuchs. Ich habe das Alphabet also mitgeboren. Die Buchstaben des Dackels halten alle schön zusammen. Das aber nur, wenn sie in alphabetischer Reihenfolge ineinandergehängt sind. Das Kind will den Dackel, nicht das Alphabet. Es bekommt aber das eine nicht ohne das andere. So hat es den Dackel lieb und behält das Alphabet. Der Dackel weiß davon nichts. Nicht so aber der Aapiskukko, den ich eines Tages auf dem Umschlag einer Fibel meiner Uroma väterlicherseits entdeckte, wo er blöde durch eine viel zu große runde Brille glotzend vor einer großen, holzgerahmten Schiefertafel stand und ein Heft in seinen Federhänden hielt und einen Zeigestock, bestens zum Verprügeln geeignet, zwischen den Krallen seines rechten Fußes. Auf dem Titelblatt des Heftes war er selbst noch einmal genau so abgebildet, wie er auf dem Umschlag der Fibel erschien. Der wichtigtuerische Gockel fühlte sich auch auserwählt, Zahlen und Rechnen zu lehren: $1 - 1 = 0$. Ich nehme von der Eins eine Eins weg und erhalte null. Ich bezweifelte das. Noch heute. Hier ist die richtige Lösung: $1 - 1 = 1 - 1$. Ich ziehe von einem Apfel einen Apfel ab. Was dann? Wenn ich den Apfel verstecke, ist er immer noch irgendwo. Wenn ich ihn aufesse, habe ich ihn ja nicht abgezogen. Wenn ich von einem Apfel einen anderen Apfel abziehe, könnte es doch sein, dass der andere Apfel kleiner war, so bleibt noch ein Rest. War der andere Apfel, den ich von einem Apfel abziehe, jedoch größer, bin ich im Minus. Ist die Eins denn immer dieselbe? Eine weitere Gleichung des Gockels lautete: $1 + 1 = 2$. Hier ist die Sache einfacher. Hat man bereits einen Apfel und bekommt einen weiteren Apfel hinzu, hat man zwei verschiedene Äpfel. Und überhaupt muss man sich ja fragen, ob die 1 immer 1 ist – und bleibt. Bleibt der als Zeigestock getarnte Prügel. Der Prügel zeigt auf die Strafe, die das Alphabet ist. Wenn ich das Alphabet nicht lerne, werde ich mit dem Prügel verhauen. Lerne ich das Alphabet, verhaut das Alphabet mich lebenslang. Das Alphabet ist Folter. Ich kann doch sprechen, ohne das Alphabet zu können. Ich ahme einfach Mama und Papa nach, die das Alphabet in der Stimme haben. Papa bewunderte immer einen alten Freund, der keine Note kannte, aber wunderbar Gitarre spielte. Lesen und Schreiben, macht das nun glücklich oder nicht? Ich will hierbei lustig und ungestört sein. Papa sagt, Schönschreiben machte früher die Schüler zu Knechten erst der Lehrer und Lehrerinnen, dann des Staates. Warum Schönschreiben, warum schön schreiben? Damit in der Welt alles schön sei? Damit man durchschaut und jederzeit beobachtet werden kann? Wie dem auch sei. Ich entdecke mich in der Schrift selbst. Da mag ja noch etwas anderes darin sein, meinetwegen auch der Staat, ich sehe da zunächst nur mich. Die schöne Schrift ist mein Leib. Ich mache auch gerne Sport. Ich renne und strecke mich. Ich atme gerne aus. Und wieder ein.

Wenn man den Alphabetdackel vorsichtig über den blauen Teppich zog, nahm er Fährte auf. Von sich aus fand er etwas. Er suchte nicht, er fand. So kam eins zum anderen, und alles zusammen hieß dann *Welt*. Ich berührte ihn bei seinen Erkundungen immer intensiv, damit seine Energie auf mich übergehe. Das funktionierte auch sehr gut. Allerdings lernte ich hierbei nicht das Alphabet, dazu hätte ich den Dackel in seine Bestandteile zerlegen müssen, die Buchstaben. Sicherlich hätte dann ein Buchstabe mal hier, ein anderer mal da herumgelegen, im schlimmsten Falle unauffindbar in meinem gar nicht mal so kleinen Kinderzimmer.

Aber macht ein Buchstabe die Welt? Papa sagt, ja. Bis heute hat er mir nicht verraten, welcher. Fest steht, ein einzelner Buchstabe ist nichts, er kann nicht einmal schnüffeln, das kann nur mein Dackel. War der Dackel unterwegs und ich mit ihm, sah ich das Alphabet gar nicht.

Das Alphabet gelernt habe ich schließlich mit einem anderen Tier, auf dessen Hinterleib die Buchstaben und auch die Ziffern geklebt waren, einer roten Raupe, die in der Küche vor der Heizung hing oder auf der Fensterbank stand. Die Raupe war, sonst wäre sie keine Raupe gewesen, fast nur Hinterleib, ihr Kopf war rund und groß, die Attraktion aber war das Alphabet, auf das ich mich sofort konzentrierte. Als Erstes schrieb ich einen Brief. Die Wörter sagte ich mir vor, dann suchte ich auf der Raupe nach den entsprechenden Buchstaben. *Libe Mama.* Ich fand das als Brief ausreichend, es sagte doch schon alles. Würde ich die Raupe immer bei mir haben, mir müssten die schönsten Briefe gelingen. Mama sagte, aus der Raupe würde eines Tages der schönste Schmetterling. Das versetzte mich in einen großen Schrecken, denn die Flügel der Schmetterlinge sind sehr empfindlich, hatte ich gehört, und sie haben einen ganz zierlichen Leib, also würde sich die Raupe bei ihrer Verpuppung von den Buchstaben und Ziffern trennen müssen. Das ganze Alphabet und alle Ziffern wären durcheinandergekommen. Diesem Verlust, der mich auf immer sprachlos gemacht hätte, wollte ich zuvorkommen. Also riss ich von meinem Zeichenblock genügend Papier ab, klebte es auf die Länge der Raupe zusammen, legte es auf das kluge Tier, fuhr mit dem Bleistift seine Konturen und die der Buchstaben und Ziffern ab, und so hatte ich nach einigen Minuten eine Papierraupe, die für immer bei mir bleiben würde. Wie aber konnte ich sie transportieren? Ich schnitt sie aus und faltete sie ganz klein zusammen, schließlich musste sie in meine Hosentasche passen. Eines Morgens, ich beherrschte das Alphabet auswendig bis *M*, fiel die Raupe von der Fensterbank auf den Boden, etwa die Hälfte der Lettern löste sich vom Holz. Die Verpuppung begann. Minutenlang starrte ich sie an, nichts geschah. Sie schämt sich vielleicht, dachte ich und wollte sie für einige Augenblicke alleine lassen. Als ich die Küche wieder betrat, war alles unverändert, die Raupe weigerte sich, ein Schmetterling zu werden. Verpuppung gescheitert, Alphabet gerettet. Ich sammelte die Buchstaben und Ziffern wieder ein, das *E* war nicht mehr auffindbar, sein Verschwinden nahm ich als Aufforderung, nur noch Wörter ohne *E* zu bilden. Ohne *E* sieht die Welt anders aus, das ist jetzt eine echte Prüfung, sagte ich mir, die Herausforderung schien aber nicht unlösbar zu sein. Ersatzwörter aufschreiben für alle Wörter mit *E*. Ich musste das Universum umkrempeln, wurde mir plötzlich klar, und so fragte ich Mama unermüdlich, was es denn für andere Wörter gibt für *Hexe*, *Tee*, *Fichte* oder *Marmelade*, *Erde*, *Schnee*, die Ersatzwörter dürften aber kein *E* haben, denn wir lebten in einer e-losen Welt: Für *Schnee* gibt es kein anderes Wort, sagte Mama, also gibt es keinen Schnee mehr. Für *Erde* schlug sie *Grund* und *Land* vor. Na ja, ich weiß nicht. *Tee*, meinte sie, könne man doch einfach *T* schreiben. Aber dann hört man doch das *e*, sagte ich. Dann muss man sich halt zwischen Sehen und Hören entscheiden, sagte sie. Wenn ich *T* sehe, sehe ich auch das *e* darin, sagte ich. Für *Fichte* schlug Mama *Tann* vor. Vielleicht kein schlechter Vorschlag. Und wie unterscheidet sich das von *dann*?, fragte ich. In Köln gar nicht, sagte Mama.

Di Raup hat sich übrigns ni vrpuppt, si ist immr Raup gblibn. Ihre Buchstaben klebte ich wild durcheinander wieder an, schön musste es sein, richtig war langweilig. Das Abzeichnen der Buchstaben, wenn es nicht ganz so gelang, weil die abgezeichneten Buchstaben ihrer Vorlage kaum ähnlich waren, hatte mit einem Mal eine geradezu befreiende Wirkung, denn ich erkannte in den sogenannten Buchstaben Gesichter, Häuser, Bäume, wehendes Haar, eine Wand, Insekten, einen Heuschober, mich selbst auf dem Weg zur Schule, Papa und einen kleinen Hund. So entwickelte ich aus den komischen Buchstaben die schönsten Zeichnungen; anstatt wie sonst das Papier wütend zusammenzuknüllen und in die blaue Papiertonne zu befördern, die vom Haus aus gesehen links neben dem Törchen stand, der Weg dorthin, Blatt für Blatt, war eine feierliche Prozession, das Papier eine Opfergabe an die Göttin des Schreibens und Zeichnens, denn Papier bist du und zum Papier kehrst du zurück. Das Zeichnen, das ich fortan in großem Ausmaß betrieb, ging mit der Zeit wieder ins Schreiben über, es ging zum Schreiben zurück, das aus einer unendlichen Linie entsteht.

Und das Schreiben? Es hat seine Wurzeln im Verheimlichen, das ich seit mehr als fünfzig Jahren aus ganzem Herzen betrieb.

HERZ

Mein Bruder wurde mit einem Herzfehler geboren. Es hieß immer, eine Klappe schließe nicht. Bis heute erzeugt die Vorstellung einer nicht schließenden Herzklappe die wildesten Bilder. Eines Tages, etwa sechs Monate nach seiner Geburt, wurde er blau im Gesicht, sein Kopf schwoll an, als beanspruche er einen doppelten Umfang für sich, auf einem Foto sitzt der Bruder neben mir mit diesem geschwollenen Kopf, mein Gesichtsausdruck verrät ein gewisses Unbehagen, als fürchtete ich Ungemach von diesem Kopf, der sich an meine Schulter anzulehnen drohte. Mutter sprach immer von der *Blausucht* des Bruders. Wie ein Kegel, der leicht umzustoßen war, saß er manchmal neben mir, und manchmal stieß ich ihn einfach um. Dann lag er da und schrie. Von alleine konnte er sich nicht mehr *aufrappeln*, ein Lieblingswort meiner Mutter. Er sah anders aus, er benahm sich anders, er weinte immer so blöd, das wollte ich nicht haben. Mein Tagesablauf war eine Zeitlang darauf ausgerichtet, mir immer neue Gemeinheiten einfallen zu lassen, insbesondere solche, die meinem Bruder eher als Missgeschick oder Unachtsamkeit ausgelegt wurden. Ihn nass machen, seine Kleidung beschmutzen, ihm weh tun.

Du sollst deinen Bruder nicht *hänseln*, sagte meine Mutter mir oft, so dass alle es hören konnten. Hans bedeutete also etwas Schlechtes. *Hans* hieß *Hänsel* nur, weil *Grete Gretel* hieß. War am Ende nicht die Hexe böse, sondern Hans, der seine Schwester in Gefahr gebracht hatte? Oder wollte Mutter auch uns für immer allein lassen? *Hänseln* war eine Aufforderung. Insgeheim wünschte sie, dass ich meinen Bruder hänselte, dann wäre sie uns los. Oder bedeutete *hänseln*, dem Bruder einen Knochen hinzuhalten, den Tod? Schau her, das bist du, und das wirst du werden. Und so wurde mein Bruder immer magerer, und eines Tages löste er sich auf. War es Schadenfreude, dass ich meinen Bruder hänselte? Dann hätte er den Herzfehler ja selbst verursacht. Es war eher eine Art Abwehrzauber, abzuwehren galt es die Angst, vielleicht bald schon ebenfalls einen Herzfehler zu haben und einen dicken Kopf zu bekommen, blau anzulaufen und in den Bewegungen eingeschränkt zu sein. Und abzuwehren galt es den Herzfehler selbst. Hänseln. Die Hanse der Herzfehler.

Es tut mir jetzt leid, ihn deswegen immer wieder verspottet

zu haben. Seine Krankheit führte ich auch dann noch gegen ihn an, als sie mit dem Schließen der Klappe längst überstanden war, sie sollte wohl seine Unterlegenheit beweisen: Wer einen solchen Kopf hat, kann im Spiel nicht gewinnen. Und kann auch nicht klug sein. *Dickerchen* war das Ersatzwort. Mein Bruder war ein *Dickerchen*, auch wenn er gar kein *Dickerchen* war. Na, *Dickerchen*, sagte ich ihm bei jeder Gelegenheit. Unsere Gespräche verhandelten eine Zeitlang nur dies: Ich bin nicht dick, Bist du wohl, Nein, Doch.

Herzklappe war das eindringlichste Wort der Kindheit. Neben *Krebs*. Beide Wörter waren sofort im Kopf. Während ich das Wort *Krebs* für einige Jahre *unter Kuratel stellen* konnte, wie meine Mutter sagte – seine Entmündigung verhinderte, dass es sein eigenes Echo wurde, das einer Auslösung gar nicht mehr bedurfte, und sollte es doch einmal sein eigenes Echo werden, sorgte sie dafür, dass es im Lärm des Alltags unterging –, wurde *Herzklappe* zu einem die Sicht versperrenden Monsterwort, das mit der Zeit alle anderen Wörter aufzufressen drohte. HERZKLAPPE. Garagentor. Ziehbrücke, zu spät gezogen. Garagentor Herzklappe Ziehbrücke. Einfallstor. Das Herz sieht man nicht. Die Tore sehr wohl. Ich habe meinen Vater nie beim Öffnen oder Schließen des Garagentors beobachtet. Ich habe ihn aber allabendlich gehört. Kanonenschläge. Die fallenden Kegel auf dem Schlachtfeld. Ein Schlussstrich. Das jäh die Gleichförmigkeit des Tages unterbrechende Zuschlagen des Garagentors exekutierte das Selbstgespräch, das mich den Tag hatte überstehen lassen bis eben jetzt, und hatte ich mir bis dahin das Haus als mein eigenes angeeignet, war ich ganz in ihm aufgegangen, kannte ich Freund Staub in all seinen Winkeln, hatte ich das ganze Haus ausgemessen und mir so lange eingeprägt, dass ich es aus meinem Inneren hätte hervorholen und vor mich hinstellen können, kannte ich auch die Maulwurfsgänge im Garten, jede tapezierte Röhre des Regenwurms, dieses heiligen Wenigborsters, der mit seinen peristaltischen Bewegungen meine Seele belüftete, der ich doch nur zur Gattung der Vielborster gehörte, so wurde mir nun durch diesen garagentorschlagenden Urknall alles entrissen, ich stand in freier Natur, der Himmel als leckes Dach, durch das Gottes Hand mich jederzeit packen und hinausbefördern konnte. Aber wohin? In den Traum. Also träumte ich. Von einer Herzklappe, die nicht schließt, und das Blut schwappt heraus, strömt vorbei, geht verloren, versickert, verblutet, eine Staumauer, die bricht. Von einer Zeit ohne Außen, in der sich alles Geschehen nur innen abspielt, ich bin in mir selbst, und was mir begegnet, ist in meinem Inneren. Mein Körper ist die Welt, darin nur ich bin, und diesem Ich entspricht kein Gegenstand, es ist die Grenze der Welt, aber von dieser Grenze hängt alles ab. Niemand kann meine Wirklichkeit kennen als ich selbst, der ich meine Wirklichkeit nicht kenne. Ich gehe ganz auf im Beobachten meiner Welt. Es gibt keinen Vater und keine Mutter, wie man von Vater und Mutter spricht, beide sind nur Blutkörperchen unter Blutkörperchen, ohne dass man sie identifizieren könnte. Bin ich nun böse? Werde ich Vater einst an den Grenzen meiner Welt vorbeischwimmen sehen und ihn wiedererkennen? Habe ich ihn denn zuvor je gesehen? Gibt es Einsamkeit überhaupt? Jedenfalls gibt es keine Schmerzen, entweder ist Schmerz in meiner Wirklichkeit nicht vorgesehen, oder alles, was schmerzt, wird, noch bevor der Schmerz eintritt, gegen dasselbe ausgetauscht, das nicht schmerzt, bis es vielleicht ebenfalls schmerzt und ausgetauscht wird. Von diesem Austausch aber merke ich nichts. Niemand kennt meine Wirklichkeit, und ich kenne nicht die Wirklichkeit eines anderen. Ich kenne auch meine Wirklichkeit nicht, was mir ein Leben ohne Langeweile ermöglicht, wenn man überhaupt von Leben sprechen kann, da es keinen Tod gibt, ja nicht einmal die Worte *Leben* und *Tod* und folglich auch keine Unterscheidung zwischen ihnen. Mir selbst entspricht als Grenze kein Gegenstand in der Welt, ich kann also auch nicht ausgetauscht werden. Austausch meiner selbst hieße ja Tod. Mit der Logik ist es so eine Sache in meiner Weltwirklichkeit. Tauchen logische Probleme auf – mangels Wörtern des bloßen Beobachtens, wohlgemerkt –, kommt der Sekundenschlaf und löst die Verspannungen, löscht das Gedächtnis. Alles, was ich überhaupt beobachten kann, ist mein Inneres. Ich kann also nur von innen bedroht werden. Gibt es Krankheit, wenn alles außer mir selbst ausgetauscht werden kann? Bin ich die Krankheit? Gibt es Gesellschaft? Ist meine Wirklichkeit bloß ein Abbild der Welt? Das wäre wunderbar. Ich will ja keine Verantwortung haben. So wie Vater, der dauernd die Grenzen überschritt. Familie, wie Vater sie praktizierte, ist eine dauernde Grenzüberschreitung. Es gibt keinen Zusammenhalt in einer solchen Familie. Sie ist nicht einmal ein Interessenverband. Sie ist eine Gruppe, die notgedrungen für einige Zeit zusammenbleiben muss, bis Gesetze die Auflösung dieser Gruppe erlauben. Das Haus stellt die äußere Sichtbarkeit dieses notgedrungenen Zusammenbleibens dar. Das Haus, das ich später so vermissen sollte, bis in meine Träume hinein, war auch ein Schutz, es beschützte meine Geheimsprache, indem es sich äußerlich ablenkend zur Schau stellte, und für die Leute ist in diesem Zurschaustellen das Haus bereits ganz enthalten, das Außen war das Innen.

Meine Geheimsprache war jeden Tag eine andere. Und in dieser Sprache wurde das Herz meines Bruders gesund. Ich konnte sie heimlich sprechen, ich sprach sie nach innen. In mir verfügte ich über einen reichen Schatz an Lauten, von dem das Schulalphabet nur träumen konnte. Innerlich war ich aller Laute der Welt mächtig, konnte jeden Laut mit jedem anderen kombinieren. Es gehörte eine ungeheure Konzentration dazu, auch Furchtlosigkeit, die Laute im reißenden Fluss strömen zu lassen. Das riss alles mit in mir, wirbelte mich auf, brachte mich durcheinander, setzte mich neu zusammen. Es gab in der Stirn ein Areal, das wie eine Fernbedienung funktionierte. Und diese Fernbedienung sendete meine Geheimsprache aus, die stets ihr angedachtes Ziel fand. Es war jemand in mir, der all das konnte. Ihm war es leicht möglich, mit bislang unbekannten Wörtern, die tatsächlich keine waren, Dinge vom Boden anzuheben und so in der Luft zu halten, dass sie über einen längeren Zeitraum schwebten, ein Gewichtheber der Sprache war er, die tatsächlich gar keine Sprache war, mit der man spricht, es war eine Sprache, die Ordnung in die Welt brachte, wenn menschliches Handeln nur Unordnung zuwege brachte. Meine Geheimsprache war eine Beschwörungssprache, die auf Menschen und Dinge einwirken konnte, sie überführte sie in einen Zustand, wie sie sein sollten. Das hatte etwas mit Reparieren, Nachbessern und Instandsetzen zu tun. Bösen Absichten verschloss sie sich. Und so gelang es mir schließlich, das Herz meines Bruders zu heilen, auf den sie in späteren Jahren seines allmählichen Verschwindens allerdings keinen Einfluss mehr hatte.

HEIM

Ich habe immer etwas verheimlicht. Ich nannte mich den *Verheimlicher*. Etwas verheimlichen hieß für mich, es mir behaglich zu machen. Im Zweiweltenleben, das Familie hieß, war mir das Unheimliche heimlich, heimisch, vertraut, es gehörte zum Haus und zur Familie wie der Garten, die Sprachlosigkeit, das Fremdsein, das Erstaunen darüber, dass man sich jeden Tag in diesem festgezurrten Haus begegnet, ohne sich etwas zu sagen zu haben, ohne sich zu kennen. Hieß behaglich nicht auch zahm? War ich zahm? Über allem, was Familie war, kreiste ein Zuspät. Machte ich es mir gerne heimlich heimelig, war dies nur eine traurige Entschädigung für dieses Zuspät, das täglich unser aller Reden und Tun begleitete. Und so war Familie nichts als ein voranlaufendes Abschiednehmen auch der ihrer Mitglieder, die nie zu sich selbst kommen sollten. *Ich-bin-schon-ausgezogen* hieß meine Sitzhaltung, ich übte mich ein in die *Stunde der wahren Empfindung*, wie ich es Jahre später in einem Buch lesen sollte, das zehn Jahre jünger war als ich, auch ich redete *plötzlich so viel*, von mir, von meinem *früheren Leben*, aber nur nach innen, in mir war ein ununterbrochener Redefluss, und das machte mich froh, nach außen, auch ich war *jemand andrer geworden* und tat weiter so, *als ob er dazugehörte*, diese Verstellung aber beruhigte mich.

Der Verheimlicher pflegte eine Wollust des Verbergens und hatte dabei Wonneangst: Würde der Regelkreis Ich, dem das Verheimlichen nach all den Disziplinierungen durch die Eltern als das eigentlich Eigene eingeschrieben war, durch Entdeckung des Verheimlichens gestört werden, unterbrochen, vernichtet?

Mich im Haus *herumzudrücken*, war fast ein Spiel. Ich wollte von keinem bemerkt werden. Eine besondere Herausforderung war die zum Speicher führende Holztreppe, die so laut knarrte, dass ich Angst hatte, durch sie hindurch in den Keller oder noch tiefer zu stürzen. Nahm ich mehrere Stufen auf einmal, konnte ich das Knarren oft vermeiden; einmal ging ich auf Socken und rutschte aus, den Sturz fing erst die Tür zum Speicher auf.

War ich in der Küche und wollte ein Brot essen, nahm ich Teller, Messer, Butter und Marmelade so geräuschlos wie nur irgend möglich aus der Besteckschublade, dem Kühlschrank, dem Küchenschrank und der Marmeladenkommode. Auch der Verzehr des Brotes hatte geräuschlos vonstatten zu gehen. Die Toilettenspülung betätigte ich so vorsichtig, dass man das rinnende Wasser kaum hören konnte. Eine besondere Technik war vonnöten, den Klappmechanismus der Toilettenbürste so zu kontrollieren, dass die Bürste einerseits nicht am Halter hängen blieb und überallhin ihr Wasser verspritzte, der Mechanismus andererseits nicht mit Knall zurückschnappte. Furze mussten durch eine spezielle Technik entweichen, das Toilettenpapier war wenn möglich unter dem Pullover auf Vorrat abzureißen, zügig, ohne Unterbrechung, Blatt für Blatt, ein nochmaliges Zugreifen war zu vermeiden, übrig bleibendes Papier war auf die am Wandhalter hängende Rolle zu legen. Vor größere Probleme stellte das Knarren der Türen, das Quietschen der Klinken und Zargen. Ich ölte sie mit Fahrradöl und bedauerte dies sogleich, schließlich waren die Türen eine willkommene Herausforderung, die es zu meistern galt, wollte man innerhalb der Familie, an Ort und Stelle, verschwinden.

Eine schöne Übung war es, mich vor die verschlossene Wohnzimmertür zu schleichen und im letzten Moment die Flucht zu ergreifen, wenn jemand den Raum verlassen wollte. Das ganze

Manöver geschah vorsorglich auf Socken, es galt, von außen auf die Situation im Inneren zu spekulieren, mir vorzustellen, wo genau jemand stand oder saß, ob er oder sie allein war, was im nächsten Moment geschehen würde, wann die Klinke heruntergedrückt würde, wohin ich dann unbemerkt flüchten könnte und was ich sagen würde, falls mir die Flucht nicht gelingen sollte. Man konnte gut im Wandschrank der Diele verschwinden, die Schranktüren schlossen mit Magnetschnäppern, die nur ein leises Klacken verursachten. Der Schrank hatte innen Licht, man konnte also lesen. Oder sich einmal ganz genau die Kleidung der Eltern anschauen. Die damals belächelte Ordnung wird das unerreichbare Ziel von morgen sein.

Einmal bin ich, die Tür stand gerade offen, ins Große Zimmer geflüchtet und habe mich unter dem massiven dunklen Holztisch versteckt. Mein Vater kam aus dem Wohnzimmer, schloss die Tür des Großen Zimmers und ging wieder ins Wohnzimmer zurück.

Machte ich etwas heimlich, liebte ich es, mich dabei mit mir selbst zu unterhalten. Und dieses Unterhalten habe ich als Spaltung erfahren. Die Spaltung bedeutete Schuld für mich. Ich machte mich schuldig. Ich hatte die Vorstellung, alles meiner Mutter erzählen zu sollen. Zu sollen oder zu müssen. Alles, was ich erlebte, auch, was ich dachte, musste ich meiner Mutter erzählen. Nicht dass meine Mutter dies angeordnet hätte. Kein Wort sprach sie davon. Ich hatte das Gefühl, sie umgehe dieses Thema bewusst. Vielleicht ging sie davon aus, es sei eine Selbstverständlichkeit, ihr alles zu sagen. Zu *beichten*. Wenn ich ihr also einmal etwas nicht erzählte und mich deshalb selbst zur Rechenschaft zog, musste ich ihr dreierlei sagen: das, was ich ihr zu erzählen unterlassen hatte; dass ich es unterlassen hatte, ihr etwas zu erzählen; dass ich mich selbst darüber zur Rechenschaft zog. Mutter sagte dann: Mach dir nicht so viele Gedanken. Und dieser Satz kam noch hinzu zur Zwangslage, er war besonders perfide, schien er mich vom Beichten doch freizusprechen, sagte aber nicht, ich solle mir *keine* Gedanken machen. Mit der Zeit erzählte ich meiner Mutter nichts mehr, nur noch das unbedingt Nötige, und sogleich hatte ich das Gefühl, sie nicht mehr zu kennen, sie war mit einem Mal eine fremde Person, deren Klagen und Jammern mich nichts angingen, an manchen Tagen begrüßte ich sie, als wäre sie ein Gast auf Zeit in diesem Haus, dann wieder stellte ich mir vor, sie sei als Köchin und Reinemachfrau angestellt und werde vielleicht schlecht bezahlt, und ich fing an, sie innerlich zu kritisieren, wenn sie nicht alle Krümel beseitigt, Spinnweben zu entfernen vergessen oder den Abwasch nicht perfekt gemacht hatte. Ich stellte mir vor, wie ich sie dafür bestrafte, sie schlecht behandelte, doch je perfider diese Vorstellungen wurden, desto trauriger wurde ich über den Selbstverlust und die Hilflosigkeit meiner Mutter. Diese perfide Mischung aus Quälen und Betrübnis wiederum entfachte eine Wut in mir, die kein anderes Ventil fand als in der Zerstörung von Sachen; ich zerstörte, was sich in meiner unmittelbaren Umgebung befand und leicht zu zerstören war, und genügte das nicht meinen Ansprüchen, der Wut eine sie ausgleichende Entsprechung zu bieten, vergriff ich mich auch an Dingen, deren Unzerstörbarkeit die Wut dermaßen steigerte, dass sie sich gegen mich selbst kehrte. Mir selbst den Schmerz zuzufügen, den ich der Mutter an den Leib wünschte, kannte ebenfalls eine Reihe von Steigerungen. Konnte ich es in seinen Auswirkungen noch einigermaßen kontrollieren, wenn ich mir selbst gegen den Kopf schlug, auch wenn das zunehmend geübte Schlagen mit den Fingerknöcheln Grenzen überschritt,

verschaffte erst das Anrennen mit dem Kopf voran gegen die geschlossene Tür oder besser noch das Knallen der Tür gegen den
Kopf, die ich immer wieder an mich heranzog, ein Maß an Befriedigung, das mich innehalten ließ, bis sich der Sturzbach Wut
in der Tiefe gesammelt hatte und ich mit den bloßen Fäusten
auf die Arbeitsplatte der Küche einschlug. Auf diese Weise brach
ich mir einmal die rechte Hand, was ich Mutter mit einem Sturz
über einen Küchenstuhl erklärte, in dessen Beine ich mich ver-
hakelt hätte, was Mutter nicht ganz überzeugte, schließlich hätte
es zwar einen dumpfen, aber keinen scheppernden Krach gegeben, und die Handkante weise für einen Sturz aus solcher Höhe
merkwürdige Verfärbungen auf, was der Arzt im Krankenhaus
lächelnd bestätigte. Was habe ich daraus gelernt? Mir nicht mehr
die Hand zu brechen. Und dass Eltern nicht anders können, als
zur Rede zu stellen; ihre Hilflosigkeit, wenn sie merken, dass
dies nicht gelingt, sie haben einen mitunter jahrhundertealten
Kontrollwahn im Namen von Gesundheit, Gehmirnichtauf-
dieNerven und Vertuschen, der sie die Verantwortung für den
Umstand, dass ihr Kind nun mal da ist, von sich schieben lässt.
Das Kind müsste immer nur sagen: Ich habe mich nicht selbst
gezeugt und nicht selbst geboren, ich bin nicht schuld daran,
da zu sein. Und wäre für die Eltern unerreichbar. Und müsste
nicht jedes Unglück, das dem Kind widerfährt, den Eltern das
größte Unglück sein, da sie es doch sind, die das Kind in die
Welt entlassen haben? Verheimlichen bedeutet für das Kind, sich
dem Zugriff der Eltern zu entziehen. Das Kind will die Zeit nach
den Eltern vorkosten, die Zeit, ab der es selbst bestimmen kann.
Dieses Vorkosten ist jedoch nur Notwehr, denn *eigentlich* will das
Kind immer bei und mit den Eltern sein, und *eigentlich* will es
auf dem Schoß von Vater sitzen, der aber nur sagt: Komm, lass

mal, und dabei so fuchtelnde Handbewegungen macht, als wolle er Fliegen verscheuchen. Und sind es schließlich nicht die Eltern, die auf die Zustimmung des Kindes angewiesen sind?

Verheimlichen ist aber noch mehr. Neben dem Versuch, ein eigenes Leben zu führen, als Kind, neben der Befriedigung, Bestimmer zu sein, wenn auch nur über den Verzehr von Süßigkeiten, ist es der Entzug, der Verheimlichen so reizvoll macht. Mich den Eltern zu entziehen, ihnen das Kind zu nehmen, das sie sich, aber nicht ihm selbst gegeben haben, war eine Strafe, die dem Kind etwas von der fehlenden Wärme gab. Ich pflegte heimlich Gedanken zu haben, von denen ich annahm, sie nicht denken zu dürfen in meinem Alter. So dachte ich zum Beispiel oder stellte mir vor, meine Eltern hätten keine Seele, alles, was sie täten, sei bloß mechanisch, während meine Stofftiere und Puppen sehr wohl eine Seele hätten. Ich stellte mir vor, meinen Vater tot in seinem Sessel zu finden und den Sperrmüll anzurufen, der den Sessel abholt. Ich stellte mir vor, mich mit meinem Vater unterhalten zu können über die sogenannten wirklich wichtigen Dinge des Lebens und nicht immer *Pappalapapp* zu hören.

Es konnte nicht schnell genug gehen, Bücher zu lesen, und als ich zum ersten Mal das Wort *Wissenschaft* hörte, das Vater wie ein besonders wertvolles Möbel in den Raum stellte, hatte ich für mich ein Jagdrevier gefunden, in dem ich ganz unblutig wildern wollte, ohne anderen Aufwand als Konzentration und Abwesenheit. Erjagen hieß für mich, die Bücher in der Bibliothek meiner Eltern über einen gewissen Zeitraum zu beobachten, ob sie in Verwendung sind, dann in einem unbeobachteten Moment zuzuschlagen, wie ich es in einem für die familiären Verhältnisse gar nicht mal so abwegigen Sinne nannte, indem ich sie, unter dem Pullover oder in einem meiner Elektronikbaukästen versteckt, in den Keller und später auf mein kleines Dachzimmer brachte, wo ich mir aus ihnen, als sei es das Wort Gottes, vorlas. Und dies schon zu einer Zeit, da Mutter mir, um den abendlichen Prozess des Zubettgehens, und tatsächlich war es in der Regel ein alle Beteiligten auslaugender, gewaltvoller Prozess, zu beschleunigen, jeden Abend, als sei es das erste Mal, erklärte, der Sandmann käme eben nicht, wie alle dächten, um den Kindern Sand in die Augen zu streuen, vielmehr käme er, um den Kindern die Augen auszureißen.

Gänzlich fehlendes Verstehen, das die Regel war, war die beste Voraussetzung, aus der sogenannten Wissenschaft eine Geheimwissenschaft zu machen, deren einziges Prinzip so umfassend wie einfach war: Entdecke ein Wort, das du nicht verstehst, merke es dir gut, sage es auf, so oft es geht, und wende es an. Das Wort *merken* war ein Mutterwort, mit dem sie bei jeder Gelegenheit ihr Revier markierte: *Merke dir das* oder *Das sollst du dir jetzt mal merken* oder *Das sollst du dir ein für alle Mal merken*. Ich ersetzte *merken* durch *einprägen*. Ich prägte mir die Wörter also ein. Das Aufsagen der Wörter, das zum Einprägen gehörte, geschah nach innen, es war ein stilles, ein heimliches Aufsagen, bei dem ich mir immer ihre Schreibweise vergegenwärtigte. Das Wort vor Augen stellen, nannte ich diese geheimwissenschaftliche Technik. Von Zeit zu Zeit musste ich nachschauen, ob ich mir das Wort korrekt gemerkt oder ob sich ein Fehler eingeschlichen hatte. War das Wort auch über einen längeren Zeitraum korrekt in meinem Wörtervorrat, ging ich dazu über, kleinere Abänderungen an ihm vorzunehmen und sowohl das Wort in seiner korrekten Schreibweise als auch mit seinen zwei oder drei Abänderungen innerlich zu verwenden. Als ich auch hierin eine mir ausreichend erscheinende Sicherheit gewonnen hatte, begann ich, aus zwei Wörtern ein drittes zu bilden, in dem beide enthalten waren. Steck-wurmrübe, Lochkastenholz, Bücherwurmloch, Fleischlosbude. Leider war die Bibliothek meiner Eltern nicht sehr groß. Sie war recht klein. Eigentlich gab es sie gar nicht, es handelte sich um zwei Handvoll Bücher, die meine Eltern an einem schwer zu-gänglichen Ort im Haus untergebracht hatten, sie standen auf dem Speicher in einem kleinen Zimmerchen mit Dachschräge in einem nur etwa achtzig Zentimeter hohen Schiebeschränk-chen, das so unscheinbar war, dass man es leicht hätte übersehen und für einen Teil der Wand hätte halten können. Ich nannte dieses Bücherverlies den Giftschrank. Ein paar andere Bücher fanden sich im kleinen Arbeitszimmer meines Vaters, zigaretten-rauchumwoben umschleiert, sogenannte Fachliteratur, die ihrer-seits hochinteressant, für mich aber zum Entwenden zu gefähr-lich war. In das Arbeitszimmer meines Vaters zu gehen, war ein Abenteuer für sich. Er hatte einen bronzenen Aschenbecher mit einem reliefartig verzierten Rand und einem glatten Innenboden. Auf dem etwa zweieinhalb Zentimeter hohen Rand, bildete ich mir immer ein, waren ringsum Löwen zu sehen, die auf Beute lauerten, die sich früher oder später in der Tiefebene einfinden würde. Ich sah Vater, war er im Zimmer, stets rauchen; hatte er seine Arbeit beendet und das Zimmer wieder verlassen, war der Aschenbecher leer. Also müssen die Löwen die Asche gefressen haben. Im Zimmer war es in den kalten Jahreszeiten recht duster, durch das kleine Fenster in der Dachschräge drang nicht viel Licht, meist hatte Vater die Schreibtischlampe angemacht, die mit ihrem warmen Licht den Raum in eine anmutige Atmosphä-re tauchte, es war eine wahre Kapitänskajüte aus dem neunzehn-ten Jahrhundert, die Vater zum Steuerstand umgewandelt hatte, von dem aus er das Haus manövrierte. Der Aschenbecher diente mal als Steuerrad, mal als Gashebel, Vaters Bücher waren navigatorische Instrumente, angesichts der komplizierter werdenden Weltläufte kamen in regelmäßigen Abständen neue hinzu, die es täglich zu studieren galt. Der Speicher war die Kommandobrücke des Hauses und bald schon nicht mehr nur des Hauses, sondern der ganzen Stadt, in meinem Zimmerchen, dem mit dem Giftschrank, das im rechten Winkel zu Vaters Zimmer lag, ging die Fahrt allerdings in eine ganz andere Richtung. Das lag nicht zuletzt an den verschiedenen Himmelsrichtungen der Zimmer, hatte Vater seinen Steuerstand zum Fenster hin ausgerichtet, mit Blick nach Nordwest, ging mein Fenster nach Südwest.

Konnte ich also unmöglich Vaters Navigationsgeräte mit in meinen Steuerstand nehmen, wollte ich einen Kollisionskurs vermeiden, so bestand mein Manöver darin, mich nur möglichst kurz in Vaters Kajüte aufzuhalten und beim wilden Blättern in seinen Büchern prägnante Wörter aufzuschnappen, die ich mir in meiner Kajüte sogleich in ein kleines Büchlein notierte, bei dem ich sichergehen musste, dass es niemand außer mir finden würde. Was waren das für Wörter? Es waren Wörter wie *Putativnotwehrexzess*, *Absoluter Revisionsabgrund* oder *Zedent*.

Putativnotwehrexzess ließ sich bei unterschiedlichen Gelegenheiten gut platzieren. Aus ihm ließ sich auch gut einmal *Putativnotwehrexpress* machen. Ich wurde von meinem Vater auf die Ledercouch im Fernsehzimmer beordert: Bücher rausrücken! Keine Begriffe mehr verwenden, die Mutter nicht versteht. Das macht sie nervös! Verstanden? Das Fischgrätparkett erstrahlte generalüberholt und frisch gewienert. In der Couch strandete man eher, als dass man saß. Vaters Sessel hatte eine spezielle Hydraulik, die ihn an die Decke befördern konnte, als säße er auf einem Schleudersitz oder auf einem zahnärztlichen Behandlungsstuhl, der nun repräsentativen Zwecken diente. Einmal aber stellte ich mir vor, Vater würden, wie er so dalag im Sessel, bei lebendigem Leib die Organe entnommen, er würde dies ohne Klagen über sich ergehen lassen und einfach ein nächstes Bier trinken. Das Biertrinken gehörte bei Vater zum Tagesablauf wie Postöffnen oder Rasieren. Ob er nun im Sessel lag oder am Mittagstisch saß, morgens in der Küche oder abends im Badezimmer war, Vater machte auf große Welt, deren Zentrum dieses Haus hier war, die Umgebung sei extrem gefährlich, bereits die Seitenstraßen ein Abgrund, warnte er immer wieder. Bis ich fünfzehn Jahre alt war, hatte ich das Haus selbständig nie über einen Radius von dreihundert Metern hinaus verlassen. Das war meine Welt, ein paar Straßen, Reihenhäuser, drei Tante-Emma-Läden, ein Orthopädie-Geschäft, ein Bäcker, die Polizei, eine ausgediente Mühle, das Finanzamt, eine Wäscherei, das Amtsgericht, eine Turnhalle, ein Schwimmbad. In der Wäscherei waren die Chefin und ihre Angestellten immer weiß gekleidet, die Heißmangeln erwärmten den Raum auch im Winter über das erträgliche Maß, wollte man wissen, was in der Nachbarschaft vor sich ging, musste man den Frauen nur fünf Minuten zuhören, dann wusste man auch über das eigene Elternhaus Bescheid, das in der Berichterstattung keineswegs geschont wurde, nur weil der Herr Sohn anwesend war. Über die heiße Arbeit wurde nichts als geklagt, das erhöhte schon mal den Stundenlohn, schließlich machte man ja noch als eine der Letzten Sklavenarbeit, für die sich andere zu schade waren. Es gab nichts Schöneres, als die heißgemangelte Wäsche abzuholen und mit dem Kopf in ihr zu versinken. Die Frauen wickelten die weiße Wäsche stets in Papier, einmal aber war das Papier aus, und als ich mit dem Kopf wieder aus ihr emportauchte, hatte sie einen Schokoladenfleck von dem Riegel aus dem kleinen Tante-

Emma-Laden *Bienenruhe*, der Inhaber hieß Gallenbier, vielleicht hieß er auch Nagebrille oder Allebringe. Der Fleck war mittig gesetzt und als solcher gewiss tadellos, man hätte sich eines solchen Schokoladenmunds als Druck auf einem Bettbezug vielleicht erfreut, auf dem Laken sah er allerdings verheerend aus, und so bin ich mit dem Wäschekorb erst einmal um den Block gelaufen, der Fleck blieb an seinem Fleck, ich stand dann wieder in der Wäscherei mit der Bitte, ihn doch umgehend zu beseitigen, was die Frauen als Beleidigung empfanden, schließlich müsse so ein Laken gekocht werden und dann geheißmangelt, das brauche seine Zeit, und sie seien dazu da, für anderer Leute Wäsche ihre Zeit zu opfern, nicht aber, um sich in Schadensbegrenzung mit zweifelhaftem Ergebnis zu üben. Tatsächlich sagten sie so etwas wie *machen wir nicht* oder *komplett neu* oder *dauert*, jedenfalls kam ihr Bescheid einem Richterspruch gleich, der mich den Wäschekorb nehmen und ihn schnurstracks meiner Mutter bringen ließ, die ihn zurückwies mit dem Hinweis, da sei wohl etwas Schokoladiges nicht sauber geworden, an das sie sich im Übrigen gar nicht erinnern könne, bezahlt sei es ja schon, und doppelt bezahlen werde sie nicht, da brachte ich das Laken zurück in die Wäscherei, wo ich mit den Worten empfangen wurde: Dachte ich es mir doch, aber das einzelne Laken machen wir so nicht, wo kommen wir denn da hin, wenn wir immer einzelne Laken machten, die Mutter soll das mit der nächsten Wäsche schicken. Die Botschaft zu Hause vermeldet, zog meine Mutter ihre Straßenschuhe an, um sich *der Sache*, wie sie sagte, *einmal selbst anzunehmen*, schließlich sei man dort ja seit Jahren schon Kunde. Was man dann für die längste Zeit gewesen war.

Es gab auch Dinge im Haus, die ich, hatte ich sie aus Versehen beschädigt, verschwinden ließ, ich nannte das *sie verheimlichen*, ich grub sie zum Beispiel in den Komposthaufen am Ende des Gartens links hinter der Wiese, der Trauerweide und der kleinen Waldinsel ein, noch jetzt spüre ich meine Beine all die Wege in den Garten gehen, sehe Meter für Meter vor mir, aus dem Komposthaufen beförderte der Gärtner die Dinge nach Jahren wieder ans Tageslicht und präsentierte sie stolz meiner Mutter, die zögerte, ob sie sich an sie vielleicht erinnern müsste. Natürlich erinnerte sie sich. Ihr war aber nicht an einer Diskussion über den Umstand gelegen, wie sie dorthin gelangen konnten. Waren sie zu retten, reinigte meine Mutter sie und stellte sie wieder an Ort und Stelle oder an einen anderen Platz, wenn der alte vergeben war. Sah ich sie, grüßte ich sie auch nach Jahren mit den Worten: Da bist du ja wieder, als sei ein bereits verloren geglaubter Freund gerettet worden, der an seine Rettung zeitlebens erinnert werden müsse, wollte er nicht doch noch verloren gehen.

Verheimlichen macht leise. Ich war schließlich so leise, so behutsam in jeder Bewegung, dass ich das Knarren der Dielen, das Quietschen der Türen als meine eigene Lautgebung verstand, die es zu unterdrücken galt, die Türen und Dielen waren mit einem Mal Körperteile von mir, die mir nicht gehorchten, die mich verfolgten und bedrohten und die ich, um sie zu besänftigen, immer passieren musste. Mir war, mit einem Mal, mein eigener Herzschlag zu laut. Ich konnte mich nur auf eine einzige Sache noch konzentrieren, auf die, wie mir schien, unheilvollen Untertöne des schlagenden Herzens, das mit einem Mal, möglicherweise im nächsten Moment schon, und diese Momente folgten immer schneller aufeinander, still stehen könnte, so still wie ich, wenn ich wieder einmal übte, in mir selbst zu verschwinden, indem ich mich in dafür bestimmte Zimmerecken des Hauses stellte, mit den geschlossenen Augen zur Wand, im spitzen Winkel, den Kopf geradeaus, es sollten die letzten Gedanken gedacht werden, damit der Kopf schön leicht ist, und dann, wenn über die Sinne nichts mehr ins Innere dringt, wenn alles Innere entleert ist – ohne Nahrung sterben auch die Erinnerungen ab, sagte ich mir –, wenn dann die Tätigkeit der Organe und der Blutkreislauf, die dazu da sind, sich selbst zu erhalten und die Einspeisung durch die Sinne zu verarbeiten, nur noch Leerlauf sind und folglich eingestellt werden können, dann, so stellte ich mir vor, kann der Körper von oben nach unten abgebaut werden, mit den ausfallenden Haaren fängt es an, die noch im Ausfallen sich auflösen, die Kopfhaut weicht von der Schädeldecke, und wie eine Kerze schmilzt die restliche Haut und legt das Skelett frei. In diesem Moment verlieren die Organe ihren Halt und fallen aus dem Brustkorb, der Schädel kullert vom Rumpf, es folgen die Knochen von den Schlüsselbeinen an, bis auch das Fußskelett auseinanderfällt, links wie rechts zur gleichen Zeit. Da stehe ich nun. Mit nichts mehr. Ich bin wirklich verschwunden. Nichts Heimlicheres gab es als mein Leben des Verheimlichens. Ich bin, was ich verheimliche. Und weil ich verheimliche, bin ich. Was zunächst eine Art Spiel war, wurde allmählich zu einer Art Lebensstil oder Ichstil, ich konnte mich anders gar nicht mehr denken als verheimlichend, und wenn ich anfangs noch dachte, unauffällig sein und bleiben, dann ist das Leben im Elternhaus erträglich, so ermöglichten mir die Maßnahmen des Verschwindens allererst, mich kennenzulernen ohne den Schatten der Eltern, hier, im Reich des Verschwindens, hatte der Überwachungsstaat Familie ein Ende, hier reichte er nicht hin. Wenn Vater aus dem Haus war, ließ sich anders atmen, vieles schien möglich, auch wenn ich das den Körper dressierende Gefühl nicht loswurde, bis an mein Lebensende in diesem Haus leben zu müssen, gemeinsam mit den

Eltern. Eine Vorstellung davon, wie es jenseits der Burgmauern aussehen könnte, hatte ich jedenfalls nicht, die Familienpolitik der Unmündigkeit funktionierte hier tadellos, galt die Welt doch jenseits des Marktplatzes in nordöstlicher und des Kirmesplatzes in südwestlicher Richtung als böse, wozu es anscheinend keiner weiteren Begründung bedurfte. Und das Böse fing schon jenseits des den Vorgarten entlanglaufenden ringförmigen Mäuerchens an, am sichersten wäre es gewesen, gar nicht erst das Haus zu verlassen. Heute, nachdem ich das Böse kennengelernt habe, ist es im Wachen wie im Traum mein größter Wunsch, das Haus in seinem originalen Zustand wieder zu betreten, ja, bis zu meinem Lebensende in ihm zu wohnen. *Wohnen* ist früh schon ein umfassenderer Begriff als *leben* gewesen; wenn mein Vater sagte, der und der oder die und die *wohne* da, stellte ich mir einen Palast vor, eine Art Trutzburg, in der jemand auf einem Thron sitzt und von morgens bis abends königlich speist. An eine Wohnung habe ich hierbei nie gedacht, es musste immer ein Haus sein. Unser Haus war kein Palast, es war schlicht eingerichtet, kalt und karg. Und wieder muss ich mir eingestehen, dass ich dem von mir seit etwa dem zwölften Lebensjahr als schlecht empfundenen Geschmack meiner Eltern, der sich am augenfälligsten in der wild zusammengestellten Hauseinrichtung zeigte, diesem erbüberkommenen Geklumpe, nichts an gutem Geschmack der Hauseinrichtung entgegensetzen konnte, dass vielmehr die Kargheit der Zimmereinrichtungen, die Sprödigkeit und Kühle, die man beim Betreten des Elternhauses verspürte, eine besondere Qualität war, die Basis nachhaltiger Erinnerung. Der Bannkreis des Bösen ist mit den Jahren, seit dem Durchwandern vieler Orte und Wohnungen, immer enger geworden, die geschmackloseste Anhäufung von Besitztum verstellt den Blick ins Innere, der mir

60

vor Jahrzehnten zwar nicht das Paradies, wohl aber die Wahrheit verhieß, das Gesicherte, Uneinnehmbare, seitdem bin ich jeden Tag bemüht, den Haufen zu verkleinern, der nur Ersatz ist für die verlorenen Ordnungen und Zustände des Elternhauses, die ja nicht alle nur Angst waren. Entmündigung ließ den Mund nach innen wachsen, sein Hallraum kannte keine Grenzen. Jetzt ist mein Außenmund zwar groß, meiner Großmäuligkeit steht aber alles im Weg.

Was ist das Böse? Es ist nicht da draußen. Es ist tief, ganz tief in uns, es jault, wenn der Blick nach innen geht und es berührt, es taucht aus der nie gekosteten Muttermilch auf, die böse war, weil sie mir nicht zukam. Das Gute und das Böse, das sind Kräfte wie die Erdanziehungskraft, es sind Prinzipien, die in allem sind. Moral des Guten? Nicht mit mir. Das Böse ist auch das Heimliche, es ist *das Andere*, das in mir ist und nicht sein soll. Ich war der, der ganz böse war, in meiner Vorstellung, der aber ganz brav war, nach außen hin. Das Böse hat eine eigene Ordnung. Ich hätte sie gerne akzeptiert.

Wenn nun mein alltägliches Verhalten, wie mir wieder und wieder vermittelt wurde, böse sei, *durch und durch böse*, wie Mutter mit der Faust vor meinem Kinn drohte, und dieses Verhalten war nichts als *Kinkerlitzchen*, ein Wort unerklärlichen Ursprungs, aber zauberhafter Gestalt, das Mutter gerne bester Laune in die Luft hängte, aus der ich es mir immer wieder griff – wenn also bereits mein alltägliches Verhalten *böse* gewesen sein soll, was um Himmels willen waren dann die unvorstellbaren Gräueltaten, denen der Mensch zu allen Zeiten fähig gewesen ist, war das Böse doch Diamant, mein Verhalten aber Albernheit, wertloser Schmuck, den ich mir oft aus Übermut anlegte. War es nicht meine Freiheit, böse zu sein, die ich mir nicht auch noch nehmen lassen wollte von den elterlichen Enteignungspraktiken, die jede menschliche Regung in gut und böse einzuteilen sich beeilten, sobald das kindliche Gemüt auch nur eine Veränderung seines Zustands andeutete. Die Freiheit, mir etwas anderes vorzustellen, war die Freiheit des Bösen. Ich erschuf mir das Böse und gab ihm eine Form, ein Aussehen, eine Gestalt. Diese Gestalten, meine Fratzen und Wörter, waren selbst schon das Böse, sie kamen zum Vorschein, wenn ich meine Mutter auf Distanz halten wollte, sie sagten ihr, bis hierhin und nicht weiter. Dann wurde ich zur züngelnden Schlange, die zischte der Mutter zu: *Wir sind sterblich, weil wir Gut und Böse unterscheiden können. Und nun ist es eh zu spät.* Das erzählte die Mutter dann am Abend dem Vater, der daraufhin ganz alttestamentarisch gerührt war und mich fragte: *Ist denn alles Dichten und Trachten deines Herzens nur böse immerdar?* Geborene Verbrecher waren wir nicht, mein Bruder und ich, auch wenn Mutter im Bruder zuweilen einen solchen entdeckt zu haben glaubte. Manchmal sagte sie Sachen wie *Mit deinem Bruder wird es ein schlimmes Ende nehmen* oder *Ich weiß nicht mehr, was ich mit deinem Bruder noch machen soll.* Warum sagte sie mir das? Sollte es irgendwelche Maßnahmen rechtfertigen, die sie mit Vater abgesprochen hatte? Gehänselt, beleidigt, unterdrückt, hatte sich mein Bruder früh schon eine Ersatzfamilie besorgt, *zweifelhafte Freunde*, wie meine Mutter sie nannte. Mit ihnen verbrachte er die meiste Zeit und kam so der Familie abhanden. Plötzlich hatte er Geld, und gleichzeitig hatte er Schulden. Alkohol wurde zunehmend zum Thema, Rauchen war seit längerem ein gemeinsames Hobby der Familie. Seine zweifelhaften Freunde gaben ihm die Bestätigung, die ihm die Familie verwehrte. Mutter starb, ohne mit meinem Bruder *im Reinen* gewesen zu sein, wie sie sagte. Als Vater starb, hatte er nicht mehr die geistigen Fähigkeiten, mit meinem Bruder, der ihn bei sich aufgenommen hatte, ins Reine zu kommen. Als mein Bruder starb, ist er da mit sich im Reinen gewesen? Nachdem ich von unserem gemeinsamen Zimmer aufs Dach gezogen war, habe ich das Zimmer, das er nun für sich alleine hatte, nie mehr betreten. Jedenfalls erinnere ich das Zimmer nur als unser gemeinsames. Man tritt in die Familie nicht ein, man kommt schreiend hinzu, liegt herum, bis man laufen kann; läuft, bis man weglaufen möchte; hat Sehnsucht nach der elterlichen Umarmung, die zunehmend ausbleibt; wird zur Last, wird heimlich. Und diese Sehnsucht verlässt einen nie, sie ist eine wirkliche Sucht, die alles schlimmer macht, was vielleicht gar nicht schlimm war, sie lässt einen keinen Frieden schließen. Ich erinnere mich an einen kühlen Herbsttag, der Gehweg war von Laub gesäumt, das der Regen ganz flach gemacht hatte, bald würden die Asseln und Käfer, die Würmer und Schnecken kommen und die Blätter zerkleinern, bevor Pilze und Bakterien sie zu Humus werden ließen. Der Boden war glatt, alle Aufmerksamkeit galt dem Wunsch, nicht auszurutschen. Es roch leicht modrig, ich liebte diesen Geruch, ich stellte ihn mir als Ausdünstung der Seele vor, und je inniger ich in mir selbst war, desto modriger roch es. Es war kühl, aber nicht kalt. Warum nicht die Jacke öffnen. Ich schneiste durch die Stadt, die zweiunddreißig Jahre zuvor Bomben dem Erdboden gleichgemacht hatten. Jetzt atmete ich die Bombenluft. Noch dreihundert Meter, und ich ging in den Abgrund. Da hinten tat sich ein riesiges Loch auf. Da fielen alle Menschen auf einen großen Haufen Menschen, die seit dem Krieg da lagen. Ich habe diesen Weg bis heute in der Nase und den Beinen und gehe ihn, welchen Weg ich auch gehe. Auf diesem Weg wurde einem kräftig ausgeatmet, und man hat vergessen, wieder einzuatmen. Dieser

Weg, der an stillgelegten Häusern vorbeiführte und verlassenen Gärten, der sich immer tiefer in die Erde schnitt, bis er ganz aus ihr herausgebrochen sein würde, sollte nicht mehr zurückführen zum Elternhaus, nur immer fort führte er, und jeden Tag erwarte ich, dass er ganz ins Innere führt. Dort findet sich dann wieder jener Spielplatz mit seinen sandigen Steinplatten, die das Blut aus den Knien trieben, und dessen Schaukeln uns Kinder so traurig machten, schienen sie doch einhundert Jahre alt zu sein und wir neue nicht wert. Sie hatten Eisengestänge statt Ketten und quietschten, schwang man sich höher als erlaubt. Es war nichts zu tun hier, man suchte ihn auf, um den Blicken der Eltern entzogen zu sein. Der Spielplatz befand sich in einem Park, und in diesem Park sah ich zum ersten Mal eine Skulptur, eine nackte Frau in Stein. Sie saß auf einem hohen Steinsockel, der sich nach oben hin dreimal stufenweise verjüngte, und schaute schräg zu Boden, ihren angewinkelten linken Arm mit dem Ellenbogen auf den Oberschenkel ihres auf eine Wölbung hochgestellten linken Beines gestützt, ihre linke Hand stützte ihren Kopf. Das Gesicht war um Mund, Nase und Wangen verwittert, als finge die Zeit an, sie langsam abzutragen, so langsam, dass sie erst nach Hunderten von Jahren ganz verschwunden sein würde. Ihre rechte Hand umfasste einen Krug oder ein Füllhorn, vielleicht war sie im Begriff, baden zu gehen, der Bach oder See war aber mittlerweile ausgetrocknet, da jemand sie aber in Stein verwandelt hatte, konnte sie nirgends anders hin, um ihren Körper in Wasser zu tauchen. Mutter sagte, sie sei *anmutig*, ich fand sie traurig. Oft saß ich auf ihrem Schoß und sprach mit ihr, sie erzählte, dass sie wie ein Wunder im Bombenhagel unversehrt geblieben wäre und dass es in der Stadt jemanden gäbe, der auch in einem Park stehe, ganz groß, mit Schwert, der habe mal vor etwa hundert

Jahren einen Krieg gegen Frankreich geführt, die Bomben seien zwar erst rund fünfundsiebzig Jahre später gefallen und zudem noch von einem anderen Land abgeworfen worden, dennoch aber habe der, der da mit einem Schwert in dem anderen Park stünde, seinen Anteil daran, und sie könne nicht verstehen, dass er überhaupt da stehe. Erst viel später sollte ich ihm begegnen.

Der Spielplatz hatte auch eine Wippe und eine Drehplatte, an denen der Zahn der Zeit genauso nagte wie an der Frau in Stein. Das ganze Ensemble wirkte so, als sei es eine Ausstellung früherer Zeiten und als müsste doch an allen drei Zugängen des Spielplatzes unübersehbar ein Schild stehen, wie ich es schon im Museum gesehen hatte: *Bitte nicht berühren.* Die Wippe war schlecht gedämpft, sollte es quer oder längs eingebaute Reifen gegeben haben, waren sie im Sand verschwunden oder gebrochen. Eine Rutsche gab es nicht, oder ich kann mich an sie nicht mehr erinnern. Fünfundvierzig Jahre später werde ich, geboren in einer großen Stadt, großartige Spielplätze kennenlernen, die man nicht aufsucht, um den Eltern zu entkommen oder der sich flächenartig ausbreitenden Langeweile, die einem nicht von der Seite weicht; die bloße Erkundung dieser Spielplätze wird alle Zeit des Verweilens in Anspruch nehmen. Papa wird dann nicht mehr so gerne schaukeln, er wird auf einer Schaukel sitzen und mir beim Schaukeln und Wippen und Rutschen und Klettern zusehen. Manchmal schaukelt er dann doch, aber er sitzt nicht flach ausgestreckt auf der Schaukel wie ich, mit dem Kopf als tiefstem Punkt, so dass ich rücklings den Boden sehen kann, er bekomme dann Schwindel, sagt Papa.

Die nackte Frau in Stein wurde für mich mit der Zeit zu einer gewöhnlichen Einwohnerin der Stadt und zu einer Vertrauten, mit der ich mich gut unterhalten konnte. Wunderte ich mich anfangs, dass kein Schild an ihrem Sockel angebracht war, wer sie denn sei, so wäre mir nun ein solches Schild unpassend vorgekommen, schließlich war sie ja kein Verkaufsgegenstand in einem Kaufhaus oder ein Ausstellungsstück in einem Museum. Ich erzählte ihr alles, sie hörte geduldig zu, unterbrach mich nur selten. Das Schönste aber war, sie war immer da.

Es ist fürchterlich, wenn es den Tag einer Aussprache nicht mehr geben wird, man wird sich mit sich selbst aussprechen müssen, auf diese Aussprache läuft das ganze Leben hinaus, das Leben ist den Menschen Milliarden von Aussprachen schuldig, es sollte einmal im Jahr den Weltaussprachetag geben, ohne Gott.

Mutter fragte mich des Öfteren Dinge, die sie sich selbst fragte, die Fragen waren Tiefenbohrungen in ihre Seele, zu der sie wohl keinen Zugang hatte, oder ihr Zugang war so intensiv, dass sie sich fürchtete einzutreten, als würden elektrische Schläge sie davon abhalten. Sie sprach vom *Seelischen*, ich wusste nicht einmal, was *Seele* überhaupt sein sollte. Sie fragte und hatte dabei die Augen landunter. Was machte sie bloß so traurig? Als Kind weiß man keinen Rat, man hat nur Vorstellungen, und so stellte ich mir vor, sie sei eifersüchtig auf die nackte Frau in Stein. Aber Mutter, sagte ich, sie sitzt da immer nackt, im Sommer wie im Winter, und kann sich nicht anziehen, wenn sie friert, und im Sommer nicht schwimmen gehen, da ihr das Wasser abhandengekommen ist.

Ich sah Mutters Mund und hörte ihren Augen zu, und Augen und Mund fragten mich Unterschiedliches, und da sah ich, dass ihr Mund ihre Augen befragte, und ich sollte Auge sein für ihren Mund. Früh ist zu lernen, dass Eltern ihren Kindern nicht die richtigen Fragen stellen, dass sie nicht wissen, *wie* sie fragen sollen, sie stellen ihnen Fragen, die zu beantworten sie selbst ein

Leben lang versäumt haben. Und wie sie so dasaß, mit mir, am ovalen Tisch im Esszimmer, erschien mir das Gespenstische der Mutter, gegen das ich, anstatt ihre Fragen zu beantworten, anfragte; sie fragte immerzu: *Sag mir mal, hilf mir mal,* flehentlich zuweilen, ich sagte immer nur *du* und *du.* Was aber wollte sie wissen, ohne dies zu fragen? Sie wollte wissen, ob ich mit ihr zurück in ihr Elternhaus ginge, das noch da sei, da stamme sie her, dahin wolle sie zurück. Und da habe ich ja gesagt, und augenblicklich sind wir nach Eurengrub. Mutter erzählte von ihrer Schulzeit auf einer Insel im Rhein, von den strengen Nonnen, von Nathan dem Weisen, der sie beeindruckt habe mit dem Spruch: *Ich habe nie erwartet, dass allen Bäume* eine *Rinde wachse,* und dass sie wohl keine Rinde habe, ihr schlage alles immer aufs Gemüt, und das sei wohl der Stamm. Mich erschreckte, dass es hinter der Mutter immer noch viele andere Mütter gab, die sie einmal war und die sie alle mitgebracht hatte, und mit keiner war sie im Reinen, sie war nicht einfach nur diese eine, die vor mir saß, und einundfünfzig Jahre später werde ich sagen, ich will kein Vater werden, Kinder fallen ihren Eltern immer nur zur Last, wovon deren Jammern und Zetern steter Ausdruck ist.

Und ich sagte danke, aber nicht meiner Mutter, sondern so in den Raum, da musste ja noch jemand sein, und auch wenn da niemand war außer meiner Mutter und mir, sagte ich danke, denn dieser Jemand, den man nicht sah, der war stark, an ihn konnte ich mich wenden, wenn zu viele Jammerflocken in der Raumluft waren, die ich nicht einatmen wollte, er atmete sie ein, und je stärker meine Mutter jammerte, desto stärker atmete er ein, so dass an manchen Tagen ein heftiger Wind im Zimmer herrschte. Der Wind, stellte ich mir vor, nähme Mutter mit, höher und höher stiege sie auf, sie flöge ganz ruhig, und als hätte sie ihr Ziel erreicht, winkte sie mir, und noch einmal, und dann ein letztes Mal, ich kehrte ins Zimmer zurück und wäre allein, und das Beängstigende dieses Zustands wiche zunehmend einem Wohlsein.

Mutters Nase betrachtend, ihren Mund, ihre Augen und Haare, Ohren und Hände, dachte ich, eines Tages bist du tot, dann werden wir nicht mehr hier sitzen, dann sitze ich nur in der Erinnerung mit dir hier, und dieses Hier wird überall sein. Es waren, meiner Beobachtung nach, die Mütter, die immer jammerten, die Väter waren schon viel zu abgestumpft. Die nicht jammernden Mütter waren streng. Und dann gab es Mütter, bei denen sich Jammern und Strengsein abwechselten. Kind sein, Kind bleiben und gleichzeitig Vater werden, das stellte ich mir höchst merkwürdig vor, ein Zweischichtenvater, der in sich das Kind unterdrückt, damit er als Vater dem ihm gegenübersitzenden Kind gerecht werden kann. Und der in dem ihm gegenübersitzenden Kind sich selbst sieht. Dabei ist dieses Kind ein ganz anderer Mensch, der sich von Tag zu Tag zu mehr Eigenständigkeit erhebt. Dieses Kind schält sich aus ihm heraus, nimmt Konturen an und entfernt sich von Tag zu Tag mehr. Und so sagt man dem Leben täglich auf Wiedersehen.

War ich, in solcher Stimmung und auch schon als Kind, nicht seltsam erlöst, wenn ich über die Worte *Furcht* und *Angst* brüten konnte, frei flatternde Wörter, sofern man sie nicht in einen Satz sperrt? Worte, o Worte. Wenn ich Angst hatte, sagte ich mir, ich habe Angst, dann wieder überkam mich das Dräuende, Zusammendrückende, Obenaufhausende, es pfeift mir seltsam aus den Ohren, dachte ich; Empfinden war schon länger, seit wann noch mal, unmöglich, mit Abstand bedacht, aber Abstand wollte ich nicht haben, ich wollte ja drauf zu, also hinein, ganz hinein. Jetzt bin ich also ganz darin. Wenn ich ganz ruhig bin, mich ganz ruhig verhalte, nichts tue, also nur so dasitze, was schon zu viel ist, die Luft anhalte, dann höre ich mich aus den Ohren, also da ist das Herz in den Ohren, die Hebamme legt das Hörrohr an, das Pindar'sche Hörrohr, und ich höre mich, im Ohr, mein kindliches Herz pocht munter, ist es das, was mich in Schrecken versetzt, die Gegenwärtigkeit des Gewesenen, das nicht war, aber anhält? Nichtstun meinte uneingeschränkte Selbstwahrnehmung, die von nichts abgelenkt wurde, und diese Selbstwahrnehmung bedeutete Angst, das Gefühl, in die Tiefe zu stürzen oder weggesaugt zu werden, kosmische Bilder taten sich auf, fessellose Drift durch die Galaxie, ich musste nur die Augen schließen und mich auf den Himmel hinter den Lidern konzentrieren, da war sie, Gala, die vergossene Göttermilch, die Spiralarme zogen mich in ihren Bann und entfernten mich vom Elternhaus, und wo ich auch war, Staub entzog das sichtbare Licht, und so konnte ich immer nur Ausschnitte beobachten, nie aber die Galaxie ganz in Augenschein nehmen, dazu hätte ich verschwinden, aus meinem Bewusstsein gehen, mich vergessen müssen. Wie aber konnte ich sagen, dass ich etwas vergessen hatte, und wie dann, *was* ich vergessen hatte? Ich hätte mich an das Vergessene erst erinnern müssen. In der Erinnerung aber ist es nicht mehr vergessen. Es ist dann das *einst* Vergessene. Oder es war nie wirklich vergessen. Im Erinnern ist das Vergessene anwesend als eine andere Zeit.

Einundfünfzig Jahre später will Papa mit mir über Dinge sprechen, die er, das merke ich deutlich, nicht versäumen möchte, mir zu sagen, und dann sagt er mir Dinge, lächelnd, die ich nicht verstehe, die ich auf eigentümliche Weise aber begreife, vielmehr begreife ich, dass er mir überhaupt etwas vom Leben erzählen möchte und dass er dieses Leben nicht versteht und dass er das vielleicht nur einem Kind gegenüber, mir, gestehen kann. Dann weiß ich, dass er etwas zu weinen hat, er weint aber nicht, aber heimlich weint er ganz bestimmt. Er sagt, er habe mich sehr lieb, aber dass ausgerechnet er und Mama und ich da seien, das sei auch wunderlich, ein Wunder, ja. Dann spricht er vom Haushalt, vom Wäschewaschen, dass es eins der schönsten Dinge im Leben sei, schöne Kleidung zu tragen, das habe etwas Erhabenes, aber nicht den Leuten gegenüber, die arm seien, sondern dieser Verlorenheit gegenüber, von der die täglichen Verrichtungen nur ablenkten. Man müsse täglich die Stube kehren, wird er sagen, als lebten wir noch im neunzehnten Jahrhundert, das sei ein Ritual, spät noch, vor dem Zubettgehen, den Boden fegen, die ganze Wohnung, mit einer weißen Kehrschaufel und einem Rosshaarbesen, dem Fegen müsse man sich ganz hingeben, es schließe den Tag ab, lade die guten Geister für den nächsten Morgen ein, mache es gastlich. Er wird davon sprechen, in seiner Kindheit vieles heimlich gemacht zu haben, im Verborgenen, er habe heimlich nachts, wenn alle anderen schliefen, Fernsehen geschaut und so eine Welt kennengelernt, die er nicht für möglich gehalten habe, Krankheiten gesehen, Kommentare über das Weltgeschehen gehört, und beides hätte ihn zugleich fasziniert und verängstigt, wie man nur so nüchtern über Krieg berichten könne und dass das Leben, so sei es ihm vorgekommen, nur eine Kriegsunterbrechung sei, er habe wie sein Vater auf dem Liegesessel gelegen und in den Kasten gestarrt, dazu Chips gegessen, früh schon von Vaters Bier kosten und seine Zigaretten rauchen wollen, was er von Nacht zu Nacht hinausgeschoben habe, die Flasche Bier am Mund habe er sich immerzu gesagt, nun nimm doch einen Schluck, die Zigarette im Mund habe er sich gesagt, nun steck sie schon an, die Flasche Bier habe er stets in den Kühlschrank zurückgestellt, die Zigarette wieder zurück in die Schachtel gesteckt.

Es sei einfach nichts los gewesen, in seiner Kindheit, sagte Papa, das Geheimnis des Heimlichen, das Heimliche der Geheimnisse habe etwas Spannung gebracht, in der Welt sei Schreckliches passiert, Krieg in Vietnam, Attentat in München, Terrorismus, Entführungen, der Kalte Krieg habe Atomangst geschürt, und in seinem Elternhaus nichts, in ihm aber sehr wohl. Innen und außen hätten keine Entsprechung gehabt, sagte Papa. Der Alltag habe nur immer das Gleiche geboten, von Ferien zu Ferien, was aber im Fernsehen und im Radio berichtet wurde, sei in ihm zu Monstern geworden, die irgendetwas von ihm wollten, das er nicht verstanden habe; da er sie nicht *aus*sprechen konnte, habe er die Monster für sich behalten und sei schließlich innerlich verstopft gewesen, da hätten die Monster sich dann gedrängt und angefangen, muffig zu riechen, es habe aus ihm herausgerochen, so dass er in Gegenwart seiner Mutter vermieden habe zu atmen, und da seine Mutter vom Krieg nichts mehr wissen wollte und regelmäßig das Zimmer verlassen habe, wenn auf irgendeinen Krieg die Sprache gekommen sei, habe er seine Monster niemandem zeigen können, sein Vater habe immer nur jaja gesagt und weiter ferngesehen, und manchmal seien im Fernseher dann gleichzeitig diese oder andere Monster gezeigt und besprochen worden, da habe er gesagt, siehst du, Vater, die meine ich, sein Vater habe nur abgewunken, er wolle zuhören und nicht gestört werden, tatsächlich aber habe er sich keine Blöße geben wollen, den Sohn nicht wirklich zu verstehen, denn bereits zu dieser Zeit sei er schwerhörig gewesen und nicht erst Jahrzehnte später, als er es nicht mehr verheimlichen konnte und es für ihn unumgänglich wurde, ein Hörgerät zu tragen. Mit dem Hörgerät sei es allerdings nicht viel besser geworden, man habe, so Papa, den Eindruck gewinnen können, dass sein Vater nicht habe zuhören *wollen*, sein Vater habe auch immer überrascht getan, wenn er das Hörgerät zwar im Ohr gehabt, es aber angeblich anzuschalten vergessen habe, und manchmal sei eben die Batterie leer gewesen, das Hörgerät habe furchtbar gefiepst, was sein Vater zum willkommenen Anlass genommen habe, das Ding für einige Zeit wegzulegen. Auch wenn er später sehr vergesslich geworden sei, sein Vater habe sich eigentlich nicht verändert, zwar hörte er fast nichts mehr, aber zuhören habe er ja auch mit intakten Ohren nicht gewollt, nun habe er einen guten Grund für seine Ignoranz gehabt. Er sei aber, gewissermaßen als Ausgleich, ein ausgezeichneter Beobachter geworden, was er vor seiner Schwerhörigkeit nicht gewesen sei. Im Gegensatz zu früher habe er, körperlich schwach geworden, seine Beobachtungen für sich behalten, was für ihn, Papa, ziemlich unerträglich gewesen sei, geradezu unheimlich, schließlich müsse doch, gehe etwas in einen hinein, auch etwas in irgendeiner Form aus einem wieder herauskommen. Sein Vater habe ihn an eine lebende Statue erinnert, wie er da so regungslos auf einem Stuhl oder einer Bank gesessen habe. Und mit der Zeit sei er zu einem Möbel geworden, für das niemand mehr Verwendung gehabt und auf das niemand geachtet habe.

Sich der Beobachtung entziehen, etwas heimlich auf die Seite schaffen, etwas abzweigen, anhäufen, aus dem Verkehr ziehen ist eine Freude für sich. Ein Spiel. Im Kinderzimmer horte ich Süßigkeiten, täglich wechsle ich ihren Aufbewahrungsort. Hier bin ich Dompteur einer Schar von Tieren und Figuren. Ewiger Spiegel, in dem das Spiel gut sichtbar ist. Und manchmal gelingt das Dompiieren nicht, dann muss ich ihnen, die den gesamten Teppich eingenommen haben, das Feld überlassen. Diese Gelegenheit des Unbeobachtetseins nehmen sie sofort wahr und breiten sich im ganzen Zimmer aus. Tagelang kann ich mein Zimmer nicht mehr betreten, und manchmal lässt sich nicht einmal die Tür mehr öffnen. Durch das Fenster in der Tür kann ich sehen, wie sie sich absprechen und dafür Sorge tragen wollen, das Zimmer für sich zu behalten. Da werden Posten an allen wichtigen Orten aufgestellt, die das Eindringen von Fremden sofort vermelden, hinter der Tür, an der Treppe, die zum Hochbett führt, vor dem Kleiderschrank und vor den Häuschen, in denen sie wohnen. So sind die frühen Abendstunden, wenn alle bis auf die Wachen schlafen, die einzige Möglichkeit, ohne viel Aufsehen mein eigenes Zimmer zu entern. In Acht nehmen muss ich mich vor den Piraten, die mit ihrem Schiff mittig auf dem Teppichsee ankern, die Kanonen auf mich gerichtet. Aber auch die Piraten schlafen. Und doch löst sich ein Schuss, eine kleine rote Kugel rollt auf mich zu und stoppt kurz vor meinen Füßen. Die Wachen an der Tür schlafen, sie haben sich wohl auf die Piraten verlassen. Schritt für Schritt erobere ich mein Zimmer zurück. So spiele ich das. Und das Spiel ist jedes Mal schön. Am schönsten war es, dieses Spiel im Kindergarten fortzusetzen. Der Montag war immer Spiele- oder Spielzeug- oder Puppen- oder Figuren-mitnahmetag, ich nahm am liebsten eine der Figuren mit, die nicht müde wurden, mein Zimmer zu erobern. Also sollte diese Figur auch die Kita erobern.

LERNEN

Ich ging gerne hin. In den Kindergarten. Na ja, zumindest meistens. Im Alter von zwei Jahren wurde ich eingegartet, als ich sechs Jahre alt war, wurde ich entlassen. Wie die meisten. Und wie den meisten fiel mir die Trennung von den Eltern schwer. Sich an eine neue Umgebung zu gewöhnen, fällt schwer. Was, wenn man nicht mehr abgeholt wird? Warum überhaupt anderswo sein als bei den Eltern? Wenn sich jemand gar nicht von den Eltern trennen wollte und minutenlang weinte, am besten noch im Eingangsbereich, von dem aus es ins ganze Gebäude hinein hallte, stimmten andere von den Neuen ins Weinen ein, und so gab es bald schon einen vielstimmigen Chor. Die Eltern machte das nervös, sie wollten und sollten gehen, konnten ihr Kind aber nicht beruhigen. Die Kita war ein viereckiger Neubau ganz in Weiß mit einer großen Glastür, die schwer zu öffnen war, für uns Kinder unmöglich, ihre lange hölzerne Griffstange fühlte sich aber schön an, ich hätte sie, statt hineinzugehen, stundenlang einfach nur in der Hand halten können. Die unteren Räume lagen um den großen Flur herum, hier waren alle Kinder, vier Jahrgänge gleichzeitig. Zu den oberen Räumen in der ersten Etage gelangte man über eine freitragende Holztreppe, die sich von der Mitte des unteren Flures ausgehend erhob wie ein mächtiges Tier. Auf den ersten vier Stufen, vom unteren Flur aus lesbar, standen die Namen der Gruppen in aufsteigender Reihenfolge geschrieben: Spatzen, Finken, Amseln, Schwalben. Nach oben hin, auf den weiteren Stufen, wiederholte sich das, allerdings wurden nun die Abstände zwischen den Namen größer. In der oberen Etage befand sich der Gemeinschaftsraum, die Gemeinschaftsküche, ein Essraum, ein Sportraum und Büros. Ich ging manchmal aus Neugierde hoch, meistens nach dem Mittagessen, wenn nur noch Spiele gemacht wurden, manchmal schlich ich mich in den Sportraum, wenn er leer war, und wartete, ob mich jemand findet, und wenn ein Erzieher hochgegangen war, schlich ich ihm manchmal hinterher, um zu sehen, was er da oben macht. Öfters saß ich auch einfach nur auf der Treppe und freute mich, wenn mein Fehlen auffiel und ich gerufen wurde. Der Leiter der Kita hatte oben ein eigenes Büro, und wenn er hochging, tat er immer ganz wichtig, ich habe ihn aber mehrmals dabei beobachtet, wie er einfach nur dasaß und nichts tat. Er ließ die Tür immer offen, dann sah und hörte er alles. Er sah aber nicht, wenn ich mich anschlich.

Vier Jahre am selben Ort im selben Raum. Mein Raum war sehr groß, er lag in der unteren Etage vorne links. Durch seine Fenster hatte man einen schönen Blick auf die Nachbargrundstücke und die Straße mit den vielen Bäumen, Ahorn und Linde, Buche und Kastanie. Eine Welt für sich, in die ich mit der Zeit wunderbar hinabtauchen konnte. Singen, basteln, buddeln, rutschen, klettern, schaukeln, Spiele spielen, mit Spielzeug spielen, Musik und Geschichten hören, sich verkleiden und Rollen spielen, in den Wald gehen, den Garten bepflanzen und beobachten. Buddeln und Bepflanzen waren meine liebsten Beschäftigungen. Singen fand ich anstrengend, es war mir eher peinlich. Die Mädchen haben meistens gerne gesungen. Die Jungs waren da zurückhaltender, bis auf Paul, der aber auch nicht so gern mit den Jungs spielte. Paul hatte ein Lieblingslied: *Glück auf.* Dieses Lied hat bei mir alles verändert, was das Singen betrifft:

Glück auf, Glück auf! Der Steiger kommt,
und er hat sein helles Licht bei der Nacht,
und er hat sein helles Licht bei der Nacht
schon angezünd't, schon angezünd't.

Eigentlich ein Bergarbeiterlied, sagten Mama und Papa. Ich habe es zu jeder Tages- und Nachtzeit gesungen. Am liebsten lauthals frühmorgens, wenn alle noch müde waren. Bei mir wurde das helle Licht wirklich angezündet, ich habe das *angezü-ü-ü-nd't* so hoch gesungen, dass die ganze Nacht hell erleuchtet war, auch am Tag. Wo ich hingesungen habe, schien ein heller Schein, und die gute Laune leuchtete. Einmal frühmorgens in der S-Bahn. Es war noch dunkel und alle noch müde. Manche hockten vornübergebeugt vor sich hin. Dann zündete ich das helle Licht an bei der Nacht. Und alle schauten mich an.

Mit jedem Jahr wechselte die Inneneinrichtung in den Räumen, einiges verschwand, anderes kam hinzu. Maltische, Steck- und Geschicklichkeitsspiele ersetzten die Wickeltische, der Raum wurde in verschiedene Bereiche unterteilt, hier konnte man herumhopsen, auf und ab rennen, dort in der Ecke malen und basteln, dann gab es einen Bereich für Theater mit Kostümen und Schminksachen, für Gemeinschaftsspiele gingen wir in einen anderen Raum, wo mehr Platz war.

In allen Räumen gab es Matratzen, bei den Amseln sogar ausziehbare Betten zum Ausruhen nach dem Mittagessen. Wie Schubladen funktionierten die Betten, fertig bezogen mit Spannbetttuch, Kopfkissen und Decke. Sie befanden sich unter einem durchgängig begehbaren Podest. Alle Räume konnte man mit elektrischen Rollläden verdunkeln. Für die Räume auf der Sonnenseite war das von großem Vorteil, sie heizten dann nicht so auf. Manchmal schliefen wir, manchmal machten wir Quatsch. Als Spatzen und Finken saßen wir zum Mittagessen an unseren Tischen im Spatzen- und Finkenraum, als Amseln und Schwalben gingen wir mittags in den Essraum, in dem wir an einem langen Tisch saßen. Wer wollte, konnte Ludovika beim Vorbereiten helfen. So einen Namen hatte ich noch nie gehört. Sie war wirklich eine Kämpferin, auch für gutes Essen. Das Essen wurde meist geliefert, Ludovika hielt es warm, ergänzte es, deckte die Tische, teilte aus. Gab es irgendwo Streit, schlichtete sie.

Für manche der Erzieher war es schwieriger als für die Kinder, kaum hatte ich das Gefühl, sie kennengelernt zu haben, verließen sie den Kindergarten, sie hielten es nicht mehr aus, wechselten auf eine andere Stelle oder erholten sich erst einmal. Es gab Erzieherinnen, die schlichen immer so um die Ecke. Mit dem Kopf zur Wand. Als wollten sie nicht gesehen werden. Andere waren immer laut, brüllten einen an. So wird es überall sein. Und wieder andere waren zwar anwesend, machten aber nichts, sagten kaum etwas, und wenn, dann so einsilbig, dass man sie nicht verstand, sie ließen alles so laufen, auch wenn es nicht gut lief. Felix schlug die Kinder gerne mit der Schüppe auf den Kopf. Felix brauchte immer Beschäftigung. Seine Eltern fanden das normal und konnten nicht verstehen, dass die Erzieherinnen sie auf seine Attacken hinwiesen. Sie kennen das von ihm nicht anders, sagten sie, und es werde sich bestimmt *auswachsen*. Petra, die Erzieherin, stand daneben und guckte nur. Helga konnte losbrüllen wie beim Militär, Felix, gibst du die Schüppe her, jetzt entschuldige dich bitte, gleich kannst du was erleben. Er erlebte dann aber nichts, höchstens dasselbe noch einmal. Elias wollte bei der sogenannten Eingewöhnung bei Papa manchmal auf dem Schoß sitzen, zusammen mit mir, und wollte von ihm vorgelesen bekommen, da seine Eltern ihm nie vorläsen. Also las Papa uns beiden vor, ich saß bei Papa auf dem Schoß, Elias auf einem Stühlchen vor uns. Elias gefiel das, er wollte, dass Papa ihm immer vorliest, dann wollte er mittagessen und dann nach Hause gehen. Ihn interessierte sonst nichts im Kindergarten. Papa sagte, Elias habe sich im Gegensatz zu mir nicht von ihm trennen können, wenn er nach zunächst fünfzehn, später dreißig Minuten und nach einer

Woche dann einer Stunde Eingewöhnen, das also aus Vorlesen bestand, den Spatzenraum für diesen Tag wieder verließ. *Eingewöhnen* heißt ja, dass etwas fremd ist. Eingewöhnen heißt auch abgewöhnen, sich das Abgewöhnen angewöhnen. Kann man je die Trennung von den Eltern vollziehen? Man bekommt die Eltern abgewöhnt, die es dann, wenn das Kind endgültig von ihnen abgewöhnt ist, nicht wahrhaben wollen. Lina sagte mir, ihre Mutter könne sie nicht schnell genug loswerden, wörtlich habe ihre Mutter zu ihr gesagt, sie freue sich schon, wenn sie in fünfzehn Jahren das Haus verlasse. Fünfzehn Jahre. Unendlich. Papa sagt, ihm mache das zu schaffen, dass die Jahre so schnell vergehen, sie seien wie Blumen. Ich kann das nicht verstehen, manche Tage sind so unendlich lang, das Leben ist ein unendlich langer einziger Tag, an dem es zwischendurch eisig kalt werden kann, bis die nur kurz unterbrochene Sonne wieder scheint.

Mitten in meinem letzten Kitajahr hielt mich nichts mehr dort, alles wurde langweilig, bis auf das Essen, und das war eine komische Erfahrung, ein halbes Jahr auf Abruf, in diesem halben Jahr bekam die Schule Dimensionen und Bedeutungen, die sie nie wird erfüllen können. Papa sagte, besser als andersherum.

Im Flur gab es eine Sprossenwand, darunter lag eine riesige Matratze. Wir Jungs kletterten auf der Wand immer ganz nach oben, sprangen herunter oder ließen uns vom Gerüst einfach herunterfallen und kloppten uns dann, manchmal. Fürs Klettern konnte ich mich begeistern. Das erste Jahr traute ich mich noch nicht. Als mir im letzten Jahr die Kita zu langweilig wurde, war die Sprossenwand eine wunderbare Leiter hin zur Schule. Hatte man ihre letzte Sprosse erreicht, konnte man mit dem Kopf die Decke berühren. Ich stellte mir vor, dass oberhalb der Decke die Schule anfing und dass ich mit der Hand bald schon durch die

Decke würde hindurchgreifen können, die Tag für Tag dünner würde, und am Ende des Kitajahres wäre sie nur noch Papier, Schulheftpapier.

Noch besser als die Sprossenwand waren Bäume. Papa ist das nie geheuer, wenn ich auf die Bäume in unserem Garten klettere. Obwohl er auch immer auf Bäume geklettert ist. Hat er jedenfalls gesagt. Mit mir zusammen auf einen Baum klettern will er aber nie. In unserem Garten gibt es einen Quittenbaum, dem hat vor meiner Geburt ein Gärtner zwei große Äste abgesägt, angeblich hatte er die Frage meiner Mama, ob er nicht mal kommen und den seitlichen Auswuchs des Ahornbaumes begrenzen könne, als Aufforderung genau in diesem Sinne verstanden, die beiden Äste zu beseitigen, allerdings vom falschen Baum. Dass er nicht noch den ganzen Baum absägte, ist allein dem lautstarken Protest meiner Mama zu verdanken. Für mich sind die fehlenden Äste genau richtig als Aufstiegshilfen, mich höher hinauf in den Baum zu schwingen, so hoch, dass ich von unten nicht mehr gesehen werden kann, während ich das gesamte Grundstück überblicke. Heimlich auf diesem Baum zu sitzen, ist die Krone. Die Eltern suchen mich, ich antworte nicht. In einem günstigen Moment steige ich schnell herunter und tue so, als sei ich in der Nähe der Garage gewesen.

Muss man überhaupt in den Kindergarten? Papa sagt, er sei nie in einem gewesen. Wegen seines Bruders, dessen Herz sich nicht schloss. Er sei dann zusammen mit seinem Bruder zu Hause geblieben. An diese Zeit kann Papa sich kaum erinnern, sagt er. Erinnern kann er sich an einen Tag, da habe er mit Bauchkrämpfen in einer Ecke auf dem Eichenparkett des Esszimmers gelegen. Von seinem Bruder weit und breit keine Spur. Auch von der Mutter keine Spur. Ansonsten ist nicht viel herauszukriegen aus

Papa, wenn ich ihn nach seiner Kindheit frage. Seine Eltern seien streng gewesen. Hätten vieles verboten. Über vieles nicht gesprochen. Mich fragt er immer, wie es mir geht, ob es mir gut geht. Über sich selbst als Kind sagt er so gut wie nichts. Manchmal aber ist das anders. Da scheint ihn irgendwas zu überkommen, da redet er und redet. Vom Herumtollen im Garten. Und dass die Eltern nicht da waren. Oder vielleicht doch. Und trotzdem. Vom Wassersprenkler. Vom heißen Sommer im Garten. Vom Wassersprenkler im heißen Sommer im Garten. In der Nähe der Terrasse. Ein roter Schlauch, der Sprenkler ganz groß mit vier gerade abstehenden Armen, die das nach draußen drängende Wasser in Bewegung setzten. Die Kinder seien drunter durch gehuscht, hätten sich weggeduckt, seien mitten durchs Wasser. Papa sagt, er sei nie lange da in der Sonne gelegen, er hätte früh von Krebs gehört und dass die Sonne das mache, in der Haut oder auf der Haut, und da sei er schnell wieder ins Haus gegangen oder gelaufen, und jemand auf der Straße habe ihm auch erzählt, dass man vom Kaugummi oder vom Kaugummikauen Krebs bekomme, innen, wenn man die Kaugummispucke hinunterschlucke, die schwimme, so der Jemand, der das meinem Papa erzählte, innen im Körper herum und werde nicht ausgeschieden. Sie mache den Körper innen rostig, habe der Jemand erzählt, der Körper roste dann durch, und wenn man erst einmal ein Loch außen in der Haut habe, sei man bald tot.

Wenn es Sommer wird, begleitet mich seit Jahrzehnten dasselbe Bild: Ich liege auf der Wiese hinter dem Elternhaus, inmitten der Bienen und Hummeln. Die Bienen sind sehr beschäftigt, sammeln mit ihrem nektarverklebten Körper überall den Pollen ein, indem sie sich in den Blüten herumwälzen. Das habe ich genau beobachtet. Ihre Beinchen streifen dann den Pollen vom übrigen Körper ab, auch vom Kopf, der Pollen gelangt dann zu den Hinterbeinen, an deren Innenseiten sich so Kämme oder Bürsten befinden, die den daran haftenden Pollen gegenseitig ausbürsten oder auskämmen, und schließlich gelangt der Pollen dann mit Hilfe einer Art Schieber in das Pollensäckchen an einem der Hinterbeine, der Pollen wird von den Beinchen festgedrückt, wodurch es immer praller wird. Mutter sagte immer Körbchen zu dem Säckchen. Und bald ist ganz deutlich ein Höschen zu erkennen, das die Bienen flugs in ihren Stock tragen, wo die Larven schon hungrig sind. So werden die Pflanzen bestäubt und die Kinderchen satt. Was Schöneres gibt es nicht in der Natur, habe ich mir immer gedacht. Die Hummeln sind eher gemütlich, auch sie haben ein nektarverklebtes Pollensäckchen an einem ihrer Hinterbeine. Wir verdanken unsere Tomaten den Hummeln, sagte Mutter immer. Und warum gibt es keinen Hummelhonig? Weil die Hummeln den Nektar nicht als Wintervorrat anlegen, sondern bereits im Sommer alles verspeisen. Und warum legen die Hummeln den Nektar nicht für den Winter an wie die Honigbienen? Weil nur die Hummelkönigin den Winter überlebt, und beim Überwintern braucht sie keinen Nektar, sie hat Fett gespeichert. Bei den Bienen überwintert das ganze Bienenvolk. Als Mutter mir sagte, die Wiesenhummel werde nur etwa achtundzwanzig Tage alt, war ich traurig. Die Sammlerinnen werden sogar nur zwischen vierzehn und einundzwanzig Tage alt. Hat die Hummel eine Arbeitsstelle im Nest, kann sie immerhin einige Monate alt werden. Nur die Königin wird etwa ein Jahr alt. Unsere Wiese war ein einziges Gebrumm und Geschwirr. Die Tierchen waren das Schönste meiner Kindheit, und die Libellen und die Vögel und die Birnen und Äpfel der Bäume ringsumher. Wenn man mit geschlossenen Augen in die Sonne schaut und die Augen dann wieder öffnet, sieht man alles in einem Licht wie auf alten Farbfotos, als ob man mit dem Augenaufschlag in dieser alten Zeit gelandet sei. Ich stelle mir dann vor, mit den Leuten alte Gespräche zu führen, noch Jahre vor meiner Geburt. Und meine Mutter erzählt, sie hätte gerne ein Kind, am liebsten einen Jungen, dann korrigiert sie sich, ein Mädchen, sagt sie und schaut dabei verschämt, als würde ihr ein Mädchen nicht recht sein und die Frau, der sie das sagt, denke nun schlecht von ihr. Wer aber ist diese Frau? Es ist meine Oma, die mich später einmal sehr genau prüfen wird, ob es das nun wert war. Das Licht der alten Farbfotos durchtränkte alle Wahrnehmung bereits mit *wehmutsvoller Abschiedsstimmung.* Und so stellte ich mir vor, mit jedem Blick etwas Besonderem gewahr zu werden, Zeuge einer exklusiven Zeit zu sein, die mit einem Zauber dieses Leben umgab, dessen Bedeutungslosigkeit sie umso deutlicher vor Augen führte. War auch der Zauber nur vorübergehend, ein Augenblicksspiel, das sich im ersten Blick schon auflöste, so konnte er immerhin wiederholt werden, und diese Wiederholung war doch anderer Art als die des täglichen Einerlei, das keine Aussicht auf ein Ende bot, erlaubte sie doch, in irgendeinem Baum, einer Wolke, einem Insekt oder Stein Elemente geheimnisvoller Vorgänge zu sehen, in die ich von nun an eingeweiht war. Es gab nichts Totes und nichts Banales, es gab nur noch gelb gehauchte Wehmut und Abschied und keine Gegenwart mehr.

In der Kita fiel mir der Abschied nicht so schwer; viele, denen es schwerfiel, wollten es nicht zugeben oder sagten später, es sei ihnen überhaupt nicht schwergefallen. Die Angst heißt: Du gehst, und ich sehe dich nicht wieder. Und dann ist die Freude groß, wenn man sich wiedersieht und abgeholt wird. Tag für Tag gewöhnt man sich mehr daran, dass man sich wiedersieht.

Weinen ist auch ein Thema. Natürlich weint man. Die Natur hat das so eingerichtet. Wenn man traurig ist, weint man. Man kann dann auch einfach mit hängendem Kopf vor sich hin sitzen. Wenn man wütend ist, schreit man oder zerstört etwas. Papa habe ich fast nie weinen sehen. Bei der Beerdigung seines Bruders hat er geweint. Er weint eher nach innen. Man weint, und dann ist oft wieder gut. Weinen ist ein Reinigen: Nach dem Weinen schön im Reinen. Wie komisch manche Leute dabei das Gesicht verziehen. Die sehen richtig entstellt aus, haben verquollene Augen und sind ganz rot. Vielleicht weint Papa deswegen nicht. Manchmal habe ich Papa wütend gesehen. Eines Morgens wollte ich zum Frühstück unbedingt Apfelsaft trinken und habe mich selbst aus dem Kühlschrank bedient. Papa sagte, mach das nicht, es gibt jetzt keinen Apfelsaft, lass den Kühlschrank zu. Ich öffnete ihn aber trotzdem und nahm den Apfelsaft heraus. Papa nahm ihn mir ab, stellte ihn zurück und schlug die Kühlschranktür so heftig zu, dass sie wieder aufsprang, die hopsende Apfelsaftflasche riss das Abstellfach mit sich und stürzte zu Boden. Die Flasche blieb unversehrt, schlug aber eine große Kerbe in den Holzboden. Die Milch war ausgelaufen. Und dann hat Papa sich entschuldigt, hat mit großer Ruhe alles aufgewischt und entsorgt. Das soll nicht mehr vorkommen, hat er gesagt, und es ist auch nicht mehr vorgekommen. Er hat dann ein neues Fach gekauft.

Wie soll man sich begegnen? Man begegnet sich. Papa machte sich darüber Gedanken. Sein Vater habe sich oft komisch verhalten, wenn sie einander irgendwo im Haus begegnet seien, ohne sich zu einer gewissen Uhrzeit da und dort verabredet zu haben, zum Beispiel zum Mittagessen. Sein Vater habe dann nicht gewusst, was er sagen sollte, er sei auf eine eigentümliche Art verlegen gewesen. Irgendwie schwach, als habe ihn die Kraft verlassen oder als bedrücke ihn etwas. Später habe er vermutet, sein Vater sei nicht damit zurechtgekommen, dem Sohn privat zu begegnen, immer sei er öffentlich gewesen, und wenn er von der Arbeit nach Hause gekommen sei, hätten der Heimweg und seine Anwesenheit beim gemeinsamen Mittag- und Abendessen noch zu ihm als öffentlicher Person gehört. Früher hätten die Kinder ihre Eltern noch gesiezt. So vor rund einhundert Jahren noch. Seinen Vater hätte Papa zwar nicht gesiezt, es sei aber immer eine Distanz zwischen ihnen gewesen, da sein Vater sich als öffentliche Person auch inszeniert habe und dann vergaß, das Kostüm zu Hause abzulegen. *Natürlich* bleiben. Was soll das sein? Und wie soll das gehen? Schon die Formulierung dieser Losung zeigt ja, dass man Gefahr läuft, sich unnatürlich zu verhalten, oder dies bereits tut. Wie sich gehen lassen? Wie sich nicht gehen lassen? Warum zerstört man nicht ununterbrochen etwas?

Würde in der Kita das Chaos ausbrechen, wenn die Erzieherinnen nicht da wären? Oder würde sich mit der Zeit alles von alleine regeln? Würden alle Kinder für sich und mit anderen Kindern spielen, oder würden sie die Kita auseinandernehmen? Würden sie bald schon alle nach Hause wollen? Für Essen müsste natürlich gesorgt sein. Käme einer auf die Idee, sich selbst oder gegenseitig das Schreiben beizubringen? Würde ein Kind, das schon lesen und schreiben könnte, es den anderen beibringen? Was hätte es davon, es für sich zu behalten? Was könnte man anfangen mit Lesen und Schreiben, wenn man immer nur unter sich wäre? Die Eltern sind immer so erpicht darauf, dass man lesen und schreiben kann. Papa sagt, bei ihm hätte es in der Grundschule noch das Fach Schönschreiben gegeben, und es hätte Noten dafür gegeben. Heißt *schön* schreiben besonders lesbar schreiben? Wird man dann durchschaubar? Ungefährlich?

Ich wollte Schreiben und Lesen für mich erobern, und zwar in dieser Reihenfolge. Papas Lieblingswort zu dieser Zeit lautete *Geduld*. Er sagte immer, sei geduldig. Mama hat eine viel schönere Schrift als Papa. Papa sagt, er habe die Schrift seiner Mutter geliebt. Die Schrift seines Vaters sei mehr so ein Befehl gewesen.

Manchmal habe ich das Gefühl, Papa und Mama gar nicht zu kennen. Papa sagt, an manchen Tagen kenne er sich selbst nicht. Daran gewöhne man sich aber. Man stehe dann etwas *neben der Spur*. Welche Spur?, fragte ich. Die allgemeine Spur. Man sage halt so. Papa hat manchmal Bücher über Kindererziehung gelesen, zumindest hat er da ab und zu reingeschaut, so als müsse er nachlesen, wie er am besten mit mir umgeht. Früher hätte es solche Bücher nicht gegeben, dabei hätten die seinem Vater sicherlich gutgetan, sagte er. Er habe seinen Vater nie über die Erziehung seiner Kinder reden hören, hätte er über Erziehung gesprochen, dann immer nur in Zitaten seines Vaters: Opa hätte jetzt das und das gesagt, Opa hätte jetzt das und das getan, das wäre bei Opa nicht vorgekommen.

Familie ist schön. Es ist schön, Vater und Mutter zu haben. Das hält man aber nicht immer aus. Am liebsten bin ich zu Hause. Es gibt hier viele Orte, an denen ich sein kann. Ich stelle mir jeden Ort, jedes Zimmer als ein eigenes Haus vor. Gibt es Streit, kann man an Ort und Stelle wütend sein oder woanders hingehen. Wenn Papa und Mama Streit haben, wird der meistens ausdiskutiert, bis nichts mehr von ihm übrig ist. Papa macht es sich da manchmal zu einfach. Dann sagt er: Alles nur ein Missverständnis. Mal ist man enger beisammen, mal ist schlechte Laune. Es gibt Tage, da bekommt man nicht genug von Berührungen, und es gibt Tage, da sind sie einem zu viel. Manchmal schlafe ich noch zwischen Papa und Mama. Das Bett ist ja groß genug.

Als Kind fragt man sich anfangs ja nicht, warum man nicht zu Hause bleibt. Da macht sich dann nur ein Gefühl bemerkbar. Man muss in der neuen Umgebung erst einmal lernen zurechtzukommen. In der Kita bilden sich schnell schon Gruppen. Jungsgruppen und Mädchengruppen. Der Lauteste ist der Anführer. Manchmal ist das der Kleinste. An einem Tag bin ich mit allen Jungs der Gruppe befreundet, am anderen Tag schon mit keinem mehr. Manchmal verabreden sich die Jungs untereinander gegen mich. Sie spielen dann einfach nicht mehr mit mir. Papa fand das normal, Mama machte das wütend. Ob das allen Jungs so gehe, fragte sie. Nicht allen, sagte ich. Ich wusste, Niklas hatte Angst, dass die Jungs alle auf mich hören statt auf ihn, der ja schließlich der Ältere war, er war ein knappes Jahr älter, ich bald schon einen Kopf größer als er. Eigentlich war er nicht der Stärkere, er sagte das immer nur, und die anderen glaubten ihm. Es war ihnen lästig, jedes Mal neu festzulegen, wer denn jetzt der Bestimmer ist. Also machten sie es sich einfach und sagten, Niklas ist es, und das Spiel konnte weitergehen. Ich habe mich immer gefragt, ob ich ihn mag oder nicht. Was ist er noch, außer Bestimmer, habe ich mich immer gefragt, und wenn ihm keiner mehr folgt, wer ist er dann? War ich mit ihm allein, war er ganz anders. Und zu Hause erst. Seine Eltern waren strenger als meine. Er musste pünktlich um 18 Uhr zu Abend essen und dann bald schon ins Bett gehen. Sein Vater meinte, dass er sonst komisch würde. Mama machte den Witz, dass er komisch sei, weil er immer um 18 Uhr zu Abend esse und viel zu lange schlafe. Komisch oder nicht, dachte ich mir, ich hätte dennoch Gott weiß was mit ihm unternommen, wäre zum Beispiel auch mit ihm allein in Ferien gefahren. Das Größte für mich war, mit meinen Freunden zusammen zu übernachten. Richtig gut klappte das erst in der Schule; als wir noch im Kindergarten waren, hielten meine Freunde bei mir nicht lange durch und ließen sich meistens abholen, auch noch nach Mitternacht. Das konnte aber auch noch passieren, als wir schon in der Schule waren. Niklas lag bereits im Bett, wir hatten uns gute Nacht gesagt, da hörte ich nach kurzer Zeit ein leises Schluchzen, das sich zum Wimmern steigerte, und als das Wimmern in ein Weinen überging, kam Mama rein und fragte ihn, ob er seine Mama vermisse, das wusste sie nämlich, und Niklas sagte ja, er vermisse seine Mama undsoweiter, Mama rief sie an, und sie holte ihn bald ab. Tagsüber war von dem Vermissen nichts zu spüren.

Angst ist ein komisches Gefühl. Meistens habe ich gar keine Angst. Wenn ich aber länger über Angst nachdenke, macht mir das manchmal Angst. Die Angst wohnt also irgendwo in mir, ich muss sie bloß wecken, dann kommt sie. Sie fragt mich dann, ob ich etwas für sie zum Futtern hätte, sie habe solchen Hunger. Ich verrate ihr nicht, dass ich Angst vor *ihr* habe. Vielleicht weiß sie das aber schon längst. Ich habe Angst davor, dass da nichts ist, sage ich. Vor nichts, wiederholt die Angst. Ja, vor nichts, sage ich. Die Angst schweigt. Nach einer Weile fragt sie, wovor ich sonst noch Angst hätte. Ich weiß nicht, sage ich. Komm schon, sagt sie, du musst doch noch vor etwas anderem Angst haben. Ja, vor dir, sage ich. Da lacht die Angst. Und dann ist sie weg. Ich überlege, wovor ich sonst noch Angst habe. Ich habe noch vor Figuren in Filmen Angst, sage ich laut. Und vor Figuren im Märchen. Aber die Angst hört mich nicht mehr. Wenn im Kindergarten jemand Angst vor etwas hatte, hatten plötzlich alle Angst davor. Es gab Tage, da wurde dann untereinander nur über dieses Thema gesprochen. Bis man nicht mehr darüber sprach, weil es neue Dinge zu besprechen gab oder weil wir es gleichzeitig alle vergessen hatten. Manchmal gab es Streit, weil einige den Erzieherinnen von dieser Angst erzählen wollten, andere aber nicht. Und Streit gab es oft. Meistens ging es um die Frage, wer von wem der beste Freund ist. Eine beliebte Unterhaltung war: Du bist jetzt nicht mehr mein bester Freund. Paul ist jetzt mein bester Freund. Und wenn man ganz böse sein wollte, sagte man: Du bist jetzt nicht mehr mein Freund. Ausgegrenzt werden tat weh, wir grenzten uns gegenseitig immer wieder aus, ganze Gruppen konnten einen ausgrenzen, im Herzen wussten wir aber, zu wem wir gehörten. Ein Spiel war es trotzdem nicht.

Und dann gab es noch eine spezielle Angst, die so langsam in mich kroch, und wenn wir beim Schaukeln auf dieser riesigen Vogelnestschaukel, auf der vier bis fünf Kinder gleichzeitig Platz hatten, und zwei oder drei Kinder hielten außen ihren mächtigen Seilring fest und liefen im Kreis, so dass sich die Schaukel *verzwirbelte*, wie Mama immer sagte, und sich immer schneller zurückdrehte, wenn die Kinder sie losließen, oder zwei oder mehr Kinder standen sich im Sand gegenüber und warfen, drückten, schleuderten die Schaukel in die jeweils andere Richtung, so dass sie schließlich fast quer in der Luft lag, was nicht alle auf ihr aushielten, dann war oft großes Geschrei, man wolle runter, man solle sofort anhalten – beim Schaukeln, ganz am Anfang, wenn sich noch kein Antreiber gefunden hatte, wenn es noch nicht rundging, unterhielten wir uns über Rahel, deren Eltern sich soeben getrennt hatten, und das war die Angst, dass auch unsere Eltern sich trennen könnten, und ich erzählte das Mama und Papa, und Mama und Papa sagten mir stets, ich solle beruhigt sein, sie würden sich nicht trennen, was sie mir gemeinsam und jeder für sich sagten. Ich sah ja, dass die Kinder dann anders waren, wenn die Eltern sich getrennt hatten, und die Eltern waren anders.

Hatte man sie innerhalb oder außerhalb des Kindergartens öfters gemeinsam gesehen, die Eltern mit ihrem Kind, so kamen sie nun getrennt, und die getrennten Eltern sahen verändert aus, traurig, sie grüßten nicht mehr, oder nur komisch, widerwillig, der Papa vom Sascha war plötzlich ganz dünn geworden, er rasierte sich nicht mehr, mit einem Mal sah er um viele Jahre älter aus. Wenn man ihn auf der Straße sah, war er immer mürrisch. Papa sagt, er kann sich nur an wenige Dinge aus seiner Kindheit erinnern, das meiste habe er vergessen oder sich nie gemerkt. Ich glaube, dass man sich im Leben nichts so merkt, wie man sich in der Schule Dinge merkt, die man leicht vergisst, ohne die man aber nichts versteht. Man *lernt* das Lernen, aber die Dinge des Lebens *prägen* sich *ein*. Und oftmals die unscheinbaren. Der unrasierte Papa vom Sascha.

KASTEN

Hatte meine Mutter nicht gesagt: *Später einmal wirst du dich an alles erinnern.* Also prägte ich mir *alles* schön ein, damit ich mich später auch an *alles* würde erinnern können. Einprägen geht heimlich vonstatten. Das merke ich mir für später, sagt man sich vor aller Augen, und die Augen aller sehen es nicht. Die Summe des Eingeprägten bin ich. Mit dem Satz des späteren Erinnerns hatte ich mehrere Probleme. Mutter äußerte ihn vorzugsweise, wenn sie bester Stimmung war. Sollte ich mich also an Mutter in bester Stimmung erinnern? War die gute Stimmung die Ausnahme? Wann war *später*, ich erinnerte mich doch schon jetzt an alles Mögliche. War der Satz Wunsch oder Befehl?

Ich stellte mir einen inneren Atlas des eigenen Lebens vor, mit Karten für jeden einzelnen Monat, für die Wochen und Tage, gegliedert in Orte, Begegnungen und Ereignisse, in Dinge, die mich beschäftigten, und solche, die Angst machten, die guten ins Töpfchen, die schlechten ins Kröpfchen. Was wäre dort, in einem solchen Atlas, zu sehen, und was stünde dort zu lesen? Schule, Ferien, Freundschaften, Krankheiten, Spielsachen, Bücher, Lieblingsessen, Orte, Stoff- und echte Tiere, Todesfälle und Geburten, das Elternhaus. Was wäre einer solchen privaten Chronik zu entnehmen? Eine gleichförmige bundesrepublikanische Kindheit ohne große Vorkommnisse vor dem Hintergrund des Kalten Krieges, der den Zweiten Weltkrieg noch durchscheinen ließ und frisch hielt. Die vier Einsilber und wie sie zu inneren Instanzen wurden. Die drei großen Buchstaben und ob das irgendwie gerechtfertigt war, was sie taten. Messdienerschaft und Liebeswirren. Der Glaube an Gott und der Glaube, dass es ihn nicht gibt. Und über allem das Gefühl der eigenen Bedeutungslosigkeit, dem die Eltern täglich Nahrung gaben. Kaltgestellt sein. Die Monstrosität der Phantasie, die das ewige innere Flachland zu kompensieren trachtete.

Einträge voller kindlicher Einfalt auch, die eine kleine Eigenwelt inmitten der Hauswelt und der Weltwelt zeigen, nichtig und rührend.

Die Angst des Kindes vor der eigenen Nicht-Erinnerung, wenn die Erwachsenen fragen, ob es sich *daran* erinnern könne, und das Kind dies verneint. Aber es weiß nun, dass es etwas erlebt hat und dass es sich nicht erinnern kann, dass es den Leuchtturm schon einmal gesehen hat, sich an ihn aber nicht erinnern kann, und es fragt sich, ob sein Leben nun ärmer sei und wohin das Erlebte entschwunden sei, ob es jetzt allein im

Gedächtnis der Erwachsenen sei. Eine Enteignung also, eine Ungerechtigkeit. Was genau macht dir Angst, wenn du dich an etwas nicht mehr erinnern kannst, wird das Kind gefragt. Dass ich es schon einmal erlebt habe. Und dass ich da wer anderes war. Und dass man sich also verändert. Dass ich morgen schon wer anderes bin. Und dass etwas passieren kann. Am meisten aber macht mir Angst, dass ich mein Gehirn nicht kontrollieren kann. Was soll das also dann, das Gehirn, es gehört doch mir, und ich soll darüber keine Kontrolle haben?, fragt das Kind empört. Es stellt die Vermutung an, die Eltern könnten sein Gehirn kontrollieren, schließlich wüssten sie ja noch ganz genau, was sich ereignet habe, allein das Wort *damals* sei ihm ein Graus. Damalen, dazumal, anno Tobak: Da sind die Wörter so alt wie das, was sie sagen. Meine Erinnerungen, das sind Wünsche, unstillbare, immer wiederkehrende Wünsche. Nach Nestwärme. Das Haus steht schwarz und schweiget. Das Kind kann und will nicht verstehen, dass eine solche Kälte herrscht. Und wollte ich nicht viel lieber die eigenen Bilder sehen? Heimlich. Innerlich. Die inneren Bilder machten gegen die äußeren stark, hielten sie auf Abstand. Ich stellte mir einen braunen Kasten als einen zweiten Kopf vor, eine Miniaturausführung unseres Schwarz-Weiß-Fernsehers, der mit seinem runden Nussbaumgehäuse ein Blickfang in unserem Wohnzimmer war. Ich kann mich an seinen Geruch erinnern, wenn er mehr als eine Stunde gelaufen war. Er wurde dann sehr warm, in meiner Vorstellung schmolz die von ihm ausgesendete Welt im Rückteil mit seinen Ablenkspulen, Elektronenkanonen und sonstigen Teilen zusammen, was durch seine Lüftungsschlitze gut zu beobachten war. Bei einer derartigen Weltschmelze, die heiße Dämpfe freisetzte, muss ich mir eine Vergiftung zugezogen haben, es wurde mir schwindelig, ich wagte es nicht mehr einzuatmen, die Ohnmacht bescherte mir aufschlussreiche Träume, die Weltschmelze im Fernseher ließ die Außenwelt ebenfalls einschmelzen, alles wurde überschaubar, ich selbst hingegen blieb unverändert, ich konnte meine Eltern aufheben und auf die Innenhand setzen, ich legte ihnen ein Hundehalsband an, das eingeschmolzen war, und führte sie Gassi, vor einem Supermarkt, dessen Deckenhöhe gerade noch ausreichte, dass ich ihn aufrecht betreten konnte, leinte ich sie an einen dieser Hundeanker an. Sie bellten oder winselten nicht, sondern riefen mir Gehässigkeiten nach, in denen ich sie ganz erkannte. Als mein Vater das Fernsehzimmer betrat, das Gerät befand sich mittlerweile in der oberen Etage im Zimmer meiner Schwester, unten im Wohnzimmer hatte ein neuer, sogenannter moderner Fernseher Einzug gehalten, der mindestens doppelt so groß war, stand ich bereits wieder, der Traum vom Supermarktbesuch hatte also stehend stattgefunden, ich gab vor, mir sei eine Münze durch einen der Schlitze gefallen und es rieche komisch, mein Vater wies mir allerdings nach, dass eine Münze gar nicht durch den Schlitz passe, und meinte, dass es gar nicht komisch rieche, ich sollte doch das Fenster kippen, und verließ das Zimmer. Nach mehr als einer Stunde roch der Fernseher nach unserer Familie, nach verbranntem Staub, er hatte die Luft im Zimmer ganz in sich aufgenommen und gab sie aufgeladen wieder ab, mit all den Übergriffen der Familie auf sich selbst, den Gewaltausdünstungen und Angstnoten, die sich im Alltag nur allzu gerne so im Raum verteilten, dass Außenstehende keinerlei Verdacht schöpften und von einer zwar streng geführten, doch keineswegs in ihren inneren Festen bedrohten Familie sprachen. Die Vorstellung von einem braunen Miniaturfernseher als meinem zweiten Kopf, der meine inneren Bilder empfängt und wieder ausstrahlt, von meinem Gehirn als einem

Sendemast, kam mir durch die Gucki-Klick-Fernseher, die meine Eltern unter anderem mit Familienporträts und eigenen Urlaubsbildern hatten bestücken lassen, vor allem aber durch die Weltschmelze, zu der ihr großer Bruder, der Schwarz-Weiß-Fernseher, fähig war. Sollte er sich denn nicht selbst einschmelzen können? Mit dem kleinen Kopfgerät würden zunächst nur alte Bilder zu empfangen sein, nicht nur aus der eigenen Vergangenheit. Die eigene Vergangenheit ist immer auch die von anderen. Nur ich konnte die Bilder in dem kleinen Kopfgerät sehen. Unsichtbares oder Bilder des eigenen Innenlebens, die so flüchtig waren, sie erscheinen und zerfallen, nun würde ich sie festhalten und betrachten können, solange ich wollte. Ich würde mit dem kleinen Kasten trainieren, stellte ich mir vor, damit er mir die Bilder zeigt, an die ich mich gerade erinnere. Es käme ganz darauf an, sich sehr genau zu erinnern, die Bilder müssten klar und deutlich vor Augen stehen, greifbar. Aber hieße das nicht, die Bilder seien bereits im Gerät; um sie abzurufen, müsste mein Gedächtnis größtmögliche Übereinstimmung mit ihnen aufweisen? Mit der Zeit würde ich den Apparat dahingehend abrichten können, dass er mir nicht nur simultan die Bilder der gedachten Gegenwart, sondern in nicht allzu ferner Zukunft auch Zukünftiges zeigen würde.

Ich habe viele Bilder im Kopf. Viele dieser Bilder sind keine Erinnerungen, sondern mehr oder weniger phantasievolle Erfindungen, Spontankreationen, die ich klar und deutlich sehe: Phantome, wie meine Erinnerungen vielleicht auch nur Phantome sind, falsch erinnert, falsche Wesen, die sich mir anstelle von etwas anderem aufdrängen, die etwas verdrängen. Ich bringe oder es bringt sich mir etwas zum Vorschein, das so nicht gewesen ist, das sich so nicht ereignet hat. Vielleicht aber wollen die

Eltern, wollen Vater und Mutter, *dass* es von mir *so* gesehen wird. Dieses *so*, also. *So* ist es nicht gewesen. Das war nicht *so*. Dann kam die unvermeidliche Frage: *Wie* war es denn dann? Und man hatte keine Antwort, weil man keine Bilder hatte, außer eben *diesen*, den falschen.

Und wie ermüdend das alles war, das Von-den-Eltern-beredet-Werden, sie besprachen einem die Wirklichkeit, wie allein sie gesehen werden sollte. Noch heute habe ich manchmal diesen Geschmack im Gesicht, diese leicht kribbelnde, schwebende Schicht, Tausende Händchen, die meinen Körper durch die Haut nach draußen schaufeln, leicht fiebrig, einen Mangel bedeutend, als würde mir etwas, das mir doch eigentlich zustünde, verwehrt. Was aber war und ist dieses *Etwas*? Vielleicht sinnvoll verbrachte, sinnvoll zu verbringende Zeit. Erfüllung. Dieses Kribbeln, diese Schicht Traurigkeit ließ mich das Unechte spüren, sie war und ist eine Art Schutzschild, die mich davor bewahrte zu glauben, ich sei am Ziel. Was aber könnte dieses Ziel überhaupt sein? Zufriedenheit ist nur eine Zwischenstation, eine kurze Pause. Wann war ich zufrieden? Wenn ich ein Spiel beendet hatte. Wenn ich Ordnung wiederhergestellt hatte in meinem kleinen Kosmos. Mein Kosmos war im Keller. Mein Keller war die Weltordnung. Dort wartete ich schon auf mich. Ich spielte mit mir selbst gegen mich selbst. Meist habe ich verloren. Und ich genoss es. Zufriedenheit stellt sich ein, wenn ein Pensum erfüllt ist. Ich erfülle täglich ein Pensum, ich bin an das Pensum angeschlossen. Das ist: etwas in Unordnung bringen und danach dasselbe wieder in Ordnung bringen. Etwas ganz Mechanisches. Und wie Kinder nun einmal sind, nutzt sich durch diese Operation dasjenige, was zuerst in Unordnung und dann wieder in Ordnung gebracht wird, schön ab, so dass es mit der Zeit durch etwas anderes ersetzt werden muss, die Holzquader oder Holzklötze durch Knete, die Knete durch eine intensiv riechende birkenbraune Modelliermasse, an der mich der süchtig machende Geruch mehr interessierte als das Modellieren von Dingen und Figuren, die an der Luft härteten, recht leicht waren und mit Feilen weiter bearbeitet und auch bemalt werden konnten. Dieses Plaxtin Plastilin oder Fimo Plast wurde Mitte der siebziger Jahre und später ersetzt durch die Philips Elektronik-Experimentierkästen EE 2003, 2004, 2005 und 2013, da blinkte und tönte es dann schön, mit dem Sägezahn-Oszillator konnte man dem Gemüt entsprechende elektronische Signale generieren und mittels Potentiometer in der Frequenz verändern. Und nicht nur das, ich konnte mit ihm auch Radio empfangen. Zumindest wenn ich mir einredete, dass meine Stimme, die den Oszillator murmelnd begleiten musste, aus dem Baukasten ertöne und gar nicht meine Stimme sei. Das Einreden war nicht ungefährlich. Meine Stimme entfremdete sich von mir, sie wurde zu einem eigenen Wesen, das vorgab, mich nicht zu kennen, und sich vorbehalte, bald nicht mehr in der Nähe meines Mundes zu wohnen, sie wolle nämlich wegziehen und sich ein anderes Wirtstier suchen oder mal die und mal die Gestalt annehmen. Die Stimme beklagte sich, ich sei nicht fein genug, meine Gedanken seien nicht würdig, ausgesprochen zu werden, sie wolle nur Bedeutendes verlautbaren, sich auf wichtigen Empfängen bemerkbar machen undsoweiter. Fortan sollte ich also stumm sein. Innerlich wünschte ich mir eine andere Stimme, und innerlich konnte ich meine Gedanken noch hören, da musste also noch eine andere Stimme sein, die ich nun bat, doch hervorzutreten und sich zu erkennen zu geben. Meine äußere Stimme drohte jedoch, wenn das geschähe, würde sie zum Mörder, Eifersucht lasse sie außer Kontrolle geraten, ich solle diese stumme sogenannte Stimme da lassen, wo sie sei, irgendwo im Untergrund, für immer verschluckt. Ich wagte kaum noch zu denken und suchte nach anderen Ausdrucksmöglichkeiten. Kann man innere Vorstellungen haben, innere Bilder, Klänge, Gerüche oder Geschmäcke, ohne zu denken, ohne dass eine innere Stimme sich meldet? Mir würde dann ein inneres Fotoalbum genügen, das ich fortwährend anschaute, ich würde nicht mehr denken und mit niemandem mehr sprechen, mein Blick richtete sich allein auf dieses Album, in dem ich nach Herzenslust blättern würde. Es würde mir dabei nicht um Anschaulichkeit gehen, sondern um Erkenntnis. Und so galten mir die inneren Bilder als die wahren Bilder, ja mehr noch, sie waren die wirklichen Dinge. Mit gutem Grund konnte ich von nun an sagen: Sehe ich nicht, wenn ich mich auf etwas nicht einlassen wollte, was für meine verzweifelten Eltern nichts anderes als *evident* war. Man solle immer *augenscheinlich* sagen, sagte ich, und meine Eltern erwiderten: Ja, eben, das sagen wir ja. Unter *augenscheinlich* verstand ich: trügerisch, nur dem Schein nach, nicht wirklich. Mutter sagte einmal: Das ist selbstredend. Ich sagte ihr, das sei aber ein komisches Wort. Mutter fand das gar nicht und verwendete dieses Wort nun immer öfter. Es wurde zu einer Formel für *Du musst dein Leben ändern.* Unter *selbstredend* verstand ich etwas, das selbst redet ohne Stimme, das ohne Stimme etwas über sich sagt, das jedem verständlich ist und jeder sofort einsieht. *Selbstredend* ist ein ganz kleiner Punkt, gegenüber *Punkt* ist das Wort *selbstredend* eigentlich viel zu lang. Eine jener Merkwürdigkeiten der an Merkwürdigkeiten so reichen Sprache, die mir seit der Ablösung der Elektronikbaukästen durch Bücher zum täglichen Zeitvertreib wurden. Die unlösbare Frage, ob ich meine Vorstellungen und Wahrnehmungen hervorbringe oder diese mich, konnte mich zu Wut und Verzweiflung treiben. Diese Unentscheidbarkeit ist die Folge deiner Westerziehung, sagte ich mir, es ist hier einfach nichts los, im Osten würde sich niemand diese Luxusfrage stellen.

Was soll ich mit dir nur machen, sagte Mutter immer dann, wenn ich zu tief in ein Buch geschaut hatte und mich bemühte, das Gelesene im Familienleben sofort anzuwenden. Es ärgere sie, wenn ich ihr einfach nur Wörter sage. Die Wörter bleiben, alles andere vergeht, sagte ich. Wer sagt das?, fragte Mutter. Die Bibel, sagte ich. Mutter schaute ungläubig. Sie sagt es indirekt, sagte ich: Wenn doch am Anfang das Wort war, so ist am Schluss doch wohl auch das Wort, oder? Die Auferstehung? Das Paradies?, mutmaßte Mutter. Alles hohle Versprechungen, also Worte, sagte ich, Schlussworte. Mutter gab mir eine Ohrfeige und sagte, das sind jetzt keine hohlen Versprechungen gewesen. Wie sich mit der Zeit der Heiland am Kreuze vor alle inneren Bilder schob. Dachte ich an den Garten des Elternhauses, stand das Kreuz mit dem Heiland darin. Ging ich im Kopf durch die Räume des Hauses, war er hängenden Hauptes schon da. Es kostete mich einige Anstrengung, ihn wieder loszuwerden. Hier war Disziplin gefragt: Denke nicht und nirgends an den Heiland. Und selbstverständlich war dieses elfte Gebot dazu angetan, immer und überall nicht nur an den Heiland zu denken, sondern ihn auch immer und überall zu sehen. Erst mit der Zeit, der lieben Zeit, verblasste er, löste sich auf im Säurebad des Gedächtnisses wie textiles Gewebe, das zerfällt.

Man suche nur nichts hinter den Phänomenen; sie selbst sind die Lehre. So habe ich gespielt: die Dinge für bare Münze genommen. Und wenn man aber nun keine Phänomene hat, sondern nur Bilder? Sind dann die Bilder nicht allein die Phänomene?

Auf diese Weise habe ich damals natürlich nicht über das kleine Gerät und seine Folgen nachgedacht, das Nachdenken ist mitgewachsen, es wächst bis heute, wo ich durch das kleine Gerät nicht meine eigenen Erinnerungen, oder was ich dafür halte, betrachte, sondern die des eigenen Kindes, auch mit der Gefahr, dass das eigene Kind die Bilder nicht als die eigenen annimmt, sondern bloß als die meinen, und so geht das fort von Generation zu Generation. Überlieferung. Ausgeliefertsein. Tradition. Wie sieht sie aus, eine Tradition ohne Bilder, ohne Gerätschaften, ohne Zeichen, die Erinnerung animieren? Ohne Briefe, Zeichnungen, Gemälde, Pixel, Spuren. Der Moment ist das Ganze, der Punkt wird Linie. Etwas sehen lassen, etwas zu sehen erlauben, mir selbst und den anderen. Und wenn die Eltern es aber bei einem Sehen ohne Hintergrund bewenden ließen, um sich selbst zu schützen, um sich selbst in eine gute Belichtung zu rücken? Wäre ich dann lieber Ich oder Selbst? Wollen die Bilder der Eltern mir zeigen, dass ich gar kein Ich habe, sondern höchstens ein kleines Stückchen Selbst? Ein Selbstbewusstsein mit ohne Selbst? Ein Selbstbewusstsein als Bewusstsein von anderen, von denen her ich dann mein Selbst verstehe? Oder von denen her mir eingebläut wird, wie ich mein Selbst zu verstehen habe, denn dieses Selbst entwickelt sich jederzeit falsch. Ein falscht geleimtes Kind. Dem Selbstbewusstsein auf den Leim gehen. Vielleicht sind auch diese Gedanken von den Eltern initiiert, und ich täte gut daran, ihre Pfade zu verlassen. Aber hegte ich ein Interesse für mich, und hielt ich mich für wertvoll? War ich in Sorge um mich, oder genügte es mir, meine Eltern in Sorge um mich zu wissen? Waren sie denn wirklich in Sorge um mich? Dass mir nichts zustößt. Dass mir nichts Schlechtes widerfährt. Waren sie über jeden Zweifel erhaben, dass sie selbst das Schlechte sein könnten, das mir zustößt? Immer in der Zukunft, nie in der Gegenwart. Habe ich Bewusstsein, um Gott zu schauen? Hat Vater mir das immer weismachen wollen? Oder habe ich Bewusstsein, um meinen Eltern zu gehorchen? Eine Tradition ohne eigene Bilder ist keine Tradition. Es ist ein totalitärer Staat, der will, dass nur seine Bilder und Zeichen die Erinnerungen aller sind. Und zum Glück sind die eigenen Erinnerungen attraktiver und stärker als die des Staates. Und wenn ein Staat Kinder über die Grenze eines souveränen Staates verschleppt und ihnen Bilder einpflanzt als Erinnerung des Falschen, des *rettenden anderen* Staates, der gut sei und schön und wahr? Meinte die Bibel das mit *Lasset die Kindlein zu mir kommen*? Fragt sich Jahrzehnte später das Kind.

GÄNGE

War der kleine Kasten meine mobile, so der Keller meine eingebaute, vollständige Kindheit. Dort hatte ich meinen *Hobbyraum*, den ich immer dann aufsuchte, wenn es mir im Haus zu ungemütlich wurde, also ziemlich oft und mit der Zeit immer öfter. Ungemütlich ist das falsche Wort, es wurde mir zu eng, zu leer, zu traurig.

Zumeist war ich allein im Keller mit seinen Gängen und Räumen. War man die Kellertreppe heruntergegangen, fand man über einen recht schmalen Gang links den Heizungsraum und rechts hinter dem Kartoffelkeller den sogenannten Waschkeller, in dem sich mittig ein Bodenablauf als tiefster Punkt der hauseigenen Wasserableitungen befand. Am hinteren Ende des Kellers war mein sogenannter Hobbyraum, an den sich ein kleiner Weinkeller anschloss. Diese fünf Räume waren außer dem schmalen Gang durch zwei Durchgangsräume miteinander verbunden, die durch eine Tür voneinander abgegrenzt waren und die man passieren musste, wollte man zu den Räumen gelangen: Durch den Einmachgläserdurchgangsraum gelangte man in den Konservendurchgangsraum, durch den man in den Hobbyraum gelangte. Die Ausgangstür des Einmachgläserraums war zugleich die Eingangstür zum Konservenraum, und die Ausgangstür des Konservenraums war die Eingangstür zum Hobbyraum. Die beiden gemeinsamen Türen waren also Scharniere. Als Durchgangsraum hätte man auch den Gang von der Kellertür im Erdgeschoss, die Treppe hinunter, bis nach links *scharf um die Ecke* zur Tür des Heizungskellerraums, nach halblinks beziehungsweise mittig in den Einmachkellerraum und nach rechts über den kleinen Kartoffelkellerdurchgang und wieder nach links in die Waschküche bezeichnen können, wie überhaupt alle Durchgangsräume auch Gänge waren. Der Kartoffelkellerdurchgang verfügte über keine Eingangstür, oder ich habe sie nicht mehr in Erinnerung, über den Kartoffelkellerdurchgang gelangte man aber zu einer schweren Metalltür, die auf die Außentreppe nach draußen führte. Öffnete man diese Tür, flutete Licht in den Keller. Dieser Lichtspalt kam aus einer anderen Zeit und einer anderen Welt, ich konnte ihn minutenlang anschauen und froh sein, es fehlte mir plötzlich an nichts mehr. Erwartete ich nicht jedes Mal, dass da jemand erscheint und sich mit mir unterhält? Was würde dieser Jemand mich fragen? Das hier ist ein Gefängnis. Möchtest du, dass ich dich befreie? Und ich hätte nein gesagt. Und es würde anfangen zu schneien, es schneit ins Haus, und dann, die Haare voller Schnee, sage ich dem Jemand: Ich habe Heimweh. Und der Jemand lächelt und sagt: Heimweh, eine schöne Nostalgie.

Das sagst du nur, weil ich es nicht verstehen kann, sage ich. Du hast Heimweh, weil du erkannt hast, dass du vergänglich bist, erwidert Jemand. Hier fühle ich mich aber, als ob ich vergänglich wäre, weil ich Heimweh habe, sage ich. Wir reden, und du erfrierst, sagt Jemand. Ja, sage ich, meine Hände aus Glas, *fünf Zapfen an jeder.* Das kommt mir bekannt vor, sagt Jemand. Ich las es bereits vor vielen Jahren, sage ich. *Ein bisschen Feuerluft, die ich bereiten werde,* und dir wird um Leib und Seele wieder warm, sagt Jemand und darauf ich: Erst erfrieren, dann verbrennen? Und der Jemand weiter: Was dich erfriert und verbrennt, ist doch nur die Abwesenheit von Vater und Mutter, sie ist undenkbar für dich, und doch empfindest du sie als großen Schrecken. Nun ja, sage ich, sie sind aber leider nicht abwesend. In ihnen wohnt die Abwesenheit, und im Abwesenden wohnt dein Tod, sagt Jemand. Ja, sage ich, und hier wohne *ich.* Doch der den Augenblick ergreift, ich ergreife ihn als Dauer von Beständigkeit, Du liebes Kind, komm, geh mit mir!, drängt Jemand. Ich bleibe hier. Was soll ich da? Du unterzeichnest dich mit einem Tröpfchen Blut, sagt Jemand. Ich trinke Blut, sage ich, und werde noch viele andere Tröpfchen trinken, daran die Brüder zugrunde gehen. Ich gratuliere dir zum neuen Lebenslauf, sagt Jemand noch und ist davon und mit ihm das Licht.

Ich hatte die Räume und Gänge des Kellers mit der Zeit vollständig im Kopf und liebte es, ihn in völliger Dunkelheit zu durchstreifen, ich tastete mich die Wände entlang, der Lichtschalter war tabu. Manchmal waren auch die Wände tabu, was eine schöne Steigerung der Kellersafari bedeutete. Verlor ich dabei die Orientierung, konnte ich leicht panisch werden, dann taumelte ich von Wand zu Wand, suchte den Lichtschalter, wusste nicht mehr, in welchem Gang oder Raum ich war, wo oben und unten war, blieb stehen und überlegte anhand von ertasteten Merkmalen, wo genau ich mich wohl befand, ein Marmeladenglas ging zu Bruch, ich stieß mir den Kopf an einer Tür, und so verstand ich den Kellerparcours auch als eine Schule der Panik, deren Beherrschung es zu trainieren galt. Ich schaute dabei in Abgründe, jedenfalls war ich davon überzeugt, tief in mich hinein- und durch mich hindurchsehen zu können, ich sah kriechende Reptilien mit grünen Augen, Wassermonster, Gestalten, die mir ähnlich waren und plötzlich zerfielen, dann Regen, dann Schnee, völlige Erstarrung, mitten im Jubel, mitten im Schmerz, und ich sah, dass es irgendwo im Haus etwas sehr Bedrohliches, auf mir Lastendes gab, das seinen Schatten in mich gesetzt hatte, der Schatten hatte einen Teil meines Gehirns besetzt, das ich zeitweise in meiner Brust wähnte, es konnte Sperrriegel über die Brust legen, die mir den Atem nahmen; und wenn ich ganz leise war, mir das Atmen versagte, der unendlichen Fahrt in mir Einhalt gebot, indem ich mich auf diesen einen Punkt da konzentrierte, der sich mir im Tunnel zeigte, erkannte ich, dass dieser Punkt aus vielen kleinen Punkten bestand, wie man auf dem Boden manchmal einen dunklen Fleck findet, der sich bei näherer Betrachtung als eine Ansammlung von Spinnenkot erweist, ohne dass eine Spinne in der Nähe wäre. Das sind Brandwunden in meiner Seele, sagte ich mir ganz feierlich, ich war regelrecht ergriffen von dieser Erkenntnis, jetzt wusste ich wenigstens, wo die Seele war, sie war in mir, sie erschien, wenn ich die Augen schloss, und das wollte immer wieder erprobt werden. Den Tod erklärte ich mir so: Von der Kindheit an sammeln sich auf der Seele Brandwunden, die ihr zumeist von den Eltern zugefügt werden, die Seele wird immer dunkler, und wenn die Seele ganz schwarz ist, tritt der Tod ein. Jetzt hatte ich also nicht nur Sorge, dass die

Seele vielleicht nicht mehr da war, ich hatte zugleich auch Angst, dass sie schon ganz schwarz geworden sein könnte. Ich brauchte jemanden, dem ich meine Entdeckungen mitteilen konnte und der sie für sich behielt.

QUITTEN

Ich unterhielt mich mit den Einmachgläsern, aus denen die Reneklroden glupschten und deren straff gespanntes, von einem dicken Gummiring fixiertes Cellophan so schöne Musik machte, wenn man mit dem Finger darüberfuhr. Manche der Einmach-häute waren staubig, andere schon recht alt, bei zu viel Druck der Finger platzten sie leicht. Ich mochte immer nur die höchs-tens ein Jahr alten Gläser, standen sie zu lange, kristallisierte das Gelee, es wurde dann so fest, dass der Löffel darin stecken blieb. Auf dem Brot, besonders wenn es frisch war, konnte man die Masse nicht verstreichen, ohne die Krume zu zerfetzen. War das Gelee bereits kristallisiert und die Kruste scharfkantig, brachte ich es nicht mehr über mich, das Brot zu essen.

Den Inhalt mancher Gläser sah ich Jahr für Jahr schwinden, sie wurden zum Symbol für das Leben, das ich mir vornahm, im Alter nicht so eingetrocknet und hutzelig zu führen wie dieses ungenießbare Zeug, von dem ich hoffte, dass Mutter es nicht als Nächstes mit nach oben in die Küche nähme. Ein Gelee war so fest geworden, dass ich es verschwinden ließ. Ich nahm es mit in meinem Schulranzen und entsorgte es im Pausenhofmülleimer. Mutter hatte das Verschwinden des Glases bemerkt und fragte mich, ob ich etwas von seinem Verbleib wüsste. Ich verneinte.

Natürlich glaubte sie mir nicht und hielt mir einen Vortrag über die Mühen, die es sie jedes Mal koste, das Obst zu pflücken und einzukochen. Und wie jedes Jahr sagte Mutter dann, sie wolle das Selbermachen von Marmelade und Gelee, das Entsaften von Obst mit dem Dampfentsafter aus Aluminium und das Einkochen des Saftes mit Gelierzucker *drangeben, ich will das nicht mehr*, sagte sie, dann kam der nächste Sommer und mit dem Sommer das Obst, das Mutter mit uns pflücken ging, sie holte den Dampfentsafter aus dem Keller, der früher wie heute aus vier nach oben hin breiter werdenden Teilen bestand: zuunterst einem flachen Wasserbehälter zur Dampferzeugung, auf den ein riesiger Auffangbehälter gesetzt wurde, der einen bis auf einen Rand von wenigen Zentimetern ganz in ihm verschwindenden Fruchtkorb aufnahm. Auf dem Fruchtkorb thronte der gewölbte Deckel mit einem mittig angebrachten Griff. Mutters Dampfentsaftermodell musste wohl aus dem Zweiten Weltkrieg stammen: Der Auffangbehälter war nach innen *bombiert*, wie Mutter nicht ohne Stolz auf ihr Fachvokabular vermerkte, er hatte mittig einen sich nach oben hin verjüngenden, kegelförmigen Trichter mit einem flachen Kopf anstelle einer Spitze, der über eine geränderte Öffnung etwa im Umfang eines Fünfmarkstücks verfügte, durch die der Dampf des kochenden Wassers drang und das im Fruchtkorb liegende, in Stücke geschnittene Obst, das heißt seine Zellen, gemeinsam mit eventuell beigefügtem Zucker allmählich zermürbte, zum Platzen brachte, einer, wie Mutter sagte, Destillation unterzog, so dass es seinen Saft abgab, in dem hoffentlich, so Mutter, der Dampf aromaverlustfrei kondensiert sei. Der Fruchtkorb war ebenfalls nach innen *bombiert* und saß mit seinem Kegeltrichter auf dem Trichter des Auffangbehälters wie ein Hut, in der Art eines Siebes hatte er viele kleine Löcher; um das Zurückfließen des Saftes in den Wasserbehälter anstelle des Auffangbehälters zu verhindern, hatte der flache Kopf seines Trichters jedoch keine Öffnung. Der Auffangbehälter mündete unten in einen auf mich obszön wirkenden Ablauf, der mich mit seinem aufgesteckten roten Schlauch an das Manneken Pis erinnerte, dem ich einmal leibhaftig in Brüssel begegnet war. Damit der Dampfentsafter als solcher funktioniert, muss er ein geschlossenes System bilden, der Deckel verhindert, dass der Dampf entweicht, der doch für das Zermürben des Obstes vonnöten ist, dennoch ist, wenn er nicht aus Glas besteht, sein Abnehmen zur Kontrolle der Vorgänge unvermeidlich.

Das Ensemble war ganz aus Aluminium gefertigt und wog nicht schwer. Von außen sah es mit seinen vier schwarzen Henkeln, jeweils zwei am Wasserbehälter und am Auffangbehälter, wie ineinandergestapelte Kochtöpfe von unterschiedlicher Höhe aus, die sich einen Deckel teilen. Betrachtete ich den Entsafter zu lange, erschien er mir wie ein in die Höhe doppelt gesehener und in die Länge gezogener Kochtopf, den das Gehirn verzerrt widergab. Der Entsafter kam mir wie eine riesige Maschine vor, eine Wunderwaffe der Naturbeherrschung, gewalttätig und geheimnisvoll.

Mutter füllte Wasser in den auf dem Gasherd stehenden Behälter, auf den sie den Auffangbehälter mitsamt Fruchtkorb setzte; bis das Wasser kochte, wusch sie das Obst, entfernte die Stiele, schnitt es in Stücke, Quitten wurden zusätzlich entkernt, dann gab sie gleich mehrere Kilogramm solchermaßen vorbereiteten Obsts in den Fruchtkorb hinein. Es war aber nicht allein das Gelee oder die Marmelade als Resultat der Arbeit, die mich interessierten, der gesamte die sommerwarme Küche mit zusätzlicher Hitze versehende Vorgang, bei dem Mutter Handschuhe trug, um sich am Kessel, dem Dampf und dem Saft nicht zu verbrennen, die *Prozedur*, wie Mutter es nannte, war ein Ereignis, bei dem sie immer wieder ein Wort gebrauchte, das mir etwa zehn Jahre später in einem Buch eines gewissen Don Tarnerbe, Kosename *Der tobende Narr*, von den Freunden *Der Rote Bann*, von den Feinden *Berta Donner* genannt, der als *Ben der Notar* in aller Munde war, wiederbegegnen sollte: *kommunizierende Röhren*. Das Entsaften, das heißt das Abfließen des Saftes durch den Schlauch, funktioniere nach dem Prinzip der kommunizierenden Röhren, sagte Mutter dann doch mit ein wenig Stolz. Fortan vermutete ich überall kommunizierende Röhren, in meinem Zimmer, in der Schule, in den Ferien im Hotelzimmer, in den Einkaufstaschen der Menschen auf dem Markt. Wenn ich mich nicht mehr richtig an den Begriff erinnern konnte, waren es auch kommunistische Röhren.

Und bald schon brodelte es im Kessel, der Saft aber, bis zuletzt zurückgehalten durch einen *Quetschhahn*, eine Metallklemme auf dem roten Ablaufschlauch, floss erst nach einer Ewigkeit in einen großen Topf, wo er mit Zucker, Zitronensaft und Zimtstangen unter Rühren aufkochte. Kerne, Schalen und vergessene Stiele waren, da sie beim Entsaften nicht aufgewirbelt werden, im Fruchtkorb verblieben. Das kocht jetzt fünf Minuten, sagte meine Mutter, es muss *sprudelnd* kochen, sagte sie, wobei sie das *spruuu-delnd* langzog. Schaum gehört nicht zum Gelee, also schöpfe ich ihn ab, siehst du, so geht das, sagte sie. Jetzt machen wir mal was, du nimmst einen kleinen Teller aus dem Schrank, holst einen Löffel, und wenn die fünf Minuten rum sind, machen wir die Gelierprobe, sagte sie. Das Wort *Gelierprobe*, das ich zunächst für eine spontane Eingebung meiner Mutter hielt, setzte mich kurz außer Gefecht, was sollte es bedeuten, konnte es sein, dass aus dem Quittengelee nichts wird, musste ich selbst, ich höchstpersönlich, mit meinem kleinen Teller und dem Löffel, dem Tellerchen und dem Löffelchen, dafür sorgen, dass die entsafteten Quitten gelieren?, und wenn mir das nicht gelingen sollte, war die ganze Ernte verloren?, kam jetzt so etwas wie die Weinverköstigung, nur eben als geprobtes Gelee auf dem Löffelchen, handelte es sich also um eine reine Geschmacksprobe, und war insofern Entwarnung angesagt? Ich stellte mir die armen Schrumpfquitten vor, die in sich verschwanden, sie verlieren ihre Flüssigkeit und laufen ein, Schrumpfköpfe, die da dampfen, kochen, schwitzen, ich werde Buße tun, den Baum umarmen und Abbitte leisten, die Quitten Quitte für Quitte wieder an den Baum beten. Löffel und Teller standen mit mir vor dem Topf. Jetzt sind die fünf Minuten um, sagte meine Mutter, nahm den Topf vom Herd und forderte mich auf, ihm einen Löffel gelierenden Safts zu entnehmen und diesen auf den leicht schräg gehaltenen Teller laufen zu lassen. Das tat ich. Jetzt warten wir, sagte Mutter. Wir warteten. Worauf warten wir?, fragte ich sie. Wenn die Probe nicht mehr auseinanderläuft oder der letzte Tropfen am Löffel hängen bleibt, muss der Quittensaft nicht mehr länger kochen, dann füllen wir ihn in die Gläser ab. Es läuft auseinander, sagte ich. Tut es nicht, sagte Mutter. Sie wollte ganz sicher sein, hielt den Löffel schräg, der letzte Tropfen blieb hängen. Mutter nahm die Zimtstangen aus dem Topf und füllte mit Hilfe eines Trichters das Gelee in die bereitstehenden Gläser, die sie soeben sterilisiert und angewärmt hatte. Sonst verdirbt es, sagte sie. Kaum waren alle Gläser randvoll abgefüllt, deckte Mutter sie mit der Einmachhaut ab, zwischen Gelee und Haut soll keine Luft sein, sagte sie. Über Nacht würde das Gelee fest werden, versprach sie mir.

Quitte war die Königin unter den Gelees. Mir galt der Quittenbaum in unserem Garten als heilig. Der fein säuerliche Geschmack, die Haptik und der Geruch von Quittengelee hatten etwas Adliges, ich konnte mich nicht sattriechen an dieser so festen, roh nicht genießbaren Frucht, die als Salbe, Creme oder, fünfundzwanzig Jahre später, unter die Haut gespritzt Wunder wirkt. In mir wuchs ein Quittenbaum, und wenn ich traurig war, saß ich in seiner Mitte und wartete auf seine hellrosafarbenen Schalenblüten, die so aufrecht in der Landschaft standen. Seine graufilzigen Blätter fühlten sich befremdlich an, es dauerte lange, bis ich mich mit ihnen abgefunden hatte, sie hatten etwas Menschliches, Hautiges, als könne man aus ihnen Kleider machen. Die Quitten aber strahlten am Baum in einem nie gesehenen Gelb, so leuchtend, dass sie mir auch in meinen Träumen den Weg wiesen. Wusstest du, dass der Quittenbaum selbstfruchtbar ist?, fragte ich eines Tages meine Mutter. Sie lachte und umarmte mich.

Im hinteren Keller, meiner Raum gewordenen ausführlichen Kindheit, hatte ich alle Dinge, die ich brauchte, untergebracht und mir für das tägliche Spielen und Basteln zurechtgelegt, und ich brauchte nicht viel, einen Holzbaukasten mit etwa einhundert gleich großen Holzrechtecken, einen auf langen Metallbeinen stehenden furnierten Sperrholzschrank, in dem meine Bücher untergebracht waren, später einen Lötkolben mit Lötzinn und verschiedene elektronische Baukästen, ein Tischeishockey, eine Tischtennisplatte, die im Sommer, nachdem sie einmal im Keller gelandet war, nie mehr den Weg auf die Terrasse gefunden hatte.

Beim Tischeishockey führte man die Spieler über Gestänge, mit denen man den Puck aus dem Handgelenk gedreht wunderbar ins Tor schlenzen konnte, wobei die Spieler vorzugsweise mit dem Rücken zum Tor anliefen. Diese Bewegung, dieser Dreh begleitet mich mein Leben lang, mein Gehirn führt ihn unablässig aus, er scheint mir einen gewissen Schwung zu verleihen und ist mir beim Aufräumen hilfreich, befördert er doch die Dinge an ihren Platz. Von allen Spielen war mir das Eishockeyspiel das liebste. Ich spielte die Bundesligapartien nach mit zum Teil erstaunlich anderen Ergebnissen. Vereine wie Bad Nauheim oder Füssen waren meine Favoriten, was in nichts anderem als ihrem klangvollen Namen begründet lag. Bad Nauheim. Das Heim des immerwährenden Jetzt, in dem man baden konnte. Alle Spielergebnisse notierte ich fein säuberlich in einen linierten Notizblock. Am Ende einer Saison stellte ich einmal Unregelmäßigkeiten fest, die Punkte der Kölner Haie waren falsch berechnet, zu ihren Gunsten, sie wurden also zu Unrecht deutscher Meister, der Titel musste ihnen aberkannt werden. Für mich war das eine höchst peinliche Situation, die in der Geschichte des deutschen Eishockeys ohne Beispiel war. Ich hätte es mir leicht machen und die Spielergebnisse manipulieren können. Die Schrift des Kugelschreibers aber war Gesetz. Krefeld wurde deutscher Meister, die Kölner Haie mussten sich mit der Vizemeisterschaft zufriedengeben. Im Hobbyraum gab es keine Zeit, die allein gültige Uhr war die Stoppuhr. Zeit ist ja nichts anderes als zunehmende Unordnung, wie ich es innerhalb weniger Tage an den Dingen im Hobbyraum beobachten konnte, Gegenwart ist die Herstellung von Ordnung, die die entstandene Unordnung der Vergangenheit angehören lässt. Zeit ist also eine verblühende Tulpe, die ich neben den Quitten über alles liebte. Die Quitten kennen keine Ordnung als sich selbst und demzufolge keine Unordnung, sie sind die Ewigkeit. Was die Unordnung, die immer Vergangenheit sein soll, betrifft, so wurde sie von oben immer in den Hobby-

raum hineingebracht, sie entstand nur, weil ich ihn in unregelmäßigen Abständen verlassen musste, nur um dann doch in ihn
zurückzukehren. Schlafen und Hunger und Durst und die Folgen
sind Zeiträuber. Ich aß nicht gerne, und den Schlaf fürchtete ich.
Du isst wie ein Spatz, sagte Mutter. Ich beneidete die Giraffe, die
fast ohne Schlaf auskommt. Konnte ich nicht Beine haben wie
ein Pferd, dann hätte ich im Stehen schlafen können. Im Schlaf,
so fürchtete ich, kommt mich jemand abholen und lässt mich in
einer Tiefe verschwinden, die niemals aufhört, immer noch tiefer
zu werden. Selbstgespräche linderten die Angst, die Stimme war
ein Gegenüber, das ich beatmen konnte.

STIMME

Nicht nur beim Eishockeyspiel führte ich Selbstgespräche, bei
all meinen Unternehmungen begleitete mich meine Stimme, als
wäre sie ein anderer, ein bester Freund, dem man seine Geheimnisse anvertrauen kann. Unter dem Vorwand, etwas zu suchen,
erschien meine Mutter manchmal im Raum. Ich wusste sofort,
dass sie nur wissen wollte, was ich hier unten trieb, vielleicht
hatte sie mich vom Vorraum aus, dem schmalen Gang mit einer
Regalwand voller Konserven, mit mir selbst reden hören. Reden
war nicht ihre Stärke, es beschämte sie geradezu, es sei denn, ein
wenig Alkohol hatte ihr die Zunge gelöst, dann konnte sie reden
wie ein Wasserfall und Sachen erzählen, die ausgeplaudert zu haben ihr später peinlich war. Es gab keine größere Entfremdung
zwischen uns als in meinem Kellerraum, sie wusste nicht, wie
sie sich mir gegenüber verhalten sollte, ich konnte mit ihr so gar

nichts anfangen, ich schämte mich für die Einsamkeit, die ich ihr anmerken konnte, sie hatte eine Küchenschürze an, einen Kittel, und sie träumte von Pelzmantel und Stola, von Abendkleid und Pumps, die eingemottet im Kleiderschrank hingen und lagen, unzeitgemäß, lächerlich, Relikte aus ihrem Elternhaus. Eine Dose Erbsen und Möhren in der Hand, fragte sie mich, ob ich heute Erbsen und Möhren zu Kartoffelpüree und Bratwurst essen wolle. Die Frage verwunderte mich, Mutter hatte beim Essen nie nach Vorlieben gefragt. Ja, gerne, sagte ich. Ah, sagte sie, jetzt bist du wieder normal. Wie sie das meine. Deine Stimme. Was meine sie denn, fragte ich. Da hat doch vorhin wer anders gesprochen, sagte sie. Das war auch ich, sagte ich. Das war ein anderer in dir, sagte meine Mutter, und ich musste mir vorstellen, wie ein anderer in mir wohnte, der sich meiner Sprechorgane bediente und einfach mitredete, wenn ihm danach war. Diese Vorstellung versetzte mir augenblicklich einen gehörigen Schrecken. Ich hatte einmal gelesen, dass man Würmer, die in einem leben, mit Milch, die man sich vor den Mund hält, herauslockt, damit man sie unschädlich machen kann. Ein sprechender Wurm in mir, den ich mit Milch und bezirzender Rede aus meinem Mund ans Tageslicht kriechen lasse? Ein Parasit, der bei jemandem speist, bei mir. Er lebt von einem jeden Wort, das durch meinen Mund ausgeht. Er kaut das Brot der Worte und spricht sie selber aus. Der leise Lärm des Gastes in mir, sein Schmatzen, das man nur wahrnimmt, wenn man für mehrere Stunden verstummt ist, dann hört man die mahlenden Mühlsteine im Inneren, der Wurm scheidet in mir aus, es häufelt sich an, was mich im zwanzigsten Lebensjahr einmal die Woche einen Herrn Schneider besuchen ließ. Der Seelenmann sagte, es sei der Vaterwurm in mir, der mich mit seinem Kot innerlich anfülle. Der Vaterwurm habe keinen Ausgang, also treibe er sein Unwesen in mir. *Unwesen* konnte der Analytiker nicht erklären. Ob das was Moralisches sei, fragte ich. Er ließ mich reden. Und so war ich nach diesen einstündigen Sitzungen, die in den frühen Morgenstunden stattzufinden pflegten, so erschöpft, dass ich für den Rest des Tages schwieg. Ich merkte bald, dass ich von Woche zu Woche dasselbe erzählte, ich hörte mir gähnend zu, der Seelenmann allerdings war hocherfreut, immer dasselbe zu hören, denn das sei ja ein Punkt, das sei *der* Punkt, den es zu vertiefen gelte. Also vertiefte ich den Punkt, bis ich am anderen Ende der Welt herauskam, und nachdem ich die Reise ins Innere der Welt zum wiederholten Male angetreten und auf dieser Reise mich selbst als Mittelpunkt der Erde begreifen gelernt hatte, beschloss ich, nach Hause zu gehen, meine Sachen zu packen und Reisen als ein Geschehen zu verstehen, das nicht von Ort zu Ort sich vollzieht. Bis dahin waren noch einige Stationen zu absolvieren.

Wie kann man verhindern, beim Selbstgespräch belauscht zu werden? Man spricht nach innen. Und so habe ich seitdem nach innen gesprochen. Ich saß in mir noch einmal, in der Kehle, und beim Runterschlucken musste ich aufpassen, nicht mich selbst runterzuschlucken. Es saß ein Batzen Ich in der Kehle. Jeden Morgen nach dem Aufwachen überprüfte ich, ob der Batzen noch da war. Manchmal war ich mir nicht sicher und schluckte und schluckte, bis ich nicht mehr schlucken konnte. Entweder hatte ich keine Schlucke mehr, oder der Schluckreflex war erlahmt. Verlässlicher Kompagnon war dann die Angst. Bis wieder Schlucke da war oder der Mechanismus wieder funktionierte. In solchen Situationen wurde ich meiner Umgebung deutlich gewahr, deutlicher als sonst jedenfalls, wenn ich das Ich in der Kehle bei mir wusste: die kratzende Kamelhaardecke, die im

Bett obenauf lag, auch im Sommer, der nächtliche Schweiß, der an meinem Körper kleben geblieben war, die Muster der Bettwäsche, aus denen ich längst rausgewachsen war und die ich mit der Zeit verdächtigte, mich klein zu halten, bis ins Lallkleine, das nur sturzweise das Bett verlassen kann, das einen Unfall hat, was auch immer es tut, wenn es selbst etwas tut. Und der Teppich im Zimmer, der rostrote Teppich, der so ganz in der Tiefe war, die an Tiefe nur noch zunahm, je länger ich dahin starrte, wo ich Gesichter vermutete, kleine Menschen, die dort herum sind, und tatsächlich konnte ich schon früh Dinge sehen, die nicht da waren, die ich aber so stark in den Blick rufen konnte, dass sie gleichsam ins Leben gerufen wurden. So hatte ich Freunde, die ich nicht hatte, Eltern, die ich nicht hatte, ich hatte Feinde, die ich nicht hatte, die leicht zu besiegen waren, und rief Mutter zum Essen, verlor sich alles, löste sich auf, verblasste, und ich versuchte, das Verblassen hinauszuzögern. Im Blumenkohl sah ich sie wieder, meine Feinde, die auch auf der Frikadelle hockten, ich beförderte sie schnell hinab, sie trieben nun ihr Unwesen im Magen, mit Wasser konnte ich sie ertränken, besser noch war naturtrüber Apfelsaft, der ihnen die Sicht nahm, sie verständigten sich hauptsächlich mit den Augen. Ich konnte den Stuhlgang nicht erwarten, und gleichzeitig hielt ich ihn zurück, da er mir jedes Mal als zu wenig erschien, die Feinde, so fürchtete ich, haben sich in meinem Inneren in Sicherheit gebracht.

Wer ist das, in der Kehle, fragte ich mich eines Tages. Ich lernte das Wort Sputum. Ich schaute mir mein Sputum an, das doch von tief innen kommen soll. Sputum auf dem Bürgersteig, das Stillleben einer Kleinstadt. Ich hatte Angst, mich ausgespuckt zu haben, den Stimmgeber der Kehle, der mir einwohnte, wie Vater immer den Herrn in uns einwohnen ließ, wenn ich das richtig verstanden hatte, der Körper merkt sich Gewalt sehr wohl, was aber die Ohren hören, lernt der Verstand mit der Zeit auf die Probe zu stellen, ich habe mich in meinem ganzen Leben verhört, und mein ganzes Leben muss ich falsch verstanden worden sein, sagte ich mir. *Bürgersteig* zum Beispiel sagte mir, dass es so etwas wie Bürger gibt, der Inbegriff des zu Meidenden, die Endstation aller Sehnsüchte, unerklärlich war mir *Steig*, das schien etwas Unüberwindliches zu sein, das man mit allen zur Verfügung stehenden Kräften erobern musste, oder es war etwas Rettendes, das man erklomm wie ein Boot auf hoher See, das man so gerade noch erreichte, das einen ein Stück weit mitnimmt und das man dann, kaum dass von Rettung und Überleben gesprochen werden kann, kentern lässt. So auch die Eltern. Sie sind, wie man zu sein hat als Bürger. Und wie sie wirklich waren, war ein Geheimnis. Das Wort *wirklich* wurde zu den geheimnisvollsten Wörtern meines Lebens. Die Eltern duldeten, dass man neben ihnen saß, und wären doch jederzeit bereit gewesen, wäre nur einer gekommen, dies zu fordern, das Kind wegzuwischen wie Kreide auf einer Tafel. Also Doppeltaktik. Rückzugsgebiet auf offenem Gelände und Verstellung. Ich bin euer liebes Kind, aber was in meinem Kopf vorgeht, ist unsichtbar.

Ist es nicht merkwürdig, dass man inmitten von Menschen alleine sein kann? Sollte Familie nicht das Allernächste sein? Die jammernde Mutter. Der strafende Vater. Das nicht ausweichen könnende Kind. Die Aussicht, dass das jahrelang so weitergeht. Wenn etwas Unerträgliches immer weitergeht, führt es zum Stillstand in der Bewegung. Familie machte allein. Ich wäre gerne allein gewesen.

Und dann diese Momente, in denen ich innehalten musste, nichts mehr tun konnte, keine Vorstellungen mehr hatte oder haben konnte oder haben wollte, nichts mehr zu denken da war, von einem Schritt zum nächsten, es überfiel mich eine lastende, beugende Traurigkeit, und gleichzeitig war diese Traurigkeit so klar, so aufrichtig, auch im Sinne von ehrlich, ich schüttelte alles ab, wie man beim Eintritt ins Haus nach einem langen Spaziergang durch die verschneite Winternacht den Schnee vom Mantel schüttelt, und es schneit ein zweites Mal, all diese lästigen Handhabungen und Verrichtungen des Alltags musste ich in diesen Momenten abschütteln, mich selbst musste ich abschütteln, und so konnte ich von einem Schritt auf den nächsten nicht mehr gehen, ich konnte mich nicht mehr von der Stelle rühren, also stand ich, wenn ich im Keller stand, stundenlang auf einem Fleck, der Kopf wurde mir schwer, die Arme hingen vom Körper, als wären es maßlose Gewichte, die den Rumpf auseinanderreißen, um die Beine sammelte sich das Wasser, das Grundwasser, es wurde kalt, eine nie gekannte Kälte, die mich lähmte, ich konnte gerade noch denken, ah, diese Kälte ist es, da fror der Satz schon ein, und ich konnte ihn stundenlang betrachten, diesen Satz, am *ah* hingen die Eiszapfen, *Kälte* war ein immer größer werdender Kasten, den man nicht berühren wollte, er war massiv und schwer, *es* war ich, ich schrumpfte, etwas wollte mich auf den Kasten setzen, in den ich trotz seiner Massivität wehrlos einsank. Ich bin ein Lebensmüder, der seine Füße einbetonierte, und nun versinke ich langsam, ich will an die Sprache mich halten, aber die Sprache hält mich nicht, und jetzt müsste ich darüber enttäuscht sein, ich bin aber nicht enttäuscht, eine eigenartige Erleichterung erfüllt mich, steigt in mir auf, während ich versinke, und dieses Gefühl der Erleichterung macht mir mehr zu schaffen als mein Verschwinden, das ich im Gegensatz zu ihr, der Erleichterung, abschütteln konnte. Ich habe diese Erleichterung nicht verdient, sagte ich mir, sie aber blieb, es war die *nackte* Angst, die mich hob, sie packte mich und versetzte mich, sie nahm meinen Brustraum aus und zog dort ein, sie polterte rum, machte Männchen, zog an meinen Armen und Beinen, und so machte ich *komische Sachen*, wie Mutter sagte, ich ging los und hörte nicht mehr auf zu gehen, und als die Wege mir endlich ausgingen, erfand ich neue Wege, ich ging kreuz und quer und hoffte auf Schlaf, als der Schlaf sich jedoch ankündigte, ich bin bereit, sagte der Schlaf, da pumpte sich die Angst mit einer solchen Kraft in mich, dass mir der Atem versagte, also ging ich Runde um Runde im Kreis, die Straßen um das Haus herum, noch schneller, sagte ich mir, und die Vorstellung ritt mich, so schnell zu gehen, dass ich mir selbst in den Rücken schritt, also lief ich, die gegangenen Runden sind alle noch ums Haus, gleich werde ich mich überholt haben, ich laufe still durch mich hindurch, siehst du, es überfällt mich eine lastende, beugende Traurigkeit, vom einen Schritt zum nächsten, nichts mehr zu denken, keine Vorstellung mehr, dieses Innehalten, das – und da war sie wieder, diese Stimme, die mit mir sprach, als wäre sie ein anderer, sie lief sprechend neben mir her, hatte sich also wieder nach draußen gewagt, sie beschämte mich, redete mir gut zu, das lange *Verschwiegenwordensein* wolle sie mir nicht übel nehmen, wenn sie von nun an nur immer mit dabei sein könne, und so wurde mir die Stimme zum eigentlichen Körper, in den ich hineinschlüpfte und den meine Stimme Runde um Runde Gassi führte, während mein Körper, der doch immer so selbstbewusst schien, raschelte wie ein Insekt, das man nicht orten konnte.

INSEKTEN

Mein Hobbyraum hatte zwei Stahl-Doppelfenster mit Vorsatz-gittern, die beiden Flügel wurden jeweils durch zwei Drehklem-men aus grauem Kunststoff geschlossen gehalten. Öffnete man die Fenster, konnte man hinter Spinnweben das Laub im Licht-schacht entdecken, der regelmäßig gereinigt werden musste. Der rechteckige Schacht war aus Beton und mit einem begehbaren Stahlgitterrost abgedeckt, damit man von außen, streifte man durch den Vorgarten, nicht in ihn hineintrat und sich möglicher-weise das Bein brach. Gegen Einbruch waren Sicherungsketten an den Rost angebracht. Licht flutete nur noch wenig durch die Fenster, der bodendeckende Efeu hatte sich der Schachtabde-ckung bemächtigt. Im Laub krochen interessante Insekten, konnte ich ihrer habhaft werden, setzte ich sie auf die Tischten-nisplatte in ein Geviert aus Holzklötzchen, um sie eingehend zu betrachten. Mich interessierte, ob sie aneinander interessiert wa-ren, übereinanderkrabbelten, sich bekämpften oder gar gegen-seitig fraßen. Zumeist versuchten sie, jedes für sich, ihrem Ge-fängnis zu entkommen, die Holzklötzchen waren zwar glatt, die meisten Tierchen jedoch, wenn sie nicht zu schwer waren, konn-ten die Wände problemlos erklimmen, also baute ich, um bei einem gleichzeitigen Fluchtversuch Zeit zu gewinnen, die Wände höher und deckte sie zur Hälfte mit einem Dach ab, das mittig gestützt werden musste. Verdursten und verhungern sollten sie mir nicht, also stellte ich eine Mokka-Untertasse mit toten Flie-gen und frischen Blättern und ein Näpfchen Wasser in ihren Bau, sogar Staub stellte ich bereit, mein Freund Paul hatte mir mal erzählt, Insekten seien begeisterte Staubfresser. Sie nahmen keine

Notiz davon, weder vom Staub noch von den sonstigen Angeboten, vielleicht warteten sie ab, bis ich mich von ihnen abgewendet hatte. Unter den Insekten waren drei Käfer und zwei Wanzen, die alle fliegen konnten. Nur einer der Käfer machte hiervon Gebrauch und flog davon. Die Wanzen waren augenscheinlich zu träge, die Raumtemperatur sagt ihnen nicht zu, dachte ich. Und dann war da noch eine Heuschrecke, die ich erst spät entdeckte, sie saß ganz still in einer Ecke und bewegte sich nicht. Berührte ich sie mit einem Stöckchen, das sich neben verwelkten Blättern als vertrauter Umgebung der Insekten im Lichtschacht fand, sprang sie auf. Bevor nun auch die Heuschrecke dem Gefängnis entkommen konnte, deckte ich die andere Hälfte des Daches und überließ die Insekten im Gefängnis sich selbst, um den entflohenen Käfer wieder einzufangen, von dem ich mir bis dahin noch kein richtiges Bild gemacht hatte. Er war Richtung Fenster geflogen. Am Fenster jedoch war er nicht. Auch nicht in seiner Nähe. Ich suchte den weißen Teppich ab, billige Kunstfasermeterware, die an einigen Stellen schon stark fleckig war, hier wurden Getränke verschüttet, der von meinem Basteltisch gefallene Lötkolben hatte Schmorlöcher hinterlassen, dort war ein Fläschchen mit Fahrradöl umgekippt. Der Teppich hatte einen unangenehmen Geruch, den ich auf Ausdünstungen seiner sich zersetzenden Antirutschgummierung zurückführte. Etwas zwang mich, diesen Geruch permanent zu überprüfen, immer wieder musste ich meine momentane Tätigkeit unterbrechen, mich auf den Boden legen und an ihm riechen. Auch konnte ich nicht umhin, die Glätte oder Rauheit meiner Fingernägel immer wieder an der künstlichen Teppichfaser zu testen. Blieben die Nägel im Teppich hängen, machte mir das Gänsehaut, ich fror regelrecht und musste für Minuten regungslos liegen bleiben. Merkwürdig, diese Dinge, die einem nicht guttun und die man dennoch nicht unterlassen kann. So wird es mit ungesundem Essen sein, und so wird es mit Alkohol sein. *Marienwürmchen setze dich/Auf meine Hand,/Ich tu dir nichts zu Leide.* Kein Marienwürmchen weit und breit. Zerdrückt man sie, riechen sie streng. *Es soll dir nichts zu Leid gescheh'n,/Will nur deine bunten Flügel seh'n,/Bunte Flügel meine Freude.* Mutter waren sie immer heilig. Sie seien Nutztiere, sagte sie. Schädlingsbekämpfer. Jetzt sah ich es. Es hockte auf dem Kopf eines Eishockeyspielers, spreizte ab und an die Flügel und schien unentschlossen, ob es seinen Standort nicht wieder verlassen sollte. Ich ließ es auf meinen Finger krabbeln und brachte es zurück ins Insektengefängnis. Ein Ausdruck übrigens, der mir zunehmend gefiel, er verlieh meinem Unternehmen eine gewisse Wichtigkeit, obgleich ich nicht hätte sagen können, worin diese nun bestand. Zurück im Gefängnis lag der Marienkäfer auf dem Rücken und strampelte mit den Beinen. Ich ließ ihn strampeln. Von größtem Interesse war es nun für mich zu beobachten, ob andere Insassen ihn zu überwältigen versuchten, wozu es keine bessere Gelegenheit gegeben hätte. Auch hier enttäuschten mich die Tiere. Im Fernsehen hatte ich einmal gesehen, dass Ameisen keine Gnade kennen und sofort alles auf dem Boden angreifen, was nicht mehr ganz wehrfähig ist, auch Wespen, Bienen oder Hummeln. Vielleicht sollte ich also ein paar Ameisen ins Gefängnis lassen? Sie würden den Käfer umzingeln, ihn wegzuschleppen versuchen, was ihnen trotz der hohen Mauer vielleicht auch gelänge. Der Käfer konnte sich aus seiner misslichen Lage befreien, mit unter Brust und Hinterleib eingezogenen Beinen hockte er jetzt auf der Tischtennisplatte und wähnte sich mit seinen roten Deckflügeln unangreifbar. Tiere denken also doch. Oder wie ist ihr Verhalten zu erklären? Dieser hier hatte zwölf schwarze Punkte. Ginge es nach dem Sams, hätte er also zwölf Wunschpunkte gehabt, die er jemandem schenken konnte. Die Wünsche müssen sehr präzise formuliert werden. Man muss sie so formulieren, dass die Worte Wirkung tun, dass sie *Welt heraufbeschwören, ein schönstes Traumziel*, in der Tat. Ich wünsche mir für mein Insektengefängnis einen Erweiterungsbau für neue Insassen, die ich hoffentlich im Lichtschacht werde finden können, sagte ich. Und schon war er da, der Erweiterungsbau, und im Lichtschacht fanden sich genügend Insekten, die ich verhaften konnte, sozusagen nachverhaften. Dann wünschte ich mir ein ausbruchsicheres Dach, und so geschah es. Ein langer Käfer war unter den Neuen, er betastete die anderen mit seinen langen Fühlern, bewegte sich aber nicht in ihre Richtung. Die Betasteten reagierten unterschiedlich, was vielleicht gar nicht im Zusammenhang stand, ein ganz kleiner schwarzer Käfer ergriff bei der ersten Berührung die Flucht, eine Kellerassel rollte sich zur Kugel zusammen, ein Laufkäfer rührte sich nicht von der Stelle, als ginge ihn der lange Käfer mit seinen langen Fühlern nichts an. Ich betrachtete ihn mit der Lupe, die mir meine Mutter geschenkt hatte, sie hatte einen fünfeckigen grünen Stiel und als Kopf eben das Vergrößerungsglas, das allerdings wie der Stiel nicht aus Glas, sondern aus Kunststoff war. War ich zunächst enttäuscht, dass die Lupe nicht wie die in der Schreibtischschublade meines Vaters aus Glas war, zeigte sich schon bald ihr großer Vorteil, sie zersprang nicht in tausend Stücke, wenn sie auf den Boden fiel. Der Käfer schaute grimmig drein. Damals war das für mich einfach nur ein Käfer, erst beim späteren Betrachten des Bildes wusste ich, das ist ein Laufkäfer. Warum lief er nicht? Infolge seiner Verhaftung war er in Schockstarre. Er starrte mich an, er hatte in mir das Übel erkannt, das ihm widerfahren war, der lange Käfer mit den langen Fühlern war ihm höchstens lästig. Ich vermeinte in ihm Gesichtszüge meines Vaters wahrnehmen zu können, bevor Vater mit der flachen Hand zuschlug, riss er die Augen weit auf und blickte erbost, sein Kopf wurde ganz lang, er hielt kurz inne, als müsse sich das Geschehen in seinem Kopf erst sortieren, der Käfer saß da wie der Fuchs in Frau Regenhuts Nachbargarten, bevor er mir ins Gesicht sprang, immer näher mit dem Blick, der ganze Körper gespannt, schon war er in der Luft, so schnell, dass ich nicht mehr rechtzeitig zur Seite ausweichen oder wenigstens meinen Oberkörper aufrichten konnte, den ich weit über Frau Regenhuts Gartenzaun gebeugt hatte. Und was machte der Fuchs? Er blieb in der Luft hängen. Beim kindlichen lupengenauen Betrachten des Bildes fiel mir ein Detail auf, das ich ohne die den Blick unterbrechende Erinnerung an den Fuchs übersehen hätte, dem Vaterkäfer steckte nämlich ein verfaulter Apfel im Rücken, so sah es jedenfalls aus, die Augen lesen ja so manches in die Menschen, Tiere und Dinge hinein, als ich aber die Lupe beiseitelegte, um den Käfer in natura zu betrachten, war von dem Apfel keine Spur, was mir in diesem Moment nichts anderes sagte, als dass die Redewendung *etwas unter die Lupe nehmen* falsch ist und Gestalten erzeugt, die nicht da sind. Die Sache beschäftigte mich, und so erzählte ich am Abend meiner Mutter von dieser vermeintlichen Entdeckung, dem Käfer und seinem Apfel. Mutter war sichtlich irritiert, was sie sich aber nicht anmerken ließ. Was sich zeigt, flüchtig, ist ein Ereignis, und was ist, ist nur Entzug.

Mit der Zeit wurde das Insektengefängnis langweilig, ich machte mir eine Liste, gab den Insassen Namen und legte eine Reihenfolge fest, nach der sie entlassen werden sollten. Die Entlassung ging stets nach demselben Schema vonstatten, alles musste seine Ordnung haben. Ich separierte den Entlässling von den anderen, schob ein Papier unter ihn, stülpte ihm ein Glas über und schob das Entlassungsensemble aus dem bereits geöffneten Tor, wobei darauf zu achten war, dass niemand sonst das Gefängnis verließ. Das Glas gab Gelegenheit, das Verhalten des Tieres zu studieren, hatte es Angst, wurde es übermütig, erkannte es seine Lage nicht, ahnte es, in eine Falle gegangen zu sein? Alles Fragen, die ein Kind sich stellt, es macht keinen Unterschied zwischen Dingen und Tieren und ist einzig an Wirkungen und Konsequenzen interessiert. Sagt man ihm, du darfst das Tier nicht quälen, weiß es nun immerhin, dass das Tier etwas empfindet und dass es gequält werden *kann*. Als alle Gefangenen entlassen waren, zurückgebracht in den Dschungel des Lichtschachts, tat es mir leid um ihre Freiheit. Ich beschloss, sie zurückzuholen, um sie alle umzubringen. Kaum hatte ich diesen Entschluss gefasst, tat er mir schon leid. Was beschlossen ist, sagte ich mir, muss umgesetzt werden. Also holte ich die Insekten eines nach dem anderen zurück, die meisten von ihnen hatten sich im Lichtschacht nicht von der Stelle gerührt, als wären sie davon noch nicht überzeugt gewesen, zurück in der Freiheit zu sein. Der Lichtschacht selbst war ein Gefängnis. Auch der Keller war ein Gefängnis. Mit den Jahren hatte ich mich so an Beengungen gewöhnt, dass ich unbeengt nicht mehr sein konnte. Einer der Wanzen amputierte ich ein Bein. Und ließ sie zunächst noch weiterleben. Einem Käfer nahm ich die Flügel. Er sollte zufrieden sein, noch laufen zu können. Ich weinte. Einen anderen Käfer schlug ich tot. Er lag ganz flach auf der Tischtennisplatte, alles Innere war herausgequetscht. Mit den Holzklötzchen aus der Kiste baute ich eine Aussegnungshalle, in der ich ihnen als ihr Priester die Messe lesen wollte. Auch sollten sie eine ordentliche Erdbestattung erhalten. Nachdem alle Insekten tot waren, kamen mir Zweifel, ob eine Erdbestattung die geeignete Form der Beerdigung sei, zumindest die Wanzen sollten vielleicht besser verbrannt werden. Im Sinne der Gleichbehandlung sollten sie schließlich alle verbrannt werden, beschloss ich, dann würde ich ihre Asche in einer großen Streichholzschachtel sammeln und in einer aus Baumrinde gebauten Stele beerdigen. Bei genauerem Nachdenken erschien mir dieses Vorgehen allerdings zu aufwendig, ich trug die toten Insekten in den Lichtschacht zurück, verteilte ausgerissene Seiten aus dem Kleinkinderbuch *War Bello beim Spinnen* über den laubübersäten Boden des Lichtschachts und zündete sie an. Die Flamme schoss hoch und züngelte bald aus dem Fenster. Das ist nicht gut, sagte ich mir, schloss das Fenster, verließ den Raum, lief den schmalen Kellergang mit den Konserven entlang, diagonal durch den Einmachgläserdurchgangsraum, scharf rechts in den Kellervorraum, die Treppe hoch, links aus der Haustür über den Kiesweg, wieder links über die Steinplatten, die um das Haus herumführten, dann rechts auf den Gartenwasserhahn zu, den Mutter immer *Gartenkran* nannte, mir war das Wort *Wasserzapfsäule* lieber, ihr Zinkrohr mit aufgesetztem Hahn ging mir bis zur Hüfte, die Säule stand wie ein stolzer Vogel am Ende der Steinplatten im Efeubeet, das schon zum Hintergarten gehörte, ich tankte Wasser in die grüne Gießkanne, rannte über die Steinplatten zurück, rechts drei Stufen hoch über die Terrasse in Richtung Sandkasten, kletterte links über die Sträucher und niedrigen Bäumchen an der vom Garten aus rechten Hausseite und kippte das Wasser eiligst in den Lichtschacht, woraufhin das Höllenfeuer erlosch. Waren die Insekten nicht am Feuer gestorben, ertranken sie jetzt. In der Phantasie ist alles wild, alles brennt, das

Familienleben aber muss ruhig sein, alle müssen essen, arbeiten, schlafen, eins nach dem anderen, nichts darf sich rühren, wenn es keine ausdrückliche Erlaubnis dazu hat. Phantasie findet in Büchern statt, darum sind Bücher zwar ein schöner, die Eltern entlastender Zeitvertreib, aber nicht weiter ernst zu nehmen. Du darfst doch keine Bücher verbrennen, sagte Vater, als er noch am selben Abend den durchnässten Aschehaufen im Lichtschacht entdeckte. Ich habe auch keine Bücher verbrannt, sondern nur ein paar Seiten. Eine Seite ist das ganze Buch, sagte Vater. Ja, Vater. Vielleicht hättest du es noch einmal lesen wollen, jetzt fehlen dir die Seiten. Ich habe sie im Kopf, sagte ich. Im Kopf ist alles einfacher. Jahrzehnte später waren auch Vater und Mutter nur noch im Kopf. Als sie gestorben waren, interessierte mich nichts mehr als Fotografien, auf denen sie zu sehen waren. Als ich die Fotografien in meinem Besitz wusste, interessierte mich nichts mehr als das, was ich über meine Eltern im Kopf hatte. Was hatte ich über meine Eltern im Kopf? Meine Mutter war immer nur ihre eigene Herkunft, mein Vater immer nur weg. So einfach ist das. Erinnerungen entstellen. Sie führen in uns ein Parallelleben. Heißt es nicht: *Komm! Ins Offene, Freund*? Doch lässt uns das Offene nicht immer draußen? Die Insekten kommen aus dem Offenen und suchen das Geschlossene.

Fünfzig Jahre später werde ich den Keller so gut wie nicht mehr betreten. Er wird dann voller Gerümpel sein. Die Insekten laufen frei herum, das Kellerreich gehört den Spinnen, durch seine Gemächer geht ein frischer Wind, der bringt den märkischen Sand.

PARFUM

Vormittags, in den Ferien, wenn meine Mutter in der Küche war, im Garten oder einkaufen, ging ich vom Keller oft in das Badezimmer meiner Eltern. Die Fußbodenheizung wärmte auf, der Keller war auch im Sommer recht klamm. Zudem mochte ich die Wege durchs Haus, aus dem Keller heraus durch den Flur des Erdgeschosses auf Entdeckungsreise in die erste Etage, in die elterlichen Gemächer und von dort auf den Speicher. Alles schien unnahbar, Kulisse eines abgedrehten Films.

Ich wünschte mir sehr, meine Mutter schenkte mir diese elfenbeinerne Figur, nicht größer als die Kuppe meines Zeigefingers. Anstatt sie mir aber zu schenken, hatte sie mir sogar verboten, sie auch nur zu betrachten, aus Angst, sie ginge verloren. Mit dieser Figur musste es eine besondere Bewandtnis haben, denn kurz nachdem ich sie auf der Wäschekommode im Schlafzimmer meiner Eltern entdeckt hatte, sie lag dort auf Watte oder Holzwolle in einer hübschen Holzschachtel, war sie verschwunden. Mutter hatte sie versteckt. Die kleine Fee, wie ich sie nannte, ließ mir aber keine Ruhe, schließlich war sie Mutters Glücksbringer, und so nahm ich mir vor, so lange nach ihr zu forschen, bis ich sie wiedergefunden hatte. Die Gelegenheit schien günstig, als während der Ferien Vater auf Dienstreise war und Mutter mit der Bemerkung, sie gehe eine Bekannte besuchen, und das könne länger dauern, das Haus verlassen hatte. Ich durchwühlte die Kommode, wobei ich beim Wiedereinräumen die dort getrennt aufbewahrte Unterwäsche von Vater und Mutter durcheinanderbrachte, räumte im elterlichen Badezimmer den vierflügeligen Spiegelschrank aus, um in seine Ecken zu leuchten, ob die kleine

Fee sich dort versteckt hielt, ich sammelte alle Utensilien in den beiden Waschbecken, links das von Vater, rechts das von Mutter, mit der Zeit glaubte ich, mir eine gewisse Lässigkeit erlauben zu können, indem ich beim Hineinlegen der Gegenstände in die Becken nicht mehr hinschaute, prompt verfehlte Vaters Rasierwasser den Beckenrand, stürzte auf die weißen Mosaikfliesen, in denen es ein kleines schwarzes Loch hinterließ, und lief aus. Die über ein links an der Wand angebrachtes Thermostat zu regelnde und stets am Anschlag laufende Fußbodenheizung machte das kniende Aufwischen mit Toilettenpapier komfortabel. Als die ganze Rolle aufgebraucht in der Toilettenschüssel lag, bekam ich Angst, das Rasierwasser würde noch Jahre aus ihr hervorduften. Mit einem der am Waschbecken über ausziehbaren Stangen hängenden Handtücher rieb ich die Fliesen vorsorglich noch einmal gründlich ab und legte mich auf den Boden. Die Wärme der Fußbodenheizung ließ mich in ferne Länder reisen, am Strand liegen, im Meer schwimmen gehen, kühle Getränke zu mir nehmen, für einen Tiefschlaf lang ein entspanntes Leben führen. War später der plötzliche Schlaf ein Vorbote der Migräne, wachte ich nun völlig erschöpft aus ihm auf, ohne Orientierung zunächst, die kaputte Rasierwasserflasche erinnerte mich an die kleine Fee, die ich bislang nicht wiedergefunden hatte. Ich würde das ganze Haus auf der Suche nach ihr auf den Kopf stellen, nahm ich mir vor. Zuvor aber wollte ich unbedingt noch Vaters Trockenrasierer ausprobieren, der im Waschbecken lag. Das Anschlusskabel steckte noch in der Buchse, der Rasierer brummte laut, lief aber glatt über die Haut, die glatter gar nicht werden konnte.

Ich roch an Mutters Parfums, die, der Größe nach geordnet, hinter dem rechten Flügel ihrer Spiegelschrankhälfte in vielfarbigen Flakons auf einem der gläsernen Böden standen. Manche rochen älter, als Mutter eigentlich war, andere so süßlich, dass es einem den Atem verschlug. Wenn ich die süßlichen Parfums nur lange genug einatmete, würde ich dann halluzinieren? Unter Halluzinieren verstand ich eine rauschende Schussfahrt ins Weltall, nicht die Bilder, die ich im Bett liegend manchmal an der Wand sah. Mutter war mit mir deswegen eines Tages zum Arzt gegangen, der ihr sagte, ich hätte Alice im Wunderland. Wir sind dann immer zu einer Ärztin gegangen. Die Parfums lösten mit der Zeit Brechreiz aus, ein bisschen besser wurde es, wenn ich mir links einen ältlich riechenden und rechts einen süßlich riechenden Flakon vor die Nase hielt. Erst als das ältliche Parfum durch das rechte und das süßliche durch das linke Nasenloch strömte, konnte ich mich ein wenig entspannen und die Gerüche sogar genießen. *Die Mischung macht's*, sagte Mutter oft, und auch hier machte es die Mischung, die Mutter leibhaftig im Bad stehen ließ. Durch die Parfums machte ich mir zum ersten Mal Gedanken über ihr Alter. Schon in jungen Jahren hatte sie entschieden, alt zu sein. Die Kleidung, die Frisur. Das süßliche Parfum schmeckte bitter. Es wäre nun an der Zeit, dass sie wieder jünger wird, dachte ich mir.

Über den Parfums fanden sich die Lotionen und Cremes, für die Nacht, für den Tag, für die Hände, für die Augen. Jedem Körperteil schien eine spezielle Pflege zugedacht zu sein. Steigerten diese Mittel die Schönheit, oder war Mutters Haut überall krank und pflegebedürftig? Ich wollte am eigenen Leib erfahren, welche wunderbaren Wirkungen diese Cremes und Lotionen hatten, zog mich aus und bedeckte den Körper überall mit den mal flüssigen, mal öligen oder talgigen Essenzen. Je flüssiger und öliger das Mittel war, desto schneller drang es nicht nur in die Haut ein, sondern bemächtigte sich auch des Bodens, von dem insbesondere Öliges nur mühsam wieder entfernt werden konnte. Das Talgige war nur schwer auf der Haut zu verteilen, und noch schwerer war es wieder zu entfernen. Als ich so gut wie alle Produkte getestet hatte, fühlte ich mich Mutter näher und verstand, warum sie immer so viel Zeit im Bad verbrachte. Wollte ich nun aber auch zu Vater eine größere Nähe haben, blieb mir nichts anderes übrig, als mich auch bei seinen Essenzen zu bedienen. Allerdings fand ich neben einer mir bereits seit Jahren bekannten blauen Blechdose Nivea nur Salben für den medizinischen Gebrauch, deren Wirkung ich dann doch nicht ausprobieren wollte. Vom Rasierwasser war eine kleine Menge noch in der zerbrochenen Flasche, ich goss sie in die linke Hand, wie ich es bei Vater immer gesehen hatte, wenn er sich frühmorgens, um Mutter nicht zu wecken, in unserem Badezimmer für die Arbeit fertig machte. Er verteilte den Rasierwassersee aus der Mulde der linken Hand in die gekrümmte rechte Hand, indem er die Handflächen ineinanderlegte, dann patschte er sich drei- oder viermal mit Schwung ins Gesicht, benetzte Wangen, Kinn und Hals mit dem beißenden Wasser, was er augenscheinlich genoss. Auf der Haut tat das Rasierwasser keine Wirkung, der Alkoholdunst drang aber in die Lunge ein, was ich als erfrischend empfand. Machte er den Atem schöner? Hatte ich jetzt Alkohol in mir? Ich stellte mich ans geöffnete Fenster und atmete zehnmal tief ein und aus, um die Dunstwolke loszuwerden. Das schürte neue Ängste. Hatte ich mich überatmet? Mutter erzählte etwas von einem Ventil, das die Lunge sei, und die Lunge gehe kaputt wie ein Ventil, das man überdreht, dann gehe die Luft durch die Lunge durch, ohne dass Sauerstoff hängenbleibe. Ich stellte mich ganz gerade hin und vermied zu atmen. Als Atmen unvermeidlich wurde, füllte ich meine Lungen nur ganz vorsichtig und mit so wenig Luft wie möglich. Ich hatte Glück gehabt, die Lungen behielten die Luft. Rasch räumte ich die restlichen Utensilien in den Schrank zurück, nicht ohne noch Mutters Haarspray auszuprobieren, das sie stets großzügig auf ihrem Kopf zu verteilen wusste, der mit seinem vorzugsweise samstags platzierten Haarsprayhelm am Wochenende unantastbar war. Meine Haare glichen herabhängenden Lappen und rochen wie in einem seit Tagen ungelüfteten Friseursalon, in dem lauter Goldwell-, Gard- und L'Oréal-Spraydosen in Betrieb waren. Es verschlug mir den Atem.

Heute muss ich eingestehen, dass ihr Bad sehr gelungen eingerichtet war. Das Wichtigste in einem Bad ist sein Fenster. Hat es kein Fenster, ist es eine Grabstätte.

Mit ihrem Umzug in ein anderes Haus waren meine Eltern eigentlich gestorben, dachte ich früher. Heute weiß ich, dass ich mit ihrem Umzug meine Kindheit endgültig verloren hatte, da mir mein Elternhaus abhandengekommen war. Dieses Abhandenkommen bedingte wohl, dass ich mir ihr neues Haus nicht merken konnte, das in die hinterste Ecke einer Neubausiedlung gedrückt war in der trügerischen Annahme, seine Bewohner würden dort Ruhe finden, tatsächlich aber wurde das Areal mit den Jahren so zugebaut, dass der Lärm die Stille zu jeder Tageszeit Untertan machte, der Garten war so mickrig, dass mir die Tränen kamen, wenn ich ihn sah, mittlerweile habe ich ihn genauso vergessen wie die Adresse, es gab im Haus ein Gästezimmer für uns Kinder, wenn wir die Eltern besuchten, ein eigenes Bad, eine Küche, das Schlafzimmer der Eltern, ein Arbeitszimmer, eine Galerie mit Schreibtisch, Couchgarnitur und kleinem Fernseher, es gab einen Keller und ein großes Wohnzimmer, in dem man weit entfernt voneinander wie in einer Wartehalle saß, in der sich die Reisenden zufällig begegnen und anschweigen. Keine genaue Erinnerung habe ich an die Fassade des Hauses, seine Türen und Fenster, an die Größe der Zimmer und ihre Einrichtung, den Gang zu den Kellerräumen und ihren Einrichtungen, während das Elternhaus allein auf der Grundlage meiner Erinnerungen wieder errichtet werden könnte. Das Bad in der ersten Etage im neuen Haus hatte ein Fenster, öffnete man es, ertönte der Gesang der Amseln, die sich im nahegelegenen Park tummelten. Schloss man das Fenster, wurde die Stille unerträglich. Öffnete ich das Fenster erneut, und waren die Amseln verstummt, bemächtigte sich meiner die Angst, die in mir aufstieg wie das Wasser in der Badewanne, und immer geriet ich dann in Panik, das Herz würde stehen bleiben, sobald die Angst bis zu ihm hinaufgeklettert sein würde. Das Fenster verlieh dem Badezimmer eine wohltuende Helligkeit, die eindringenden Sonnenstrahlen lenkten ab und beruhigten.

War das zweite Haus auch kleiner als das Elternhaus, so wirkten meine Eltern nach dem Auszug der Kinder doch ein wenig verloren in ihm. In meiner Erinnerung saßen sie immer nur in seinem Wohnzimmer, schweigend, Zeitung lesend, Fernsehen schauend. Mit dem Rest des Hauses, so schien es, konnten sie so recht nichts anfangen. Meine Mutter hatte den Abschied vom Elternhaus, ihren eigenen und den ihrer Kinder, ebenso wenig verwunden wie ich. Im zweiten Haus vor sich hin lebend, waren sie eigentlich schon gestorben. Der Umzug vom zweiten Haus in eine Wohnung war dann ein weiterer Abstieg. Hier hatte das Bad kein Fenster, auf dem Fliesenboden lag ein großer runder Teppich, dessen Farbenvielfalt nicht darüber hinwegtäuschen konnte, dass hier kein Bleiben war. Der schlanke Spiegelschrank war nackten Ablagen aus weißer Sanitärkeramik gewichen, die Cremes und Lotionen befanden sich nun in einem hohen weißen Spanplattenschrank links von den Waschbecken, in dem die Unordnung ausgebrochen war, hier kamen die Dinge und ihre Zeiten wild durcheinander, Angebrochenes und Abgelaufenes, vornehmlich Salben und Arzneien aller Art, tummelte sich neben Unangebrochenem und zum Teil ebenfalls Abgelaufenem in Folien- und Papierverpackung; Werbegeschenkchen fanden hier ihr Vergessenwerden, Relikte aus meiner Kindheit, Bürstchen, Kämmchen, Scherchen, von Sonne, Luft und Wasser spröde geworden und ausgebleicht, fanden hier ihr Asyl, nachdem sie die beiden Häuser durchwandert hatten, Mutter sprach des Öfteren davon, sie endlich zu entsorgen, dann kamen die Erinnerungen, genauso spröde und verblasst wie sie, die dem Verfall über den Tod hinaus Aufschub gewährten. Der Spanplattenschrank, ein herabgewirtschafteter Hausschrein trauriger Findlinge, ohne Geheimnis, ein Vorgeschmack auf das Ableben der Eltern, wie für mich jedwede Unordnung ein Vorgeschmack war, die Mutterordnung ist das ganze Leben. Und so habe ich Mutter in Erinnerung, im Wohnzimmer der Wohnung sitzend wie ehedem im zweiten Haus und auf den Tod wartend.

Ein Blick aus dem Fenster kann davor bewahren, sich zu sehr mit den vorfindlichen Dingen zu beschäftigen, aus denen ich seit meiner Kindheit geneigt bin, Symptome für allerlei Krankheiten herauszulesen, Krankheiten der Mutter vor allem, die dann irgendwann auch mich ereilen würden, oder Einsamkeiten, für die diese Dinge nur der ablenkende Trost sind. Schränke voller Dinge, in den Schränken ist es dunkel, ihr Geruch hat mit meinem Leben nichts zu tun, es ist ein überkommener Geruch, ein Erbgeruch, den ich loswerden möchte, und das Loswerden schiebe ich auf von Erinnerung zu Erinnerung. Die Erinnerung, das ist zunächst diese rohe Masse, die sich einlagert ohne mein

Zutun, plötzlich hat man sie wie eine Krankheit, plötzlich lallt man, die rohe Masse ist eine Kapsel, sie hat Kontur, lässt aber ihren Inhalt nicht genau erkennen, ist sie gutartig, ist sie bösartig, ist sie schon in ihre Umgebung eingedrungen, scheint bereits die eine Erinnerung durch die andere hindurch und entstellt sie vielleicht? Die erinnerte Erinnerung ist bereits gekocht, sie ist mit verschiedenen Zutaten versehen, die sie mit der Zeit zersetzen.

Wenn der Duft des Rasierwassers die Entschädigung für den Umstand ist, sich jeden Tag rasieren zu müssen, wie Vater dies tat, dann will ich das in Kauf nehmen, sagte ich mir im Elternbad des Elternhauses. Im zehnfach vergrößernden Kosmetikspiegel meiner Mutter war noch kein Bartwuchs zu erkennen. Nachts konnte der Spiegel das Bad mit seiner Beleuchtung in ein Märchenzimmer verwandeln. Lag Schnee, und die Fußbodenheizung war hochgedreht, war es von besonderem Reiz, sich nackt im Bad aufzuhalten, die Beleuchtung des Kosmetikspiegels auf die niedrigste Stufe zu dimmen und sich ausgiebig im Schrankspiegel zu betrachten. Dies gelang am besten, wenn man sich auf das Podest der Dusche stellte, das der etwa einen halben Meter tiefer liegenden Duschwanne auf der rechten Seite vorgebaut war. Zusammen mit dem Podest nahm die Dusche die gesamte Breitseite des Bades ein, auf der rechten Seite war sie offen, ein Vorhang konnte zugezogen werden, die linke Seite war gemauert. Die Duschwanne hatte einen Rutschschutz, was nicht verhinderte, dass man beim Hinaussteigen auf dem Podest ausrutschte und sich das Schienbein blutig schlug. Ich liebte die Dusche wegen ihrer großen Kopfbrause, aus der es regnen konnte, und ihrer Armatur mit dem Drehregler für Heiß- und Kaltwasser, den man zur Inbetriebnahme der Dusche herauszog, was ein schönes Spiel war. Der Temperaturbegrenzer allerdings störte, und dies umso mehr, als ich sein Prinzip nicht verstand. Ich konnte mir nie merken, wie man ihn außer Funktion setzte. Hatte ich es durch Ausprobieren geschafft, eine höhere Temperatur einzustellen, so konnte ich mich schon beim nächsten Mal nicht mehr an den Vorgang erinnern. Das Duschen kannte kein Maß und keine Zeit. Hier konnte ich mich selbst verlieren und vermisste nichts.

Das Bad meiner Eltern mit der begehbaren Dusche als Meisterstück war das moderne Herz dieses von mir zeitlebens vermissten Hauses, der Ölkessel im Keller war sein höllischer Motor. Die gesamten Jahre meiner Anwesenheit versuchten meine Eltern, mich zwischen Moderne und Hölle einzuspeisen. Ich hätte fühlend begreifen können, was Liebe ist, wenn nicht mein Vater. Was. Replikant der Eltern. Vorwurfsmaschine. Ich stehe vor seinem Bücherregal. Platon. Unter Nachahmung vergaß er die Nachahmung der Eltern. Aber was ist Nachahmung gegen eine Fußbodenheizung. Wie konnte es diese Fußbodenheizung im Bad geben, und gleichzeitig war alles andere, was das Elternhaus ausmachte, die Erziehung, so unzeitgemäß dem Vorkriegsdenken verhaftet, wenn es überhaupt Denken war und nicht eine bequeme Form von Traditionsgehorsam, zudem unaufgeklärt, was die zwingerhafte Beziehung der Eltern zu ihren Kindern anbelangte. Eine Dusche wie diese mit ihrem harten Strahl machte klar Schiff mit am Wannenboden haftendem Schmutz.

Der weiße, zart schwarz gepunktete Mosaikfliesenboden im Badezimmer der Eltern mit seinen runden Kanten und seiner leicht buckligen, unregelmäßigen Oberfläche schmeichelte den nackten Füßen. Schaltete ich Mutters Kosmetikspiegel mit seinem warmen Licht an, herabgedimmt auf jenen Hauch Licht, der von weit her zu kommen schien und eine andere Welt verhieß mit munteren Tieren, die sich alle streicheln ließen, und einem fortwährend angenehm temperierten Gewässer, darin nie gesehene Fische schwammen und leuchteten und anschmiegsam waren und sich so gar nicht fangen ließen, und in den Spiegel konnte ich immer tiefer hineinschauen, und ganz am Ende des Schauens, in einer jener Tiefen, die auszumessen noch niemandem gelungen ist, stand ich mit zuckenden Schultern und einem Lächeln, das Mutter bestimmt nicht gefallen hätte, war es doch von Bosheit nicht zu unterscheiden, schaltete ich also Mutters Kosmetikspiegel an und stand mit nackten Füßen auf dem Badezimmerboden, und Licht und Boden durchfluteten mich, dass ich meinte, abheben zu können, nannte ich diese Stimmung, und nur dann, *zu Hause*.

So auf dem warmen Fliesenboden stehend, der Spiegel flutete das Bad mit zartem Licht, stellte ich mir vor, in einigen Jahren hier im Elternhaus an der Stelle von Vater zu stehen, und überlegte mir, was ich wohl ändern würde, schließlich wollen Kinder immer alles von den Eltern ändern und nichts von ihnen übernehmen, erst in späteren Jahren, wenn sie selbst vielleicht Kinder haben, fällt ihnen schmerzlich auf, dass sie gerade die unguten Eigenschaften der Eltern übernommen haben, von den Krankheiten zu schweigen. Auch dass die Eltern eben keine Sportskanonen waren, wie sie immer vorgaben, um die Kinder zum Sport anzustiften, damit diese das eigene Versäumnis wiedergutmachten, durchschaute man kaum zu ihren Lebzeiten, zu schlagkräftig erwies sich der Vater, zu bildreich die Mutter. Und dass Zigaretten und Alkohol dem Sport abträglich, gar gesundheitsschädlich sind, war kein Thema. Da Vater wie Mutter rauchten und auch dem Alkohol nicht ganz abhold waren, wie sollten sie den Kindern ein sogenanntes Vorbild sein? Den Rest regelte das Gesetz: Ab 16 darfst du dich zu Tode rauchen und trinken.

Jahrzehnte später erkenne ich auf Bildern gerade in der Ähnlichkeit mit den Eltern einen Wert, der verbindet, und in der Abweichung durchaus nicht etwas, das einsam machen muss.

SPIELUHR

Die kleine Fee war verloren. Wie so manche anderen Dinge. Sind sie erst mal verloren und tauchen nicht mehr auf, hat man sie für immer inne. Dort, wo man sie hat, bilden sie eine Art Halde, die mit den Jahren wächst, und das Untere ist verschüttet, zersetzt sich, vermengt sich zu Haufwerk, das um und um gewendet wird. Anderes kommt in eine innere Lagerhalle, deutlich sichtbar, geschützt, umfriedet. In dieser Lagerhalle liegt auch Fee. Ich weiß, wo ich sie finde. Wiederhaben enttäuschte mich, wäre Bestürzung. Dann erst sähe ich, wie gering nämlich Fee ist und all die anderen Dinge, denen ich hinterhertrauere, damit die Trauer ein Außen hat und sich nicht nach innen frisst.

War ich denn jämmerlich, war ich ein Angsthase? Auf den Bildern sah ich immer aus wie ein angepasster Musterzögling, mit jener angespannten Blässe im Gesicht, die manche für vornehm halten. Unaufgeräumtheiten durfte es nicht geben. Und gab es nicht. Alles Tarnung. Kaum dem mütterlichen Zugriff entwachsen, verlotterte ich. Erst Jahrzehnte später, ich trage mittlerweile Pullover und Sweatshirts mit lustigen Motiven, bunte Jacken, T-Shirts und Hosen, die mein Papa jetzt oft online bestellt, meine Socken sind blau und schwarz und grau, auch rot und grün und braun, ist mein Kinderzimmer in permanenter Unordnung, etwas in ihm zu suchen zwecklos, Finden ist der reinste

Zufall, und das gefällt mir. Je länger das Zimmer unaufgeräumt bleibt, desto interessantere Dinge, die in ihm verloren gingen, male ich mir aus.

So vermisste ich eines Tages eine silberne Spieluhr mit einem Vögelchen darin, das tatsächlich folgende Weise sang: *Du bist ein Mensch!* Ich vermisste diese Spieluhr in Form einer kleinen Truhe für meinen Bruder, dem sie eigentlich gehörte, er interessierte sich aber nicht für sie, so dass ich das Nest mitsamt Vögelchen in meine Obhut genommen hatte. Nun war es mir beim Aufziehen der Uhr hin und wieder passiert, dass das Vögelchen eine andere Weise sang als eben diesen recht unnützen Satz, den Tiere nicht verstehen können und Menschen oft nicht verstehen wollen, es sang zum Beispiel *Du bist in Schemen!* oder gar *Du bist nie Mensch!*, was mich ziemlich aufscheuchte, und ich begann, wild herumzuflattern, und hätte meine Mutter nicht das Zimmer betreten, um, wie sie sagte, bei diesem Lärm *einmal nach dem Rechten zu sehen*, ich wäre glatt aus dem Fenster hinaus- und sicher in ein anderes Land geflogen. *Du bist nie Mensch!*, das brachte eine Saite in mir zum Klingen, die ich längst gerissen glaubte. Mechanismen, die etwas in Gang brachten, übten stets eine große Faszination auf mich aus. Das Aufziehen der Spieluhr erfolgte einige Male wohl über den Grenzpunkt hinaus, so dass die Aufzugfeder Schaden genommen hatte, was sich zunächst in merkwürdig durcheinandergewürfelten Zeilen äußerte wie *Schubsen mit Neid*, *Dein Nest im Busch*, *Sende Mist in Buch* mitsamt der Variante *Edens Mist in Buch,* bis die Spieluhr mit der vom Vögelchen arienartig gesungenen Zeile *Sende Buch in Mist* schließlich ihren Geist aufgab. Von da an öffnete ich den Deckel, der automatisch aufklappte, wenn die Spieluhr aufgezogen war, mit der Hand, und sang die Weise selbst, das Vögelchen hockte derweil in seinem Nest und starrte reglos vor sich hin. Ich kann es ja noch sehen, sagte ich mir, es ist unverletzt und könnte sich jederzeit wieder seinem Liedchen widmen, und eines Tages wird die Aufzugfeder halt ersetzt. Dieser Tag kam nie.

Jedenfalls war ich zu der Überzeugung gelangt, die Spieluhr sei in all dem Chaos aus Kisten, Kästen und lose herumliegendem Zeug abhandengekommen, und Mutter habe sie verschwinden lassen, um von ihr befürchtete Entwicklungen ihres Kindes zu unterbinden. Für was man die Mütter alles verantwortlich macht, ist erst einmal Angst gesät, ein Versprechen nicht eingehalten worden, ein Vertrauensbruch geschehen oder Bevormundung zur Endlosschleife geworden. Wurde das Zimmer aufgeräumt und die Spieluhr trotzdem nicht gefunden, war sie sicherlich in einem unauffindbaren Versteck, in das Mutter sie verbracht hatte, wie sie ja überhaupt Wächterin über alles Verbotene war, das es, wie sie oft sagte, *aus dem Verkehr* zu ziehen galt. Es hatte diese Spieluhr tatsächlich gegeben, allerdings nur in einem Buch, und auch dort gibt es nur die Idee von einer solchen Uhr, deren besonderer Mechanismus den Satz *Du bist ein Mensch* in vier Viertel aufteilt, so dass nach der ersten Viertelstunde nur ein einziges Wort zu Ohren kommt: *Du* – und jeder, der zuhört, darf sich angesprochen fühlen –, zur halben Stunde ertönt *Du bist* – was sicherlich von niemandem, der dies vernimmt und nicht anders kann, als diese Worte auf sich zu beziehen, zumal wenn er alleine im Raum ist, verneint werden würde –, nach fünfundvierzig Minuten wird die Triade *Du bist ein* erwartungsfroh oder ängstlich aufhorchen lassen, und zur vollen Stunde wird der die Spannung suspendierende und nicht wenig enttäuschende Satz *Du bist ein Mensch* in den Raum geschickt, auf dass er sich dort an jemanden richtet, der ihn zustimmend bei sich aufnimmt.

Fünfzig Jahre später, während eines Besuchs bei meiner Tante, entdeckte ich in einer Vitrine, die mein Onkel von seinen verstorbenen Eltern, meinen Großeltern, geerbt hatte, ein silbernes Kästchen, das ringsum mit Figuren verziert war, die sich an den Händen hielten. Ein schönes Familienleben. Auf seiner Haube oder Luke hockte ein größerer roter Edelstein.

An der Unterseite des Kästchens befand sich, mit Tesafilm befestigt, ein silbernes Schlüsselchen. Zieht man damit das im Kästchen untergebrachte Spielwerk auf, öffnet sich die Luke, und ein bunt gefiedertes Vögelchen erscheint. Als das Vögelchen mit durchdringendem Gezwitscher ertönte, kam mein Papa aus dem Wohnzimmer seiner Schwägerin und meinte, diese Rufe kenne er, er habe sie zuletzt vor etwa fünfzig Jahren gehört. Seit dem Tod seines Bruders sei die Spieluhr nicht mehr aufgezogen worden, sagte meine Tante. Ich habe meinen Onkel nicht gekannt, er sei direkt nach meiner Geburt mit seinem Sohn ins Krankenhaus gekommen, um mich zu sehen, danach habe er uns noch einmal zu Hause besucht; als ich zweieinhalb Jahre alt gewesen sei, sei er nach kurzer schwerer Krankheit gestorben. Ich kann mich nicht an ihn erinnern, wohl aber an seine Beerdigung, auf der Papa eine Rede hielt. Vor der Vitrine hielt Papa sich die Erinnerung an seinen Bruder mit gewählten Worten vom Leib, die wohl den Eindruck erwecken sollten, er sei vom Fach und kenne sich bestens mit solchen Kostbarkeiten aus: Die reliefplastische Wandung der Spieluhr sei umlaufend mit einem Familienidyll antiken Vorbilds verziert, der mittig scharnierte Deckel sei mit einem roten Edelstein besetzt; der Vogelruf ähnele mehr einer Amsel, die jedoch ein schwarzes und kein buntes Gefieder habe, insofern sei das Vögelchen nicht nur unecht, sondern auch noch falsch gestimmt. Und es dauerte nicht lange, da zwitscherte das

Vögelchen mit der echten Stimme, aber dem falschen Gefieder oder mit dem echten Gefieder, aber der falschen Stimme bei uns zu Hause in Papas Zimmer. Er lasse sich davon anregen, sagte Papa und erzählte mir die Geschichte vom Kind, das am Wegesrand eine tote Amsel entdeckte. Fortan singe diese Amsel in einer Spieluhr. Diese Spieluhr sei allerdings nicht zum Aufziehen, das muntere Vögelchen erscheine, wie man sehe und höre, wann es ihm beliebe, beweglich und munter, und so fülle es das Zimmer mit Papas Kindheit an.

Du bist ein Mensch. Ich stellte mir vor, die Amsel singe am Tag meines Todes *Du wirst ein Mensch gewesen sein* und nach meinem Tod *Du warst ein Mensch.* Etwas, das nach meinem Tod weiterlebte, von niemandem zu ändern und nur an mich adressiert. Hätte nun diese Amsel nicht die Macht, durch ihren Ruf mich zurückzurufen, und kaum wäre ich wieder unter den Lebenden, würde die Amsel wieder singen *Du bist ein Mensch?*

BILDER

War dieser braune Kasten, den ich mir als zweiten Kopf vorgestellt hatte, nicht auch eine Art Spieluhr, und das Vögelchen verlieh ihm Farbe mit seinem Gesang, so dass ich die Bilder in dem kleinen Kopfgerät nun nicht nur sehen, als Einziger sehen, sondern auch hören konnte? Und dieses Hören ließ Bilder in Bildern sehen?

Jetzt wechselte das Bild, und anstelle des Badezimmers der Eltern und der Spieluhr waren die Steinplatten hinter und rechts neben dem Elternhaus zu sehen, die man leicht mit dem Spaten herausheben konnte, eine Entdeckung, die mich erschreckte, denn konnte man dann nicht auch das Haus mit Leichtigkeit vom Boden heben?, ich sah die von der Mauer des Treppenaufgangs zur Haustür abgeplatzten Ziegelstücke, die dem Frost nicht standgehalten hatten, wir ließen den Scherbenhaufen jahrelang liegen, als gehöre sich das so oder als würde sich das von selbst reparieren. Nahm ich eine Scherbe weg, sagte Mutter gleich, da fehlt eine Scherbe. Wenn sie bereits das Fehlen von etwas außerhalb des Hauses so bestimmt bemerkte, und sei es noch so unscheinbar oder unwesentlich, wie sicher würde sie erst das Fehlen von Dingen im Haus oder im Inneren bemerken? Ihr Inneres, das ich auf einem der Bilder, die der Kasten zeigte, deutlich zu sehen vermeinte, Jahre später, war eine verschlossene Truhe. In dieser Truhe lag ihr toter Vater, den sie über alles geliebt hatte. Eines Tages werde ich sie nicht mehr nach ihm fragen können, sagte ich mir oft, eine Stimme in mir drängte mich, sie nach ihm zu fragen, wie er mit ihr als Kind umgegangen sei zum Beispiel, ob er streng gewesen sei, was er gern gegessen habe und warum er so viel geraucht habe, ob es nicht überall im Haus nach Rauch gerochen habe, ob sie dadurch nicht auch angefangen habe zu rauchen, wie es gewesen sei, als Tochter mitansehen zu müssen, wie ihr Vater an Lungenkrebs stirbt, wie Jahrzehnte später auch sein Enkel, den er nicht mehr kennengelernt hatte, an Lungenkrebs sterben wird. Dominierte Oma die Familie, war sie wechsellaunig, und wie waren ihre Stimmungsschwankungen auszuhalten? War ihre Schwester nicht genauso etepetete wie ihre Mutter? Und die unglaublichen Ähnlichkeiten zwischen Oma und ihren beiden Töchtern. Dabei wollen Kinder ja gar nicht ähnlich sehen, denn so wird ihnen ja mehr Aufmerksamkeit von anderen Erwachsenen zuteil. Innerlich wollte Mutter ihrem Vater ähnlich sein. Dass ich Opa nicht mehr kennenlernte, ist eine gewaltige Lücke, denn so konnte ich Mutter nie wirklich verstehen; zeitlebens sah ich jedoch die Ehrfurcht in ihr, die sie vor ihrer Mutter hatte. Es quält mich, sie nicht beobachtet haben zu können als Kind und Jugendliche, nicht mit ihr in ihrem Elternhaus gelebt zu haben.

Mutter weinte oft und hatte Angst, dass ich so werden könnte wie sie, unzufrieden, hadernd, ohne Antrieb. Ich habe es so satt, ich bin nicht eure Dienstleisterin, sagte sie mehrmals am Tag. Als Kind versteht man das nicht, zumindest weiß man keine Abhilfe. In Betrieb genommen zu werden als Abhelfer, wäre mitunter das Schlimmste, was einem Kind passieren könnte. Manchmal entdeckte ich sie irgendwo im Haus und war erschrocken, sie so teilnahmslos anzutreffen. Sie sah aus, als gäbe es ein Leck in ihr, durch das sie langsam entweicht. Oder als zehre eine Krankheit sie von innen auf. Einmal konnte ich hören, wie sie mit sich selbst sprach. Sie murmelte etwas vor sich hin, öffnete die Kommode im elterlichen Schlafzimmer, holte aus dem Wäschekorb eins der dort bereits gefaltet liegenden Sockenpaare, hielt inne, betrachtete die Socken, sagte *Und auch das*, das hölzerne Sockenfach verkantete sich beim Herausziehen, auch ein nochmaliges Hineinschieben und Herausziehen vermochte diese Misslichkeit nicht abzuändern, was Mutter derart in Rage brachte, dass sie die Schublade durch Zerren und Stoßen immer mehr in die Verkantung brachte, *Und immer so weiter*, kommentierte sie weniger diesen Umstand als vielmehr das tägliche Einerlei ihres sogenannten *Hausfrauendaseins*, für das sie von der Familie nur Undankbarkeit erwartete, *Jeden Tag*, war zu vernehmen, dann legte sie die Socken, auch die aus dem Korb, auf die Kommode, öffnete den Kleiderschrank, entnahm ihm eine adrette Bluse, *adrett* war ihr Wort für Dinge, die sie schön fand, von denen sie zugleich aber wusste, dass andere sie als konservativ ablehnten. Sie stellte sich vor den Spiegel, wechselte die Bluse, suchte im Kleiderschrank nach einem Rock oder einer Hose, entschied sich für eine schwarze Hose, zog sie an, rappelte noch einmal an der Schublade, und siehe da, sie bewegte sich, konnte vollständig zurückgeschoben werden, jetzt war es höchste Zeit für mich, aus dem Flur zu verschwinden, ich schaffte es gerade noch ins Kinderbadezimmer, das über zwei Türen verfügte, von denen die Tür zum Flur entgegen der Gewohnheit nicht abgeschlossen war. Im Bad tat ich so, als suchte ich etwas; als mir partout nicht einfallen wollte, *was* ich denn suchte, putzte ich mir ein zweites Mal für diesen Morgen die Zähne, was mir im nächsten Moment selbst suspekt vorkam, war es doch eher die Regel, das Zähneputzen an manchem Morgen zu vergessen. So stand ich unschlüssig im Bad, drückte mich mal in diese, mal in jene Ecke, öffnete das Fenster, schaute in die Schublade meiner ehemaligen Wickelkommode, ein einfacher quadratischer Buchenholztisch mit schlanken Beinen, einer Resopalplatte und einer Schublade, ein Modell aus den fünfziger Jahren, eigentlich ein Küchentisch. Ich hatte die Schublade noch nie geöffnet und war erstaunt, das kleine gelbe Entchen vorzufinden, das immer mein Freitagsbadegesell war. Das Entchen trieb mir die Tränen in die Augen, mit ihm waren Babyheit und Kleinkindzeit abgelegt – in einer Schublade. Ich hatte es lieb und drückte es an mich, dabei quietschte es so ärmlich und erbärmlich, dass ich dachte, meine eigene Stimme habe Schaden genommen.

Eines Tages hatte ich mir vorgenommen, so lange den Wechsel der Bilder zu verfolgen, bis sich ein Bild wiederholte. Als hätte der Kasten mein Begehren gespürt, wechselte er an diesem Tag die Bilder sehr langsam, oder zumindest kam es mir so vor, rasende Ungeduld ergriff mich, da plötzlich blieb ein Bild minutenlang stehen, als sei es hängengeblieben, ich schüttelte das Gerät, stellte es auf den Kopf, wollte es auf den Boden werfen, da endlich wechselte das Bild, ein neues zeigte sich jedoch nur zur Hälfte, die andere Hälfte füllte ein anderes Bild aus, beide Bilder schienen sich gegenseitig verdrängen zu wollen, eine Unruhe entstand, die keines der Bilder still stehen ließ, ihre Unschärfe ging bald in eine Überblendung, dann wieder in eine Doppelbelichtung über, ich erkannte mich an meiner Blässe und dem wie erzwungen wirkenden Lächeln, das andere Kind hatte braune Haare wie ich, dieselben schmalen Lippen, und auch unsere Schneidezähne hatten dieselbe Form, sie verliehen uns etwas Hasiges. Mit der Zeit hatte sich die Doppelbelichtung etabliert, unsere ineinander übergehenden Gesichter konnten im einen Moment getrennt voneinander betrachtet werden, sie bildeten Vordergrund und Hintergrund, im nächsten Moment kam das hintere Gesicht nach vorne, das andere trat zurück, dann wieder gingen beide in ein einziges Gesicht über, das mir zwar nicht fremd war, auf die Frage aber, wer ist das, hätte ich keine Antwort gewusst. Eine weitere Auffälligkeit gab es: Wendete man den Blick von den Gesichtern ab, fiel das unterschiedliche Licht auf, in dem sie erschienen. Das Gesicht, das ich als das meine zu erkennen glaubte, gehörte ganz der Bildgegenwart, dieses Licht war mir vertraut, ich wachte mit ihm auf und freute mich am Abend auf ein morgendliches Wiedersehen, dem Licht im Gesicht des anderen Kindes gehörte die Zukunft, ich hatte ein solch strahlendes Licht noch nie gesehen, in gewissen Jules-Verne-Verfilmungen schien es plötzlich auf und verlosch. Merkwürdig, wie die Generationen ineinander übergehen, die eine löst die andere ab und trägt etwas mit sich, das die vorgängige Generation vielleicht selbst schon von ihren Eltern geerbt hat, eine innerlich lodernde Generationenlast, die einen ganz besetzt wie ein Virus, eine Schuld, obwohl man nichts erlebt hat, nichts zu verantworten hat, sich nicht selbst angesteckt hat.

Ende des letzten Jahrtausends rief mein Vater an und fragte, ob ich mir nicht Bilder von früher anschauen wolle. Ich verneinte, ich fürchtete Bilder von früher, die nicht bereits in meinem Besitz waren oder die nicht aus meinen Vorstellungen hervorgegangen waren, als könnte ich auf ihnen eine unliebsame Wahrheit entdecken, in ihnen sah ich immerzu das Verlorene und das Falsche. Ob ich sie nicht wenigstens behalten möchte. Nein, lieber nicht. Er würde sie dann entsorgen. Gut. Entsorgen heißt ja immerhin, eine Sorge loszuwerden, eine Sorge weniger zu haben. Es wäre wünschenswert, auch so manche Erinnerung entsorgen zu können. Den Fototermin bei der Familienporträtfotografin entsorgen. Die Kinder zusammengestellt auf engstem Raum. Lächeln. Ordentlich gekämmt. Fein angezogen. Traurig. Wem zeigt man eigentlich solche Fotos. Nicht einmal sich selbst. Sie liegen dann für Jahre, nachdem die Eltern schon längst gestorben sind, im Regal auf irgendwelchen Büchern, werden mal hierhin, mal dorthin verräumt, um schließlich, an einem sonnigen Tag, an dem man *alle Entschlussfähigkeit in sich gesammelt fühlt*, gar nicht mal feierlich zerrissen und in der vor dem Törchen stehenden Mülltonne entsorgt zu werden. Wer ist dieses Kind, fragt man sich beim Anblick dieses Kindes, das im Gesicht, in das es ohne Spiegel nicht schauen kann, nicht zu sich selbst findet, das sich so sehr wandelt, dass jedes Foto bereits am nächsten Tag überholt ist. Jahrzehnte später, beim Betrachten alter Fotos in speckledrigen Alben, wundert sich das Kind, warum es Bilder

144

von so vielen anderen Kindern besitzt, es erprobt die Einfühlung in eins dieser Kinder, fühlt nach, wie es sich anfühlt in diesem kurzen roten Hemdchen und der kurzen grauen Raulederhose, die Mutter aus einem Bayernurlaub mitgebracht hatte und die einmal so nass wurde vom Regen, dass sie fortan steif war wie ein Brett. Das verlegene Lächeln des Bruders, der von Mutter eine schwarze Glattlederhose geschenkt bekommen hatte mit schwarzen Trägern und einem elfenbeinfarbenen Hirschemblem auf dem Brustriegel. Beide Kinder stehen auf der Wiese hinter dem Haus, im Hintergrund das Rosenbeet. Die Umgebung sollte wohl für eine gewisse Nähe zu den Alpen sorgen, immerhin war das Rosenbeet im Wiesenhang angelegt, der den Höhenunterschied zwischen Garten, Haus und Terrasse ausglich. Natur wird Landschaft und verkommt zur Kulisse. Kehrte ich anderntags an die Stelle zurück, an der ich für das Foto gestanden hatte, und war nun allein, meldete sich eine beklemmende Einsamkeit, die mir sagte, dass sie auf mich gewartet hätte und im Hintergrund immer da sei. Ich gewann das Gefühl, dass allein auf diese Einsamkeit Verlass sei, und sehnte sie an manchen Tagen schon herbei. Wie merkwürdig es ist, da zu sein, Zeit zu *verbringen*, als schleppe man sie von da nach dort und als sei weder *da* noch *dort* von irgendeiner Bedeutung. Man hält sich auf, schaut sich um, erledigt etwas, atmet durch, packt seine Sachen, trifft Freunde, durchlebt verschiedene Stimmungen, der eine Tag ist zu kurz, der andere zu lang, und alle vergehen wie Luft, die aus einem kaputten Reifen weicht.

Und die Geschwister? Man hatte mehr oder weniger nichts miteinander zu tun. Man war Gast in einer Gastfamilie, die nicht gastlich war. Täglich trat man seinen Kinddienst an. Das Geschwisterliche war kein Empfinden, das von den Eltern gefördert worden wäre. Stattdessen griff auch hier schon Wettbewerb auf eine Art und Weise, wie sie in der Werbung der Zeit, in der kein Produkt, um seine Vorzüge hervorzuheben, direkt mit einem anderen verglichen werden durfte, verboten war. Hier aber, vor allen Anwesenden des permanenten Gerichts, durfte direkt verglichen und erniedrigt werden. Das war die elterliche Maßnahme, auf die draußen lauernde Gesellschaft vorzubereiten. Dabei war Gesellschaft nicht etwas, das ich draußen vermutete, ich erwartete sie in meinem Inneren. Und in diesem Inneren kamen Eltern und Geschwister nicht vor. Heute denke und fühle ich, sie wurden nicht vorgelassen, und so ist das Leben zu einem Nachholen geworden, einem Begehren des Zuspät. Sitze ich mit anderen an einem Tisch, ist es immer die innere Familie, mit der ich da sitze. Mein Vater hatte die bürgerliche Gesellschaft als Keil in die Familie hineingetrieben, weil er seinen Amtsrock an der Haustür nicht abgeben konnte. So saß immer ein Feind mit am Tisch, auf den alle schielten. Konnte also Familie nicht zu sich selbst kommen, weil ihre Metaphysik bürgerliche Gesellschaft hieß, war jedes Selbstbewusstsein schon der Abgrund, da es sich aus Notwehr zur Allgemeinheit erhob. Vermittle *das* der Familie, und du bist direkt Staatsfeind.

Die Familie webte ihr Gewebe, das sich nachts auflöst, jeden Tag wie Penelope neu, nur dass der Webstuhl der Familie von Anfang an kaputt war. Webten die Eltern im Beisein ihrer Kinder, was sie dann *Familienleben* nannten, das Totentuch für ihre Eltern, webte der Bruder bald schon sein eigenes. Und so saß, in und mit der Familie, bereits ihre Auflösung am Tisch. An jenem runden Tisch auf dem Bild, auf dem unser Esszimmer mit seinem Fischgräteichenparkett zu sehen war. Der Tisch war das Zentrum des Staates. Er verfügte über einen Mittelauszug mit

Klappeinlage. Sechs Stühle waren um ihn gruppiert, allesamt aus Kirschbaum wie er.

Die meiste Zeit lag eine weiße oder eierschalenfarbene Decke auf ihm, doch ohne Decke ist er mir am stärksten in Erinnerung geblieben. Seine Oberfläche war frei von Kratzern, eine unversehrte Epidermis, wie man sich Kinderseelen nur wünscht. Nichts ist eingeschrieben, alles hineinzulesen. Einschreibungen wird man ein Leben lang nicht mehr los. Die Stühle hatten keine Armlehne, ihr Holz war handschmeichelnd abgerundet wie die Kante des Tisches. Die Sitzfläche und die hohe Rückenlehne waren mit lindengrünem Wollstoff bezogen. Er wärmte, kratzte aber auch, saß man im Sommer in kurzer Hose und T-Shirt am Tisch. Das verschwitzte Klebenbleiben an Gegenständen und in der Kleidung ist mir bis heute ein Graus, früh schon habe ich mir angewöhnt, vor allem im Sommer die Arme und Beine zu heben, um genau dieses Kleben der Kleidung zu spüren, wenn sie sich nach kurzem Zögern doch noch von der Haut löst. Die Ahnung will bestätigt sein, und erst der Ekel stimmt sie zufrieden.

Der elfenbeinweiße Shaggy-Teppich, Mutter sagte immer *Hochflorteppich*, auf dem das ganze Ensemble stand, lud zum Liegen und Schlafen ein. Auch auf ihm testete ich den Schwitzgrad der Haut. Von hier aus waren die beiden Heizkörper des Esszimmers besonders gut zu betrachten. Sie hingen unter den beiden Fenstern, in einer Nische hinter einem ockerfarbenen Gittergeflecht aus Stuhlrohr, *echtem* Stuhlrohr, wie Mutter immer betonte, das mit seinem Kirschbaumrahmen mittels Messingstiften in einen äußeren Kirschbaumrahmen eingehängt war. Ob solche Abdeckungen in den Sechzigern oder Siebzigern modern waren? Oder diente die Verkleidung dem Schutz der Kinder vor Kopfverletzungen und Verbrennungen? Verkleidungsfreie

Heizkörper jedenfalls hätten die Energie nicht ausgebremst. Und nicht einen solchen Geruch nach aufgestauter Wärme und toten Insekten verursacht, der einem den Atem nahm. An manchen Tagen konnte ich mich an diesem Geruch nicht sattriechen. Er schien mir den Teil der Großeltern näher zu bringen, den ich nicht mehr kennengelernt hatte: den Vater meiner Mutter, die Mutter meines Vaters. Beide wohnen in mir, dachte ich als Kind, mit beiden unterhalte ich mich. Fuhren wir ans Grab, war mir das unangenehm, sie lagen ja nicht im Sarg unter der Erde, sondern lebten in mir, und Mutter tat mir leid, sie vermisste ihren Vater, ich wusste aber nicht, wie ich ihn aus mir herausbringen konnte. Es gab Tage, da wollte ich ihr das sagen, traute mich aber nicht, zumal ich ohne ihren Vater allein gewesen wäre. Hat man jemanden nicht mehr kennengelernt, Opa zum Beispiel oder Oma, und alle sprechen immer wieder von ihm oder ihr und wie er so war oder sie und erzählen Geschichten, gelangt dieser Jemand durchs Ohr, das immer genau zuhört, in dein Inneres und wächst dort langsam wieder auf, bekommt ein Gesicht, kann sprechen und sehen, begleitet dich, gibt Ratschläge, beschützt.

Und noch etwas konnte ich beim Betrachten des Heizkörperbildes studieren: den Kontrast zwischen dem regelmäßigen Gittermuster der Abdeckungen mit seiner quadratischen, löcherdurchsetzten Parzellierung und den Skripturen auf den marmornen Fensterbänken. Jemand musste sie in den Marmor hineingeschrieben haben. Noch bevor ich schreiben und lesen konnte, setzte ich meine Geheimschrift mit dem Bleistift hinzu, später nahm ich einen von Mutters Kuchentestern aus Edelstahl, die mit ihrer Spitze eine Schriftsubstanz in den Marmor injizierten. Ich konnte es kaum erwarten, lesen zu lernen. Dann würde ich neue Alphabete erfinden. Keineswegs sagte ich mir: *Es ist halt*

Welt, und war darüber zufrieden, und keineswegs war ich *eine personifizierte triumphierende Kirche im kleinen*, allerdings konnte ich mit diesem Kuchentester so viele Alphabete erfinden als ich nur wollte, und niemand hat sie entziffern können, selbst ich nicht, was ich mir für die erwachseneren Jahre vornahm, die allzu schnell nicht kommen sollten. Dennoch kam auch ich ins Lesen hinein wie ins Schreiben und war von niemandem mehr aufzuhalten, und dass ich nichts verstand, weder lesend noch schreibend, galt mir nicht als Nachteil, ganz im Gegenteil, es war ein wahres Gottesgeschenk, das ich nicht zu früh auspacken wollte.

Als Schrift erschien mir auch die zufällige Anordnung des Vogelfutters auf der Terrasse des Elternhauses, wenn die Vögel die Sonnenblumenkerne, Leinsaat und Nüsse aus der papierausgelegten Schütte mit ihrem Scharren und Picken auf die Steinplatten befördert hatten. Besonders hervor taten sich hierbei die Amseln, meine Lieblingsvögel. Sie konnten wunderbar singen, in der Abenddämmerung aber auch so krakelen, dass sie mit ihrem Tixen nicht nur ihre Feinde abwehrten, sondern auch meinen Jähzorn besänftigten. Ich war ihnen dankbar dafür, kannte mein Jähzorn doch kaum Grenzen, und Spielzeug war dazu da, zerstört zu werden, das eigene wie das gemeinsame und auch das fremde. Jedweder Gegenstand konnte so zum Spielzeug werden, auch das Telefon, das hart auf den Boden aufschlug, der Zeitungsständer aus Korbgeflecht, in den man so schöne Löcher treten konnte, die Tasse, die aus Versehen zu Bruch ging. Eigentlich erlebte ich nichts. Im Zerstören erlebte ich etwas. Vor allem danach. Wollte ich viel zerstören, spielte ich Krieg. Krieg hieß *alles* zerstören. Alles zerstören hieß zum Beispiel, alle Matchboxautos so lange aufeinanderzuwerfen, bis sie auf diese Weise nicht weiter zu demolieren waren, dann brach ich ihre Räder, Türen, Motorhauben und Kofferraumklappen heraus und warf den gesamten Autohaufen in eine Plastiktüte, die ich nach draußen über den Kiesweg in den vorne am Törchen stehenden schwarzen Mülleimer brachte. Den Weg zum Mülleimer inszenierte ich als Gang zum Hochgericht mit den Schrottautos als Verurteilten, viele ramponierte Jesusse, die nach ihrer Geißelung noch sieben letzte Worte hatten: *Schrott bin ich, Schrott werde ich werden.*

Jahrzehnte später. Ich habe kurze lockige Haare und ziehe am liebsten Jeans und rote Turnschuhe an. Ich habe aber auch blaue und grüne. Jeans muss man nicht so häufig waschen. Die können ruhig Flecken haben. Die Schuhe sollten aber immer sauber sein. Dann sieht man ihre Farbe besser. Rot leuchtet noch aus der Entfernung.

Ich liebe Ostern. Ich liebe es, im Garten Ostereier zu suchen, die echten und die aus Schokolade, die sammle ich alle in einem Weidenkorb. Und auch Geschenke bringt der Osterhase. Der Korb ist bald so schwer, dass ich ihn kaum noch tragen kann. Ostern ist das schönste Fest des Jahres. Die Zeit vergeht, und es kümmert mich nicht.

Die Heizkörper sind allesamt ohne Verkleidung. Die Gasheizung soll verschwinden, und die Wärmepumpe soll kommen, und der Krieg ist vor der Haustür, und die Kriegstouristen fahren im Namen von Nachrichtenmagazinen an die Front, und an der Front passieren in genau diesem Moment echte Angriffe, und die Kriegstouristen erleben echte Abenteuer, nur die Kochshows sind noch realer, spannender. Wenn alles ausgelöscht ist, kann man nur noch die Erinnerung vererben. Und die Erinnerungen der Kinder an ihre Kindheit sind die Erinnerungen ihrer Eltern an die Kindheit ihrer Kinder. Altmodisches Zeug kann ich sowieso nicht leiden. Für mich muss alles modern sein. Alles aufbewahren für dann, wenn du mal ein eigenes Kind hast, sagen die Eltern dem Kind, das sich noch gar nicht vorstellen kann, ein eigenes Kind zu haben. Und das Kind lehnt das sofort ab. Instinktiv. Ein Wort, das ich mir sofort gemerkt habe. Mit seiner Weigerung beendet es das Weitervererben, das in Gestalt von Schränken, Truhen und Kommoden mit ihren Kisten, Kästen und Schatullen eine drohende Last sein wird, an der das Kind abarbeiten muss, was es selbst nicht ist: Eigenheiten hat es, das Kind, aber kein Selbst. Und wenn es Ich sagt, spricht die Grammatik. Jetzt macht das Kind einen Unterschied. Das Haus würde es schon behalten. Die Dinge im Haus aber nicht. Und den Garten würde es behalten. Es würde ihn neu bepflanzen. Mit strahlenden Forsythien für die Osterzeit. Papa bedauert immer, das Haus seiner Kindheit nicht mehr zu haben. Die Kargheit des elterlichen Esszimmers sei mit der Zeit zum Vorbild geworden. Das ganze Haus sei karg eingerichtet gewesen. Außer den Schränken, Truhen und Kommoden der Großeltern habe eigentlich nichts darin gestanden. Die äußere Hülle bleibe, das Innere löse sich auf. Wir kämen aus dem Mutterleib und wüchsen hinein in eine von den Ahnen bewachte Höhle mit mehreren Gängen. Immerhin sei das Haus nicht abgerissen worden, sagt er. Er träumt jetzt immer davon. Und vom Garten. Sei das Haus eine Mischung aus Gefängnis, Irrenanstalt und Paradies gewesen, die Gesellschaft im Kleinen, und selbst sie habe man nicht überblicken können, so bedeutete der Garten Freigang, kontrollierte Auswilderung.

AMSEL

Ein Bild unseres Gartens, so überaus deutlich, dass ich die duftenden Rosen riechen konnte, die Amseln und Krähen auf der Wiese sah und Mutter, wie sie im blauen Kittel die Rosen winterfest machte. Ich sah den Wind in der Pappel und die rote Schaukel davor, die Kratzer im Parkett, die ich beim Spiel verursacht hatte, die von den Bäumen gefallenen Äpfel, wie die Sonne sie beschien und wie sie langsam braun wurden, meine Kleidung, die fein säuberlich im Schrank lag, der kratzende rote Pullover zuunterst, damit Mutter ihn mir nicht für den anderen Tag herauslegte, überhaupt das Unselbständige, auf jedem Bild entdeckte ich Gesten meiner Unselbständigkeit, die vom Anziehen bis zur Nahrungsaufnahme reichte und auch vor meinen Träumen nicht haltmachte, das tägliche Herauslegen der Wäsche bis ins hohe Alter meiner Kindheit war nur das sichtbare Moment einer umfassenden Entmündigungserziehung, der lange Jahre nichts unantastbar zu sein schien. Entmündigen hieß Vorprogrammieren und Kontrolle der Gedanken, Einüben in die Kunst des Vergessens insbesondere gewaltvoller Erziehungsmaßnahmen, Verschleierung von Eheproblemen zum vorgeblichen Schutz der Kinder, tägliches Aufsagen aller Krankheiten, die Mutter befallen hatten, befallen hätten können und befallen würden, das jagte einen ordentlichen Schrecken ein und pflanzte die Angst, eines gar nicht mehr so fernen Tages ebenfalls diese Krankheiten zu bekommen, für die man im Falle von Mutter zumindest mitverantwortlich gemacht wurde. Merke: Stress und Ärger verursachen Krankheiten. Ein Bild zeigte Mutter im ausklappbaren Ledersessel mit Fußstütze, Schokolade essend und Rotwein trinkend beim

Fernsehen. Amselfelder. Jeden Abend. Ich dachte damals nicht: Das soll ein Vorbild sein? Ihr rundes Rotweinglas gefiel mir. Sie rauchte *Eve*, die sie mit einem schmalen silbernen Gasfeuerzeug anzündete. Da sie ständig fror, waren die Fenster geschlossen. Vater rauchte auch. *Reval* oder die blauen *Dunhill*. Passivrauchen wurde zu einer Art Hobby. Eine Zeitlang dachte ich, dass frisch gewaschene Wäsche immer nach Zigaretten riecht. Der Name *Amselfelder* eröffnete vogelrufgesättigte Idyllen. Auf der Amselfelder Rotweinflasche reitet Fürst Lazar Hrebeljanović mit Schwert und kreuzbekrönter Krone auf einem ritterlich geschmückten Pferd. Die Wahrheit war lieblicher Verschnittwein von zweifelhafter Qualität. Zweifelhaft wie der Mythos, der aufflammt und in Schutt und Asche legt. Willst du den Sieg auf Erden oder das Himmelreich? Verklärung, Anspruch, Heldenerfindung. Poesie blüht auf, wenn die Fakten fehlen. War die Amsel nicht ein Waldvogel? Und das Amselfeld, bildet es nicht den östlichen Teil des Kosovos; warum aber heißt der Wein dann *Amselfelder*, wird dieser Wein doch im westlichen Teil des Kosovos angebaut, in der Region Metochien. Kriege befeuern, indem man an symbolträchtigem Ort vor Millionenpublikum eine zwiespältige Rede hält. Blutwein. Ob Mutter ihn auch nach allem, was geschah, noch getrunken hat?

Mythenbildung fängt zu Hause an. Als Kuriosität wird belächelt, wenn über Generationen hinweg in der eigenen Familie behauptet wird, ein Vorfahre habe bereits vor 1389 den Sekundenzeiger erfunden, den 1585 der Schweizer Erfinder Jost Bürgi in Kassel nur nacherfunden habe, und dieser Vorfahre sei zudem siegreich aus der oder der Schlacht hervorgegangen, auch wenn der Stammbaum keinen solchen Vorfahren aus dem 14. Jahrhundert kennt. Eine Variante dieser Legende lautet, Jost Bürgi habe in der

Tat 1585 mit dem Sekundenzeiger zugleich die Sekunde erfunden, aber nicht in Kassel, sondern im Rheinländischen, auch sei er kein gebürtiger Schweizer gewesen, sondern ein direkter Vorfahre der Familie mütterlicherseits. Und dann gibt es die Legende, dass die Vorfahren väterlicherseits allesamt Holländer gewesen seien und alle rote Haare gehabt hätten.

Nachdem die Kinder aus den Familienurlauben in Belgien und Österreich herausgewachsen waren, machten meine Eltern eine Zeitlang Urlaub in Kroatien. Wären die Besitzer ihres Lieblingsrestaurants Serben und nicht Kroaten gewesen, hätten sie vielleicht in Serbien Urlaub gemacht. Jeder Urlaub hatte Hunderte von Fotos in einem halben Dutzend von Fotoalben zur Folge, die mein Vater den Kindern, begleitet von langen Ausführungen zu jedem Detail, präsentierte, damit sie sähen, was sie nicht gesehen hatten. Die Motive der Fotos erschöpften sich in Badeanzug und Badehose auf Sonnenliege, in Landschaftsaufnahmen, im Besuch von Geschäften oder in simplen Alltagsverrichtungen, die sich nur durch ihre Kulisse von zu Hause unterschieden. Die Landschaftsaufnahmen, mal mit Vater in kurzer weißer Hose, mal mit Mutter im Sommerkleid, waren treffsicher nichtssagend, als wollten die Eltern sich einmal entspannt zeigen vor Strandkiefer, Macchia und Felsgestein. Man bekam einen Eindruck von der Vegetation und der sommerlichen Temperatur. Das hinderte Vater nicht, die Urlaube zu Weltreisen von historischer Bedeutung zu verklären. Und stets noch hatten sie ein vermeintlich besonders günstiges Schmuckstück aus Gold oder Silber ergattert. Man schwor, im nächsten Jahr im selben Ort Urlaub zu machen, bekundete das auch gegenüber dem Goldhändler, um dann doch anderswohin zu fahren.

Wie würde man selbst einmal sein? Die Traurigkeit, die sich

beim Betrachten der Fotos einstellte, war nicht so sehr ihrer belichteten Belanglosigkeit geschuldet als dem Umstand, auf ihnen die alternden Eltern zu sehen, die sich mit Trostpreisen und Ablenkungen zufriedengaben, anstatt einmal innezuhalten und sich den wichtigen Themen des Lebens zu stellen, dass nämlich die Zeit verrinnt, in deren Hamsterrad sie hineingeraten sind, dass die Kinder, kaum können sie denken, ihnen abhandenkommen. Vor allem aber hatte die Traurigkeit ihren Grund in der durchgängigen Gelbstichigkeit der Bilder, die zudem, so schien es, mit jedem Anblick mehr an Brillanz verloren, ihre Emulsionsschichten schienen sich, kaum waren die Bilder entwickelt, bereits aufzulösen, sie wirkten dadurch wie Bilder aus dem vorigen Jahrhundert, als betrachtete ich meine schon längst verstorbenen Ahnen, die sich langsam aus der Erinnerung ausschlichen.

Ich sah eine große Zeit gekommen, als Mutter das Rad einmal grundlegend anhalten wollte und sich dem autogenen Training widmete. Leider war nicht zu entscheiden, wann dieses Training begann und wann es aufhörte, fortan war Mutter den gesamten Tag über unansprechbar. Vor ihrer Reizbarkeit musste man auf der Hut sein, sie mähte auch die Blümchen nieder, was ihr später immer leidtat.

War der Amselfelder Rotwein aus, trank Mutter den weißen Amselfelder Welschriesling. Auf dem Etikett ein Haus mit Feldern, Hügeln und zwei Bäumen. Blut schien am Himmel zu hängen. Das Kopfgerät zeigte diese Landschaft für einige Minuten ganz nah, ich konnte in sie hinabtauchen wie in die Bilder von Theo Champion, den Mutter so verehrte, ein warmes Heimatgefühl strömte in mich ein, kleidete mich ganz aus, wie Öl, das die Innenwände eines Gefäßes hinunterrinnt, mir war, als ob ich in dieser Landschaft wohnte, unbekümmert um Wärme oder

Kälte, ich brauchte niemanden mehr um mich herum, fühlte mich als Baum, als Haus, war Hügel und Fels, nur der Bluthimmel war ich nicht, die Weltkriege, von denen Vater erzählte, von denen Mutter nichts mehr wissen wollte, die klebten am Himmel, und es fielen auch Menschen aus dem Blut, teils nur Gesichter, teils lebendige Körperteile, ein Arm, der noch zum Abschied winkte, ein Mund, der etwas zu sagen schien, ein Augenpaar, das vor Aufregung nicht wusste, wo es die Augen lassen sollte, und Fetzen von Haut, die flatterten wie Vögel, dann bedeckten sie die Felder, als wollten sie etwas beschützen. Hier wird nicht flaniert, nicht spazieren gegangen, vielmehr harrte ich an Ort und Stelle aus, ich hatte kein Verlangen, mich zu bewegen, ich sah meinen Körper und stellte mich neben ihn, ich sagte, das ist mein Körper, und das bin ich, und wie zu einem Hund sagte ich *bleib* zu meinem Körper und entfernte mich. Heute habe ich das deutliche Gefühl, nie zurückgekehrt zu sein, ich sehe an meiner statt ein anderes Kind, das die Landschaft betrachtet und ein ums andere Mal fragt, warum das alles sei, warum man auf der Welt sei und ob man auf jeden Fall geboren worden wäre, ob man dann, wenn man auf jeden Fall geboren worden wäre, auch als der oder die geboren worden wäre, der oder die man jetzt sei, ist das nicht komisch, Papa, dass wir jetzt hier sind, fragt das Kind, und ich überlege, ob ich das meine Eltern auch einmal gefragt habe, ich weiß recht schnell die Antwort, ich weiß, dass ich mich nie getraut hätte, eine solche Frage zu stellen, zu locker saß Vater die Hand, eine solche Frage hätte seiner Meinung nach Gott und die Welt und ihn und das Haus in Frage gestellt, Vater war ein Impulsprügler, der jähe Wut in schnell sich entladende Energie wandeln konnte, ein Stromschlag, an dem man hängen blieb. Die Existenz ist nicht verhandelbar, hätte Vater vielleicht gesagt, etwas theologisch Fundiertes jedenfalls oder rechtlich Definiertes oder einfach auch nur etwas gefühlskalt Bürokratisches. Die Frage dieses Kindes aber, die es immer wieder und immer anders stellt, verblüfft mich, ich antworte ihm, dass das eine gute Frage sei, die ich gut kenne, als Kind hätte ich mir auch solche Fragen gestellt, und dass wir später einmal eingehend darüber sprechen werden, das Kind fragt, wann denn später sein werde, und ich weiß darauf keine Antwort. Ich frage das Kind, ob es nicht lieber die Landschaft betrachten möchte, das Kind aber will lieber diese Frage stellen, die Landschaft kenne es schon auswendig, und also fragt das Kind, ob es nicht komisch sei, dass wir hier in dieser Landschaft stünden, wir könnten doch genauso gut anderswo sein oder gar nicht sein, und warum es den Himmel gebe und woher das Blut am Himmel komme und ob Gott leichter sei als Luft, er müsste doch sonst herunterfallen. Und das Kind weint bitterliche Tränen, als ihm wieder einfällt, dass wir alle sterben werden und dass so viele schon tot sind. Das hat mir Karl gesagt, heute Morgen, sagt das Kind. Wenn wir nicht sterben würden, sage ich dem Kind, gäbe es bald schon keinen Platz mehr auf der Welt. Ob wir deshalb stürben. Wenn wir nicht sterben würden, gäbe es für alle zu wenig Platz, sage ich dem Kind. Der Tod ist also ein Platzproblem, sagt das Kind. Ja, sage ich. Wenn es also weniger von uns gäbe, würden wir nicht sterben? Ja, sage ich. Dann würde das Sterben doch in dem Moment anfangen, wenn es zu viele von uns gibt, sagt das Kind. Es gibt auch biologische Gründe, sage ich. Welche denn? Die Zellen sterben, und der Körper produziert keine Nachfolger, die Organe funktionieren nicht mehr richtig, das Herz ist schwach, manche haben einen tödlichen Unfall, andere sterben an einer Krankheit. Das Kind scheint nicht beeindruckt. Ja, aber der Tod an sich, sagt es, ist der

Grund für das Sterben nicht der Tod an sich? Der Tod ist keine Sache und keine Person, sage ich. Er ist vielleicht eher ein Programm, das abläuft. Doch, der Tod ist eine Person, sagt das Kind. Ich habe das gesehen, in der Schule wurde uns das gezeigt. Was wurde euch gezeigt? Ein Mann in einem langen schwarzen Mantel. Und auf einem anderen Bild hatte der Mann den Mantel abgelegt, und da sah man, er trug sein Skelett unter dem Mantel. Der Mann trug also Skelett. Nein, sein eigenes Skelett. Mir fällt vorerst nichts mehr ein, das Kind schaut zufrieden. Es schlägt vor, einen Spaziergang zu machen, dann komme einem die Landschaft näher und man könne vieles entdecken. Wir machen einen Spaziergang. Am Wegesrand entdeckt das Kind eine tote Amsel. Ist das die Amsel aus der Spieluhr?, fragt das Kind. In gewisser Weise ja, sage ich. Wenn man die Augen schnell nach rechts und links bewegt, flattert oder zuckt die Amsel, sagt das Kind. Ich probiere es aus, und tatsächlich kommt Bewegung in die Amsel. Kommt *Amsel* von *Augen*?, fragt das Kind. Nicht dass ich wüsste, sage ich. Wir gehen eine Weile stumm. Wie kommst du darauf, mit Amsel und Augen?, frage ich. Beide fangen mit *A* an, und beide haben fünf Buchstaben, sagt das Kind. Leuchtet mir ein, sage ich. Was, glaubst du, kommt nach dem Tod?, fragt mich das Kind. Ich glaube, nach dem Tod kommt nicht mehr viel, sage ich. Und was ist das, nicht viel?, fragt das Kind. Eigentlich nichts, sage ich. Ich glaube etwas anderes, sagt das Kind. Alle werden 92 Jahre alt. Wenn du tot bist, fährst du in den Himmel. Dort warten schon die Eltern. Gemeinsam seid ihr eine Woche bei Gott. Und Gott fragt euch, was ihr jetzt werden wollt. Ich sage ihm, ich möchte eine Schildkröte werden. Gott sagt, gut, dann warte noch eine Woche, vielleicht willst du dann ja ein Fuchs werden. Ich warte eine Woche, und nach dieser Woche will ich immer noch

Schildkröte werden. Also werde ich Schildkröte. Die Eltern sind entweder auch Schildkröte oder ein anderes Tier geworden. Kein Tier frisst das andere. Und wenn man als Schildkröte tot ist, wird man ein anderes Tier. Es geht also immer so weiter. Dann hat man alle Tiere durch und wird wieder Mensch. Man kann sich an das Menschsein nicht erinnern. Aber man erinnert sich als Mensch an das Tiersein. Je älter man wird, desto mehr Tier hat man in sich, und man wird unendlich alt, da man ja nicht stirbt. Das Leben ist also ein unendlicher Kreislauf, sage ich. Es ist ein Kreislauf, sagt das Kind, mit dem Tod aber ist alles gelöscht, und mit dem Neugeborenwerden beginnt das Bewusstsein von vorn. Ich denke, der Mensch erinnert sich an das Tiersein?, frage ich das Kind. Sagen wir so, sagt das Kind, das Tiersein ist ihm nicht fremd. Ich staune. Papa, fragt das Kind, fällt dir eigentlich auf, dass wir auf unserem Spaziergang keinen Meter vorangekommen sind? Nein, das ist mir nicht aufgefallen, sage ich, wir sind doch eben noch an einem Reitplatz vorbeigekommen, das eine Pferd schnaubte, ein Hund lief herum und bellte, wir haben unseren Atem gesehen. Aber Papa, sagt das Kind, die Landschaft ist an uns vorbeigezogen, wir haben uns nicht gerührt. Du willst mir Angst machen, sage ich. Ich habe nur Spaß gemacht, sagt das Kind. Für einen kurzen Moment bin ich im Zweifel, ob wir uns wirklich bewegt haben, ich bleibe stehen und betrachte unsere Umgebung. Sie bewegt sich. Ich habe Angst, dass alle sterben, sagt das Kind. Wer sind denn alle? Mama und du und Oma und Karl und Franzi und Frau Angel und Frau Sperrles und Tante Namenvergessen und. Wer ist *und*?, frage ich. Alle, sagt das Kind. Tod. Hallraum *o*: das Leben im Tod, gerahmt vom behauchenden *T* der Geburt und einer Verheißung, dem sachten Aushauch des *d*. Pathos der Benennung. Aber auch Karikatur. Das Kind macht ihn immer wieder zum Thema. Zu *dem* Thema. Aber wir werden doch wiedergeboren, sagst du. Ja, aber vorher sterben wir. Du hast also Angst vor dem Sterben. Nein, vor dem Tod.

FERIEN

Das nächste Bild. Jahre zurück. Belgien. Die ganze Familie im Urlaub am Strand, mit Windschutz und Kühlbox und entkrusteten, passgenau übereinandergelegten Weißbrotschnittchen mit wahlweise Leberwurst oder Schnittkäse, die ich noch jetzt als teigige Masse schmecke. Die Schnittchen waren die Essenz des Urlaubs, sie zeugten von Mutters ganzer Sorgfalt, in ihnen schien die Sonne, duftete das Meer, die blaue Kühlbox gab ihnen etwas Edles, das Gesicht höherer Mobilkost. Sand konnte die Schnittchen ungenießbar machen, Quallen das Meer unschwimmbar. Sand zwischen den Zähnen war ein verlorener Tag, anstatt den Mund auszuspülen, setzte ich die Zähne nicht mehr aufeinander, das winzigste Körnchen Sand konnte mich auf Stunden elektrisieren, ich wusste nicht wohin mit dieser Missempfindung, die aus dem Körper keinen Ausgang fand. Die bloße Vorstellung von zwischen den Zähnen knirschendem Sand verursachte Gänsehaut, die noch befeuert wurde, wenn eine unachtsame Annäherung von Ober- und Unterkiefer durch ein Sandkorn aufgehalten wurde, dann schienen bereits kleinste Brisen den Körper auszukühlen, der keinen Stoff, der ihn berührte, mehr ertrug. Ein Körnchen zwischen Himmel und Hölle, oben und unten, Geschiebe der Kontinentalplatten, Erdbeben im Inneren, Kälteschauer in den Schmerz.

Sand in den Augen war besser zu ertragen. Alles aber, was in den Mundraum eindrang, setzte mich in Alarmbereitschaft, selbst das Essen musste ich erst einmal für Minuten im Mund behalten, bevor ich mich dazu durchringen konnte, es zu kauen und hinunterzuschlucken. Zögerte ich, das heißt etwas in mir, diesen Moment zu lange hinaus, konnte es geschehen, dass mir der speicheleingeweichte Happen zuwider war und ich ihn ausspucken musste. Eine Zeitlang fand durch diesen Umstand überhaupt kein Essen in meinen Mund oder nur so viel, dass meine hagere Gestalt nicht ganz von der Erde verschwand. Wie allein schon die Erinnerung genügt, dass sich dieses Unbehagen, die Verzweiflung an der grundsätzlichen menschlichen Mechanik, über Jahre akut halten und jederzeit wieder ausbrechen kann, habe ich regelmäßig erfahren und mit prompter Verblüffung mir eingestanden, ich sei gar nicht älter geworden, das Kindsein habe sich nur ausgedehnt.

Auf dem Foto ist allein die fünfköpfige Familie zu sehen, mit Blick auf das Meer, aufgenommen von einem Fremden, der zufällig daherkam, oder einer Haushaltshilfe, die von meinen Eltern nach Bedarf mit in die Ferien genommen wurde. Das Meer scheint in weiter Ferne, unerreichbar. Es ist vielleicht nur eine Fototapete. Am Strand, mit einer Weißbrotschnitte in der Hand, genügte es mir oft, das Meer einfach nur zu betrachten, ich fühlte mich souverän in dieser Haltung, bloß Auge zu sein, die Sonne nagelte mich in den Sand, keinen Schritt machte ich aus dem Windschutz hinaus Richtung Wasser, und mit einem Mal war mir klar, es gibt dieses Meer gar nicht, ginge ich auf es zu, wiche es zurück, eine unaufhörliche Ebbe würde sich ereignen, die mich fortzöge vom Land, in die Tiefe des leeren Meeres hinab, das alles Leben mit sich nähme. Gewisse Erfahrungen muss man nicht gemacht haben, es genügt, sie in der Vorstellung zu durchdenken. Die Quallen taten ihr Übriges, dass ich die Überzeugung gewann, Ferien seien nichts als die Erweiterung des häuslichen Blicks durch die Gardine auf eine unbegrenzte Fläche. Ich erstreckte mich von meinen Augen bis zum fernen Meer und war doch ganz weit entfernt von mir. Nichts Schöneres in meinem Leben konnte ich mir vorstellen, diese Ferne sollte für immer so bleiben.

Das Foto sah aus wie ein Gemälde von Eugène Boudin, Charles Conder, Paul Fischer, Pierre-Auguste Renoir, es sah aus wie alle Gemälde und Bilder, nur die menschenleere Familie ist zu sehen, der das Meer allein zu gehören scheint.

Mein Vater las Zeitung und wollte beim Lesen nicht gestört werden. Danach las er Simmel oder le Carré. Danach lag er einfach nur da. Danach erhob er sich und ging schwimmen. Danach kam er zurück. Danach legte er sich hin und schlief etwas. Etwas machte ihn wieder wach, und er las wieder Zeitung. Je nach Wind blätterte er nur darin, oder er blätterte gegen den Wind, der seinerseits in der Zeitung blätterte. Die Zeitung des Tages erreichte meinen Vater immer zwei Tage später. Ich wollte ihm sagen, dass ich ihn lieb habe, konnte ihn aber nicht erreichen. Jahrzehnte später habe ich ihn am Telefon erreicht und ihm gesagt, dass ich ihn lieb habe, er hat das aber nicht verstanden. Mein Vater hat mir ein einziges Mal gesagt, dass er mich lieb hat, dabei weinte er. Er stieg die schmale Treppe vom Dach ins Obergeschoss hinab, ich stieg die schmale Treppe vom Obergeschoss aufs Dach hinauf. Wir waren dünn, wir kamen aneinander vorbei.

Mutter saß nur da. Ab und zu rauchte sie. Und aß etwas. Und schlief im Schatten. Und stand mal auf, schaute aufs Meer, das sie scheute. Dann wieder ermahnte sie uns. Die Ferien waren ihr heilig, wie sie sagte. Blass sähe ich aus, die Sonne würde mir bestimmt guttun, aber ich solle mich vor der Sonne in Acht nehmen, sagte sie auch. Meine Mutter hatte einen blauen Bikini an,

162

und blau waren der Windschutz und der Sonnenschirm. Blau war auch das Meer, das grau war oder durchsichtig. Ich kann mich nicht erinnern, dass Mutter sich bewegt hätte. Jede ihrer Bewegungen kommt in meiner Erinnerung rasch zum Stillstand. Ich sehe sie auf einem hellblauen Badetuch am Strand liegen und krank im Bett.

Lag bei meinem Vater der Simmel auf der Nachtkommode, so bei meiner Mutter nichts oder das Fieberthermometer. Ich weiß, dass das nicht wahr ist, aber so habe ich es in Erinnerung.

Meine Mutter war eine liebende Frau. Ich habe sie nie verstanden. Ich verstand nicht, was sie sagte, ich verstand nicht, was sie wollte. Meinen Vater habe ich verstanden.

Drei Geschwister in einem Grab, ein Bild, das ich mir immer wieder anschaute: Grete, Siska und Hanni. Zwei Schwestern und ein Bruder. Grete war die Haushälterin im Elternhaus meiner Mutter. Nie besuchten wir Oma, an vielen Wochenenden aber Grete, Siska und Hanni, und in den Ferien verbrachte ich ganze Wochen bei ihnen. Die drei Geschwister lebten auf einem kleinen Dorf unweit von Trier an der luxemburgischen Grenze, sie führten gemeinsam einen Bauernhof, nie waren sie ohneeinander. Ich liebte es, in dem hohen Bett zu schlafen, das im ersten Stock im größten Zimmer des Hofes stand, ein einfaches Gestell aus dunklem Holz mit langen Beinen, und auch die Rosshaarmatratze war so hoch, dass ich Angst hatte, mir bei einem Sturz auf den nackten Holzboden die Knochen zu brechen. Meine Träume handelten von Belagerungen, Abgründen, wilden Tieren. Im Haus war es überall recht klamm, selbst bei sommerlichen Temperaturen auch des Nachts fror ich unter dem schweren Plumeau. Es roch nach Tieren. Etwa zehn Schweine gab es, drei oder vier Kühe und Hühner. Im Garten hatte Hanni einen Bienenstock, der Honig war süß und ergiebig, ging er ihn holen, sah er aus wie ein Astronaut oder Fechter. Beim Schleudern machte Hanni einen spitzen Mund, den er auch machte, wenn er nachdachte. Er dachte meistens nach, reden ließ er lieber seine beiden Schwestern, aber er war ein sehr guter Zuhörer. In der Stube saß er meist mit verschränkten Armen hinter der Tür, in der Nähe des Ofens. Er hinkte. Mutter sagte, das komme von einem Traktorunfall, Grete sagte, er habe einen Klumpfuß, ein Wort, das Mutter nicht aussprechen wollte. Seine schwarzen Schuhe mussten immer spezialangefertigt werden, Hanni liebte ockerfarbene Cord- oder Stoffhosen mit Hosenträgern, neue Wäsche wurde von den Geschwistern nur selten gekauft. Die drei Geschwister waren ziemlich klein, wir Kinder wurden immer größer, und bei jedem Besuch war das ein Sachverhalt, der erst einmal ausführlich besprochen werden musste. Nicht besprochen werden sollte, dass ich mich in die Nachbarstochter verliebt hatte, was nicht unbemerkt geblieben war. Verliebtsein ist den Eltern gegenüber unangenehm, es schien sich hier um eine Art Schwäche zu handeln, die einzugestehen ungeheure Überwindung kostete. War Hanni eher verschlossen und sprach nur, wenn man ihn etwas fragte, waren die Gesprächsrunden der drei Frauen, an denen er sich selten ausführlicher beteiligte, umso lebhafter, meistens wollte meine Mutter wissen, was es Neues im Ort gab, wer gestorben war, was die Tiere machten, bevor dann Grete Begebenheiten aus ihrem Leben als Haushälterin meiner Großeltern erzählte, die Mutter mit ihren vielen über den Tag verteilten Rückfragen zum Roman werden ließ.

Den Anfang des Romans bildete aber das Mittagessen, das Mutter jedes Mal zu Hymnen auf Gretes Kochkünste hinriss, die Grete schon als Haushälterin der Großeltern unter Beweis gestellt hatte. Das Mittagessen hatte etwas Barockes, auf dem Tisch, an dem wir zu acht saßen, hatte kein Löffel, keine Gabel, kein kleines Tellerchen mehr Platz, die weißen Schüsseln mit Suppe, Kartoffeln, Fleisch und Gemüse dampften stolz vor sich hin, Siska machte die Verteilung, die Kinder versanken auf dem Sofa. Zweimal nehmen war Pflicht. Die beiden Schwestern, meine Mutter und auch die Kinder räumten den Tisch ab. Das Essen war so reichlich, dass die Erwachsenen eine Ruhepause von einer Stunde einlegten und auf dem Stuhl oder einem Sessel sitzend einschliefen.

Nach dem Mittagsschlaf las mein Vater das Lokalblatt, Hanni erzählte, was alles nicht im Blatt geschrieben stand, die drei Frauen vertieften sich wieder in Episoden aus Gretes Leben als Haushälterin, die sich vom Hochdeutschen unter Ausschluss der Öffentlichkeit ins Letzeburgische verschoben. Meine Mutter war sentimental. Einerseits war sie als junge Frau froh gewesen, von zu Hause weg zu sein, ihr Vater habe sie nur ungern gehen lassen, zudem gab es wohl Auflagen hinsichtlich ihrer beruflichen Orientierung, dann wieder schwelgte sie in Erinnerungen, die Gretes Erzählungen weiter entfachten. Und diesen Erinnerungen setzte sie sich immer wieder aus: die Strenge ihrer Mutter. Der qualvolle Lungenkrebstod ihres Vaters. Erste Liebe. Schulalltag im Kloster Nonnenwerth. Freundinnen. Das kriegsbedingt brüchige Papier der Schulbücher. Mutters Schwester, die dann wieder einen Arzt geheiratet hatte, dem sie, die Schwester, in der Praxis assistierte, wie Großmutter ihrem Mann in der Praxis assistiert hatte. Der Sehnsuchtsort Elternhaus. Das Landarztdasein ihres Vaters, der auch nachts über die Dörfer fahren musste. Das Mittagessen als Haupt- und Staatsaktion im großen Speisezimmer. Der Wettbewerb mit ihrer Schwester, wer der Mutter ähnlicher sei. Mit

Gretes Erzählungen war Mutter ganz bei sich, nie habe ich sie ruhender, glücklicher gesehen. Grete wusste, dass Mutters Hunger nach immer denselben Geschichten nie gestillt sein würde, und so hatte sie keine Scheu, diese Geschichten immer wieder neu zu erzählen.

Einmal hatten alle so viel gegessen, dass beschlossen wurde, sich für eine Stunde ins Bett zu legen. Nur Hanni blieb in der Stube, die anderen verteilten sich im Haus. Mein Bruder schlug vor, einen Ausflug zu machen, vor dem Kaffee seien wir rechtzeitig zurück. Wir verabredeten, in das nahegelegene Waldstück zu gehen, zu dem wir sonst immer alle gemeinsam spazierten. Es war schwül, der Wetterbericht im Radio hatte ein Gewitter angekündigt. Der Weg in den Wald führte direkt am Haus vorbei, wir mussten uns einfach immer links halten, nach etwa dreihundert Metern zweigte die Straße mit einer Linkskurve nach Süden ab, nach ungefähr siebenhundert Metern hatten wir den Wald erreicht. Wir gingen zu einem Sammelplatz für Holz, der Platz war so groß, dass man den gesamten Wald dort hätte lagern können. Er befand sich an einer Abbruchstelle und bestand aus aufgeschüttetem Sand, oder war es roter Lehmboden? Nachdem wir einige Zeit auf dem Polter herumgeklettert waren, machten mein Bruder und ich den Hang zu den Bäumen hinauf ein Wettrennen. Der Abbruch war recht steil, so dass man leicht hätte ausrutschen können. Nach drei Wiederholungen ging uns die Puste aus, ich setzte mich oben an die Abbruchkante, mein Bruder rutschte den Hang hinunter und blieb auf dem Boden sitzen. Ein Auto kam des Weges entlang und blieb vor dem Polter stehen. Mein Bruder stand auf und klopfte seine Kleidung ab, beachtete den Mann aber nicht weiter, der aus dem Auto stieg und sich in großen Schritten ihm näherte. Die Fahrertür stand offen, der Mann öffnete die Beifahrertür, packte meinen Bruder am Handgelenk und zerrte ihn zum Auto. Er war groß und schwer, es machte ihm sichtlich Mühe, meinem Bruder Herr zu werden, der schmal war und leicht und sich geschickt dagegen wehrte, ins Auto gezogen zu werden. Er solle sofort meinen Bruder loslassen, schrie ich, und was das überhaupt soll, dem Mann fehlte aber zum Diskutieren die Puste, jetzt hatte er es bald geschafft, da ließ mein Bruder sich fallen und konnte sich ihm entwinden, er stand auf und rannte um das Auto herum, der Mann ihm nach, mein Bruder stürzte, der Mann fiel über ihn und blieb liegen. Hier, guck mal, rief ich, ich mache jetzt dein Auto kaputt, und warf vom Hang einen Erdklumpen auf das Dach. Im Klumpen waren Steine, es krachte ganz wunderbar. Der Mann erhob sich schnaufend und drohte mir mit der Faust, wenn ich nicht augenblicklich. Auch die Frontscheibe und die Motorhaube konnten von hier oben sehr gut getroffen werden. Lauf weg, lauf weg, brüllte ich, und mein Bruder machte sich sofort auf den Weg zurück zum Hof. Der Mann wusste, dass er ihn zu Fuß nicht verfolgen konnte, mit dem Auto hätte er leichtes Spiel, wenn du einsteigst, mache ich deine Scheibe kaputt, rief ich, der Mann war außer sich, er hatte einen knallroten Kopf, der noch in einiger Entfernung geleuchtet haben muss, ich konnte ihn gut treffen, und so traf ich ihn mit den Steinen, die zahlreich in der Erde zu finden waren. Ich fühlte mich sicher, hier oben konnte er mir nichts anhaben, warum sollte ich also damit aufhören, sein Auto zu demolieren, auch machte es Spaß, und er würde uns sicher nicht bis auf den Hof verfolgen, dann wüssten alle, wie der Verbrecher aussieht, denn dass er ein Verbrecher war, stand für mich außer Frage. Vielleicht aber hatte der Verbrecher ein Gewehr? Mein Herz pochte mir aus den Ohren heraus. Ich konnte den Mann noch so lange in Schach halten, bis ich meinen Bruder außer Gefahr wusste. Der Mann fuhr durch den Wald davon, ich sah ihm noch nach, bis er Richtung Derbseich verschwunden war. Zurück bei den drei Geschwistern, nahm man die Sache bloß zur Kenntnis, mein Vater fragte, ob der Wagen Schaden genommen habe. Ich denke seitdem fast jeden Tag an diese Geschichte, seit dem Tod meines Bruders kehrt sie auch als Traum zurück.

Die Üppigkeit des Mittagessens wurde durch die Kaffeetafel noch übertroffen. Aprikosen-, Reis- und Apfelkuchen, Sahnetorten, Butterkuchen, hätte man jeden Kuchen und jede Torte probieren wollen, hätte man mindestens vier Stück zu essen gehabt. Kaum hatte man sich vom Mittagessen erholt, konnten einen Torte und Kuchen wieder in Tiefschlaf versetzen. Nicht so meine Mutter, die das Gespräch mit den beiden Schwestern dort fortsetzte, wo es durch das Mittagessen unterbrochen worden war. Mich machte traurig, dass Mutter zu Hause nie so mitteilungsfreudig war wie hier, wo es zudem immer nur um die Vergangenheit ging. Wäre nicht das Letzeburgische gewesen, das Grete in Mutters Elternhaus importiert hatte als eine Art Geheimsprache, über die zwischen ihnen gefilterte Verständigung möglich war, hätte ich Mutter besser kennenlernen können, so aber war die Sprache ein verspiegeltes Fenster, das stets geschlossen blieb, und schaute man hinein in die Seelenküche, waren Innen und Außen nicht zu unterscheiden.

Jahrzehnte später besuchte ich mit Papa und Mama den alten Bauernhof der drei Geschwister, die schon längst nicht mehr lebten, Papa konnte ihn zunächst nicht finden, etwa eine Stunde fuhren wir durch den Ort, im Auto sitzend machte Papa Fotos von mehreren Höfen, die Fotos schaute er sich dann lange an und löschte sie wieder, er finde den Hof nicht, sagte er, Hinweise von

Leuten im Ort führten in die falsche Richtung, er war weiß, sagte Papa, Türen und Fenster seien von Sandstein gerahmt gewesen, ein eifeltypisches Winkelgehöft, das längere und flachere Wirtschaftsgebäude, mit Ställen, Tenne und Scheune für die Tiere, Maschinen und sonstigen Geräten im rechten Winkel mittig an die linke Giebelseite des Wohnhauses gebaut, bildete das ganze Ensemble ein T, wobei der Anbaubalken länger war als der Wohnhausstamm, das dreiteilige Wirtschaftsgebäude setzte sich also hinter dem Haus fort, rechts vor dem Haus sei ein hölzerner Ziehbrunnen gewesen wie im Mittelalter, der wohl als Tränke für die Tiere gedient habe, im Haus selbst habe es fließendes Wasser gegeben, die Mitte des Vorplatzes habe eine Mistgrube eingenommen. Der Wagen hielt, Papa stieg aus. Hausnummer 21. Kein Bürgersteig, das Grundstück grenzte unmittelbar an die Straße. Von links nach rechts: kleines Rasenstück, Vorplatz, Wiese. Der Vorplatz aus neuen dunkelgrauen Knochensteinen, die u-förmig einen Rest helleren, vielfach ausgebesserten und an der Oberfläche schon verwitterten Verbundsteinpflasters rahmten, das in elf noch existierenden Parzellen von alten Tagen zeugte. Keine Mistgrube mehr. Papa lief um den Hof und machte Fotos. Er wisse noch, zu welchen Räumen die dreizehn Fenster gehören. War der Himmel eben noch blau, zogen nun schwere Wolken auf, die sich in den Scheiben spiegelten. Hier hängen noch überall die weißen Gardinen von früher, sagte Papa. Man kann nichts sehen, sagte er. Hier war die Küche, sagte er, legte das Handy auf die Scheibe und machte ein Foto. Und da ist immer noch die Küche, sagte er und zeigte uns das Foto. Der schmale Gang hinter der Haustür war bis zur Küche hell gefliest, rechts vom Gang ging nach wenigen Metern die Wohnstube ab, die Küche folgte rechts am Ende des Gangs, sie hatte eine hausumrissförmige Auslassung anstelle einer Tür, ihre Wände sind rosafarben gestrichen wie früher, sagte Papa, auch der schmale Küchentisch mit dem Holzgestell und der schwarz umrandeten hellen Kunststoffplatte stehe noch genau so vor dem Heizkörper, wie er ihn in Erinnerung habe: mit der schmalen Seite, so dass man seine Schublade sehen könne, in der er immer interessante Dinge gefunden habe. Auf diesem Stuhl am Fenster habe er immer gesessen, wenn er zu Besuch gewesen sei, sagte Papa. Hier in der Küche, an diesem Tisch auf diesem Stuhl, habe er mit Grete und Siska zusammen Bohnen geschnippelt. Nachdem er vollmundig versprochen hatte, die zwei Wochen seiner Ferien bei ihnen jeden Tag bei der Bohnenernte zu helfen, habe er es bereits nach zwei Tagen nicht mehr ausgehalten, die ständige Hockerei, das ermüdende Einerlei der Arbeit.

Auch die alte Uhr hänge noch da, sagte Papa, wie auf dem Foto überhaupt alles so aussehe, als sei es eben erst verlassen worden. Gespenstisch sei das, sagte Papa, und schade sei es, dass er nicht in alle Räume durch die Fenster hineinfotografieren könne. So gerne hätte er auf Fotografien den gesamten Hof samt Innenräumen beisammengehabt. Wie kann das sein, dass hier alles noch so ist, aber niemand ist mehr da, sagte Papa. Und dann sagte er etwas, das mich traurig machte: Das ist ein Vorgeschmack, wenn ich selbst einmal nicht mehr da bin, dann kommt jemand und schaut durch ein Fenster hinein, durch eine Tür hindurch, und ich, der dort gesessen hat, bin nicht mehr da. Ich habe ja in dieser Küche gesessen, sagte Papa, und nun sehe ich die leere Küche. Er wundere sich immer, dass Häuser älter werden als Menschen. Und schaue er sich das Bild mit dem Innenraum der Küche an, überwältige ihn der Eindruck des hoffnungslos Vergangenen. Zwar hatte Papa durch die Fensterscheibe fotografieren und so die Küche erfassen können, als hätte er diesen Raum geröntgt,

allerdings waren durch Spiegelung auf der linken Seite der Fotografie ein Stück sattgrüner Wiese und die in die Ferne gerück-
te Front eines modernen Hauses zu sehen, die etwa ein Viertel
des Bildes einnahmen, die Küche war also durchscheinend und
unsichtbar zugleich, ein Bild der inneren Sehnsucht, so Papa. Anstelle des Fensters war auf dem Foto eine Spiegelung zu sehen, das
Fenster sei ein wahres Fenster zur Vergangenheit. Und wie das
mit Vergangenheiten so sei, nie seien sie ganz transparent. Es gäbe
immer einen Widerstand in ihnen, der sie dem Zugriff entziehe.

Richtete man seinen Blick von der Küche weg auf das als solches austauschbare neue Haus, wie es als Spiegelung zu sehen
war, erschien die Küche mit einem Mal unwirklich, ihr Farben-
gemisch aus Braun, Weiß und Rosa war aus einer anderen Zeit,
aus dem Gedächtnis, sagte Papa, als hätte er ein altes Foto fotografiert, und so waren Vergangenheit und Gegenwart ineinander
abgebildet als zwei Ebenen ohne Brücke, das Foto vermittelte
den Eindruck, man habe im Zug gesessen und aus dem Fenster
geschaut, das eine sich stets verändernde Landschaft sehen ließ,
während die unmittelbare Umgebung des Abteils unverändert
vergangen blieb. Wie kann es sein, fragte Papa, dass ich die Küche zwar sehen, aber nicht in sie hineinfassen kann? Das Fenster
war die Trennwand. Eine durchsichtige Wand. Papa meinte, die
Küche, die er auf dem Foto sehe, sei vielleicht gar keine Küche,
zumal keine solche, in der er vor Jahren Dutzende Male gesessen
habe, sondern bloß Foto. Eine Täuschung. Er habe nicht das Innere des Hauses, dieses Raumes fotografiert, durch die Scheibe
hindurch, sondern auf das Foto habe sich vielleicht nur seine Erinnerung an diese Küche eingeschrieben, es sei eine Belichtung
seiner Vorstellung, das endliche Dokument eines zeitlosen Sehn-
suchtsorts, Schatten seiner selbst, sagte Papa. Das Foto sei das,

wovon er schon als Kind geträumt habe: einen Ort zu haben nur für sich, den niemand anders betreten darf und den er vielleicht selbst nicht betreten darf.

Der Blick ist ein Blitz, sagte Papa. Und das Gedächtnis verformt und verlängert. Auch auf der Weiterfahrt hörte Papa nicht auf, von dem Foto zu erzählen, das sei ja kein Foto von früher, von denen er so unnatürlich wenige besitze, das Fotopapier schon ganz alt, die Farben möglicherweise ausgeblichen, vielmehr sei es neueste Bildtechnik, die ein soeben aufgenommenes Bild sichtbar mache, und auf diesem Bild sei ein Ereignis festgehalten, das nicht die Küche selbst sei, das Ereignis bestehe in dem Umstand, dass er zurück in die Vergangenheit fotografiert habe, dass er die Vergangenheit *berührt* habe, und die Vergangenheit als Küche sei auf dem Bild haften geblieben, auf dem heute aufgenommenen Bild sei nämlich die Küche von vor vierzig Jahren zu sehen, was beweise, dass die Vergangenheit in der Gegenwart aufscheine. Papa hielt am Straßenrand das Auto an, schaute erst Mama an, dann mich, der ich das alles noch gar nicht verstand, erst beim nochmaligen Betrachten der Bilder rund zwanzig Jahre später werde ich die Worte verstehen, die Papa mir hier in den Mund legt, schaute erst Mama an, dann mich und sagte in feierlichem Ton: Diese Küche ist der *andere* Ort, der *ganz* andere, sie ist der *utopische* Ort. Bei diesem Wort wurde Mama aufmerksam und bat Papa, er möge doch lieber sie fahren lassen. Einmal in Fahrt gekommen, war Papa aber nicht mehr zu bremsen. Das Bedeutsame des Bildes sei natürlich nicht die Küche, das Unbedeutende der Küche sei vielmehr die Voraussetzung für das Bedeutsame des Bildes gewesen, und diese sei eben: die ausgedehnte Zeit, als habe das von ihm aufgenommene Foto vor vierzig Jahren angefangen und habe nach einer vierzigjährigen Belichtungszeit, die mit dem digitalen Klick zu Ende gewesen sei, das Unveränderte sichtbar gemacht, einen Zeitstapel, eine Zeitröhre, man schaue in der Jetztzeit, also jetzt, durch das dem Auge nähere Ende der Röhre und sehe die Küche durch das fernere Ende, und zwischen Anfang und Ende, Nähe und Ferne sei die Küche in all den Jahren, Monaten, Tagen, Stunden, Sekunden; das sei die Zeitröhre, die gestapelte, geschichtete Küche, die vierte Dimension sei das, eine völlig unbedeutende Küche, in der sich nichts geändert habe, dasselbe Rosa der Wände sei zu sehen, dieselben Stühle, derselbe Boden, dieselbe Küchenuhr, dieselben Steckdosen, dasselbe Thermostat, nichts sei verändert, nichts sei ausgetauscht worden, und durch dieses Foto endlich sei diese Küche unendlich, ein Fenster zur Vergangenheit weniger als ein Fenster aus der Vergangenheit, die man als Raum hinter dem Glas erhellen müsse, der bloße Blick hindurch mache nichts anderes sichtbar als die Welt im Rücken, das Spiegelbild. Die vierte Dimension bedeute nichts anderes, als dass die Küche, wie er sie erlebt habe, die Küche von vor vierzig Jahren, eben als diese Küche noch da sei, das sei eben eine lange Röhre, ein Balken in der Form einer Küche, der von der Vergangenheit in die Zukunft reiche, und wir erlebten immer die augenblickliche Küche als einen im Moment der Wahrnehmung und des Gebrauchs abgetrennten Querschnitt dieses Balkens. Das Foto, sagte Papa, sei Bild gewordene Zeit, eben dieser abgetrennte Querschnitt als Bild.

Papa bekam sich nicht mehr ein. Er solle jetzt augenblicklich den Platz tauschen, drängte Mama, und als Papa noch meinte, dieses Foto und dass er das gemacht habe, durch die Scheibe, in die Küche hinein, und dass das überhaupt möglich sei, was natürlich primitiv sei, jeder Physiker könne das in Nullkommanix erklären, jedenfalls sei das etwas, mit dem er sich sein Leben lang beschäftigen könne, das sei ihm Sinn des Lebens genug – schrie Mama ihn an, er solle das verdammte Foto augenblicklich löschen, sofort, das sei ja sein neuer Dingsda, her mit dem Ding, rief Mama und entriss Papa das Handy, das er sich sogleich aber zurückeroberte. So war das. Das Foto der Küche war für Papa ein Ereignis als Prozess, ein Standbild mit vorher und nachher – und dann, nachdem Papa sich wieder beruhigt hatte, schaute er sich das Foto noch einmal an, noch einmal *ganz genau*, wie er meinte, und da fiel ihm die kleine gelbe Blume im Trinkglas ohne Wasser auf, die auf einem gemusterten blau-weißen Geschirrtuch mittig auf dem Tisch stand. Alles sei so arrangiert, meinte Papa, als würde jemand damit rechnen, dass einer käme wie er und durch das Fenster ein Foto mache, so ordentlich sei alles, jede Spur einer Bewohnung erscheine beseitigt, keine Bewegung sei abgelagert, die doch erst einen Raum mache und ihn mit Zeit fülle, er könne nicht unterscheiden, ob die Blume echt sei oder künstlich, sie habe kein Wasser, wenn sie echt sei, stünde sie noch nicht lange im Glas und stünde nicht mehr lange im Glas, diese merkwürdige Zeiträumlichkeit, sagte Papa, als gäbe es die Küche gar nicht, sondern nur das Foto als Stillleben, hier steht die Zeit, sagte Papa, und wenn er nun das Foto habe, so habe er doch die Küche nicht, er habe nur ein weiteres Kalenderblatt in seinem Gedächtnis, zur Erinnerung, ein Erinnerungsraum, in dem die Bilder ineinander übergingen, die Bilder vom belgischen Strand, er wage es nicht, sich Bilder von den österreichischen Bergen und Seen anzuschauen, dann wüchse er langsam hinein in die Vergangenheit, kalte Platte, süßer Wein und die Familie Riesengerber, die auf der Anhöhe ein Hotel betrieb, bis heute. Der lange Abstieg vom Hotel in den See, meine Komplizenschaft mit meinem Bruder bei allem, was wir unternahmen, die sogenannten Zimmermädchen hatten über den ehemaligen Stallungen und der Scheune ihre Zimmer, wollte man sie abends heimlich besuchen, musste man über das Gebälk der Scheune klettern und lernte so das Innere des Gebäudes kennen, was den Ferien etwas aufregend Verbotenes gab.

Die Unschuld der blassen Weißbrotschnittchen. Zu gerne würde ich sie noch einmal essen, mit dem Geschmack, dem Mundgefühl von damals. Und würde ich mich entscheiden können, ganze Jahre zu wiederholen, ich würde sie allein schon deshalb wiederholen wollen, um den Eltern endlich einige Fragen zu stellen, die ich zu stellen unterlassen habe, zusehends verrinnt die Zeit bei konstantem Bewusstsein, dass es nun doch an der Zeit wäre, diese und jene Frage zu stellen, und man stellt sie nicht, aus Scham, aus Angst. Folgende Fragen würde ich stellen: Hast du das Leben gelebt, das du dir vorgestellt hast? Hast du es je bereut, Kinder zu haben? Hat deine Arbeit dich erfüllt? Bist du wirklich von der Existenz Gottes überzeugt gewesen? Warst du bei dir selbst zu Hause? Wärest du nicht am liebsten das gesamte von deinen Eltern übernommene Mobiliar, dessen Wuchtigkeit und Muffigkeit du auch deinen Kindern jeden Tag durch seine unverrückbare Anwesenheit vor Augen führtest, ein für alle Mal losgeworden?

Wohnten hier nicht Generationen gleichzeitig in verschiedenen Zeiten, und selbst das Neueste, der schwedische Rundtisch im Esszimmer, der niedrige Schiefertisch auf geschwungenen Chromfüßen im Fernsehzimmer, war allein schon durch die stillose Koexistenz des ungleichzeitigen Mobiliars aus der Zeit gefallen? Getrennt durch eine zumeist geöffnete Schiebetür, gingen Esszimmer und Fernsehzimmer ineinander über, und so konnte man, auf dem modernen Ledersofa oder einem der beiden dazugehörigen

Ledersessel im Fernsehzimmer sitzend, den Blick über den neuen Schiefertisch schweifen lassen und direkt auf den wuchtigen dunkelbraunen Geschirrschrank im Esszimmer schauen, der schon Mutters Kindheit begleitet hatte. Der Schrank war aus Vollholz, da er keine Glasscheiben hatte, musste man ihn jedes Mal öffnen, suchte man etwas Bestimmtes. Wie ein Sideboard war er breiter als hoch, er stand auf vier hohen schwarzen Metallfüßen und hatte zwei Etagen mit je zwei Türen links und rechts, die jeweils ein großes Fach mit Flügeltür rahmten. Das große Fach war mit einem Boden unterteilt. Links oben im eintürigen Fach standen Vaters Honigtopf aus Porzellan mit dem perlmuttenen Löffelchen darin und ein weißer Porzellansalzstreuer in Entenform mit gerecktem Hals, das Salz kam aus drei Löchern im gelborange umrandeten Schnabel. Hier stand auch der lederne Würfelbecher, mit dem meine Mutter und wir Kinder oft spielten. Es gab viel zu entdecken in diesem Schrank, auch altes Geschirr von Oma, das Mutter nie in Gebrauch nahm. Ich stellte mir vor, wie Oma daraus getrunken, davon gegessen hat. Das Geschirr war kostbar, wie mag das großelterliche Haus ausgesehen haben, mit all diesen Einrichtungsgegenständen? Hatte genau das den Zweiten Weltkrieg überlebt: Man konnte nicht mehr wohnen. Ja mehr noch, gehörte es, auch aus Achtung vor den eigenen Eltern, immer noch *zur Moral, nicht bei sich selber zu Hause zu sein*? Das Elternhaus verloren zu haben, ist die schmerzlichste Lücke, die ich zeitlebens mit schönen Möbeln zu schließen suchte, doch darunter wusste ich die Lücke genau, sie hatte ihr Maul aufgerissen, in das ich mich nicht selten hineinstürzen wollte. Und so galt der Satz *Das Haus ist vergangen* in vielerlei Sinne. Ist ein richtiges Leben im falschen also wirklich nicht möglich gewesen? Und ist man in der nachfolgenden Generation und erst recht in der darauffolgenden, die das eigene Kind ist, davon befreit, indem man den ganzen Plunder weggibt oder entsorgt, so wie die Häuser nur noch dazu *taugen, wie alte Konservenbüchsen fortgeworfen zu werden?* Gewiss, die *Nichtachtung für die Dinge* kehrte sich *notwendig auch gegen die Menschen.* Meine hohe Achtung für die Dinge hat nur das Einzelne gesehen, im Haus meiner Eltern habe ich nie wirklich gewohnt, ich habe es nie zu meinem eigenen machen können, dafür war mir alles zu fremd, ich war Gast in einer Unterkunft, in der so viele Orte denselben Namen hatten: Angst. Ich selbst wurde mir fremd und bin doppelt geworden, es war immer einer in mir, der mich beobachtete, und ich kannte ihn nicht, der sah mir zu und sprach mit mir ganz dicht an meinem Körper. Eines Tages sagte er mir: *Vater umbringen.*

Die Bilder sind eindringlicher und wahrer, als ihre Objekte, die Möbel, in Wirklichkeit je waren. Möbel wirken ein Leben lang als Virus, das sie im Kopf größer und mächtiger macht. In Wirklichkeit war alles ganz klein, der Schock des Wiederhabens hätte in der Kleinheit seinen Grund. Früher jedoch hieß die Durchreiche von der Küche zum Esszimmer Mutter und die Stühle hießen Vater, der Geschirrschrank hieß Mutter und die Treppe Vater, und so hieß ein jedes Ding entweder Mutter oder Vater, und von der Abreise in die Ferien an hießen die Landschaften und Häuser und Möbel, die wir aufsuchten und bewohnten und benutzten, ebenfalls Vater oder Mutter, und nur wenn mein Bruder und ich etwas zerstörten, hatte es unseren Namen. Und wir hieß Strafe. Anstatt Gott suchte ich ab etwa meinem zwölften Lebensjahr den Großen Anhalter, er hätte einen von mir zu bestimmenden Tag für Tage, Monate, vielleicht für Jahre anhalten sollen, damit in dieser Zeit einmal grundlegende Fragen hätten geklärt werden können. Ob es zum Beispiel Alternativen gibt zur Einspeisung des Kindes in das Gesellschaftsgestell. Und wie man Ferien gemeinsam mit den Eltern verbringen kann, ohne das Gefühl zu haben, die Eltern brauchten die Ferien nur, um sich von den Kindern zu erholen. Wir teilten nur die Weißbrotschnittchen.

SPAZIERGANG

Jetzt sehe ich die Hand, die mich schlägt. Ich, das ist die Person, die da liegt. Ich muss die Hand permanent sehen, kurz bevor sie mich schlägt, und also wird sie mich schlagen, es ist kurz davor, sie schwebt augenscheinlich in der Luft, das Hinterteil ist entblößt, ich liege auf einer Rosshaarmatratze, deren Piksen mit dem Auftreffen des Schlages ein für alle Mal zu erinnern ist. Die schlagende Hand ist auch eine schreibende Hand, eine Hand, die mit Begeisterung schreibt. Genau genommen ist es eine Hand, die vererbt wird, sie gehört zu den Erbkrankheiten. Das Quälende an diesem Bild ist, dass die Hand eine schlagende ist, aber nicht schlägt. Die Bewegung, die sie ausführt, ist eine geübte Bewegung, sie hat den Schwung in die Haltung der Hand und des mit ihr verbundenen Armes eingeschrieben. Schon Opa, so berichtet Vater, war ein gelehrter Handschläger. Ich sage das nicht gern. Es soll hier stehen, damit ich es wiederfinden kann, falls ich es einmal vergesse. Vaters Hand schneidet ein Stück Fleisch. Die Hand ist mit dem Ehering bestückt, und so trifft mich mit jedem Schlag der Ehering. Die haben mich doch gemacht, und jetzt schlagen sie mich. Ich kann das nur so weitergeben. Den Puppen, zum Beispiel. Sie können nichts dafür, sind aber hier. Einmal riss ich einer Puppe den Arm ab, meine Mutter nähte ihn wieder an. Das kann ja mal passieren, sagte sie. Es ist aber nicht passiert, sagte ich, ich habe den abgemacht. Da wollte sie wissen, warum, und ich sagte ihr, die Puppe trage keinen Ehering.

Mein Vater war ein prima Droher. Er hat nicht lange diskutiert. Er hat gar nicht diskutiert, er hat etwas angeordnet, und wenn es nicht sofort in die Tat umgesetzt wurde, hat er ihm *Nachdruck* verliehen. Sein Wort. Vielleicht war es nicht so, nicht immer. Er muss sich das jetzt aber nachsagen lassen, da es sein Markenzeichen wurde, dem er kein anderes entgegensetzte. Vater vollzog die Prügelstrafe als seiner Meinung nach altersgemäße Methode der Erinnerung einschlagenden Erziehung. Als wir dafür noch zu klein waren, war er klug genug, uns nicht derart zu erziehen, hätte ein Schlag solcher Güte, wie er ihn dann später auch aus der spontanen Wut heraus zu praktizieren pflegte, uns doch schwer beschädigen können. Und sein Verstand sagte ihm, uns von dem Alter an, in dem wir ihm ein Gleiches hätten tun können, mit Ignoranz zu strafen. Vater war, hätte er Entwicklungen verhindern wollen, immer zu spät gewesen.

Die Hand, die mir ausrutscht, ist ein Fuß. Ich sage mir oft, die Hand darf dir nicht ausrutschen, und schon rutscht sie in der Vorstellung aus. Alle Vergangenheit ist gleichzeitig, von jetzt und hier aus gesehen; gehe ich eine Straße entlang, sehe ich in die beobachteten Vorgänge Vergangenes hinein: Spaziergänge, von denen Vater erzählte, die sein Vater mit ihm unternommen hat. Spaziergänge, die mein Vater mit mir unternahm. Spaziergänge, die ich vierzig Jahre später unternehmen werde. Spazieren gehend, übe ich mich in die Spazierhaltung meines Vaters ein, werde ich zu meinem Vater. Seine rechte Handschaufel, eine große Maulwurfspranke. Die Schaufel rutschte ihm aus, weil er sich anders nicht mitteilen konnte. Er, das Alphatier, der das

Alphabet in die Schreibmaschine zu prügeln wusste. Opa hatte diese Schaufel auch. Ich werde die Schaufel ebenfalls haben, die Generationenschaufel, und die rechte Hand wird mir immer fremd bleiben. Vaters Stimme war nur die Begleitung der Hand, und wenn Vater sprach, schaute ich die Hand an. Du bist die böse Vaterhand, sagte ich manchmal zu meiner rechten Hand. Am liebsten war mir, sie steckte in der Hosentasche. Es gab Tage, da war ich in Versuchung, auch sogenannten *wildfremden* Leuten, wie Mutter immer sagte, die rechte Hand, anstatt sie ihnen zur Begrüßung zu reichen, ins Gesicht zu schlagen. Später habe ich der Hand dann Manieren beigebracht und sie über Jahrzehnte mehrmals die Woche zum Boxen geschickt. Da erlebte sie dann schöne Momente, wenn sie nach allen Regeln zuschlagen durfte, bis sie brach.

Der Tod war kein Gespräch. Vaters Vater und Mutters Mutter starben und wurden beerdigt. Während der Autofahrten war es ganz still. Die feine Hose kratzte. Mutter schaute aus dem Fenster und war eine fremde Person. Ihr Gesicht war aus Stein. Selbst mit Pickel, Seil und Kletterhaken hätte man in ihm keinen Halt gefunden. War das die wahre Mutter und ihre Freundlichkeiten nur Verstellung, die sie immer so erschöpfte, dass sie tagelang unansprechbar war? Ich fühlte mich bloßgestellt, als hätte sie etwas in mir entdeckt, das ihr jede Hoffnung nahm. Trauer muss eine höchst private Sache gewesen sein. Jedes Jahr zu Allerseelen fuhren wir zu Opas und Omas Grab. An das Grab der Eltern meiner Mutter kann ich mich nicht erinnern. Wohl aber an den Tod von Mutters Mutter, und dann war da noch eine alte Frau, die eine Zeitlang bei uns wohnte, die Schwester des Vaters meines Vaters oder die Schwester der Mutter meiner Mutter, die jedenfalls einsam war und einsam nicht sterben wollte, und je älter ich werde, desto näher kommt ihr Tod. Was war der Tod? Er war das Schweigen meiner Mutter, die strengen Gesten meines Vaters. Wandte ich mich auch ab, er verging nicht. Eines Tages aber lernte ich ihn kennen als jemanden, der plötzlich in Erscheinung treten konnte, der überall lauerte, der einen zu Boden schlägt. Und der kein Freund war. Frank war mein Freund. Er war bestimmt drei Jahre älter als ich und kaute schon Kaugummi. Kaugummikauen war für mich eine Schwelle, die ich noch nicht übertreten durfte. Fragte ich Frank nach einem Kaugummi, überging er die Frage. Wir kamen vom Fußballspielen und waren auf dem Heimweg, kaugummikauend ging Frank voran, und als hätte ihn das Kaugummi noch älter und stärker werden lassen, verhöhnte er einen vor uns auf der Straße gehenden Mann, der sich nach einer Weile blitzschnell umdrehte und Frank niederschlug. Mit einem Mal war aus ihm alle Stärke gewichen, und wie er da auf dem Boden lag, war ich der Ältere, der ihm aufhalf und gut zuredete. Die Lippe war aufgeplatzt, die Zahnreihen aber vollständig. Spasti, hatte Frank ihn genannt, du Spasti. Weil er so blöd ging und uns im Weg war. Und was ist das: Spasti? Egal. Das Kaugummi war voller Blut. Kaugummi, sagte Frank, ist krebserregend. Da hörte ich zum ersten Mal das Wort *Krebs*. Mutter meinte, Opa hätte auch Krebs gehabt. Das hätten viele. Beim Hühnerbenn in unserer Straße, unweit der Wäscherei mit ihren riesigen Heißmangeln, gab's Kaugummi, mein Bruder besorgte ein Päckchen, das Pfefferminz war so stark, dass es die Zunge betäubte, zum Blasenmachen war das Zeug nicht geeignet. Sosehr Kaugummi auch enttäuschte und ich nie mehr eins im Mund haben wollte, ich hatte seine süße Schärfe nun mal hinuntergeschluckt und war überzeugt, bald Krebs zu bekommen. Ich beobachtete mich. Tagein, tagaus. Ich flüchtete mich in Beschäftigungen, um der

Selbstbeobachtung zu entkommen. Jeder organische Vorgang war von nun an verdächtig. Aufstoßen war verdächtig, die Farbe des Urins, ob dunkel oder hell, war verdächtig, der Herzschlag war verdächtig, das leiseste Unwohlsein, auch wenn es nur Sekunden andauerte, war verdächtig. Der Gedanke an eine Krebserkrankung wurde so übermächtig, dass mich eine anhaltende Nervosität befiel, die augenblicklich in Angst umschlagen konnte. Ich vergaß Kaugummi, und ich hatte die Geschichte mit Frank und dem jungen Mann vergessen. Frank habe ich nicht vergessen.

Etwa fünfundvierzig Jahre später, ich war zweieinhalb Jahre alt, wurde Papas Bruder beerdigt. Ich kann mich an Papas Bruder und seine Beerdigung nicht erinnern, nur wenn Papa mich danach fragt und mir von diesem Tag erzählt, erinnere ich mich wieder. Viele Leute waren gekommen. Papa hielt eine Rede. Reden werden gehalten, damit es nicht ganz still ist. Es war so kalt, dass Papa in seinem dünnen schwarzen Anzug die ganze Zeit zitterte. Die Kälte machte alles grau, auch die Haut war grau. Papas Bruder wurde in einer Urne beerdigt. Es stand kein Sarg da, sondern ein rundes Gefäß. Wenn Papa mir ein Foto von seinem Bruder zeigt, habe ich ihn noch nie in meinem Leben gesehen. Beim nächsten Mal erinnere ich mich wenigstens an das Foto. Es gibt ein Foto von seinem Bruder wenige Wochen vor seinem Tod. Das möchte ich nie wieder sehen, so todkrank sah der Bruder da schon aus. Sein Bruder schenkte mir zu meiner Geburt einen grünen Spieluhrfrosch. Wenn man an der Schnur mit dem roten Ring zog, ertönte ein Schlaflied. Der Bruder war der Erste, der nach der Geburt vorbeikam, den Frosch unterm Arm. Das war ihm wichtig, dass er als Erster da war. Unangemeldet. Ich höre mir die Spieluhr immer noch an. Dann versuche ich, mich zu erinnern, wie es war, mit ihr und Mama einzuschlafen. Manchmal denke ich, dass die Vorstellungen meine Erinnerungen sind. Ich habe Papa bislang ein einziges Mal weinen sehen, das war bei der Beerdigung seines Bruders. Nach der Beerdigung ist Papa etwa zwei Stunden lang spazieren gegangen. Immer geradeaus. Papa ging immer gerne spazieren. Unter spazieren gehen verstand er nicht einkaufen oder zur Schule gehen, sondern gehen ohne Ziel. Ich fand spazieren gehen meistens nicht so spannend. Papa meinte, wir könnten uns auf den Spaziergängen unterhalten, je länger der Spaziergang, desto länger die Unterhaltung. Anfangs dachte ich, dass er mich damit bloß überreden wollte; hätte er gesagt, wenn du mit mir spazieren gehst, bekommst du eine Süßigkeit, hätte mich das überzeugt. Wir sollten wenigstens einen Versuch machen. Also machten wir einen Versuch. Ich stellte dann fest, dass ich beim Spazierengehen sehr gut nachdenken kann, ich hatte ja keinerlei Ablenkung. Während Papa abends, wenn es im Herbst und im Winter bereits dunkel war, gerne in die hell erleuchteten Wohnungen der Häuser hineinschaute, an denen wir vorbeikamen, und dabei auch schon mal für mehrere Minuten stehen blieb, kamen mir Gedanken wie: Warum sind wir überhaupt auf der Welt? Warum gibt es das alles überhaupt? Und warum müssen wir eines Tages sterben? Papa sagte, das seien sehr gute Fragen, er beschäftige sich schon sein ganzes Leben mit ihnen, und niemand habe sie ihm bislang beantworten können. Aber es sei schön, da zu sein. Was sollte ich mit einer solchen Antwort anfangen? Man ist also allein mit diesen Fragen. Und doch nicht ganz, weil alle sich diese Fragen stellen. Alle stellen sich also diese Fragen für sich allein. Ich fragte Papa, ob sich wirklich jeder auf der Welt diese Fragen stellt. Er meinte, wahrscheinlich nicht, es gebe eben Leute, die an Gott glaubten, die stellten sich diese Fragen nicht oder nicht so dringlich. Ob er auch an Gott glaube, fragte ich. Eigentlich nicht, sagte er, zumindest nicht täglich. Ich merkte, dass ihm diese Frage nicht gefiel. Und Papa merkte, dass ich das bemerkt hatte. Dann gingen wir noch einige Schritte, und Papa sagte, er frage sich so gut wie jeden Tag, ob er an Gott glaube. Auf die Frage, was ich machen soll, wenn er und Mama eines Tages tot seien, sagte er, ich solle mich freuen, dass ich noch lebe, und gleich darauf sagte er, das sei nur ein dummer Scherz gewesen. Ich habe trotzdem geweint.

Um ehrlich zu sein, hat Papa das gar nicht gesagt, er sagte, als seine Eltern gestorben seien, sei er eine Zeitlang sehr traurig gewesen, dann aber habe er begriffen, dass der Tod der Eltern etwas sei, das man mit allen Menschen teile, und das tröste doch ein wenig. Mich tröstet das nicht. Man kann doch auch nicht sagen, auf der Welt gibt es arme Leute und es gibt reiche Leute, und das ist überall so auf der Welt, und das wüssten sowohl die armen als auch die reichen Leute, als sei es damit für die armen Leute leichter, arm zu sein, oder als müssten sie sich dadurch mit ihrem Armsein einverstanden erklären oder als sei das ein Gesetz, an das sich alle halten müssen. Gibt es das überhaupt, *Allgemeinheit*? Ich glaube, Papa hat sich mit dem Tod seiner Eltern zwar auseinandergesetzt, er hat sich aber nie mit ihm abgefunden. Die meiste Zeit des Tages denkt er vielleicht nicht an ihn, wenn er aber an ihn denkt, kann er ihn nicht wirklich aushalten. Papa hat mir auch erzählt, dass er gerne sein Elternhaus wiederhaben würde, das seinen Eltern aber nie gehört habe, er wohne innerlich immer noch in ihm, und alle weiteren Entwicklungen in seinem Leben seien nur Unterbrechungen, Störungen, *Aushäusigkeiten* gewesen. Da habe ich ihn gefragt, wie das denn dann jetzt sei, mit Mama und mir zusammen. Das sei ein schönes Haus und ein schönes Zusammenleben, sagte er, als Kind sei er davon ausgegangen, immer im Elternhaus wohnen zu bleiben, er habe lange nicht gewusst, dass es den Eltern gar nicht gehöre. Ich kann eigentlich überall wohnen, am liebsten da, wo die Ferien sind.

Geht man spazieren, muss man nicht aufräumen. Höchstens innerlich. Komisch, dass es Dinge gibt und dass es Gedanken gibt. Die Dinge waren sicherlich auch mal Gedanken; was die Gedanken nicht von sich behaupten können. Es gibt bestimmte Gedanken, die sind wie Dinge. Und man sagt sich, bald muss ich mal den Reifen von diesem Gedanken wechseln.

SPIEGEL

Wenig haben, wenig aufräumen müssen. Viel haben, dennoch nicht aufräumen. Ich bin doch nicht euer Dienstmädchen, sagte meine Mutter, wenn sie mit Haushaltsverrichtungen unser Spiel störte. Doch, genau das bist du, sage ich mir fünfzig Jahre später, als ich die Wohnung fege, man ist der Diener seines Kindes. Ich nannte meine Mutter manchmal *Schleiche*. Sie schlich im Haus umher. Von Paul, meinem Schulfreund, hatte ich gehört, dass er seine Mutter manchmal *Hund* nannte. Auf *Hund* war ich neidisch. Ich beließ es nicht bei *Schleiche*, ich nannte meine Mutter auch *Dumme*, und wenn es ganz schlimm war, nannte ich sie *Pekinese* oder *Kläffer*. Das war mal ein gelungener Name, Pekinese, so hässlich wie der dahinter lauernde Hund. Die Schönheit des Pekinesen, dieses entsetzlichen Qualzuchtwesens, enthüllt sich nur den Eingeweihten. War meine Mutter ein Qualzuchtwesen? Sie verkörperte die von Generation zu Generation weitergereichte psychische Stillstellung von Frauen, deren von den

Eltern gegängelter Lebenslauf leerlief und in eine Ehe mündete, die den Stillstand zur repräsentativen Daseinsform festschrieb. Und das machte sie den Kindern zum Vorwurf. Es hätte einer himmlischen Ordnung bedurft, dass sie nicht mehr überall Unordnung entdeckte. Ich war sehr traurig darüber, mich eines Tages zu fragen, was aus Mutter geworden sei. Eine Schleiche, die sich irgendwo im Haus aufhielt und argwöhnte, es sei Unordnung gegen sie entstanden, die sie umgehend beseitigen musste, nicht ohne ihre Kinder wissen zu lassen, dass sie das nicht verdient habe. Die Kinder haben das nicht verstanden, schließlich kannten sie Mutter nicht anders. Und was hieß schon Ordnung? Eines Tages hatte ich das Gefühl, Mutter rege sich so auf, dass sie ihr Gesicht verliere, ich schaute sie an und erkannte sie nicht wieder, da war nichts mehr von dem Gesicht, zu dem ich mich als Baby und noch als Kleinkind hingezogen fühlte, etwas hatte ihr Gesicht auseinandergenommen und wieder zusammengesetzt, nur leider nicht wie zuvor. In allen Räumen des Hauses war etwas von Mutter hängen geblieben, von ihr abgerissen, und wenn sie wütend war, pumpte die Wut sie auf, und ich hatte Angst, sie könnte platzen.

In dem Zimmer, das mein Bruder und ich uns teilten, gab es ein Waschbecken, das wir nie benutzten. Vielleicht war das Wasser abgestellt, oder die Eltern hatten die Benutzung verboten. Das Waschbecken hatte einen großen Spiegel, auf der Ablage befanden sich immer nur ein runder Spiegel mit einem langen Griff und ein schwarzer Kamm. Vor dem Waschbecken stand ein Stuhl. Fast täglich stieg ich auf den Stuhl und betrachtete mich. Drehte ich mich herum und schaute dabei in den kleinen Spiegel, konnte ich mich bei entsprechendem Winkel samt Spiegel in den Spiegeln sehen. Ich *erblickte* mich dutzendfach. Was kann man, so gespiegelt, anderes tun, als Grimassen zu schneiden? Also schnitt ich Grimassen. Dann wieder wurde ich ganz ernst, aber das half nichts. Ich müsste doch, sagte ich mir, mit diesem Blick, der so ernst ist wie der Jesus am Kreuz im Schlafzimmer meiner Eltern, ich müsste doch den Spiegel durch den Spiegel verlassen können. Ich konnte mich nicht aus den Augen lassen, so lange schaute ich mich an, mal diesen und mal jenen, bis ich mir ganz fremd wurde, und als ich schon die Angst in der Brust verspürte, sprach ich mich an in der fürchterlichen Hoffnung, dieser andere möge mir antworten, und da sah ich am Ende des Blicks eine Bewegung, einen Schatten, es huschte etwas vorbei, sprang auf mich zu, es fasste mich an, mich aus dem Bild zu reißen, es war ich, und hatte ich nicht das Gefühl, so doppelt zu sein wie bei den elterlichen Bußmessen, die immer einen Gott im Schilde führten, den sie lächerlich machten, weil er so simpel war wie Gulaschkanone und Erbsensuppe, so zufällig wie Losbude, so mit dem Leben davongekommen wie das Leben, so doppelt, dass der eine Ich den anderen jederzeit verlassen konnte, aus ihm heraus- und beiseitetreten, und dieser eine Ich nahm alles mit, was mich ausmachte, während der andere Ich den bußfertigen Zuhörer spielte, der sich, Gott zum Wohlgefallen, selbstverständlich einfand in den Ordnungsstaat der Eltern. Als wären gebrauchtes Geschirr, das in der Spüle stand, getragene Kleidung, die nicht bereits unsichtbar im Wäschekorb lag, ein Buch, das nicht akkurat im Regal neben den anderen Büchern dem Raum eine ansprechende Farbe gab, und eine Fernsehzeitschrift, die nicht wieder zu den anderen Zeitschriften und Zeitungen zurück in den Zeitungskorb gebracht wurde, wie überhaupt alle Gegenstände, die nach ihrem Gebrauch nicht zurück in ihre Schränke und Kommoden verräumt worden waren, eine Lästerung gegen Gott gewesen.

Unsichtbarkeit war nicht nur eine Zierde, sondern das Maß aller Ordnung. Der Fußboden wurde jeden Tag gefegt und gesaugt, jeden zweiten Tag gewischt. Die Schuhe standen frisch geputzt in der Abstell- und Vorratskammer, die man von der Küche aus betreten konnte. Der das Haus ordnenden Mutter wurde kein Dank entgegengebracht, fünfundzwanzig Jahre nach ihrem Tod sagt das Kind seinem Vater denselben verblosen Satz, den der Vater als Kind seiner Mutter gesagt hat: *Du mit deiner Ordnung.* Während der Vater sich nach lichthohen leeren Räumen sehnt, kippt das Kind nicht nur in seinem Zimmer Kisten, Dosen und Schachteln aus, spielt einige Minuten, lässt dann alles so liegen mit dem Hinweis, es werde so noch gebraucht, es räume es später auf, und dieses Später kommt nie. Das typische Geräusch, wenn die Kiste auf den Kopf gestellt wird. Schussfahrt der Dinge, die Reißaus nehmen. Der Inhalt der Kisten, Dosen und Schachteln vermengt sich, alles kann mit allem kombiniert werden, nach einem Dutzend Versuchen, die Haufen ihrer Herkunft gemäß wieder zu trennen, werden sie nur noch nach Mengen getrennt in die Behältnisse verräumt. Dem Kind ist das einerlei. Es sagt, es könne die Dinge besser miteinander kombinieren, wenn alles durcheinander sei. Wäre alles geordnet, Gleiches unter Gleichem, würde es nie auf die Idee kommen, die Kugelbahn in die Pferderanch einzubauen, die Playmobilfiguren auf die Legosteine zu klemmen, den Bauernhof ins Meer zu setzen und dann, wenn dies alles getan sei, Einzelnes auszutauschen, das Untere zum Oberen zu machen undsoweiter. Zu probieren, ob das, was nicht passt, vielleicht doch passt, wenn man etwas ändert, etwas hinzufügt oder zusammenbaut, sei viel spannender, als das Spielzeug so zu benutzen, wie es vorgesehen sei. Papa sagt, er finde es schade, dass ich mit dem Zauberkasten immer nur für zwei, drei Tage spiele, anstatt alle Tricks zu lernen und sie dann vorzuführen. Er meint, ich solle mich konstanter mit etwas befassen. Daran gefiel mir schon das Wort *konstanter* nicht. Papa hat Angst, dass die Zeit zu schnell vergeht. Mir vergeht sie manchmal nicht schnell genug. Im Spiel vergeht sie schnell. In der Schule manchmal auch. Im Spiel mit meinen Figuren vergeht sie nur teilweise schnell, dann nämlich langsam, wenn ich mich in die Figuren nicht genug hineinversetze und bei jedem Wort weiß, hier spricht eine Figur. In der Schule vergeht die Zeit schnell, wenn ich mir vorstelle, dass die Lehrerin meine Schülerin ist und alles, was sie sagt, Antworten auf meine Fragen sind. Ich habe Papa gestern gefragt, was das heiße, *in Ordnung sein*, und er sagte, dass es okay sei, dass man mit etwas einverstanden sei, wörtlich heiße es, etwas sei eingeordnet, in Ordnung gebracht. Ich benutze *in Ordnung sein* jetzt als Zauberformel: *Sei in Ordnung.* Und schon ist mein Kinderzimmer aufgeräumt. Durcheinander aufgeräumt. Denn ich sage mir, das ist in Ordnung, ich bin damit einverstanden.

Ich kam vom Spiegel nicht los. Also verhängte ich ihn. Das machte meinem Bruder Angst. Er bekam, wie eine Krankheit, die Vorstellung, das vorgehängte Tuch sei das Spiegelbild, und also habe er kein Gesicht mehr oder eines, das keine Grenzen habe und weiß in weiß verlaufe. Wir einigten uns darauf, den Spiegel nur nachts zu verhängen, am Morgen dann sollte mein Bruder das Tuch entfernen, das ich am Abend wieder vor den Spiegel hängte. Wusstest du, sagte mein Bruder eines Morgens, dass der Chor der Scherben dich auslacht, wenn du in den Spiegel schießt? Und dann nähme das Echo kein Ende mehr. Ich stieg auf den Stuhl und schaute mich lange an, im Spiegel. Also schaute ich nicht mich an, sondern ein Bild, in dem bereits der Tod zu arbeiten angefangen hatte. War ich das noch? Der Spiegel durfte auf keinen Fall in Stücke gehen, dann wäre auch ich in Stücke gegangen und zugleich in allen Stücken erschienen. Und wäre ich in jeder Scherbe nicht anders gewesen? Ohne Spiegel, hätte man seine Stücke im Dunkeln entsorgt, wäre ich dann nicht beim ersten Blick auf die Wand in sie eingegangen? Und schließlich: War der Spiegel denn wirklich unbetretbar? Ich begehrte den da nicht, den ich sah. Aber meine Stimme wollte von ihm, wo sie ihn sah, ein Echo. Das Bild verblasste mit den Jahren und verwandelte sich in meine Stimme, und diese Stimme, im Raum der ausgeräumten Kindheit, rief sich selber an. Vom Echo war ihr der dumpfe Hall geblieben.

Vor gut fünfzig Jahren, als ich sechs Jahre alt war, machte ich zum ersten Mal auch die Erfahrung, dass der Blick in den Spiegel Angst verursachen kann. Die Begegnung mit dem eigenen Blick, der noch in der Verstellung unausweichlich der eigene war. Vielleicht fürchtete ich, mich in einem von mir unbeobachteten Moment selbst zu beobachten, mich dabei zu ertappen, meinen Blick mir vorher nicht genehm gemacht zu haben: Erscheint da ein unsympathischer Fremdling, der sich abhandengekommen ist? Der links nicht von rechts zu unterscheiden weiß? Dessen Uhr rückwärtsgeht? Müsste sein Kopf nicht unten und die Füße oben erscheinen? Und je länger ich in den Spiegel schaute, desto fremder wurde ich mir. Ich im Spiegel, das war der Unvertraute. Der Blick springt hin und her, zwischen mir und mir selbst.

Ich liege auf der Spiegelwarte, ich warte auf der Spiegellauer. Und ertappte ich mich nicht, den Blick nicht von mir lassen zu können, aber anders als fünfzig Jahre später? Wollte ich nicht manchmal nur sein im Blick in den Spiegel, im Hin und Her der Doppelung? Bin ich nicht ein Spiegel der Dinge – und nicht umgekehrt?

Er hat sich von der Aufhängung gelöst, sagte ich meinem Vater, nachdem ich den Spiegel durch einen gezielten Wurf mit dem Schuh dann doch von der Wand geholt hatte. Und tatsächlich: Noch die Scherbe zeigte das ganze Gesicht. Die Angst plötzlich, ein anderer Spiegel würde ein anderes Ich zeigen, ich sei mir nun verloren gegangen, weil ich in diesem zersprungenen Spiegel geblieben sei. Und würde, in einem anderen Spiegel, das Gesicht nicht selbsttätig werden, Dinge sagen, die nicht aus meinem Munde kommen? Ich wollte meine Mutter davon überzeugen, dass mein Bruder und ich keinen Spiegel brauchten, wozu auch, meine Mutter aber meinte, die Bohrlöcher und Dübel müssten dann aus der Wand geholt, die Löcher aufgefüllt und die Wand neu gestrichen werden. Also besorgte mein Vater einen neuen Spiegel, der ganz der Alte war, und das kostete ihn viel Zeit, es sollte alles seine alte Ordnung haben. Als der neue alte Spiegel montiert war, beschloss ich, nicht mehr in ihn hineinzuschauen. Genügte es nicht, Bilder im Kopf zu haben von meinem Gesicht im Spiegel? Ich drückte mich um mein Spiegelbild herum, das zu meinem zweiten Vater geworden war, ein Vater allerdings, der überall lauerte, der allgegenwärtig war. Dass der Blick in den Spiegel selbstberuhigend sein und mich in mir selbst verankern kann, erfuhr ich erst einige Jahre später, als Angst mein ständiger Begleiter geworden war und mich bis zur Erschöpfung rastlos machte, ich zögerte den Schlaf hinaus, bis ich nicht mehr stehen konnte, das Herz pochte und ließ mir auch dann keine Ruhe, wenn ich bis in die frühen Morgenstunden hinein Runde um Runde ums Haus gegangen, vielmehr gerannt war, ich setzte das Gehen im Kriechen fort, das Schlucken wollte mir nicht mehr gelingen, es müsste doch das Einfachste sein, es war aber kein Speichel mehr da, der Zungenrücken presste sich an den Gaumen und wollte sich nicht mehr lösen, ich hatte Panik, ersticken zu müssen, endlich löste sich die Zunge, als wäre der Klebstoff nicht stark genug, und senkte sich in ihr trockenes und raues Bett, ich schlief auf dem Boden ein, schreckte auf, kroch durch das Esszimmer in die Küche, zog mich am Steinbecken hoch, füllte Wasser in das bereitstehende Glas, trank es aus und ging eine Stunde lang, permanent Wasser trinkend, durch alle Räume der unteren Etage, während die Eltern und Geschwister in ihren Betten lagen und mehr oder weniger friedlich schliefen. Erst mein eigener Anblick im großen Garderobenspiegel brachte Beruhigung, er lenkte mich von mir ab.

Fünfzig Jahre später. Erforschungen. Freude am Grimassieren. Zähne zeigen. Und die Zahnlücke, die über Nacht entstanden ist und nun mitsamt dem Geschenk der Zahnfee, das unter dem Kopfkissen lag, im Spiegel präsentiert sein will. Und jetzt: Ja, ein Monster, aber ein gelungenes. Keine Angst vor dem eigenen Gesicht. Der Spiegel ist ein treuer Begleiter, der mir mein Gesicht beibringt. Es zu empfinden als Haut, die sich über Knochen spannt, und sich dicht hinter der Haut wissen. Und jetzt sich als Haut wissen. Und jetzt nur Knochen. Wenn ich mir mit dem Augenbrauenstift aus dem Gruselschminkset die Augenbrauen nachziehe, ganz schwarz, und dann ganz ernst gucke, sehe ich grimmig aus wie in Filmen. Mit dem Stift kann man auch sehr gut Bärte malen. Schnäuzer und Backenbart. Hundeschnäuzer. Ich glaube, ich will später keinen Bart tragen. Das sieht immer bescheuert aus. Nur ein dünner Bart sieht vielleicht gut aus. Papa sagt, der heiße Bleistiftbart, es hätte einen berühmten Schauspieler mit so einem Bart gegeben. Dass man mit einem Bart plötzlich viel älter aussieht, gefällt mir aber. Vor allem Hüte machen älter. Ich habe einen zusammen mit dem Gruselschminkset auf einer

Kirmes beim Loseziehen gewonnen. Er ist schwarz und hat eine Falte oben, seine Krempe kann man herunterklappen. Die Kirmes stand mitten auf einer Wiese. Abends gingen die bunten Lichter an. Papa erzählte, dass es in seiner Geburtsstadt eine große Kirmes gäbe, auf der er für sein Taschengeld immer Lose gekauft oder mit Bällen auf Dosen und Pfeilen auf Luftballons geworfen habe. Manchmal habe er etwas gewonnen. Beim Dosenwerfen seien die Bälle immer so klein gewesen und leicht, dass man die Dosen kaum habe treffen können. Und bei den Luftballons seien die Pfeile manchmal nur abgeprallt, obwohl er sie voll getroffen habe. Die Pfeile seien komisch geflogen oder stumpf gewesen. Einmal habe er sich so darüber beschwert, dass der Budenbetreiber gekommen sei und mit seinen daliegenden fünf Pfeilen fünf Luftballons getroffen habe. Sofort seien die Kinder gekommen und hätten das auch probiert. Die meisten hätten die Luftballons nicht kaputt machen können mit ihren Pfeilen. Und selbst wenn man viele Punkte beisammengehabt habe, seien die Gewinne oft nur klein gewesen. Das war vielleicht früher so, habe ich Papa gesagt, heute ist das anders, da hat man mehr Geld und mehr Sachen.

Bei der Wurfbude hat der Mann mich immer weiter werfen lassen, ohne dass wir bezahlen mussten. Am Ende gab es ein riesiges Plüschtier und ein Gruselschminkset. Papa fragte den Mann, warum ich für fünf Euro unendlich viele Bälle hätte werfen dürfen. Heute ist noch niemand sonst gekommen, sagte der Mann. Da haben wir uns umgeschaut und die Leute angeschaut, und siehe da, sie waren alle Angestellte der Zuckerwatte-, Wurf- und Losbuden, der Schiffsschaukeln und Karussells, des kleinen Riesenrads und des Bungee-Seils, an dem ich so hoch springen konnte, dass ich mir einbildete, unser Zuhause zu sehen. Ich wollte gar nicht mehr aufhören mit Springen. Schausteller heißen die Leute. Alle kannten sich, gingen von Bude zu Bude und unterhielten sich. Nein, allzu viel Geld könne man hier nicht verdienen, der Stellplatz würde auch immer teurer. Anderswo sei es aber noch teurer, da würde es sich schon nicht mehr lohnen. Zum Glück sei das hier ein Familienunternehmen, alle, die hier arbeiteten, seien miteinander verwandt. Ich fragte Papa und Mama, ob wir nicht auch eine Dorfkirmes gründen wollten, dann könnten alle Verwandten immer an einem Ort zusammen sein.

Mit der Gruselschminke kann ich Halloween üben. Die Farben halten viele Stunden und sind abwaschbar. Es gibt Weiß, Schwarz, Braun, Hellrot, Gelb und Grün. Dazu noch Schürfblut und Filmblut. Die Farben und das Blut trägt man mit Schwämmchen und Pinseln auf. Ich nehme etwas Weiß und grundiere das Gesicht, dann schneide ich im Spiegel gruselige Grimassen und verstärke sie durch schwarze Schatten. Zum Schluss pinsele ich mit Rot Blutspuren. Und ganz zart trage ich auch Gelb auf und Braun und Orange, als würde ich verrosten. Das Orange mische ich mir aus Hellrot und Gelb. Wenn ich so Geister im Fernsehen sehe, gruselt es mich, schaue ich in den Spiegel, gruselt es mich nicht. Im Film waren einmal sehr viele Geister, die standen hintereinander und sahen alle gleich aus. Ich weiß jetzt, dass es immer nur ein Geist ist, der sich mit dem Spiegel im Spiegel anschaut. Ich mache das auch immer. Alle schneiden dieselben Grimassen. Eigentlich ist der geschminkte Geist nicht gruselig, sondern gut gemacht oder eben schlecht gemacht. Wenn man sich lange im Spiegel anschaut, gewöhnt man sich an ihn.

Ich ging als sogenannter Indianer. Mein Bruder war Cowboy. Das hatte Mutter so vorgeschlagen, sie hatte die Kostüme besorgt. Mein Bruder wollte zunächst auch Indianer sein, der Colt überzeugte ihn dann, Cowboy zu sein. Jemand anders zu sein, entlastete uns. Zwar schlugen wir uns weiter, wie Mutter sagte, die Köpfe ein, wir konnten diesem Umstand aber etwas Spielerisches abgewinnen. Diese Formulierung, *gehen als jemand*, war mir nie geheuer. Geschminkt sein, ein Kostüm tragen, nicht als man selbst gehen, und jeder sieht, dass es so ist und dass man doch kein anderer als man selbst ist, fand ich manchmal so lächerlich, dass ich mich in die Lächerlichkeit hätte hinabstürzen wollen, wäre dies möglich gewesen. Einmal wollte ich mich nicht verkleiden. Ein Mitschüler sagte: Stimmt, du siehst auch so komisch genug aus. Eine der wichtigsten Fragen lautete seitdem: Gehst du kostümiert? Bereits das Wort *kostümiert* kam mir entsetzlich künstlich vor, es lief mir kalt den Rücken runter, wenn ich es hörte. Da dachte ich mir, wie es wäre, wenn es genau umgekehrt wäre, das sogenannte Kostüm wäre das normale Aussehen, und das normale Aussehen wäre das Kostüm. Dann gäbe es Cowboys und Indianer, Hexen und Prinzessinnen, Monster und Frösche und unausdenkbar vieles mehr. Die Welt meiner Eltern gäbe es nur für kurze Zeit im Jahr, und alle würden über sie lachen. In der Welt meiner Eltern gab es nur wenige Dinge, und über die allermeisten hat man nicht gelacht. An Cowboy und Indianer gefielen mir die Waffen, und es war sehr schade, dass sie nicht echt waren. Und dennoch wollte ich nach ein paar Jahren nichts mehr mit Cowboy und Indianer zu tun haben. Da stimmte etwas nicht mit. Waren das Erfindungen wie Monster? Ein Schulfreund *ging* als Chinese. Eine chinesische Mitschülerin verstand die Welt nicht mehr.

Vater musste sich nicht verkleiden. Er ging zeitlebens als Ritterrüstung. Waren bei manchen Verkleidungen und geschminkten Gesichtern gerade ihre Entstellungen, die oft mühsam und mit Liebe zum Detail entstanden waren, das Komische, so konnte bei Vater als Ritterrüstung von Entstellung keine Rede sein, waren doch sein Körper und sein Gesicht nur verborgen und nicht verzerrt. Und doch bedeutete es für uns Kinder eine Ent-Stellung, wie Vater in Erscheinung trat. Er war ein kryptischer Vater, vielfach an andere Stellen gebracht, er konnte sich spielend leicht anderswohin verschieben, wenn er das für nötig befand. So verschob er sich an Orte, die wir nicht kannten, in Bücher zum Beispiel oder zurück in den Krieg, in sein Studium, in seine Berufungen, die ihn riefen und abzogen an uns unzugängliche Orte. Die Bücher waren nur die Rüstung der Schrift, und die Schrift war die Rüstung des Geistes, als der mein Vater zuweilen in Erscheinung trat, wenn er unvorsichtigerweise aus seiner Rüstung geschlüpft war und sich wohl unbeobachtet fühlte. Dann huschte er durchs Haus wie ein Kind, das spielt, oder wie jemand, der seit längerem etwas sucht und der weiß, dass er es nicht finden wird, da er schon überall gesucht hat.

Hinter Vaters Gesicht war ein anderer, dessen Augen aus ihm herausschauten. Vaters Gesicht war eine Rüstung. Er konnte also sehen, ohne gesehen zu werden. Aber er war starr. Man konnte immer schön hinter ihm laufen. Kaum hatte er sich umgedreht, war man wieder vorne. Vater streckte die Hände aus. Ich tat so, als hätte ich das nicht gesehen, und er wusste das. Vater kam mir vor wie manche Figuren im Film, die sich kaum bewegen können. Vielleicht war er das nur, wenn er seine Kinder sah, an sich näm-lich war er flink und wendig. Ich hatte das früh als seine Macht empfunden, dass er uns sieht, ohne selbst gesehen zu werden. Man hörte ihn auch sprechen, ohne dass man ihn sprechen sah. Immerhin konnte er gehört werden. Die Stimmen, die zu ihm in die Rüstung hineindrangen, flogen wie ein wildes Echo hin und her. Und es kam der Tag, da hatte er sein Visier geschlossen.

Keinerlei Vertrautheit hatte sich zwischen uns aufgebaut. Schoß-
sitzen und Umarmen, Spielen und Quatschmachen oder Reden
waren ihm, kaum hatte er es einmal geduldet, bis an sein Lebensende zu viel. Er machte lieber Türen auf und hinter sich zu.

Eines Tages ging ich dazu über, in dieser Rüstung nicht Vater
zu erkennen, sondern eine Puppe oder gar ein Tier, das ich im
Geheimen dirigieren konnte. Auf mein Geheiß, so stellte ich mir
vor, kam die Puppe oder das Tier und ging, setzte sich an den
Tisch und aß, ging zur Arbeit und kehrte nach Hause zurück.
Und das alles taten sie nur für mich.

PUPPEN

Brummi, der Bär, war ein Geschenk des einzigen Sohnes der
Schwester meiner Mutter. Er brauche ihn nicht mehr, er sei nun
endgültig zu alt dafür; ihn auch nur in der Wohnung zu halten,
beschäme ihn, sagte er und schenkte ihn mir. Ich bin nie zu alt
für ihn geworden. Stellte man Brummi auf den Kopf, brummte
er für etwa drei Sekunden. Mit den Jahren brummte er immer
kürzer, das Brummen ging in eine Art resigniertes Aufstöhnen
über, bis Brummi dann ganz verstummte. Sein Brummen war in
mich übergegangen, zuweilen war es ein Grollen, und ich spürte
ganz deutlich im Magen die kleine Brummtonne, die sich mit-
drehte, wenn Brummi auf den Kopf gestellt wurde. Anfangs, ich
war zwei oder drei Jahre alt, dachte ich, er brummt, weil er nicht
herumgedreht werden möchte, oder das Herumdrehen bereite
ihm Schmerzen. Seitdem er verstummt war, ich erwog eine Operation, bei der die Brummtonne durch eine neue ersetzt werden

sollte, fragte ich ihn so gut wie jeden Tag, ob ich etwas für ihn tun könne, und da er nicht müde wurde zu schweigen, nannte ich ihn, der nun immer bei mir war, Secundus, demzufolge ich Primus sein sollte. Secundus hatte offensichtlich beschlossen, sein restliches Leben schweigend zu verbringen, er machte alles mit sich selbst aus, und keine Nachricht, kein Ereignis war ihm Anlass, sein Schweigen zu brechen. So konnte ich ihn auch nicht über sein Verhältnis zu seiner Mutter befragen, über das ich mich gerne mit ihm ausgetauscht hätte.

Jahre später bekam Brummi ein Kind, ein winziges gelbes Bärenkind, das nicht aufhörte zu reden, kaum war es der Sprache mächtig. Es plapperte in einem fort, und wären nicht immer wieder interessante und bedenkenswerte Einzelheiten an die Redeoberfläche gespült worden, ich hätte mich nicht mehr um es gekümmert, so aber war seine Rede mehr als Hintergrundrauschen. Valentin, wie ich das gelbe Bärchen nannte, wusste die Aufmerksamkeit, die ich ihm dann zuteilwerden ließ, zu nutzen, indem er, scheinbar unmotiviert, plötzlich aufhörte zu reden, dann von etwas anderem sprach, um in dem Moment, in dem er davon ausgehen konnte, dass ich schon nicht mehr damit rechnete, wieder über die Dinge zu reden, die meine Aufmerksamkeit erregt hatten. Unter den kaum verständlichen, wie frühkindlich die Silben abtastenden, gleichermaßen schmeckenden Lautfluss mischten sich wortkompakte Brocken, die mich nicht bloß aufhorchen ließen, sie verstörten mich geradezu: *Es wird ein böses Ende nehmen* oder *Sofort mit 18 ausziehen* oder *Es wäre besser, wenn die Eltern getrennte Wege gingen.* Auf die Frage, was er denn damit meine, schaute Valentin weg, er erstarrte regelrecht in einer puppenhaft unbelebten Weise, von der die Firma Steiff, so dachte ich mir, ihren Namen hat. Setzte ich Valentin zur Strafe an einen anderen Platz, mit dem Gesicht gegen die Wand oder hinter eine Buchreihe, die ihm jegliche Sicht nahm, durchschaute er das strafende Manöver und rief: Das wirst du bereuen. Als ich ihn daraufhin einmal nicht wieder zurücksetzte, drohte er, von nun an für immer zu schweigen. Ich setzte ihn zurück. Bis heute allerdings warte ich darauf, dass er, wie damals, Verständliches von sich gibt, seine Stimme ist, so scheint es, im Lautfluss ertrunken. Umso schwerer wiegen die von ihm geäußerten Brocken, die als sein Vermächtnis für ihn selbst stehen. Er hat Stimme, und seine Stimme hat Sinn, aber keine Bedeutung. Jeden Tag schaue ich ihn an und höre ihm zu, bis heute, er ist ein kleiner gelber Automat. Ist er denn noch im Werden? Oder wird er sich ewig nur wiederholen? Dieses ewige Werden ist ein lügnerisches Puppenspiel, über welchem der Mensch sich selbst vergisst, lese ich Jahre später in unzeitgemäßen Betrachtungen. Sich selbst zu vergessen, kann von erlösender Schönheit sein. Das merkt man am besten, wenn man mit einem Pudel im Wald spazieren geht.

Eines Abends fand ich beim gemeinsamen Lesen mit meiner Schwester eine ihrer kleinen Puppen, die unbemerkt zwischen die Ritzen ihres Bettes gerutscht war. Ich fühlte mich zu Puppen hingezogen, es war jedoch nicht vorgesehen, dass ich eine besaß. Mit den Eltern konnte man nicht wirklich über das sprechen, was einen betraf; Tiere und Puppen boten einen guten Ersatz. Das Püppchen war recht handlich, unter dem wie stets viel zu großen Schlafanzug fiel meiner Schwester die Beule nicht auf, und so konnte ich es heimlich mit auf mein Zimmer nehmen. Ich tat mir damit keinen Gefallen. Michael, wie ich den Findling nannte, er hatte, so meinte ich, gewisse Ähnlichkeit mit mir, war mit Holzwolle ausgestopft und seit mehreren Generationen im Besitz der Familie mütterlicherseits, die Jahre hatten ihn ein wenig abgeblättert, und die Bemühungen, ihn hier und da zu restaurieren, hatten ihn nicht unbedingt schöner gemacht. Er war nicht hässlich, überhaupt nicht, niemand schaute einen so charmant an wie er. Sein weißes Matrosenkostüm mit den blau-weiß kontrastierenden Streifen an Kragen und Ärmelbündchen war ihm deutlich zu groß, wie alle Kinder in der Familie sollte er in seine Kleidung wohl erst noch *hineinwachsen*. Jetzt diente ihm der Anzug als Arztkittel, oben links auf das Hemd hatte meine Mutter Stethoskop und Mundspatel aufgemalt. Michael war dankbar, dass ich ihn aus der Ritze befreit hatte, zu lange habe er schon darin gelegen und alle Hoffnung, jemals aus dieser wieder freizukommen, habe er aufgegeben, selbst beim Bettenmachen sei er übersehen worden. Ich hielt es für ganz natürlich, dass Michael sprechen konnte, zumindest nahm ich keinen Anstoß daran. Er sprach extrem leise, man musste sich zu ihm herunterbeugen oder ihn dicht ans Ohr halten, um etwas zu verstehen. Aber wer machte das schon? Nachts erhob er sich zu seiner wahren Größe; schien der Mond durch das Fenster der Dachschräge, stand er hinter dem Fußteil meines Bettes und murmelte pausenlos vor sich hin, als wollte er mich verfluchen oder als beschwöre er et-was Unheilvolles. Machte ich das Licht an, lag er wieder friedlich neben mir und schnarchte. So ging das eine Weile. Jedes Mal hoffte ich, ihn im Licht vor dem Bett stehend zu sehen, und jedes Mal war er schneller. Jedes Mal bin ich schließlich erschöpft eingeschlafen, ohne dass der Schlaf erholsam gewesen wäre. Mi-chael besetzte meine Träume, in denen er das Wechselspiel vor dem Bett, im Bett, Licht an, Licht aus fortsetzte. Am nächsten Morgen stand er dann meist wieder am Fußende vor dem Bett, an das er so eben noch mit seiner Nase heranreichte, seine Augen gingen flink, das Haar stand ihm zu Berge wie elektrisiert, und in dem Moment, als er sicher sein konnte, dass ich ihn erblickt hatte, schrumpfte er auf seine Normalgröße zusammen und blieb auf dem Boden liegen. Nach wenigen Tagen, in denen er sich in seinem neuen Zimmer nicht nur eingelebt, sondern dieses nach seinen Vorstellungen umgeräumt hatte, wenn man bei Unordnung von Umräumen sprechen kann, maßte er sich an, Valentin zu bevormunden, er war zwar nicht sein Vater, aber der Ältere, wie er auch Brummi gegenüber betonte, der seine erzieherischen Aufgaben sträflich vernachlässigt habe. So verbot er Valentin, mir den Satz *Es wird ein böses Ende nehmen* zu sagen, das stünde nur ihm, Michael, zu. Den Satz *Sofort mit 18 ausziehen* müsse er abwandeln zu *Sofort ausziehen*, und den Satz *Es wäre besser, wenn die Eltern getrennte Wege gingen* verbot er ihm ganz, davon verstehe er, Valentin, nichts.

Hatte Michael nicht den Satan besiegt und führte die Bücher Gottes? Und jetzt wollte er selbst Satan sein? Ich musste eine Teufelsaustreibung vornehmen. Michael musste auseinandergenommen, untersucht und wieder neu zusammengesetzt werden. Als ich aus dem Keller mit den nötigen Instrumenten zurückkam, war Michael verschwunden. Hatte er das Zimmer verlassen oder sich im Zimmer gut versteckt? Bei der Unordnung, die er verursacht hatte, fiel es nicht ins Gewicht, wenn ich *die Bude auf den Kopf stellte*, wie meine Mutter jedes Mal beim Betreten meines Zimmers anmerkte. Ich fand ihn nicht. Da ertönte die Hausglocke, Mutter rief zum Mittagessen. Was, wenn er es sich am Mittagstisch bequem gemacht hatte? Ein anderer Verdacht sollte sich bestätigen: Michael lag wieder in der Bettritze meiner Schwester. Ich packte ihn, rannte mit ihm die Treppe zum Speicher hoch, fixierte ihn mit einer Kordel am Tisch, sagte: So!, die Glocke ertönte ein zweites Mal, unten saßen bereits alle am Mittagstisch.

Fischstäbchen, Püree, Gurkensalat. Vielleicht hatte Michael immer in der Ritze gelegen, vielleicht hatte ich nur geträumt, ihn entführt zu haben. Joghurt mit frischem Obst. Oben fand ich Michael unverändert an den Tisch gefesselt vor. Seine Arme und Beine und der Kopf waren mit einem Gummizug zusammengehalten. Ich betäubte ihn mit Vaters Rasierwasser. Dann hängte ich alle Glieder und den Kopf aus und legte sie neben den Rumpf. Allein im Kopf war noch Leben, denn die Augen gingen auf und zu. Der Kopf war allerdings das einzige Körperteil, in das ich keinen Einblick hatte. Wollte ich Michael wieder zusammenbauen, musste ich die Gummizüge aus der Holzwolle befreien. Das gelang nur, indem ich die Holzwolle aus dem Leib holte. Wie Adern liefen die Gummis an einer Brust und Rücken verbindenden Stange zusammen, dem Herz, fleischfarben wie der Rest des Körpers. Der Mechanismus war kompliziert, fünf Mal baute ich ihn falsch wieder zusammen, und jedes Mal sagte er, kaum war der Kopf eingehängt, etwas anderes: *Ich male* beim ersten Mal, *Ach Leim* beim zweiten Mal, *Lache im* beim dritten Mal, über *Mach Eli* beim vierten Mal dachte ich lange nach, als hätte Michael mir einen Befehl gegeben, doch leider befand sich sein Kopf beim fünften Versuch vor lauter Aufregung nicht auf dem Rumpf, sondern auf dem Loch des linken Arms, da sagte Michael *Cham Eli*, also *Eli, der Rüpel* oder *Eli, der Flegel*, was bedeutete, dass Gott, der Höchste, ein Rüpel oder Flegel ist. Als ich ihn schließlich wieder so hergerichtet hatte, wie er von Anfang an gewesen war, sagte er *Michael*. Er sprach diesen Namen so aus, wie ich ihn nie ausgesprochen hatte, sanft, verlockend, voller Güte. Da dachte ich, mir steht dieser Name nicht mehr zu, wenn er so heißt, will ich anders heißen, und gab mir den Namen Peter, zwei Silben, kurz und bündig. Wenn meine Mutter mich schimpfte, es sei im Zimmer so unaufgeräumt, sagte ich, Michael war es, und zeigte auf die Puppe, die meine Schwester nicht mehr zurückhaben wollte. Ich habe für sie keine Verwendung mehr, sagte sie. Ich weiß, dass es Michael war, sagte meine Mutter und verließ das Zimmer.

In unsere Stadt kam ein Marionettentheater – und blieb. Man werde bald schon vergessen, dass es sich um Marionetten handle, versprachen der Direktor und die Direktorin, die überall in der Stadt Zettel verteilten, auf denen sie zu ihren Veranstaltungen einluden. *Marionette* war ein schwieriges Wort und außerdem viel zu lang. Die meisten Leute sagten deshalb *Puppentheater* und *Puppenspieler*. Mir gefiel *Marionetten* und *Marionettentheater*, ich stellte mir vor, wir gehen in das Theater vom netten Mario. Ein Mitschüler hieß Mario, den ich nun mit anderen Augen sah.

Ich hatte mir das Marionettentheater ganz anders vorgestellt. Bereits eine halbe Stunde vor Beginn saßen wir auf unseren Plätzen, der Direktor hatte eine Ausnahme gemacht, er sei froh, wenn sich jemand derart für seine Puppen interessiere, außerdem könnte ich dann genau beobachten, wie sie funktionieren, er sei sich sicher, dass ich das mit Beginn der Vorstellung wieder vergessen hätte, zu groß sei der Zauber, der von den Puppen ausgehe. Das Wort *Zauber* machte mich skeptisch, *Zauber* und *zauberhaft* hieß mittlerweile alles, was nicht aus sich heraus bestehen konnte und was einer Aufwertung bedurfte. Wir saßen in der ersten Reihe. Die Vorstellung begann. Kaum war das Licht ausgegangen, waren alle Eindrücke von den Vorbereitungen der Puppenspieler vergessen. Ein gelber Lichtkreis erschien. In den Lichtkreis trat keine Marionette, sondern eine Puppe, die mich regungslos anstarrte. Dann ging das Licht wieder aus. Musik. Im fahlen Licht der aufgehenden Frühjahrssonne marschierte eine ganze Familie auf, Vater, Mutter, Tochter, Sohn und Sohn. Sie nahmen an einem großen Tisch Platz, der vom Himmel herunterschwebte. Niemand sprach. Die Sonne ging auf, stand im Zenit, ging langsam unter. Die Familie saß am Mittagstisch, am Abendtisch, ohne dass jemand seinen Platz verlassen hätte. Um Mitternacht erhob sich der Vater, holte eine Axt und zerhackte seine beiden Söhne, denen die Axt, so schien es, nichts anhaben konnte. Danach knieten die Söhne vor dem Vater, umarmten ihn und gingen zu Bett. Das Publikum lachte, endlich war etwas in Bewegung. Der Vater legte Brennholz in den Kamin und machte es sich davor mit Mutter und Tochter gemütlich. Die Puppe trat wieder auf. Die Kinder im Publikum lachten, sie hatten durchschaut, dass es kein Gespenst war. Und doch war es nun allein vor dem Kamin. Und wieder starrte die Puppe mich regungslos an. Es war Michael. Vorhang. Meine Eltern rätselten, um welchen Klassiker es sich hier handelte. Bevor sich der Vorhang zum nächsten Stück wieder hob, saß Michael neben mir. War Vater nur Stimme, war Michael nur Auge. Kaum aber ging der Vorhang wieder hoch, saß Michael in trauter Runde mit am Tisch, er hatte sich einen der beiden Söhne einverleibt und sah aus wie er, jedenfalls für die Eltern, ich erkannte ihn an seinem Blick, wie er mich wieder anstarrte, und nun wurde am Tisch auch gesprochen, während aber die Stimmen der Eltern, der Tochter und des einen Sohnes von den Puppenspielern stammten, die unsichtbar von einem hohen Gerüst aus agierten, kam Michaels Stimme von vorne. Hallo, Peter, sagte Michael, das ist deine Familie, und ich habe deinen Platz eingenommen. Und bevor ich deinen Platz eingenommen habe, habe ich dich eingenommen. Auf keinen Fall antworten, sagte ich mir, das will er nur. Niemand schien bemerkt zu haben, dass er mich mit seinen Worten meinte. Michael, sprach der Vater, man redet nicht mit vollem Mund. Ja, Vater, sagte Michael. Wo ist Peter?, fragte der Vater. Da vorne sitzt er doch, sagte die Mutter. Und wer hat Michael eingeladen?, fragte der Vater. Er hat sich selbst eingeladen, sagte die Mutter. Dann wurde viel gegessen, die Puppen schienen sich gegenseitig aufzuessen, Michael ging zu Bett, doch im Bett lag schon Peter, also stellte sich Michael vor das Bett und starrte ihn so lange an, bis er aufwachte. Guten Morgen, hast du gut geschlafen?, fragte er, da stand Peter auf, zog sich an und verließ das Zimmer. Dann bin ich eingeschlafen. Meine Eltern hatten ein ganz anderes Stück gesehen. Einen Michael wollten sie nicht gesehen haben. Vielleicht wollten sie mich nur beruhigen, ich durchschaute ihre Absicht aber und sprach fortan nur noch durch die Puppen mit ihnen. Ich war Michael, überaus höflich, zuvorkommend, redegewandt, nachts aber zerstörte ich Spielsachen, warf den Tisch in meinem Zimmer um, das waren dann meine sogenannten Wutanfälle, die ich, Peter, meinen Eltern gegenüber weiterhin diesem Michael anlasten konnte. Michael war es, sagte ich. An manchen Tagen empfingen mich meine Eltern mit den Worten: Der Michael war's, noch bevor ich überhaupt etwas gesagt hatte. Dass so viele Dinge kaputtgingen, die für immer unbrauchbar waren, von Zeit zu Zeit entsorgte meine Mutter sie, und selbstverständlich wurden sie nicht ersetzt, betrübte mich so sehr, dass ich anfing, Michael dafür zu bestrafen. Meine Wut richtete sich nun auch gegen ihn, den ich zunehmend selbst wie ein Ding behandelte, obwohl ich ihn liebte und er mir so wichtig war, wie ich mir nur selbst wichtig sein konnte. Er schlägt sich selbst, sagte meine Mutter meinem Vater, nachdem sie mich dabei beobachtet hatte. Ich sperrte Michael in das braune Nachtkästchen, das neben meinem Bett stand. Zunächst verhielt sich Michael ruhig, in der Nacht aber fing er an zu rufen, er rief meinen Namen, drohte, Feuer zu legen und der Familie etwas anzutun. Da packte ich das Kästchen und schleppte es mitsamt seinem Insassen in den Keller. In der Waschküche gab es einen alten Zuber, den Mutter nicht mehr verwendete, dorthinein stellte ich das Kästchen und ging wieder auf mein Zimmer, nicht ohne Michael vorher zu sagen, dass ich Wasser einlaufen lassen würde, wenn er weiterhin rufen und drohen würde. Am nächsten Morgen war das Kästchen verschwunden. Ich suchte im ganzen Haus nach ihm und fand es schließlich auf der ersten Etage hinter der Tür der Treppennische, in der die aussortierten Schuhe meiner Eltern standen. Die Treppe führte zum Dachboden hinauf, die Nische lag schräg gegenüber dem gemeinsamen Zimmer von meinem Bruder und mir, stand die Tür offen, konnte ich sie von meinem Bett aus sehen. Es war ein vergessener Ort, wir versteckten uns manchmal dort und hörten dann meine Mutter, wie sie im Haus nach uns suchte und rief. Das Kästchen war bis auf einen Zettel leer. *Ich sage alles deiner Mutter*, stand in krakeliger Handschrift darauf zu lesen. War das eine Erpressung, oder war es Rache? Vielleicht nur eine leere Drohung. Was bedeutete *alles*? Michael geisterte irgendwo im Haus herum, vielleicht konnte ich ihn mit gutem Zureden davon abbringen, mich bei meiner Mutter zu verpetzen. Würde Mutter ihm überhaupt glauben? Schließlich war ich mir ja selbst nicht sicher, ob er überhaupt existierte. Vater hatte den Boden des Speichervorraums mit einem hellgrauen Lack streichen lassen, das sollte ihm ein freundlicheres Aussehen verleihen. Ein schwarzer Nierentisch und zwei Stühle standen jetzt da, auf dem Tisch eine schmale silberne Vase mit einer gelben Blume, Mutter achtete peinlich darauf, dass sich auf dem Tisch kein Wasserrand bildete, nie habe ich jemanden da sitzen sehen, und gerade deshalb war mir dieser Vorraum so wertvoll. Vom Lack, der den Betonboden in eine ansehnliche Fläche verwandelte und dem Dachboden eine gewisse Wohnlichkeit verlieh, war noch so viel übrig geblieben, dass Vater die Treppe gleich mit hatte streichen lassen. Sie war jetzt ganz rutschig und hatte ihren Holztreppencharme verloren, der Geheimnisvolles erwarten ließ. Michael saß in meinem Zimmer an meinem Tisch und schrieb etwas. Da bist du ja, sagte er, ich habe dich schon vermisst. Und bevor ich etwas entgegnen konnte, sagte er mit einer Handbewegung, die nichts anderes als Verachtung bedeutete: Und übrigens solltest du hier mal aufräumen, das würde Mutter gefallen, hier sieht es ja aus wie bei Hempels. Hörte ich nicht Mutters Tonfall? Genau, sagte ich, packte Michael, rannte aus dem Zimmer, sprang die Treppe hinunter, öffnete mit dem rechten Fuß die Tür, riss die Flurtür zum Schlafzimmer der Eltern auf, die beiden Türen waren sich so nah, dass sie bei einem bestimmten Öffnungswinkel gegeneinanderstießen, lief zur schwarzen Truhe, öffnete sie, die Lade rutschte mir aus der Hand, für einen Moment fürchtete ich, sie würde aus ihren Scharnieren brechen, hinten rechts wusste ich eine Kiste, in der noch Platz war, ich stopfte Michael hinein, verschloss die Truhe, verließ den Flur, schloss die Tür und fühlte mich befreit und ängstlich zugleich. Jetzt war Michael bei der Hexe, und die würde sich schon um ihn kümmern, wenn er mal wieder frech werden sollte.

Meine Mutter war unbemerkt in den Flur getreten und hatte mich wohl schon eine ganze Zeit beobachtet. Ich habe Michael zur Hexe gebracht, sagte ich. Und dann musste ich meiner Mutter gestehen, Michael erfunden zu haben.

Ich wurde ihn nicht los. In der Nacht stand er wieder vor meinem Bett. Ich beschloss, ihn nicht mehr zu beachten. Er war mir unheimlich geworden. Mit der Taschenlampe, die ich von nun an immer griffbereit neben mir liegen hatte, hätte ich ihm notfalls auf den Kopf geschlagen. Manchmal wühlte er nachts in meinem Papierkorb, morgens saß er dann an meinem Schreibtisch und schien auf weggeschmissenen Papieren etwas auszubessern, er radierte, korrigierte, schrieb. Guten Morgen, hast du gut geschlafen?, fragte er überaus freundlich und zeigte mir ein Blatt, auf das er folgenden Satz geschrieben hatte: Ich glaube nicht an Gespenster. Wie findest du diesen Satz?, fragte er. Ich antwortete nicht. Hätte ich ihm geantwortet, wäre ich ihm ausgeliefert gewesen, fürchtete ich. Ich schenke ihn dir, sagte er, du solltest etwas mit ihm machen.

Was tun mit Michael? Auf dem Boden der unbebauten Hälfte des Speichers fand ich einen alten Lederkoffer, an seinem Griff befanden sich zwei Schlüssel, mit denen man die beiden goldenen Schnallen abschließen konnte. Der Koffer war so schwarz, dass man ihn selbst bei Tageslicht kaum sah. Die Schlüssel legte ich in die unterste Schublade von Vaters Schreibtisch, sie waren so klein, dass er sie unter all den Büromaterialien sicher nicht entdecken würde.

Hatte ich nun Michael nicht mehr zur Hand, war er mir umso gegenwärtiger, ich musste immerzu an ihn denken, hatte ihn so plastisch vor Augen, dass ich manches Mal ins Leere griff. Hätte man meinen Kopf geöffnet, es wäre nur Michael darin gewesen, und hätte man mich erschossen, es wäre mein Blut aus seinem Mund geflossen, so innig war unsere Verbindung. Ich bin Michael bis heute nicht losgeworden, er ist jung geblieben, während ich älter werde. All diese Puppen, zu ihnen zählte ich neben Michael auch Brummi, Valentin und die Tänzerin, waren keineswegs nur willenlose Geschöpfe, die man in jeder ihrer Bewegungen gängelte, die einen Beweger brauchten, die von einem abhängig waren, vielmehr ging von diesem Beweger etwas in sie über, lagerte sich dessen Bewusstsein in sie ein. Wenn es diese Puppen auf solche Weise gab, war ich dann nie zu mir selbst gekommen?, fragte ich mich. Meine Puppen und mich empfand ich als eine Person, sie selbst aber empfanden sich als sie selbst. Und war es nicht wunderbar traurig, dass sie mir mit der Zeit mehr galten als meine Familie, sie waren mir näher als die Eltern und Geschwister, sie waren in mein Leben stärker eingebunden als sie.

Und es kamen andere Puppen hinzu, von denen die eine immer nur eine erträumte geblieben ist. Genügt es denn nicht, eine Vorstellung von etwas zu haben, das nur in der Vorstellung ist? Diese Frage beschäftigte mich viele Jahre lang. Und so gab es ein Püppchen, das mir meine Mutter für den Fall ihres Todes schenkte, das mich immer begleiten und bei Gefahr helfen sollte. Es gab dieses Püppchen nur in der Vorstellung. Es hieß Felix, sein Name war Programm. Felix stand mir bei, wann immer er es für nötig hielt. Ich musste nicht an ihn denken, doch er war da. Das hatte meine Mutter so eingerichtet. Felix war auf eine gewisse Weise sehr anschmiegsam, er legte sich um meine Seele, umschloss und schützte sie. Er war also ein Seelenpüppchen. Und natürlich gehörte auch die Tänzerin vor dem Spiegel, die der Hexentruhe entstiegen war, zu meinem seelischen Puppeninventar. Obwohl männlich, war Felix meine Mutter. Felix lebte in mir, er war auf keinem Röntgenbild zu erfassen, konnte sich gänzlich in mir ausbreiten, aber auch bis auf einen winzigen Punkt zusammenziehen. Wir lebten in einer Symbiose, von der nur ich wusste. Ich war also nie allein.

Wie hätten sich Michael und Felix vertragen? Wären sie gemeinsam groß geworden und freiwillig in die Schule gegangen, hätten sie nebeneinander gesessen und ihre Schulsachen geteilt? Hätten sie mir, groß geworden, den Rücken gekehrt? Ich habe es nie herausgefunden. Wenn Felix sich bemerkbar machte, hatte ich an Michael keinen Gedanken. Nach dem Auszug aus dem Elternhaus war ich überzeugt, dass Michael für immer im Koffer geblieben ist.

SCHULE

Ich gehe wieder zur Schule. Als Alphabetletzter. Nachts. Ich bin über fünfzig Jahre alt. Ich habe eine Klassenarbeit nicht bestanden. Es brauchte Jahrzehnte, dies festzustellen. Jetzt muss ich die Klassenarbeit nachholen. Den Kindern ist es egal, dass ich neben ihnen sitze. Mir ist das unheimlich. Als ich meinen Sitznachbar frage, ob er die Aufgabe verstanden hätte, werde ich von der Lehrerin ermahnt. Ich wiederhole meine Frage, nun hinter vorgehaltener Hand. Das Kind rückt sein Heft ein Stück von mir weg. Meine Schreibbewegung friert ein. Am nächsten Morgen gehe ich wieder zur Schule, als hätte ich nur nicht auf den kürzlich von mir verlassenen Marktplatz zurückgefunden, auf dem meine Einkäufe unerledigt geblieben waren, und als wollte es mir nun nicht wieder gelingen, zu ihm über eine Seitenstraße zu gelangen. Innerlich fühle ich eine eigenartige Schuld, die sich in die Situation dreingibt, als hätte es so kommen müssen und als müsste ich nun dankbar sein. Ich stelle mir einen Magneten in meinem Körper vor, irgendwo im Kopf, der von der Schule angezogen wird, von meinem alten Klassenraum, vom Tisch, an dem ich immer saß. So muss der Tod sein, der Tod ist nie zu spät, er ist eines Tages da, eines Nachts, er ist eine alte Klassenarbeit, und ich empfinde dieselbe Scham, als würde ich aus Versehen *geschminkte Frauen an den Fenstern der kleinen Häuser* aufsuchen, an denen mir offensichtlich zwar nicht gelegen ist, aber was heißt schon *aus Versehen*? Auch wenn Jahre zwischen den Tagen und Nächten dieser Verirrungen liegen würden und mir würde es zwischenzeitlich gelingen, mich dem Magneten zu entziehen, habe ich doch das Gefühl, Aufsehen zu erregen, ich, in meinem Alter, offensichtlich kein Lehrer, schon wieder in die Schule abgebogen. Würde ich die Klassenarbeit jemals bestehen? Sie ist die Summe meiner Verfehlungen. Sie ist heilig. Ich würde sie nie bestehen.

Es wird dasselbe Klassenarbeitsheft ausgeteilt wie am Tag zuvor. Wieder frage ich meinen Sitznachbarn, und wieder ermahnt mich die Lehrerin. Das Heft meines Nachbarn ist dieses Mal aber ganz winzig. Paul, der Nachbar, grinst. Die Lehrerin schaut mich an und sagt: Paul wird eine Eins bekommen. Ich nicke anerkennend. Heute verstehe ich die Aufgabe besser, als ich aber in mein Heft schreiben will, wird es ebenfalls ganz winzig. Mein Stift jedoch ist größer geworden, nicht mal einen Punkt kann ich auf das Heft setzen. Der Stift spießt das Heft auf und bleibt im Tisch stecken. Ich brauche eine Brille. Jetzt ist alles wieder normal. Ich sehe den Tisch, das Heft, den Stift und auch die Lehrerin und Paul überdeutlich. Jedes Staubkorn und jedes Insekt sehe ich. Eine Ameise trägt einen Krümel fort, den Pauls Pausenbrot hinterlassen hat. Ich habe kein Pausenbrot. Mein Hunger ist so groß, dass ich Paul bitte, mir etwas von seinem Pausenbrot abzugeben. Paul weigert sich. Frag doch deine Mutter, sagt er. Jeden Tag hat Paul die Lehrerin genau beobachtet und kennt jetzt ihre Aufmerksamkeitslücken, in die hinein er von seinem Brot abbeißt. Die Klassenarbeitshefte werden eingesammelt, nach kurzer Zeit wieder ausgeteilt. Ich habe nicht bestanden. Paul hat bestanden und darf die Schule verlassen. Ich melde mich. Am nächsten Morgen gehe ich wieder zur Schule. Und am darauffolgenden Morgen ebenso. Ich gehe jetzt jeden Tag wieder zur Schule. Ich habe die Klassenarbeit nicht bestanden. Die Klassenarbeitshefte werden ausgeteilt, nur für mich gibt es kein Heft. Bald werde ich nicht mehr gesehen. Ich sehe mich selbst nicht mehr. Langsam verblasse ich. Das Atmen fällt mir schwer. Jeden Tag schleppe ich mich in die Schule, komme aber kaum einen Schritt voran. Ich gehe wieder zur Schule, sage ich Passanten, die mich überqueren. Ich bin über fünfzig Jahre alt. Ich habe eine Klassenarbeit nicht bestanden. Die Passanten lässt das kalt. Es ist schon viel, wenn einer mit den Schultern zuckt. Manchmal, nachts, wenn ich wieder auf dem Schulweg bin, geschieht es, dass ich gar nicht von der Stelle komme. Das ist der mit der Klassenarbeit, sagen die Leute. Es regnet, es schneit, die Sonne brennt herunter, ich bin ein Baum geworden, und die Leute hängen ihre schweren Einkaufstaschen in meine Zweige, um ihren Armen Entlastung zu verschaffen. Manche reden dann mit mir, sie schütten ihr Herz aus, erbitten Lösungen für unlösbar erscheinende Probleme, auch meine Mutter ist unter ihnen, ihr Sohn mache Probleme. Welcher von beiden?, frage ich. Beide, sagt meine Mutter ganz erleichtert. Der eine sei immer unterwegs, aber nie wirklich weg, der andere immer anwesend, aber nie anwesend. Wie sie das meine. Immer frage sie sich, wo ihr einer Sohn im Augenblick wohl sei, er halte es offensichtlich zu Hause nicht aus, und da sie sich das ununterbrochen frage, sei er, obwohl abwesend, stets zugegen. Der andere sei immer zu Hause, er sei aber unansprechbar und starre nur vor sich hin. Permanent anwesend, sei er unerreichbar. Ich rate ihr, sie solle den Sohn, der immer zu

Hause sei, hinausschicken und dem anderen Sohn, der immer abwesend sei, die Abwesenheit verbieten. Sie wünsche sich einen Sohn wie mich, sagt meine Mutter, ich sei ja immer außer Haus, stets jedoch an ein und derselben Stelle anwesend. Ich habe die Grundschule nicht bestanden, und dennoch wenden die Leute sich an mich, allerdings hat meine Mutter das Wort *Abwesenheit* im anderen Sinn verstanden, durch pausenloses Einreden auf mich will sie seitdem sichergehen, dass ich aufmerksam bin, ihr gegenüber und gegenüber der Welt.

Baum sein ist nicht das Schlechteste, sage ich mir. Es ist nun an der Zeit, innerlich Frieden zu schließen. Bin ich also Baum, und mit viel Glück werde ich sehr alt. Es ist nun aber so, dass ich ein starkes Baumbewusstsein habe, mich bei den Gesprächen mit den Passanten selbst beobachten kann, aber genau dieses Ausmirheraustreten ist wohl schuld daran, dass ich gleichzeitig wie jeden Morgen in die Schule gehe, um ein und dieselbe Klassenarbeit zu bestehen, an der ich nicht einmal mehr teilnehmen kann. Ich bin nun zu dritt: der Baum, der ich selbst bin und den Ich beobachtet, das sind zwei; und ich, der ich aus dem Selbstbeobachter herausgetreten bin und zur Schule gehe, das ist der Dritte. Es gibt Dinge im Leben, die verbessern sich nicht, ja, sie verändern sich nicht einmal mehr. Meine Dreifaltigkeit muss zu solchen Dingen gehören. Baum und Selbstbeobachter sind zur Tatenlosigkeit verdammt, sie sehen allmorgendlich die Kinder zur Schule gehen und mich als bloßen Schatten, also fangen sie an, sich über die Schule Gedanken zu machen:

Was lehrt die Schule? Sie lehrt Erziehung. Sie lehrt nicht das, was sie lehrt. Lernen heißt sich anpassen, und das Gelernte ist das Angepasste. Ich lerne Schule als Verhalten. Die Schule ist alles, was der Fall ist. Ich passe aber nicht ins Geschirr der Grammatik.

Am liebsten sprach ich mit mir selbst, und es gab Tage, da habe ich ausschließlich mit mir selbst gesprochen. Das Selbstgespräch lehrte mich, warum es überhaupt eine Stimme gibt. Es würde ja genügen, zu brummen, ein Brummalphabet, verschieden Gebrummtes reichte aus zur Verständigung über das unbedingt Notwendige. Und hier, in der Schule, sollte ich aus meinem Kreis des Selbstgesprächs heraustreten und anderen zuhören als mir selbst und anderen *Rede und Antwort stehen* als mir selbst, der ich mir doch genügte. Mit den Jahren wurde schon die Stimme der Eltern unangenehm, wenn möglich, vermied ich jedes Gespräch. Mit den Eltern zu sprechen, hieß immer, mich rechtfertigen zu müssen, Sprechen hatte in der Regel Konsequenzen, und in der Regel waren das keine guten.

Was soll aus Schülern werden? Freie und autonome Menschen. Wie wird den Schülern das beigebracht? Unmissverständlich und behördlich verordnet. Ich bin zu belehren, rigide und von Verwaltungsstellen angeordnet, dass ich doch so bald wie möglich frei und autonom sein soll. Aber werde ich gestützt, zugelassen und aufgefangen? Wird von den Schülern aus gedacht? Es wird von den Erziehern aus gedacht, die ihrerseits an die schulischen Lehrpläne und nicht an die Schüler zu denken haben. Es wäre doch wünschenswert, wenn die Lehrer nichts vermitteln und nichts erreichen wollten. Was haben wir in der Schule gelernt? Wie man erzieht. Und zwar anhand von Lesen, Schreiben und Rechnen. Lesen, Schreiben und Rechnen muss man lernen, um erziehen zu können. Und das bereits ab 8 Uhr morgens. Wie wäre es wenigstens mit 9 Uhr morgens?

Wie wäre es mit Unterricht in Glaskästen, von allen zu beobachten, bei Missbrauch wird eingegriffen? Bei welchem Missbrauch? Bei Missbrauch der Grundsätze. Welcher Grundsätze?

Wäre im Glaskasten Erziehung endlich durchsichtig und würde von beiden Seiten verstanden? Sicher nicht, es käme nur ein dritter Beobachter hinzu, auf den hin, selbst wenn er unsichtbar bliebe, die ganze Aufmerksamkeit der Lehrer und Schüler sich ausrichtet, die in ihrem Tun nach außen hin vielleicht so weitermachen, als gäbe es diesen dritten Beobachter gar nicht. Was aber geht im Erzieher vor? Der Schüler versteht es nicht. Was geht im Schüler vor? Der Erzieher versteht es nicht. Verstünden sie einander ganz und gar, wäre Verstehen unmöglich.

Ich sitze im Glaskasten meiner Erinnerung.

Ich bin sechs Jahre, drei Monate und 23 Tage alt. Es ist mein erster Schultag. Am Nachmittag bei strahlendem Sonnenschein Fotos hinterm Haus mit Schultüte, braunem Schulranzen und Fahrrad. Die Geschwister auf dem Foto anwesend, die Eltern nicht. Auf anderen Fotos das Kind und der Vater anwesend. Für die Einschulung ist das Kind zurechtgestutzt. Hatte es vorher *wilde Haare*, wie Mutter immer sagte, trägt es nun Scheitel, die Haare sind glatt. Es trägt auch eine kurze Lederhose, weil da der Körper gut reinpasst und gehalten wird. Es steht stramm, weil an einem solchen Feiertag die aufrechte Haltung alles über die Gesinnung sagt, schließlich kann man auf dem Foto nichts hören. So erinnere ich das. Und möglicherweise war es anders. Ich möchte es genau wissen und suche nach dem einzigen Fotoalbum, das ich von meiner Kindheit besitze. Die Lederhose trägt mein Bruder, der erst im nächsten Jahr eingeschult wurde. Auch den Mittelscheitel habe nicht ich, sondern mein Bruder. Ich trage eine kurze hellgraue Stoffhose, dazu ein hellblaues langärmeliges Hemd und habe einen Pony. Auf zwei der vier Fotos, die am Tag meiner Einschulung hinter unserem Haus gemacht wurden, sind meine Mutter und meine Geschwister dabei. Auf einem dieser Fotos ist noch eine weitere Person zu sehen, die damalige Haushälterin meiner Eltern. Ich habe sie schon damals als alt empfunden, das Foto zeigt eine Frau, deren Geschmack es vielleicht gewesen ist, älter zu wirken, als sie tatsächlich war, vielleicht, um Erfahrung zu signalisieren, die sie in ihrem Beruf bereits gesammelt hatte. Oder war sie eine Verwandte? Eine Zeitlang wohnte ja die Schwester von Vaters Vater bei uns. Möglicherweise ist aber auch das falsch in Erinnerung, die Frau auf dem Bild wäre dafür zu jung gewesen. Jetzt sehe ich sie vor mir, die bei uns wohnte, sie hatte weiße, zu einem Dutt zusammengebundene Haare und Pausbacken. Ihr Teint war ganz blass, feine rote Äderchen schimmerten durch im Gesicht. Ich hatte eine gewisse Ehrfurcht vor ihr, galt sie doch als einsam und alt, und so wollte ich nicht werden, einsam und alt, sie drückte sich im Haus herum, wollte nicht zur Last fallen, war froh, hier zu sein. Auf dem dritten Foto bin ich allein mit meinem Vater, und auf dem vierten sitze ich auf meinem neuen Fahrrad, dahinter stehen meine Geschwister, deren Gesichtsausdruck nur eines sagt: Warum bloß sind wir hier? All das ist nur gewöhnlich und wie überall, ein Abglanz des Klischees erster Schultag. Das Haus gehörte uns nicht. Mir aber gehörte es. Es hatte Ähnlichkeit mit dem Haus, in dem wir vierunddreißig Jahre später wohnen werden. In den beiden durch ein Stück Rasen voneinander getrennten Rosenbeeten, die auf drei der vier Fotos zu sehen sind, standen die Rosen hochgewachsen Spalier. Die Rosen des vom Garten aus gesehen linken Beetes waren größer, es war vielleicht eine andere Sorte, oder die Sonne erreichte sie besser. Die Beete grenzten an den Steinplattenweg, der schmalen Verlängerung der aus denselben Platten bestehenden Terrasse; der Weg führte an der Terrasse vorbei, am Neuanbau, dem Großen Zimmer, entlang wieder in den Garten. Die vom Haus aus über drei oder vier Steinstufen zu erreichende Terrasse war der höchste Bodenpunkt des Grundstücks, der Höhenunterschied zwischen ihr und dem gut einen Meter tiefer gelegenen Garten wurde durch eine Erdaufschüttung mit konstanter Steigung ausgeglichen, so dass die Beete und das Rasenstück dazwischen einen kleinen Hügel bildeten. Das linke Rosenbeet war die Terrasse und die Treppenstufen zu ihr entlang von breiten Waschbetonplatten umzäunt. Seit Jahren muss ich mir die Gestalt des Hauses, seine Räume und Umgebung, bis ins kleinste Detail aufrufen, das Haus ist das Zentrum meines Denkens und meiner Gefühle. Eine zu lange Beschäftigung mit ihm jedoch macht Einzelheiten monströs, als seien sie das Zentrum des Hauses, das alles andere in den unscharfen Hintergrund treten lässt.

Fisch und Pferd und Fuchs verzierten die runde weiße Schultüte, eine klassische westdeutsche Spitztüte, deren Spitze mit demselben taubenblauen Krepp verziert war, aus dem auch die obere Manschette bestand, die mit einem tiefroten Band zusammengebunden war.

Mutter begleitete mich. Vater war arbeiten. Oder Mutter und Vater begleiteten mich, und Vater ging etwas später zur Arbeit. Der Fußweg dauerte keine fünf Minuten. Am Museum vorbei. Die Schule ist im Krieg fast völlig dem Erdboden gleichgemacht worden, von etwas mehr als einem Drittel stand noch die Fassade. Zwanzig Jahre später betrat ich für vier Jahre Räume, in die zwanzig Jahre zuvor Bomben eingeschlagen waren. Ich stellte mir vor, wie es wäre, wenn während des Unterrichts eine Bombe einschlägt. Ohne Vorwarnung. Jetzt. Ich versuchte, das zu fühlen. Die Wucht, die Hitze. Der Raum war innerlich für immer zerbombt, er hatte nur einen neuen Mantel bekommen. Fassade bewahren. Die Bomben in mir, werde ich später einmal Mutter sagen, und Mutter wird Vater bei der Arbeit anrufen und ihm sagen, er spricht von Bomben in ihm. Mutter wird in heller Aufruhr sein. Sie wird weinen und sagen, sie wolle damit nichts mehr zu tun haben, was zu viel sei, sei zu viel, es sei ihr schon in ihrer Kindheit zu viel gewesen. Vater wird meinen, ich könne gar nicht wissen, was Bombe heiße. Die Schule. Ein schäbiger Kasten mit zwei symmetrischen Flügeln und einem vorragenden Portalbau. Die Liebe steckt im Beton. Der Schulhof bot keinerlei Rückzugsmöglichkeiten, alles war öffentlich. Es gab nichts auf diesem Schulhof außer einer ovalen metallumrandeten Tischtennisplatte aus Beton, die mit vier Betonquadern im Boden verankert war. Die Quader wiesen mittig eine kreisrunde Auslassung auf. Das Netz der Platte bestand aus einem in der Mitte auf jeweils zwei Gummisockeln pro Seite angebrachten Metallkreuz, das durchlöchert war wie ein Sieb und die Bälle bei Berührung sofort verspringen ließ. Durch diese Konstruktion konnten zwei Paare an der Platte gleichzeitig spielen. Das Netz reichte jeweils nur bis zur Mitte des Plattenabschnitts, so dass man mit oder ohne Netz spielen konnte. Es gab außer sich selbst und den Leuten auf den umliegenden Straßen, die man recht bald schon nicht mehr wahrnahm, nichts zu beobachten auf dem Schulhof, also schaute ich mir die Tischtennisplatte und die gebäudlichen Besonderheiten ganz genau an, damit die Phantasie das in Bewegung setzen konnte, was die Losigkeit der Nachkriegszeit ihr vorenthielt. Im linken Flügel der Schule fand sich ein kleiner Wandelgang. An seinem Ende gab es eine Außentreppe, die in den Keller führte. Durch den ins Haus integrierten Wandelgang hatte man zwei Klassenräume verloren. Hier konnte man Schatten suchen und weitgehend unbeobachtet Gespräche führen.

Meinen ersten Schulfreund beorderte ich immer hierher, um mit ihm über ernste Dinge zu sprechen. Ich wollte immer nur über ernste Dinge oder Mitschüler sprechen, die meiner Meinung nach verprügelt werden sollten. Einer hieß Ralf. Sein Gesicht war manchmal von Wut entstellt. Er war ziemlich klein, aber hinterhältig. Wir lagen auf dem Schulhof und rauften. Da griff er mir ins Haar und schlug mein Gesicht auf den Boden. Nie gekannte Schmerzen. Die Nase fühlte sich an, als sei sie in den Kopf geschoben worden. Die Stirn war aufgeplatzt, es bildete sich eine Beule. Ich spürte förmlich, wie ich aussah, wollte innerlich schon meine Niederlage eingestehen, da kam in einer Mischung aus Bitterkeit und Stolz ein Jähzorn in mir hoch, der mir nicht vertraut war, ich riss Ralf ein Büschel Haare aus, das ich ihm vors Gesicht hielt, beide schauten wir es an, als habe es nichts mit uns zu tun, Ralf sagte, das tat weh, das wirst du mir büßen, eine große Genugtuung war das für mich, diese Drohung war nichts als eine Kapitulationserklärung, und doch waren mit einem Mal aller Ärger, alle Wut verflogen, die Sache hatte sich erledigt, wir schauten uns an, als beginne nun ein neues Kapitel, freundschaftliche Gefühle eroberten mich, wir halfen uns gegenseitig auf die Beine und wehrten jeden Versuch, uns wieder gegeneinander aufzuwiegeln, mit dem Hinweis ab, dass das jetzt für einige Jahre reiche.

Aufgewachsen mit einem großen mauerumstellten Garten, in dessen hinterem Teil man bis zur Unauffindbarkeit verschwinden konnte, beängstigte mich der von allen Seiten, auch von der Straße her, einsehbare Schulhof, der mich an einen Gefängnishof erinnerte. Man hatte hier *Hofgang*. Grüppchen standen zusammen und tauschten die nötigsten Informationen für einen gemeinsamen Ausbruch aus. Oder sie planten die Bestrafung

eines Abtrünnigen. Die Befehlskette für den nächsten Außenein-
satz nahm von der Hofmauer ihren Ausgang.

Ich war es nicht gewohnt, mit so vielen Kindern zusammen-
zukommen. Warum gab es so viele Kinder? Warum gab es nicht
nur mich? Alles war peinlich. Der Anblick des anderen war
peinlich. Reden war peinlich. Etwas machen war peinlich. Wo
sollte ich hin? Ich entdeckte für mich den Kastanienbaum auf
dem Schulhof, dem ich mich vorsichtig näherte. Warum diese
Vorsicht? Ich sah in der Kastanie eine Art Gottheit, der man sich
nur vorsichtig nähern durfte. Und dann war ich ganz bei ihr,
umarmte sie, ich stellte mir vor, in sie hineinzugehen, mit einem
einzigen Schritt, ich wollte ein Teil von ihr sein, aufgehen in ihr,
ich wollte mich rauschen hören, mit ihren Ästen winken. Dann
stellte man sich als Klasse auf. Der Schüler vor mir verstellte die
Sicht. Unruhe entstand. Ein Lehrer kam und ordnete die Klasse
neu. Was sollte man tun im Leben? Also ging man zur Schule.
Es war alles befremdlich, mit den meisten Mitschülern konnte
ich nichts anfangen. Die Klasse marschierte als Kompanie ins
Schulgebäude. Durch den Besuch des Kindergartens waren die
meisten es gewohnt, mit anderen zu sein, untereinander zu sein.
In der Klasse hatten sich alle schnell sortiert und saßen in Zweier-
bänken. Der Platz neben mir war frei. Und blieb frei. Das ganze
erste Schuljahr lang.

Eine Frau Lehrerin sagte, sie sei ab jetzt unsere Klassenlehrerin. Ich fand die Frau sehr alt und fragte mich, warum sie überhaupt noch arbeitete. Die Lehrerin stellte Fragen. Ich konnte
keine einzige beantworten und fragte mich, warum ich keine
einzige beantworten konnte. Alle meldeten sich, manche mit
zwei Armen, und jeder wollte unbedingt die Antwort als Erster
sagen. Spatzen, die sich aufs Futter stürzten. Ein Junge in der

ersten Reihe, dessen Arme sich immer höher schraubten, verlor das Gleichgewicht, rutschte vom kippelnden Stuhl und schlug sich das Kinn am Tisch auf. Er hat sich die Zähne eingeschlagen, sagte der Junge, der neben ihm am Tisch saß. Eigenartigerweise schrie der Junge nicht, ihm schien das Missgeschick peinlich zu sein, er saß betont aufrecht auf dem Stuhl und schaute mit großen Augen die Lehrerin an. Es war ruhig in der Klasse. Der Junge holte eine Packung Taschentücher aus seinem Schulranzen, faltete ein Taschentuch auf und spuckte hinein. Danach fehlte ihm vorne ein Zahn. Die Lehrerin ließ sich von ihm das Taschentuch geben, betrachtete es, faltete es wieder zusammen. Wo ist der Zahn?, fragte die Lehrerin. Der war schon vorher weg, sagte der Junge. Alle lachten, nur die Lehrerin nicht, sie hatte den Jungen von nun an *auf dem Kieker*, wie sie sagte. Der Junge hieß Bernd, er hatte einen merkwürdigen Blick, als hätte er etwas vorgehabt, als würde er Schule schon kennen und hätte für sich herausgefunden, dass er sie nur ertrug, wenn er gezielt störte. Bernd sah zufrieden aus, vorerst, es arbeitete aber in ihm, er schaffte etwas, das die Lehrerin nicht schaffte, er beanspruchte meine ganze Aufmerksamkeit. Ich fragte mich, warum er das machte, aber ich bewunderte ihn, ich hätte mich das nicht getraut, er nahm sich bestimmt auch zu Hause mehr heraus, vielleicht brachte er dieses Verhalten aus dem Kindergarten mit.

In den ersten Tagen war ich damit beschäftigt, meine Mitschüler zu beobachten, was gelegentliche Rügen der Lehrer zur Folge hatte. *Hier vorne spielt die Musik.* Die vorne spielende Musik, meinte das etwas Militärisches, einen Spielmannszug? Vater und Mutter gebrauchten auch ständig diese Redewendung. Die Lehrerin war mir unsympathisch.

Ich wusste sehr wenig. Aber dafür war ich ja da. Wie sollte ich mich im Raum bewegen? Allein diese Frage zermürbte mich. Mich ließ das Gefühl nicht los, mich für alles schämen zu müssen. Hätte ich wenigstens gewusst, wofür, dann hätte ich mir einreden können, mich dafür nicht schämen zu müssen. Wie konnte man unauffällig sein, fragte ich mich. Wie konnte ich das Verschwinden einüben? Der Pelikanfüller war im Mäppchen ausgelaufen, die Patrone saß nicht fest im Schaft. Ich werde das Mäppchen wegschmeißen und behaupten, es sei mir in der Schule gestohlen worden. Eigenartigerweise war das Mäppchen aber ganz trocken und die Patrone im Füller noch ganz voll. Ich wollte den Füller unbedingt. Mutter hatte gesagt, er ist noch nicht dran, erst Bleistift und Buntstifte. Ich hatte mich durchgesetzt. Immerhin. Zu Hause hatte ich den Füller schon ausprobiert. Er kratzte auf dem Papier, seine Feder spaltete sich. Man konnte die Feder so verbiegen, dass sie verbogen blieb. Das Ausfließen der Tinte auf das Papier war ein schönes Erlebnis, dieses Blau war meine Lieblingsfarbe, obwohl ich Rot noch viel lieber mochte. In der Pause gab es Milch oder Kakao. Ich nahm Milch, weil mir die hellblau-weiße Verpackung besser gefiel. Mutter hatte mir ein Pausenbrot eingepackt. Mit den eigenen Pausenbroten, lernte ich, ist man nie zufrieden. Hatte man das Pausenbrot des beneideten Mitschülers, war man auch mit diesem nicht zufrieden. Der Schulhof hatte zwei Eingänge, der eine führte zur Kirche und zum Museum, der andere in die Innenstadt. Verließ man ihn Richtung Innenstadt und ging, ohne die Straße zu überqueren, direkt nach rechts, gelangte man zu einem Café, in dem sich die älteren Schüler Kuchen oder Süßigkeiten kauften, auch Getränke, und das manchmal schon früh am Morgen. Das Gymnasium war nicht weit weg, es lag auf halbem Weg zum Elternhaus, und so blieb dieses Café auch später ein magischer Ort, es lebte von den Schülern und den alten Leuten. So wird es enden, dachte ich in der sogenannten Oberstufe, als ich die Alten vor sich hin hocken sah, stumm Kuchen essend und nach innen weinend. Kommt einem die Kleinstadt als kleine Stadt zu Bewusstsein, deren Horizont endlich ist, verwandelt sich das Jeder-kennt-jeden, von den Eltern mit dem Stolz der Dazugehörigkeit als daseinsnotwendig deklariert, mit der Zeit in ein Monster, das jeden Atemzug zu kontrollieren scheint. Jeder-kennt-jeden meinte die Erwachsenen, die Kinder waren da die an den Armen im Wind flatternden Anhängsel, eine anonyme Truppe Nachwuchs, dessen notwendiges Vorhandensein man auch in den Kreisen meiner Eltern einsah, aber nur dann zu dulden bereit war, wenn von ihm keine Störung ausging. Hatte man dies erkannt, als Kind, schien man bereits der Kleinstadt entwachsen, die man nur wenige Jahre später mit nicht geahnter Geschwindigkeit floh, bis man sich, ans Ende der Welt gelangt, in Weltstädten zwischenzeitlich in Warteposition, auf einer Rückreise in die kleine Stadt befand, um dort, fern der Stürme des Großstadttreibens, seinen Lebensabend zu verbringen. Was hätte ich getan, wäre ich in diesem Café meiner Mutter begegnet? Sie verleugnet. Aber saß sie nicht eines Tages da? Und ich hatte wenigstens den Anstand, wie sie anerkennend bemerkte, ihr und ihren beiden Bekannten guten Tag zu sagen, wohl wissend, dass zwar selbstverständlich sie, wohl kaum aber ich dort hätte anwesend sein dürfen. Sie, die mich später in der Stadt bei zufälligen Begegnungen ignorieren konnte, da ich ihr zu fremd geworden war, zu anders, nicht wiederzuerkennen, zu sehr mit bestimmten Leuten *assoziiert*, wie sie es nannte, die sie abstießen, ungepflegte Langhaarige und Drogennehmer, ihr Schimpfen über meine *sogenannten Freunde* bestand, je länger es anhielt, schließlich nur noch aus dem Wort *asozial*. Ich wusste nun, dass *asozial* eine soziale Randgruppe mit zuweilen künstlerischem Einschlag bedeutete, deren Hauptaufgabe es war, dem Staat durch Faulheit und andere Substanzen zur Last zu fallen. Mutter wollte etwas von mir, sie merkte, dass ich ihr entglitt, ich sollte diesen Elementen entsagen und mich in ihre Obhut zurückbegeben, die aus der Teilhabe an ihrem Jammern bestand, war sie es doch selbst, die sich in die Obhut ihrer Eltern, vor allem ihres Vaters, zurückbegeben wollte. Noch aber war keine Weltreise zu planen, ein Abschied, von dem sich das Kind seinerseits ein Leben lang nicht mehr erholen wird, noch galt es, von ihr und ihren doch auch übertriebenen, Melancholie mit sich führenden Zuwendungen abhängig zu sein, die sich für Tage in ihr Gegenteil verkehren konnten, eine scharfkantige Mauer aus Eis, die das Haus in zwei Zonen aufteilte, deren eine immer zur anderen wollte. Wer ist das?, fragte sich dann manchmal das Kind, wenn die Mutter strafblickenden Auges, nämlich hocherhobenen Hauptes, durch die Räume schritt, sich zuweilen an den Wänden entlangdrückte, stumm und die Augen voller Tränen, als führte sie im eigenen Haus die Tränen spazieren wie ein Neugeborenes, das noch keine Orientierung hat. An anderen Tagen war diese Mauermutter ungewöhnlich schnell, als wollte sie nicht gesehen werden, mit wenigen Schritten durchmaß sie den Raum, nahm zwei Stufen auf einmal, als müsse sie in dieser Sekunde schon an der Haustür sein, um einen lebensverändernden Besuch zu begrüßen. Verließ sie nicht für einige Zeit ganz das Haus, war ihr Ziel stets ihr eigenes Zimmer, das ehemalige Kinderzimmer meiner Schwester. Niemand wusste genau, was sie dort tat. Ich wusste es, voller Zorntrauer nähte sie etwas und dachte an ihre Kindheit. Lass sie, sagte Vater, sie wird sich schon wieder beruhigen. Hatte sie sich beruhigt, konnte man mit ihr nicht über ihren Ingrimm sprechen. Als wäre nichts vorgefallen, setzte sie ihr freundliches Gesicht auf und stieg wieder ein in die Tretmühle Alltag. Ein Wechselspiel der Masken, das war der Alltag, über dem selten Gelassenheit war, stets aber Nervosität und die Drohung einer wie durch das Dach hereinbrechenden Vergangenheit, die alles Jetzige hinwegschwemmte und so den eigenen Erfahrungen den Platz streitig machte. Was lernen die Kinder von den Eltern? Die Vergangenheit. Eine unvollständige Vergangenheit. Was konnte Verstehen sein? Ein Überschwemmt-werden, aus dem man lächelnd emportauchte? Mutter zu verstehen, hieß, ihre Spielregeln zu akzeptieren und ihr in weichen Momenten genau zuzuhören, da konnte sie dann zugänglich sein, ich konnte in ihrer Kindheit wohnen, sie sein.

Als Schüler merkt man schnell, dass die Lehrer von unserem Verstehen abhängig sind. Sie wollen uns beeindrucken, wir aber bestimmen, ob und wann wir uns beeindrucken lassen. Wie aber sollen die Lehrer wissen können, was die Bedingungen sind, nach denen wir uns beeindrucken lassen? Und wenn wir glauben, sie wissen es, ändern wir die Bedingungen. Natürlich wissen wir, dass die Lehrer uns austesten. Wir tun aber dasselbe. Das ist der ganze Unterricht. Neben dem Spaß, den ich an manchen Dingen habe wie Malen, Laufen, Lesen. Die Lehrer glauben, uns beobachten zu können. Sie sehen uns aber nicht, können nicht in uns hineinschauen. Wir sind undurchdringlich, und einige von uns wollen eben undurchdringlicher sein. Und wir, sind wir uns selbst zugänglich? Ich beobachte mich und bin mir unzugänglich. Die Lehrerin will den Anschein erwecken, sich zu verstehen. Das Schöne am Spiel ist ja, aus sich rauszugehen, von sich selbst entlastet zu sein. Und dann habe ich etwas Merkwürdiges festgestellt: In Mathematik weiß ich die Lösung, sage sie aber nicht, ich möchte sie für mich behalten. Ich will nicht, dass die Lehrerin weiß, dass ich es weiß, ich will nicht, dass sie einen Erfolg hat. Etwas zu lernen, heißt, etwas zu verstehen. Ist das Bekanntgeben der Lehrerin gegenüber, dass man etwas gelernt und verstanden hat, nicht Anpassung? Sie hat es uns beigebracht, und jetzt will sie die Bestätigung dafür. Wenn wir in der Schule eigentlich weniger die sogenannten Lerninhalte lernen sollen, sondern *für das Leben*, das die Schule vorerst ist, genügt es mir zu wissen, dass ich es weiß. Das ist meine Freiheit, und später hatte ich noch ein anderes Wort dafür: Autonomie. Es gibt ein Verstehen über das Lösen von Aufgaben und das Beantworten von Fragen hinaus. Da ist dieses Rauschen, das immer im Hintergrund ist. In diesem Rauschen sind Stimmen, die sich selbst nicht hören können, und die, hörten sie sich, sich nicht verstehen würden. Und doch ist dieses Rauschen die Zukunft, zumindest die Möglichkeit, das Zukünftige zu sein, und so nehme ich mich wahr als ein Teil, eine Stimme dieses Rauschens. Das ist tröstlich. In diesem Rauschen spüre ich auch die Erinnerungen auf. Leicht könnte ich sagen, es gibt keine Erinnerungen, nur Momente, Schnappschüsse, auf denen das Erinnerte oft gar nicht zu sehen ist. Und sicher habe ich vor dreiundfünfzig Jahren nicht so gedacht, ich sehe mich in der Klasse sitzen und erkläre mir so mein Verhalten. Wahrscheinlicher ist, dass ich eines jener angepassten Kinder war, die vor lauter Ehrfurcht vor den Lehrern den Mund nicht aufmachen.

Einundfünfzig Jahre später wird es neue Fotos geben, mit Schultüte. Meine Schultüte ist groß und mit hellem Stoff überzogen. Überall sind bunte Tiere mit den Anfangsbuchstaben ihrer Namen aufgedruckt, manche Tiere kenne ich nicht, ich gebe ihnen Phantasienamen, wenn mir keiner einfällt, kann der Anfangsbuchstabe auch in der Mitte oder am Ende stehen. Oben,

226

am Rand der Tüte, steht mein Name, damit klar ist, wem sie gehört. Die Manschette meiner Schultüte ist aus demselben hellen Stoff. Sie wird mit einem gelben Stoffband zusammengehalten, es ist aus demselben Stoff und derselben Farbe wie die Spitze der Tüte. Die Tiere auf der Manschette sind lustig zusammengefaltet und bestehen manchmal aus den Hälften zweier Tiere.

Ein sonniger Tag. Der Schulhof ist gefüllt mit ganz vielen Menschen. Alle sind schön angezogen. Viele gehen das Gelände erkunden. Das alte Hauptgebäude der Schule, das Schulhaus, gibt es seit 1929, es kam ein langer Seitenbau hinzu, der die älteste Bibliothek der Stadt beherbergt, Mitte der sechziger Jahre wurde ein großer Schulgarten angelegt, Anfang der Siebziger ein flacher Neubau für die Erstklässler, vor nicht allzu langer Zeit wurde auf dem Gelände eine riesige moderne Sporthalle gebaut, es gibt hier ein Wäldchen, einen eingezäunten Platz zum Fußball- und Basketballspielen, eine Sprintbahn, Klettergeräte, mehrere Schaukeln und Wippen. In der ersten Klasse werde ich Unterricht im Erdgeschoss des Hauptgebäudes haben, in der zweiten Klasse ziehe ich in den ersten Stock, und so geht es von Schuljahr zu Schuljahr höher. Es laufen auch schon die Vorbereitungen für einen großen Neubau, die Schule ist zu klein für all die Kinder, die Jahr für Jahr neu eingeschult werden.

Dem Vater eines Mitschülers sind die Sohlen seiner schwarzen Schuhe abgefallen, er steht seit vielen Minuten auf den losen Sohlen regungslos vor dem alten Hauptgebäude und wartet, dass ihm eines seiner älteren Kinder passend zum schwarzen Anzug ein anderes Paar Schuhe bringt. Es bringt ihm helle Sandalen. Die Sandalen sind vorne offen und sehen so aus, als habe der Vater sie auch zu Hause nicht mehr angezogen. In den schwarzen Schuhen trug er keine Socken. Eine halbe Stunde sitzen wir in einem

Klassenraum und beäugen uns, dann gehen wir in die Aula, einen großen Saal mit Bühne. Die Rektorin spricht. Und eine Lehrerin spricht. Ältere Klassen führen etwas auf. Jeder bekommt zur Einschulung eine Art Urkunde, dann wird ein Klassenfoto gemacht. Das Ganze ist feierlich. Es scheint hier um etwas zu gehen. Das Gerede vom *Ernst des Lebens*, der jetzt an- oder ausbreche, ist zum Glück an mir vorbeigegangen, Mama und Papa sprechen jedenfalls nicht so. Es ist schon eine Zumutung, um Viertel vor acht am Platz zu sitzen, da soll man wenigstens vom *Ernst des Lebens* verschont bleiben. Wir haben hier eine eigene Mensa, es gibt hier also wie schon in der Kita Mittagessen. Die meisten Kinder bleiben bis um fünfzehn oder sechzehn Uhr. So wie ich. Mir ist es egal, ob ich einen Klassenlehrer oder eine Klassenlehrerin bekomme.

Schule heißt zunächst einmal, früher aufzustehen. Was hat man verloren, wenn die Schule eine Stunde später anfängt? Der Schulweg ist kürzer als der Weg zur Kita. Wir gehen ihn meist zu Fuß. Aus der Haustür raus nach links, nach rechts, nach links und immer geradeaus. Der Schulweg ist nicht sonderlich interessant, was den Vorteil hat, dass ich mich sehr gut mit Papa oder Mama unterhalten kann. Ich kann von meinen Träumen erzählen, von neuen und alten Freundschaften in der Schule, und, nachdem ich in die zweite Klasse gekommen bin, vom Abriss des alten Erstklässlergebäudes und dem Fällen der es umgebenden Bäume und dass man nun von der Straße aus durch die abgerissene Bröselschule, wie wir sie jetzt nennen, hindurch auf den Seitenflügel des großen Schulgebäudes sehen kann, bis dann hier ein neues Gebäude entsteht. Eine befensterte braunrote Ziegelkiste soll es werden, ein schöner Flachdachkasten, eine Truhe, die viele andere Kisten und Kästen beherbergen wird. Die kleinsten

Kisten sind wir, die Schüler und Schülerinnen, in die man das zu Lernende hineinstellt wie die Flaschen in die Kästen. Auf der baumfreien Fläche haben wir etwas Unterirdisches entdeckt, eine Art Schacht, in den man über eine Eisenplatte einsteigen kann. Niemand von uns hat das gewagt, und so malen wir uns die lustigsten und schrecklichsten Dinge aus, die da unten anzutreffen sind. Da wohnt das Abrissmonster, das alles abreißt. Wenn du es siehst, ist es zu spät. Alle Schulaufgaben von allen Schülern aus allen Jahren liegen dort, die ältesten und die ungeschriebenen. Die Aufgaben sind also bereits geschrieben und werden nur noch nachgeschrieben, ohne dass die Schüler ihre Arbeit je zuvor gesehen haben. Es gibt dort die Schule in klein. Und winzige Wesen gehen dort in die Schule. Die winzigen Wesen sind die Doppelgänger der Schüler und Schülerinnen, die oben zur Schule gehen. Und so, wie sich die winzigen Doppelgänger verhalten, müssen sich die Schüler und Schülerinnen oben verhalten. Dementsprechend ist zuerst unten die Bröselschule abgerissen worden. Sie heißt dort Bröselschulchen. Es gibt die Sage, dass unten Wesen leben, für die es oben keine Entsprechung gibt, die also überzählig sind. Diese Wesen wissen das und wollen oben nach sich selbst suchen. Das wird ihnen aber nicht gestattet, denn sonst könnte die kleine Welt unten verraten werden.

Dass ein Gebäude so einfach verschwinden kann, ist auch ein Schock. Wenn sich doch alles verändert, was bleibt dann? Selbst die Erinnerung ist ja nicht immer richtig. Klara hat von ihrer Oma erzählt, die sich falsch an sich selbst erinnert. Dann ist das gar keine Erinnerung, es ist Erfindung.

Mit anderen zusammen zu sein, ist eine merkwürdige Erfahrung. Man ist als man selbst mit ihnen zusammen und durch das Zusammensein gleichzeitig von sich selbst abgelenkt. Und wenn ich von Spielen ausgeschlossen werde, zum Beispiel auf dem Schulhof, bin ich wieder bei mir selbst, als würde ich dann erst aufwachen. Im Spielen geht man ineinander über, es entsteht eine Person dazwischen; ist man alleine, ist man zu zweit: Ich beobachte mich.

Das Schönste an der Schule sind das Zaubern und die Übernachtungspartys. Ich kann Schrift auf ein Blatt Papier zaubern und darin Dinge sehen, die stelle ich mir so lange vor, bis sie mir klar vor Augen stehen. Die Schrift besteht allerdings nicht aus den Buchstaben, die wir in der Schule gelernt haben, sie ist ihnen ähnlich, und manchmal ist sie auch ganz anders. Und manchmal bedarf es eines speziellen Stifts, meine Schrift überhaupt erst sichtbar zu machen. Ich weiß sie auf dem Blatt, die anderen sehen sie aber nicht. Und so ist es mit den Dingen. Die Zauberschrift bewirkt auch, dass in meinem Zimmer immer mehr Spielsachen zu finden sind. Das ist insbesondere für meine Übernachtungspartys von Vorteil, auf die ich mich immer bestens vorbereite. Ich verstecke Süßigkeiten im Zimmer, hole in der Küche oder im Keller Apfelsaft, Wasser und Gläser, lege Sachen raus, mit denen wir spielen wollen, und seit der zweiten Klasse lesen wir uns gegenseitig Comics vor. Letztes Mal taten Paul und ich zwei Stunden vor Mitternacht so, als ob wir schliefen. Das Gute war, das kleine Licht mit dem gelben Löwen sollte die ganze Nacht anbleiben, zur Orientierung, falls wir auf die Toilette müssten. Mama und Papa schliefen, wir nicht. Da sind wir auch in den Keller gegangen, die Kellertür hat einen schwer gehenden Drehknauf, der verkehrt herum öffnet. Mittlerweile kann ich das. Im Keller befinden sich der Heizungsraum, die Waschküche, ein Durchgangsraum mit Einmachgläsern und Säften und ein Durchgangsraum mit sonstigen Lebensmitteln, an den ein Hobbyraum angrenzt. Mit Hilfe des gelben Löwen finden wir immer etwas, das wir zum Essen gebrauchen können. Manchmal finden wir auch Süßigkeiten, die nicht gut genug versteckt wurden. Gemeinsam mit einem Freund länger aufzubleiben als die Eltern und dann im Sommer den Sonnenaufgang zu erleben, während wir die restlichen Süßigkeiten essen, Schorle trinken, Musik hören und uns ausgiebig über all das unterhalten, was uns beschäftigt, das ist der Plan. Ich habe auch ein Fotoalbum, das wir uns anschauen. Dazu hören wir Musik. Bei den meisten Fotos erinnere ich mich nur, das Foto schon einmal gesehen zu haben. Wir denken uns dann Geschichten aus, wer und was da alles zu sehen ist. Auf einem Foto ist eine Truhe zu sehen. Wir haben so unsere Vorstellungen, was da drin ist. Wie ich Papa kenne, sind da Kisten und Schachteln drin. Alles gut verpackt. Und dann packen wir in unseren Geschichten die Kisten und Schachteln aus. Und leider schaffen wir es dann nicht, sie wieder genauso einzupacken. Dann liegt alles in meinem Zimmer herum. Und dann sage ich zu Paul oder Noah oder Finn: Guck mal, das sind meine Erinnerungen. Und wir lachen.

In letzter Zeit fragt Papa öfters, ob ich mich an dieses oder jenes erinnere, zum Beispiel den Aufenthalt *in dieser Stadt hier.* Dann zeigt er mir ein Foto, auf dem Häuser und Bäume zu sehen sind, und vor einem der Bäume stehen Mama und ich. Ich erkenne ja nicht einmal mich selbst wieder, sage ich. Und hier, sagt Papa, da bist du etwa zwei Jahre alt, du schaust ein bisschen grimmig unter deinem blonden Schopf, kneifst die Augen und spitzt den Mund. Ich schaue genau hin. Der schmallippige Mund wirkt verbissen, das ganze Gesicht angespannt. Die linke Hand ist verkrampft. Vielleicht muss das Kind da in die Sonne schauen. Die Haare nach rechts gescheitelt. Die weißen Schühchen mit den darübergekrempelten dicken weißen Socken, die so aussehen, als seien sie von vornherein in die Schuhe eingenäht, die kurze beige Pluderhose, darüber der etwas hellere dünne Pullover mit den Rüschenärmeln, die wie aufgepumpt aussehen, rechts ist der Pullover ein Stück weit hochgerutscht, so dass man das weiße Hemd oder Unterhemd darunter sehen kann, für Letzteres spricht, dass es eng am Oberkörper anliegt, vielleicht ist das Ganze auch ein zweiteiliges Hemdchen mit zierlichem Kragen, das am Rücken zugeknöpft wird, kurz, die gesamte Kleidung dieses Jungen gefällt mir nicht, ich würde so etwas Altmodisches nie anziehen. Ich kenne ihn nicht, sage ich Papa, der nur lacht und mir das Foto eines alten Freundes zeigt, den ich mit ihm vor etwa vier Jahren besucht haben soll. Sein Spitzname sei *Rivale* gewesen. Und dann überlege ich, wie wenn man in einem Buch auf der Suche nach einer bestimmten Stelle die Seiten umblättert, aber ich finde diese Stelle nicht. Papa wundert sich, kann mir aber die Erinnerung auch nicht mit *schau mal hier* oder *er hat dir doch den blauen Elefanten geschenkt* schmackhaft machen. Ich bin froh, mich nicht zu erinnern. Entweder ist die Erinnerung dann nicht wichtig für mich, in fernen Tagen untergegangen, Papa hat sich getäuscht, oder alles ist noch ganz Gegenwart, und es fehlt der Abstand, mich zu erinnern. So wie mir auch der Abstand fehlt, mein Zimmer mit den Erinnerungen aufzuräumen.

Der Klassenlehrer hat etwas Strenges, ist aber nicht wirklich streng, zumindest nicht *so* streng. Ich finde streng gut, auch Strafe finde ich manchmal gut. Papa und Mama finden Strafen nicht gut. Ich merke mir weniger, was die Lehrer und Erzieher sagen, als *wie* sie es sagen. Jeden von ihnen könnte ich nachmachen. Die Lehrer haben ihre Fächer, die Erzieher gestalten die Zeit im Hort mit AGs wie *Tiere in meiner Umgebung, Eine Geschichte schreiben* oder *Kontinente erkunden*. Meine Lieblingsfächer wechseln. Waren es anfangs Deutsch und Mathe und konnte ich Kunst nicht ausstehen, wurden es mit der Zeit Religion und Mathe, bis ich Mathe nicht mehr leiden konnte und mich nur noch Sport interessierte. Es gibt einen Lehrer, der macht jedes Mal dasselbe. Ob er es selbst nicht merkt? Er ist irgendwie eine Maschine, sieht immer gleich aus, ermahnt im selben Tonfall immer dieselben Schüler, macht immer dieselben Witzchen, über die er selbst nicht lachen kann, und wenn er unterrichtet, denke ich, die Zeit ist stehengeblieben, es ist vorige Woche. Dann wieder gibt es eine ganz junge Lehrerin, die hat Schuhe mit hohen Absätzen an, ohne die sie genauso groß wäre wie ich. Sie bringt frischen Wind in die Klasse, kommt gut mit den Störenfrieden zurecht und kann von jetzt auf gleich ihr Programm ändern. Bei anderen Lehrern weiß man immer, was als Nächstes kommt, und bei dem einen langweiligen kommt eben das, was schon letzte Woche kam und die Woche davor. Und dann die vielen Ausfälle wegen Krankheit. Dann werden Stunden zusammengelegt, fallen aus, oder es kommt jemand anderes. In der Maskenzeit war das am schlimmsten, wenn nicht gleich für Wochen alles ausfiel. Uns beschäftigt zurzeit die Frage, ob man abschreiben soll, wenn man etwas nicht weiß, und ob man abschreiben lassen soll. Man will zu einer Gruppe gehören und sich gleichzeitig abgrenzen. Lasse ich meinen Nachbarn nicht abschreiben, grenzt er mich vielleicht auf dem Schulhof aus. Aber alles ändert sich wieder. Man tut etwas und denkt, dadurch vielleicht einen Vorteil zu haben, es zeigt sich aber, dass man dadurch keinen Vorteil hat, vielleicht sogar einen Nachteil, wenn der andere dann in der Klasse oder auf dem Schulhof auch noch schlecht über einen redet. Wenn das alle wissen, welches Verhalten wäre dann angemessen?

2022!

Die Lehrer wissen manchmal nicht, wie sie über den Krieg reden sollen. Alle wissen, dass es in der Ukraine und in Israel und Gaza Krieg gibt, die Lehrer wissen aber nicht, was die Schüler wissen. Wir haben auch ukrainische Schüler, da kann man doch schlecht hingehen und ihnen sagen, komm, erzähl mal was vom Krieg. Papa sagt, sein Vater sei noch im Krieg gewesen, er selbst habe bislang zum Glück nur den Kalten Krieg mitbekommen. Auf dem Schulhof unterhalten wir uns darüber, was Krieg ist. Alles kaputt machen, zum Beispiel. Alle umbringen. Mit Gewehren und Pistolen? Karl hat etwas im Fernsehen gesehen, die Eltern wollten das erst verhindern, dann war es zu spät. Er habe riesige Waffenlastwagen gesehen und Flugzeuge mit Bomben, sagt Karl. Es gäbe ein Flugzeug, das mit einem Mal eine Riesenstadt zerstören könne, sagt Karl. Einige Kinder haben davon geträumt und träumen immer wieder davon.

Die Trennung von Eltern wird auch in der Schule zum großen Thema, ich dachte zunächst, das kommt in der Schulzeit nicht mehr vor, da alle Eltern, die sich trennen wollten, dies bereits in der Kitazeit ihrer Kinder getan hätten. Die Mutter von Klara, die immer ganz aufrecht ging, mit fester Stimme sprach und stets gut gelaunt zu sein schien, kam eines Morgens mit hängendem Kopf, sprach leise vor sich hin, zu Klara allerdings noch liebevoller als sonst, und ihre Kleidung war komisch, hatte ich sie immer nur schön angezogen gesehen, schien sie jetzt vergessen zu haben, ihren Schlafanzug auszuziehen, so lotterlich sah sie aus. Klaras Vater hatte sich von ihr getrennt. Ein paar Tage später sah sie schöner aus denn je.

Trennung kann also jederzeit passieren, und da haben wir uns manchmal die ganze Pause darüber unterhalten, ob es Anzeichen gibt, dass sich jetzt auch unsere Eltern trennen.

Manchmal bringen die Jungs Wörter von irgendwoher mit in die Schule, die sie dann an alle austeilen. Das ist wie ein Kuchen oder eine Krankheit, wie dieser Maskenvirus, der bis vor kurzem unterwegs war und wegen dem die Kita eine Zeitlang geschlossen blieb. Alle werfen mit diesen Wörtern um sich, ohne zu wissen, was sie bedeuten. Und auch so Gesten mit den Fingern, mit dem Mittelfinger zum Beispiel. Die Freundschaften wechseln, von heute auf morgen, wie in der Kita, und am nächsten Tag ist alles wieder anders. Wechsel ich mich auch jeden Tag? Bin ich mit mir befreundet? Papa sagt, er hatte immer wenige Freunde und es habe ihm nichts ausgemacht. Und manchmal seien die Freunde einem zugestoßen, wie Paul.

Es klopfte, erzählte Papa. Die Tür ging auf, und herein kam der Lehrer Katz und stellte sich vor unsere Klasse. Die Klassenlehrerin begrüßte ihn mit den Worten: Da kommt unser neuer Schüler. Der Lehrer Katz befand, dass die Klasse 1d nichts für Paul sei, zum zweiten Schuljahr kam er also zu uns. Der schlanke, hochgewachsene, stets nervöse Lehrer Katz bat Paul nach vorne, um sich der Klasse zu zeigen, in der er nun bleiben sollte, da Paul aber schüchtern vor der Tür stehen blieb, ging er zu ihm zurück und schob ihn mit beiden Händen nach vorne in Richtung des einzigen noch frei gebliebenen Platzes, neben mich. Da konnte man nichts machen. Der freie Platz, an den ich mich schon gewöhnt hatte, war verloren. Vielleicht kann ich die Angelegenheit aussitzen, dachte ich mir. Und ignorierte Paul. Ich gedachte, ihn das ganze Schuljahr über, das doch eben erst angefangen hatte, keines Blickes zu würdigen. Und Paul würdigte auch mich keines Blickes, er begrüßte mich nicht einmal, saß mit auf dem Tisch abgestützten Armen vor sich hin und schaute geradeaus. Paul, der ist doch völlig indiskutabel, wird seine Mutter über ihn sagen. War er natürlich nicht. Im Gegenteil. Paul entdeckte immer etwas, das uns für längere Zeit beschäftigen sollte. Wie man sein Zimmer anders aufräumte, so dass die Ordnung darin nicht mehr als von den Eltern vorgegeben erschien. Wie man die Buchstaben anders schrieb, so dass sie ein völlig neues Aussehen hatten. Wie man für das Leben wirklich wichtige Dinge herausfand, indem man sich zum Beispiel mit den Büchern der Eltern beschäftigte, die sie einem noch nie gezeigt hatten. Im Gymnasium entdeckte er zusammen mit Walter bestimmte britische Musikrichtungen und Tanzstile, die so anders waren als das Schubbidubbi und steife Getanze der Eltern. Paul hatte einen stets leicht gekränkt wirkenden Blick, dem es gegeben war, über alles Gemahne und Geschimpfe der Eltern hinwegzusehen. So wirkte es zumindest. Seine Eltern waren viel älter als meine Eltern, und so dachte ich, er sei in allen Belangen weiter als ich. Und so wuchsen wir aneinander und aus der Grundschulzeit heraus und kamen auch auf dem Gymnasium in dieselbe Klasse, Paul trug englische Hemden und Jeansjacken und schwarze Schuhe mit dicker Sohle, stellte das System in Frage und entdeckte einiges, das einer Verbesserung bedurfte, erzählte Papa.

SOCKEL

Da steht so ein großer Mann im Park, zu dem kann man hingehen und ihn anschauen, sagte Paul. Warum er denn da stehe. Keine Ahnung. Immer an derselben Stelle, aber. Unübersehbar. Auf einem Sockel. Und er habe ein Schwert in seiner linken Hand, auf das er sich stütze. Und in der rechten Hand halte er eine Papierrolle. Da stehe ein Wort drauf, das er nicht kenne, und ein Datum: 18. Januar 1871. Wir gingen hin, zu diesem Mann, um ihn einmal aus der Nähe zu betrachten. Da macht sich der Mensch also groß und bleibt immer an Ort und Stelle. Aber warum? Ihm in die Augen schauen konnte man nicht. Selbst wenn man mit ihm auf Augenhöhe gewesen wäre, hätte man ihm nicht in die Augen schauen können. Leicht nach hinten gebeugt, würdigte er einen keines Blickes. Er hatte eine Art Gehrock an, der vollkommen aus der Mode gekommen war, wenn er denn je in Mode gewesen ist. Das Schwert müsste man doch abmontieren können. Mit seiner Spitze steht es recht fragil auf dem Steinsockel, mit einem Tritt müsste es von diesem doch zu lösen sein. War es aber nicht. Paul und ich beschlossen, jeden Tag wiederzukommen, um das Schwert an seiner Spitze abzusägen. Übrigens ist das kein Schwert, sagte Paul, das ist ein Degen. Vater hatte ihn in klein als Brieföffner. Allerdings war das Schwert, das ein Degen war, in Vaters brieföffnerschwingenden Hand kein Degen, sondern ein Säbel, er säbelte seine Briefe nämlich immer auf, mit einem Schwung, der einen auf Abstand hielt. Dein Vater ist auch so einer, sagte Paul. Was denn das für einer sei? Ein dahingestellter Angeber, sagte Paul. Also, mein Vater ist vieles, sagte ich, aber kein Angeber. Er ist doch ein Angeber. Nein. Doch. Und schon prügelten wir uns im Schutz dieses überlebensgroßen Ottos, so hieß diese aus der Zeit gefallene Erscheinung nämlich, und so manierlich Otto angezogen war, so zerlumpt sah bald schon unsere Kleidung aus. Wir kloppen uns hier, sagte Paul, und dieser Otto mit seinem Degen schaut nur in die Ferne. Wir müssen uns benehmen wie Soldaten, sagte Paul. Ottos Soldaten. Wenn uns das gelingt, sagten wir uns, das Absägen des Degens, dann wollen wir uns auch an den Rest machen, wir holen diesen Tünnes vom Sockel. Zu überlegen war auch, ob nicht der Sockel zerstört werden konnte, dann wäre es vielleicht einfacher gewesen, Otto umzukippen, anstatt ihn abzusägen, wir hatten ihn fleißig beklopft und für hohl befunden. Was hätten wir mit dem Degen gemacht? Wir wären mit ihm durch die Fußgängerzone spaziert. Er sei uns verliehen worden für besondere Verdienste, hätten wir gesagt. Und dann hätten wir ihn mit in die Schule genommen. Ein gewisses Problem war der Umstand, dass der Degen in etwa so groß war wie wir selbst. Wir schultern ihn, sagte Paul, einer geht voran, der andere folgt ihm. Eine Degenprozession, die zu einer täglichen Übung werden könnte, überlegten wir. So würde der Schulbesuch zu einem Ritual, er bekäme etwas Feierliches, an diesem tristen Ort stiftete nichts zum Feiern an, das sogenannte humanistische Gymnasium war so trist wie die ganze Stadt, für viele bedeutete es einen Leberschaden, hier konnte man den Riss, der durch die Gesellschaft ging, beim morgendlichen Ausritt aus dem Lehrerzimmer sehen, vorne weg der mit Gottes Hand prügelnde Religionslehrer Gibsporn, der seine Knabenliebe unterdrückte, indem er immer wieder seine Fäuste in die Taschen seines schwarzen Talars stieß, und der mit Ledergürtel prügelnde Lateinlehrer Hitz, den man am Morgen, bevor der Unterricht begann, auf dem Schulhof Zigaretten rauchen sah, dort der in Selbstzweifeln verquälte Latein- und Mathematiklehrer, der aussah, als wohnte er noch bei seiner darob verzweifelten Mutter, von Monat zu Monat wurde er dicker, er ging gesenkten Hauptes und blickte bald gar nicht mehr auf. Als Messdiener sagte ich mir, die katholische Kirche muss ihres Amtes enthoben werden, es sollen die Fenster aller Kirchen bersten, ein starker Wind soll kommen und den ganzen verklemmten, Gewalt verherrlichenden und Missbrauch treibenden

238

Budenzauber wirbelnd hinausfegen, der Gott dafür einspannt, sich ausschließlich selbst zu feiern.

Aussterbend die Generation der Kriegsversehrten, die allein durch den Umstand, überlebt zu haben, erschreckend milde geworden waren. Einer hieß wie die Lautgebung eines verpufften Kanonenschlags. Meist in braunem Anzug, selten auch in Grau. Mit ihm erklomm das Gespenst der Kriegszeit die steinernen Treppen. Lateinlehrer. Kehraus zur Antike.

Allein ein Lehrer und eine Lehrerin boten anderes als ein Gesicht, in dem nichts als die Last des Lehrerdaseins geschrieben stand. Der Ausnahmelehrer hieß Müller, er unterrichtete Deutsch, Philosophie und Geschichte und war eigentlich zu klug für die Schule. Müller war ein guter Tarnname, um im Einerlei des Betriebs ungestört die eigenen Interessen zu vermitteln, mit Dringlichkeit und Ernst und der schönen Gabe, mit Leib und Seele dafür einzustehen. Müller war kein Fuchtler und niemand, der so leicht aus der Reserve zu locken war. Nervosität und Schweiß auf der Stirn kannte er nicht. Er war das wandelnde Selbstbewusstsein, er hatte etwas, für das ich über Jahre keinen Begriff hatte, bis Paul mir eines Tages diesen Begriff beim Anblick eines Gemüseverkäufers auf dem samstäglichen Markt lieferte: Der hat eine natürliche Autorität, sagte er, sobald er was sagt, kaufen die Leute. Müllers Unterricht war eine fortgesetzte Ansprache, eine private Vorlesung für die, denen Literatur, Philosophie und Geschichte etwas anderes waren als bloße Unterrichtsfächer. Meist trug er ein blaues Sakko und eine graue Stoffhose, ein dünner Rollkragenpullover ersetzte das Hemd. Auch seine Brille verriet nicht, dass er außerordentlich gebildet war. Ein silbernes Kassengestell von beredter Hässlichkeit, für das markante Gesicht mit seinen hellwachen Augen viel zu klein, die Gläser waren von unterschiedlicher Stärke und so schwer, dass die Brille, kaum hatte er sie wieder mittig auf die Nase geschoben, erneut nach rechts rutschte. Manchmal, im Eifer der Vermittlung, die im Falle von Kleist, Mörike oder Jandl eine Verkündigung war, hing das rechte Glas so tief, dass ich, seinen Ausführungen folgend, zu schielen meinte, wenn er sich, vornübergebeugt, mit seinen beiden Fäusten auf das Lehrerpult abstützte und mich eindringlich ansah. Müllers Blick war eine Schule der besonderen Art. Er schien mir den Gegenstand, über den er sprach, direkt in die Seele zu schicken. Oder in den Geist. Sprechen war es ja wie gesagt nicht, was er tat, er lobpreiste, verkündete, proklamierte. Ich hatte den Wunsch, ihm ähnlich zu sein, und klang alsbald wie er. An einem sehr heißen Tag im Juli kam Müller mit großen Schritten ins Klassenzimmer, wuchtete seine stets prall gefüllte Aktentasche auf den Tisch und verkündete, das heutige Thema sei Kants kategorischer Imperativ, und eigentlich sei das kein *Thema*, es sei eine Offenbarung, ein Durchbruch, eine Formel, die das Leben verändern könne. Nach längerem Suchen fand er in seiner Aktentasche das Gesuchte, ein abgegriffenes gelbes Büchlein, dessen Schrift so klein war, dass Müller erst seine Brille millimetergenau justieren musste, um uns eine Kostprobe der Offenbarung zu gönnen. Der große Kant in so einer armseligen Aufmachung. Ich lernte diese Reclambändchen lieben, die nach einer ersten intensiven Lektüre bereits auseinanderfielen und mit denen man allein anhand ihrer äußeren Erscheinung den Beweis höchster Belesenheit antreten konnte.

Mit Kant diesen Otto kleinkriegen, nahm ich mir vor. Es muss doch gelingen, mit Denken etwas loszuwerden, das man nicht haben will, das einen bedroht. Man muss nur so lange daran denken, es sich plastisch genug vorstellen, bis es wegknickt, kleiner wird, schmilzt. Und ich stellte mir sogleich vor, wie das Absägen des Otto-Denkmals allgemeines Gesetz würde. Und dann würden sich alle Ottos auf geheimem Wege abstimmen und nach Bonn wanken in steifen Schritten, und Schritt für Schritt würde die Bronze, aus der sie gefertigt sind, sich umwandeln in Haut und Knochen und Fleisch und Haare und Stoff, und die Ottos würden ihre Kleidung abklopfen, der Staub der Jahre bildete eine riesige Wolke, in der sie zunächst nur mühsam vorankämen, hustend, immer wieder innehaltend, dann aber, mit jedem Meter näher heran an Bonn, schälten sie sich strahlend aus dieser Wolke, fünfhundert Ottos marschieren in einem Sterngang auf das Regierungsviertel zu, der Kanzler fragt seine Minister, ob er sie empfangen soll, der Innenminister meint, sie sollten nicht empfangen, sondern verhaftet werden, der Bildungsminister stimmt zu, es handele sich hier um einen Umsturzversuch, und während die Regierung noch debattiert, werden die Ottos von zahlreichen Bürgern empfangen, die ihnen jubelnd entgegengehen und ihre *unheimliche Gefolgschaft* bilden. Die Ottos sind sehr groß, stellen die Bürger fest, man kann nicht wirklich mit ihnen reden, schnell schon geht die Sage vom Golem um, dem künstlichen Menschen, das seien alles Golems, die wie ferngesteuert unterwegs seien mit ungeheurer Kraft, ein menschengemachtes *gedankenloses automatisches Dasein*, wie es im Buche steht, dem man leicht den Stecker ziehen könnte, denn haben sie nicht auch ein *magisches Zahlenwort* hinter den Zähnen, das man ihnen nur aus dem Mund nehmen muss?, aber die Bürger wollen lieber sehen, zu was die Golems imstande sind, sie haben eine Freude an Zerstörung und sagen, es ist nie zu spät, so pflegen sie einen zunehmend vertrauten Umgang mit den Golem-Ottos, kommen ihnen nahe, zu nahe, wie manche meinen, wollen ihnen die Hand geben, klopfen ihnen auf die Schulter, fassen ihnen ins Haar, und die Golem-Ottos lassen sich das widerstandslos gefallen, überhaupt zeigen sie keinerlei Regung und scheinen nur ein Ziel zu haben: so schnell wie möglich ins Kanzleramt. Bei einer dieser Berührungen, Betastungen, Anfassungen geschieht es nun, dass ein ganz vorwitziger Mensch, der immer nur spöttelnd auf alles reagiert, was sich in der Welt tut, und die besteht nur aus seiner unmittelbaren Umgebung, sich selbst aber nie zum Gegenstand eigener Gedanken macht, einem der Golems auf den Hinterkopf zu klopfen versucht, was ihm nach mehrmaligem Hochspringen endlich gelingt. Vermeint er da nicht, ein hohles Geräusch wahrzunehmen, so dass er annehmen muss, der Kopf des Golems sei leer? Von seiner Entdeckung belustigt und zugleich auf ihm fremde Weise beunruhigt, wie Furcht überhaupt in ihm ein Gefühl tiefer Verlassenheit auslöst, versucht er, den Kopf des Golems ein zweites Mal springend zu erreichen, um den gemachten Befund zu bestätigen. Das nun sehen seine Mitgehenden und machen es ihm sogleich nach, und so hat man eine Bonner Veitstanzprozession von kopflosen Kopfklopfern und einem Chor von dumpfen Kirchenglocken, die alle nicht wissen, wie ihnen geschieht, voll Trauer die Glocken, weil ihnen für immer das Jesuskind abhandengekommen ist und sie nicht wissen, für wen sie noch läuten, voll Leere die Klopfer, die dumpf *auf etwas gänzlich Unbestimmtes, Haltloses* warten, wie es im Buche steht. Ist erst einmal einer aus dieser Klopfschar fehlgetreten und hat nicht den Kopf eines Golems, sondern den eines Mitmenschen erwischt, gebietet es der Hang zum Nachmachen, dass nun alle sich gegenseitig auf den Kopf klopfen, und viele meinen, der Klang sei ebenso dumpf und hohl wie beim Golem. Beim Sterngang ins Kanzleramt geschieht es nun, und wie sollte das ausbleiben, dass ein Otto-Golem im Gedränge über den andern fällt, zu Boden geht und strampelnd liegen bleibt. Aus seinem Inneren tönt es tief wie aus dem Burgbrunnen des Kyffhäuser: *Lass das sein, sonst kannst du was erleben.* Man will ihm zur Hilfe eilen, da liegt er auf seinem Rücken, der Golemkäfer, strampelt mit Armen und Beinen, alles vergebens, und als einer aus der Gefolgschaft eine Mund-zu-Mund-Beatmung unternimmt, dies aber nicht recht anzustellen weiß, stößt er mit seiner Zunge anstatt auf eine andere Zunge hinter den Zähnen des da Liegenden auf etwas wie eine zweite Reihe Schneidezähne. Er tastet mit dem Zeigefinger nach, wie man als Kind in die geöffneten Mäuler von Brunnenlöwen fasst, um den Weg des Wassers zur Quelle hin zu verfolgen, da stößt er die zweite Schneidezahnreihe um, die nach hinten in den Rachen fällt. Der Golem atmet aus, aber nicht mehr ein. Ein Griff in den Rachen, und die Zähne sind ans Tageslicht befördert, wo sie sich als eine kleine Tafel entpuppen, auf der eine nichtssagende Zahl geschrieben steht: 1871. Und so geschieht es mit fast allen anderen Otto-Golems, und manch einer begräbt im Sturz einen der Umsturzpilger unter sich, was dieses Menschenkind von der Last eines ins Wesenlose gelebten Lebens befreit. Seinen Kopf wird man ebenso leer vorfinden wie den des Otto-Golems, und gleich ihm weist er kein Innenleben auf.

Bis in die Träume verfolgte Otto mich. Er stieg einfach vom Sockel und hob den Degen. Dich mach ich noch kleiner, mein Kleiner, sagte er. Der Golem ist eigentlich ein lieber Kerl, so wie meine Mutter manchmal zu mir sagte, ich sei ein lieber Junge. Und wie bald schon kann aus einem lieben Jungen ein böser Junge werden. Jeder böse Junge war einmal lieb. Vielleicht wollte meine Mutter mich beschwören, kein böser Junge zu werden.

Und war der Golem nicht so ähnlich angezogen wie Otto? Er hatte keinen Degen, er war stark genug. Otto stieg also vom Sockel und kam wie der Golem auf mich zu. Mit kurzen Schritten zur Seite wich ich ihm aus, er war so schwerfällig, dass er noch einige Meter geradeaus lief, bevor er zum Stehen kam. Jetzt war er weit genug von mir entfernt, dass ich es wagen konnte, mich an seiner statt auf den Sockel zu stellen. Es machte kaum einen Unterschied, was den erhofften Überblick betraf.

Von hier aus aber war der Otto-Golem ganz klein, ich konnte ihn aus dem Bild greifen, das die kriegszerstörte Landschaft mir bot, wie man als Kind meint, ein Flugzeug aus dem Himmel greifen zu können, weil es so schön in die Hand passt. Er war nun eine Handpuppe, die meinen Bewegungen folgen musste. Otto-Golem verbeugte sich, schnäuzte sich, winkte, hielt eine Rede, legte sich schlafen, stand wieder auf, aß und trank. Würde ich ihn aus der Hand legen, drohte er, sich wieder zur wahren Größe zu erheben. Nur eine gleichberechtigte Freundschaft zwischen ihm und mir könne dies verhindern. Ich legte ihn zurück auf den Sockel und entfernte mich. Also erhob er sich zur wahren Größe, stieg vom Sockel und hob den Degen. Dich mach ich noch kleiner, mein Kleiner, sagte er, und machte mich noch kleiner. Als schließlich nichts mehr von mir übrig war als ein kleiner Punkt, wie er manchmal auf dem Boden liegt oder unser Gesichtsfeld durchquert, nahm er den Punkt und setzte ihn ans Ende des Satzes.

HACKESTÜPP

Eines Tages im Jahr 1976 gebrauchte Mutter ein Wort, das mich sofort faszinierte. Das Wort bestand aus zwei Wörtern: Aber und Glaube, Aberglaube. Was *aber* bedeutete, wusste ich, auch *Glaube* war mir nicht fremd, aber *Aberglaube*? Einspruchglaube? Einwendungsglaube? Das ist doch Aberglaube, sagte Mutter. Da ich das Wort nicht verstand, war es von größtem Reiz, es bei jeder Gelegenheit zu verwenden. Meistens passte es nicht. Nicht alles ist Aberglaube, sagte Mutter dann. Paul erzählte, sein Vater besäße ein *Wörterbuch des Aberglaubens*. Hier würde ich also nachlesen können, was es mit Aberglaube auf sich hat. Es stellte sich heraus, dass dieses Wörterbuch nicht nur im oberen Regal seines Vaters stand, selbst mit einem Stuhl kaum zu erreichen, sondern aus unzähligen Bänden bestand. Dabei hieß es sogar *Handwörterbuch*. Wir nahmen uns vor, mittwochs auf die *Wolpertinger Wochenschau* zu verzichten, um die gewonnene Zeit dem Studium dieses Riesenwerks zu widmen. Ausdrücklich nannten wir es *Studium*, wir gingen von jahrelanger Lektüre aus, zumal wir außer Kinderbüchern mit großer Schrift und leichter Verständlichkeit, Karl May, Jules Verne, Comics und Fußballzeitschriften bislang noch nichts gelesen hatten. Das Handwörterbuch umfasste zehn Bände, die so schwer waren, dass wir sie, abwechselnd auf dem Stuhl stehend, nur einzeln aus dem Regal nahmen. Der jeweilige Band wurde entgegengenommen, als handele es sich um eine Staatsurkunde, er wurde empfangen, in feierlicher Prozession auf dem Schreibtisch von Pauls Vater abgelegt, dessen Abwesenheit, er praktizierte im Erdgeschoss des Hauses als Arzt, wir konzentriert ausnutzen wollten. Der erste Band versammelte

Einträge von *Aal* bis *Butzemann*. Zunächst durchblätterten wir ihn, wie alle anderen Bände auch, rasch, ob sich zwischen den Seiten vielleicht etwas fände, zum Beispiel Briefe, wie ich das bei meinem Vater einmal entdeckt hatte, eine getrocknete Blume oder Geld. Dann ließ ich die Seiten am Daumen vorbeiflitzen, und Paul sagte: Stopp! *Aufhocker*. Jetzt sah ich ihn endlich, der mir die Träume so schwer machte. Kurz vor dem Einschlafen war er meist schon da, irrlichterte durch den Raum, die Augen versuchten, ihm in der Dunkelheit zu folgen, dann machte der Tückebote, der harmlos erscheint wie die schwärmenden Leucht-käfer, in denen manche die Seelen Verstorbener erkennen, seine Lichter aus, deren einzige Quelle er selbst war, die Bettdecke wurde schwer, es drückte den Kopf ins Kissen, als säße jemand auf ihm, das Atmen war eine einzige Last, als gelte es, einen Sack Zement zu ziehen, vom Herzen strömte Angst aus, erfüllte den ganzen Körper, jetzt wäre es Zeit gewesen, das Bett zu verlassen, allein dieses Gewicht war nicht zu stemmen, der Körper, sonst leicht wie eine Vogelfeder, wenn es aufstehen hieß, war flach ins Bett gepresst, jetzt schien es tiefer zu gehen, das Bett wurde dem Boden gleich, und auch der Boden bot keinen Halt, ins Innere der Erde ging die Reise. Noch im Versinken gelang es mir, mich auf den Bauch zu drehen, und das war es wohl, was diese mir unbekannte Kraft bezweckte. Der Kopf war plötzlich frei, die Beklemmung der Brust ließ nach, und nicht mehr der Atem zog den Sack Zement, es war nun der Rücken, der ihn trug, und manchmal trug er zwei. Damit die Last mich nicht erdrückte, musste ich aufstehen und umhergehen.

Mein Aufhocker hieß Hackestüpp, er ließ sich die ganze Nacht von mir auf dem Rücken tragen, nachdem er aufgesprungen war. Wie konnte er das tun? Er wieselte um mein Bett herum und machte dabei merkwürdige Geräusche, eine Art Murmeln, Grollen, Wispern, Fauchen, die mich endlich, nachdem ich eine Zeitlang vergeblich versucht hatte, sie zu ignorieren, mich aufrichten ließen, im Widerschein des Mondes erkannte ich noch, dass er mein Antlitz hatte, nur ganz alt, mein Totengesicht, ich schlug die Bettdecke zurück und war gerade im Begriff, das Bett zu verlassen, da sprang er, ein kleiner Mensch, oder war es ein Tier, als hätte er genau auf diesen Moment gewartet, auf meine Schultern, umklammerte meinen Hals, dass ich keine Luft bekam, und ließ sich fortan nicht mehr abschütteln. Ich war also sein Christophorus. Zu welchem früheren Spukort wollte er, dass ich ihn trage? Wollte er durch mich der Erlösung näher kommen? Ich kam nie von der Stelle, tat ich endlich zwei Schritte nach vorn, zwang mich sein Gewicht, zurückzutaumeln, wollte ich unter der Last nicht zusammenbrechen. Hackestüpp hat mich nie mehr verlassen. Aber er ist handzahm geworden. Nachts, wenn er wütet, lass ich ihn wüten, er weiß, dass er mir nur noch im Traum erscheint und er mich nicht erreichen kann, also tobt er einsam für sich. Aber er weiß auch, dass der Traum ein Teil von mir ist und dass die Menschen dem Traum schutzlos ausgeliefert sind. So kann er mir zwar nicht direkt schaden, ein schlechter Traum aber, der immer wiederkehrt, schädigt Leib und Seele nachhaltig. Sein Kommen kündigt sich mir Minuten vorher schon an, wie ein Migräneanfall, der mit Augenblitzen und Gesichtsfeldausfall die Kopfschmerzen ankündigt. Ich spüre eine Beklemmung, das Herz geht schnell, Angst steigt auf, manchmal bin ich auch schweißgebadet, mit einem Mal hellwach, sitze aufrecht im Bett, rede mit jemandem, der augenscheinlich nicht da ist, es ist der Hackestüpp in mir, der mich umtreibt, und er wird mich Jahrzehnte lang umtreiben, verschiedene Gesichter annehmen, auch mein eigenes, und so werde ich aus diesem Traum, denn es ist in der Tat immer nur dieser eine Traum, nie mehr erwachen, der mich begleitet bis an mein Lebensende und den ich auch in meinem Tod weiterträumen werde. Aber handelt es sich dann noch um einen Traum? Müsste dann nicht umgekehrt das Leben Traum heißen? Sich selbst zu verfolgen, als Wolf, als Werwolf, als Hackestüpp und auch als alte Frau, die in der Truhe wohnt, überall im Haus lauert man sich auf, ich bin schon hinter jeder Ecke, das Betreten meines Zimmers unterm Dach wird mir bald unmöglich sein, hier wird es kein Entweichen mehr geben, ich erschrecke, wenn ich mich im Spiegel sehe, also meide ich jeden Spiegel, über Monate entgeht mir jede äußerliche Veränderung, auch meine Hände und Füße wage ich kaum anzuschauen, und in jedem Buch mit Wolf und Werwolf und Hackestüpp lese ich nur über mich selbst. Ich erziehe mich und stelle die Arbeit an mir ein. Beides. Und so sollte es bis zu meinem Auszug bleiben, der eine Decke über meine Erinnerungen legte, in der ich für Jahre den Himmel vermeinte.

Im selben Band des *Wörterbuchs des Aberglaubens* fanden sich unter *B* Brot und Käse als *Quellopfer*. Die Quellen wusste ich im hinteren Garten, im sogenannten Wäldchen, in dessen Mitte es einen von meinem Bruder und mir eingerichteten Feuerplatz gab, den wir nie in Betrieb zu nehmen gewagt hatten, da wir die Gefahr eines Brandes nicht einzuschätzen wussten, im Sommer war das Holz der Bäume und Sträucher sehr trocken, und was, wenn das Feuer sich zu allen Seiten über den Boden ausbreitete? Vom Haus aus gesehen rechts neben der Feuerstelle, etwa zehn Meter von ihr entfernt, in einer Art kleinem Séparée, so nannten wir die beinahe kreisrunde Fläche, auf der nichts wuchs und die, nach oben hin offen, von Bäumchen und Sträuchern umstellt war, fand sich die Quelle in Form eines Erdlochs, dessen Erscheinung uns immer ein Rätsel war. Mein Bruder, mit dem ich vor allem im Sommer viel Zeit hinterm Haus auf der Wiese und im Wäldchen verbrachte, war sicher, man könne über dieses Loch mit Geistern, die im Erdinnern lebten, sprechen oder sogar mit den Menschen direkt am anderen Ende der Welt. Ab und zu warf mein Bruder einen Pfennig in das Loch, den er in einer der Küchenschubladen gefunden hatte, das würde uns diesen Geistern oder Menschen gewogen machen. Ich überzeugte ihn, immer wieder ganze Markstücke aus Mutters Haushaltsportemonnaie in das Loch zu werfen, das wäre eine Anzahlung des Passierscheins, und wenn genug zusammen wäre, würden wir aus diesem Loch eine Stimme hören, die uns zu einer Reise ins Erdinnere einladen würde, oder ein Zettel würde sich durch das Loch drängen, darauf zu lesen stünde: Steigt hinab in UREDENs Krater, welchen URENDEs Schatten am 16. November machte, kühne Wanderer, und ihr werdet zum Mittelpunkt der Erde gelangen. Zu diesem Zweck würde das Loch so groß werden, dass wir leicht hindurchpassten. Das Fehlen der Markstücke bemerkte Mutter zunächst nicht, Kassensturz machte sie immer erst am Monatsende. Hans, einer der beiden Gärtner, die im Sommer regelmäßig den Rasen mähten, die Bäume schnitten, die Wege säuberten, das Gemüse anpflanzten und sonstige anfallende Arbeit erledigten, erzählte ich von unserem Vorhaben, und damit Mutters Geld nicht verloren ginge, bat ich ihn, er möge das Loch vertiefen, einen Fetzen Kartoffelsack hineinhängen, so, dass man es von außen nicht sieht. Hans willigte ein. Mark um Mark verschwand in dem Loch. Von Tag zu Tag wurde mein Bruder ungeduldiger, es war aber noch nicht so weit. Erst als er drohte, alles Mutter zu verraten, war es so weit. Am Abend zuvor baute ich das Netz aus, einundzwanzig Mark beförderte ich ans Tageslicht, die ich in meinen Hosentaschen verschwinden ließ und unter einer losen Steinplatte an der Mauer zum Nachbargrundstück versteckte. Und dann lag da der Zettel im Loch. Und dann verschwanden mein Bruder und ich in dem Loch, unserem Snæfellsjökull, den dieses Mal keine enorme Schneekappe zierte, vielmehr war der Schnee vollständig abgeschmolzen, unser Garten war nun der Vulkan und das Loch sein Krater. Der Abhang war auch dieses Mal sanft, und wir gelangten leicht hinunter. Die Donnerbüchse hatte sich bereits entladen, nach unten, in die Tiefe, und so sahen wir UREDEN völlig zerstört, kein Stein stand mehr auf dem anderen, es muss hier unerträglich heiß gewesen sein, jetzt lag alles in kalten Trümmern, die Häuser dem Erdboden gleich, der einer Mondlandschaft glich, einem umgegrabenen Kartoffelacker, den man wieder schön herzurichten vergessen hatte. Saß da nicht, wo die Fassade noch stand und nur das Dach abgedeckt schien, ein Mensch in einem Sessel, bei seiner Lektüre erstarrt? Von den Geistern, die hier gewütet hatten, keine Spur. Lesen verändert die Welt.

Nach unserer Rückkehr beschlossen wir, der Quelle Brot und Käse zu opfern, die wir heimlich vom Abendbrottisch verschwinden lassen wollten. Schnittkäse, der zu lange an der Luft liegt, krümmt sich zusammen, wird dunkel und hart, sieht aus wie eine Schrumpfleiche. Wer nie sein ewig gestriges Brot mit Tränen aß. Jeden Tag nach der Schule traten wir vor das Loch, opferten Brot und Käse und sagten: Gib uns andere Speis und Trank. Was gab die Quelle uns? Nie gesehene Früchte, unendliches Brot, kauzarte Haferflocken, die sich im Mundraum wie Blumen entfalten, ein rotes Getränk, das nie zur Neige geht und den Körper nicht altern lässt, das Gelee der ewigen Kindheit, Quitte, so sauer wie

Quitte und so süß wie Honig, wir leben im Garten Eden, und keine Sünde wird sein und keine Strafe. Aber hatte Mutter nicht verboten, von diesen Speisen zu essen?

Schnell umblättern. Die Seiten der Bände rasten am Daumen vorbei, hielten mal hier und mal da, die Stichworte reizten fast alle, ihnen nachzugehen; allein die Zeit, bis wohl Pauls Vater in der Wohnung erschien, gebot eine strenge Auswahl. Wusste das Wort nicht auf Anhieb zu überzeugen, wurde es überblättert. Der Hast fielen schließlich ganze Bände zum Opfer, erst bei dem Buchstaben *R* im siebten Band verweilte das Auge, war doch *Rachepüppchen* gleich von mehrfachem Interesse. Ich stellte mir eine kleine marodierende Puppe vor, mit zwei Colts im Halfter, die von Ort zu Ort zieht, niemand sieht in ihr eine Gefahr, sie ist halt *süß*, die anfängliche Verwunderung darüber, dass eine kleine Puppe allein unterwegs ist, macht die Orte auch stolz, geht aber bald schon in Gleichgültigkeit über, die Künstliche Intelligenz macht halt Fortschritte, und die Chinesen haben ein Herz für Kinder und Humor. Unzählige Racheopfer gehen auf das Konto des Püppchens, und niemals gerät es in Verdacht.

Rachepüppchen, du fehlst mir, sei mein. Genügt denn nicht das Durchstechen einer Kerze, einer Fotografie oder Spielkarte, das Abbrennen eines Lichts, um dem zu schaden, an den man dabei denkt? Das plastische Abbild der zu schädigenden Person entfacht die Vorstellung ungleich stärker, wenn man es an bestimmten Körperteilen mit Nadeln oder Nägeln durchsticht, mit einem Faden oder einer Kordel umbindet, es aufhängt in die Luft, ins Wasser taucht oder vergräbt und dabei die entsprechenden Formeln aufsagt. Den Tod würde ich nicht herbeiführen wollen, auch soll er nicht dahinsiechen, aber er soll markiert sein, in seiner Bewegung eingeschränkt, und ich will sehen, dass ich mit dem

Rachepüppchen Wirkung tun kann. Was nun sein Aussehen betraf, so änderte ich die zu ergreifenden Praktiken dahingehend ab, dass ich eine Puppengestalt für alle solchermaßen zu treffenden Personen wie Vater und Mutter, Geschwister und Lehrer, Mitschüler und Freunde haben wollte. Rachepüppchen, Rachepüppchen, komm herbei, sagte ich, du sollst das Aussehen haben von Otto Golem, und auch einen Degen sollst du haben wie er. Das Rachepüppchen Otto Golem hatte zweierlei Rache zur Aufgabe. Es sollte den Umstand rächen, dass ich den richtigen Otto Golem nicht besitzen konnte, und es sollte an den Genannten Rache üben für erlittenes Unrecht, das mir widerfahren war oder was ich dafür hielt. Laut Lexikon konnte das Püppchen aus unterschiedlich harten und schweren Materialien hergestellt werden wie Eisen, Blei, Holz, Kreide, Lehm, Ton, Teig oder Wachs. Als Otto Golem musste es natürlich aus Lehm gemacht sein. Sollte der Lehm zerbrechen, wollte ich den Golem aus Bronze anfertigen wie sein Vorbild. Mein Lehm hieß Fimo Plast, das ich im Hobbyraum immer vorrätig hatte. Der leicht zu formenden Masse gab das Modellierwerkzeug in kurzer Zeit das Aussehen von Otto Golem, der von nun an, luftgetrocknet und bronziert, mein treuer Begleiter als Rachepüppchen wurde. Sah er nicht aus wie Vater? Eigentlich nicht. Ich musste aber immer denken, er sehe aus wie Vater. Bald schon sollte mit Otto Golem, dem Rachepüppchen, etwas passieren, was Paul und mir beim echten Otto Golem verwehrt blieb: Ihm brach der Degen ab. Jeder Versuch, den Degen wieder anzubringen, misslang, ich legte ihn in eine mit purpurnem Samt ausgeschlagene Schatulle und verwahrte ihn als Reliquie im Schiebeschränkchen unter der Dachschräge meines Zimmers. Nach ein paar Tagen musste ich mir in Erinnerung rufen, wozu das Rachepüppchen Otto Golem überhaupt da war. Gab es keine Vorfälle, die zu rächen waren? Es gab viel zu viele. Ich machte mir eine Liste und legte ein Register an, in das ich fein säuberlich alle rachewürdigen Vorkommnisse, die mir widerfahren waren, nach Schweregrad eintrug. Wie aber wollte ich nun durch Otto Golems rechte Hand einen Nagel schlagen, ohne dass er in tausend Stücke sprang? In Mutters Nähkommode fand ich eine Nadel, die ausreichend groß und spitz genug war. Otto Golem, Nadel und Hämmerchen lagen auf dem Schreibtisch bereit. Ich zog mir einen Handschuh an und brachte mit einem Feuerzeug die Nadel zum Glühen. Dann nahm ich das Hämmerchen, setzte die Nadel auf die rechte Hand von Otto Golem. Die Nadel wurde wieder kalt. Ich starrte auf ihre blauschwarze Verfärbung, spürte in meiner Vorstellung, wie sie in meine Haut eindringt, wie sie ganz in mir verschwindet und durch den Körper irrt. Es ist noch viel zu tun, noch viele Nadeln sind zu setzen, ermahnte ich mich mit Blick auf das Racheregister. Wurde vor mehr als 70 Jahren nicht eine etwa sechs Zentimeter große, aus giftigem Blei gegossene Jünglingsfigur gefunden, deren Kopf mit einem Messer vom Rumpf getrennt worden war, mit zwei Nägeln in Brust und Unterleib, die Arme und Beine nach hinten gebogen und mit Bleibanden gebunden, der Nagel im Unterleib sah aus wie die rechtwinklig vom Körper wegstehende Nabelschnur, die man nicht nah genug am Körper abgeschnitten hatte? Mir vor Augen zu führen, dass es noch schlimmere Rachemaßnahmen gab, es nutzte nichts, ich brachte es einfach nicht über mich, Otto Golem mit der Nadel zu traktieren. Nach vielen Minuten des Zögerns und Bedenkens beschloss ich, ihn unversehrt zu lassen und eine andere Strategie zu ergreifen. Meine gesamte Familie sollte als Fimo-Plast-Ensemble das Licht der Welt erblicken. Otto Golem wurde mein Vater, dem nun Mutter, Geschwister und ich selbst folgen sollten. Die Rache der Rachepüppchen bestand darin, dass sie immer beisammen waren, über alles sprechen mussten, jedes sprach mit jedem, es durfte keine Geheimnisse geben, die den anderen schadeten, allein meine zwischenzeitlichen Abwesenheiten, meine Heimlichkeiten, sollten von niemandem bemerkt werden. Die Kinder durften nicht nur offen Kritik an den Eltern üben, sondern diese auch vor ein Familiengericht bringen. Ein gewisses Problem sah ich im Alter der Püppchen, sie würden, wollte ich nicht immer neue herstellen wollen, stets gleich alt bleiben, also bekamen sie, bis auf meinen Vater, der stets gleich alt war, ein altersloses Gesicht. Die Kinder waren von Anfang an gleich groß wie die Eltern und waren auch in der Kleidung nicht von ihnen zu unterscheiden. Die Puppenfamilie wohnte im kleinen Kämmerchen unter der Schräge, das an die hintere Wand meines Dachzimmers grenzte und über eine unscheinbare, im selben Weißton wie die Wände gehaltene Tür zu betreten war. Keinen Griff hatte die Tür, nur der alte schwarze Buntbartschlüssel machte neugierig, was sich hinter der Wand wohl verbarg. Familienrache bedeutete, die ganze Familie wegzusperren und im Dunklen zu lassen. Die Kinder konnten beschließen, bei besonderen Vorkommnissen Vater und Mutter in ein oder zwei kleine weiße Kartons zu sperren, die sich auf den Regalen in der Kammer fanden, gemeinsam oder getrennt verbrachten sie dort je nach Anlass zwischen einer Stunde und mehreren Tagen, neben der Isolation und dem Entzug von Licht wirkte das Liegen oder Stehen auf bloßem Kartonboden racheverschärfend, insbesondere wenn der Karton des anderen Elternteils mit Watte oder Holzwolle ausgestattet war. Die beiden konnten sich nicht sehen, aber hören. Es blieb nicht aus, dass sie binnen weniger Minuten vom anderen über dessen Lage informiert wurden. Das brachte Neid und das dumpfe Gefühl mit sich, ungerecht behandelt zu werden. Vater beschwerte sich, er sei nur der Vollstrecker, sie aber die Anstifterin. Mutter meinte, sie sei im falschen Leben gelandet, die Kinder seien unerträglich und er immer abwesend. Er könne doch nicht gleichzeitig das Geld verdienen und hier anwesend sein, sagt Vater. Diese Anwesenheit meine sie gar nicht, sagt Mutter. Und so ging das munter hin und her, bis Vater meinte, wenn sie sich in ihrem Gefängnis frei bewegen könne, solle sie einen Ausbruchsversuch unternehmen, dann könne sie ihn auch befreien, und gemeinsam gelänge die Flucht. Mutter schwieg. Vater wiederholte seine Aufforderung. Das sei doch die beste Gelegenheit, sagte Mutter, dass er ihr einmal in aller Ausführlichkeit zuhöre. Fortan schwiegen beide. Wer schweigt, existiert nur für sich, dachte ich wohl, anders kann ich es mir kaum erklären, die Eltern in ihren Kartons manches Mal bei solchen Rachemaßnahmen für Tage in der Kammer vergessen zu haben. In den Kreis der Familie zurückgekehrt, zeigten sie sich untereinander solidarisch, man soll ja auch vor Kindern nicht streiten, zumindest nicht unversöhnlich und mit harten Worten. Sie wollten den Kindern sogar allen Ernstes weismachen, sie seien überhaupt nicht abwesend gewesen. Und die Kinder? Glaubten es nicht, wussten es ja besser, hatten schließlich im ganzen Haus nach ihnen gesucht. Die Rachepüppchenfamilie wohnte von nun an in meinem Zimmer, ein Elternhaus im Elternhaus. Sie saßen meist auf dem weißen Schiebeschränkchen, von wo aus sie alles sehen konnten, ohne dass sie selbst immer sofort bemerkt wurden. Ich selbst als Rachepüppchen war tagsüber immer bei mir. In der Schultasche saß ich in einer transparenten Box, so dass mir nichts passieren konnte. Fuhren wir in Urlaub, fuhr mein Rachepüppchen gemeinsam mit seiner Rachepüppchenfamilie in Urlaub, auf den sie sich sorgfältig vorbereitete. Wir fuhren also alle doppelt in Urlaub. Damit sie sich in meiner Abwesenheit nicht verselbständigten, gab ich ihnen auch ihre Dialoge ein, die Dinge, über die sie sich unterhalten sollten. Am wichtigsten war, dass sie überhaupt miteinander im Gespräch blieben. Meiner Mutter war ihre Existenz nicht verborgen geblieben, sie lobte mich sogar, dass ich sie so schön *gebastelt* hätte, das sei wohl das Erbe von Tante Eliles, der Aufpasstante. Als zweite Frau vom Opa väterlicherseits war Tante Eliles gar nicht mit uns verwandt und infolgedessen auch gar keine Tante. Ob Frau Oberholz, unsere Haushaltshilfe, auf dem Schränkchen Staub wischen könne, fragte Mutter. Das hätten die Figürchen nicht so gern, sagte ich, und also wurde bei ihnen nicht Staub gewischt. Ich hatte Angst, dass sie ihren Zauber verlieren, wenn jemand anders sie anfasst, oder dass sie herunterfallen. Nach der Schule gab es Mittagessen, und nach dem Mittagessen ging ich meist sofort nach oben auf mein Zimmer, um mich mit meiner Familie zu unterhalten. Je öfter und länger ich mich mit ihr unterhielt, desto weniger sprach ich mit meinen Eltern und Geschwistern.

So wurde die Rachepüppchenfamilie mit der Zeit zu einer Parallel- oder Ersatzfamilie, deren Existenz mich innerlich begleitete, wo auch immer ich war, sie ließ mich Dinge erdulden, die ich als ungerecht empfand, die Püppchen waren die übergeordnete Instanz, ich konnte zu ihnen eine große Nähe entwickeln, die mir zu den Eltern auf merkwürdige Weise verwehrt blieb oder die ich nicht mehr haben wollte von dem Moment an, als ich eine gewisse Ablösung von Mutter bemerkte, die ich, so fühlte ich deutlich, allmählich zurücklassen musste. Mein Leben war eine langsame Schifffahrt, kaum einen Meter kam ich täglich voran, da, wo das Wasser noch seicht war, stieg Mutter aus dem

Boot, ging zurück zum Ufer, in Zeitlupe hob sie ihren Arm zum Winken, nichts anderes tat sie mehr, sie war zur Abschiedsmutter geworden, die von sich selbst schon längst Abschied genommen hatte, und die Tränen waren auf dem Weg, und sie würde eines gar nicht mehr so fernen Tages nur noch weinen.

SCHWARZWEISS

Ich kann mich gut an Winnitu erinnern. Filme mit Pferden, Landschaft, Pfeil und Bogen. Pierre Preis und Lex Barker. Tränenreiche Freundschaftsfeiern. Liebeskummer, Schusswunden, Fieberträume. Verhängnisvolle Täler, Hinterhalte, Verfolgungen. Und Kutschen, Sonne, Radbruch, Gold, Gesichter, die sich einprägten, wenn die Pferde endlich zum Stillstand gekommen waren und ihre Reiter minutenlang in die Ferne schauten. Auf einen Hügel reiten, innehalten, wegreiten, verwundet werden, gepflegt werden, wegreiten. Und schon war der Film vorbei. Um wie viel reicher waren die Bücher! Karl May kurierte jede Grippe. Lesen hieß abtauchen, verschwinden. Die viele hundert Seiten langen Bücher gaben eine wohlige Sicherheit, die die Familie nicht zu bieten hatte. Sie waren verlässlich, anwesend, unerschöpflich, während Vater abwesend und Mutter erschöpflich war. Neigte sich der eine Band zu Ende, und es stellten sich schon Trennungsschmerzen ein, eine Melancholie, die sich der grippalen Melancholie auflagerte, war rechtzeitig, bevor ich in einen Abgrund schaute, ein neuer Band vorhanden, frisch, noch steif im Gelenk, wie soeben erst für mich fertiggestellt, und ich konnte von Kontinent zu Kontinent springen, allein mit den Händen.

Doch war der Röhrenfernseher mit seinem hölzernen Gehäuse von einem anderen Stern. In ihm hatten die Bücher, die von selbst nachzuwachsen schienen, einen starken Konkurrenten, dessen Unendlichkeit in seinem Inneren wohnte. Ein Landgraf F39 Kombi-Tischgerät aus Fernseher und Radio der Firma Graetz, Baujahr 1956/57, mit abgerundeten Kanten. Im Wohnzimmer gelandet, um zu bleiben. Und jeden Tag aufs Neue bestaunt. Zu ihm zog es mich. Kaum war die Grippe überstanden, gehörte Karl May einer intensiven Vergangenheit an. Interessanter als die Filme war zunächst die in seinem Inneren verborgene Technik, deren Ausblühung der Bildschirm war. Das wunderbar massive Geräusch, wenn man an das Glas klopfte. Nicht hohl, aber geräumig. Das Geräusch signalisierte, bis hier hin und nicht weiter. Ich beklopfte die gewölbte Oberfläche eines anderen Planeten, oder schwebte ich im Weltall und beklopfte die Oberfläche der Erde? Der magische Moment der Zündung, wenn man die rechte Drucktaste der Radiobedienleiste drückte. Eine Rakete startete. Dann baute sich allmählich das Bild auf. Und es war jedes Mal von größtem Reiz für mich, zu sehen, was es alles gab auf der Welt oder im All, und es gab auch das, was es wohl nicht gab. Ein Gesicht erschien. Das Gesicht sagte etwas. Es sagte etwas vom Blatt ab. Dann legte es das Blatt weg und schaute ernst. Ein anderes Gesicht erschien. Dann wurde der Bildschirm dunkler, und ich selbst erschien in ihm. Ich war auf dem Mond gelandet, die Triebwerke meiner Raumfahrtkapsel schalteten ab. Der Mond war grün, ich schwebte im Grünen. Dann startete eine andere Rakete. Die Röhre war empfindlich, der Fernseher durfte nicht zu oft an- und ausgeschaltet werden. Auch seine Mechanik faszinierte mich bald schon mehr als die Filme, die er ausstrahlte, auf den Tasten konnte man Klavier spielen, also ging die Röhre in unbeobachteten Augenblicken öfter an und wieder aus, als es meinem Vater lieb war. Mit den Tasten konnte man, von links der Reihe nach, *Aus*, Tonabnehmer für einen Plattenspieler, Langwelle, Mittelwelle, Kurzwelle, Ultrakurzwelle und *Fernsehen* einstellen. Die beiden Drehregler links und rechts führten einen Seilzug mit Markierungen unter anderem für Lautstärke, Tonhöhe, Bass, Bildhelligkeit, Bildfrequenz, Kontrast, Kanal und Feinabstimmung. Alle Einstellungen permanent zu ändern, den Abhang der Frequenzen hinunter und wieder hinauf, und so einer Cocktailparty der Stimmen und Geräusche zu lauschen, war allemal spannender, als konzentriert einer einzigen Sendung zuzuhören. Die radiophone Schussfahrt gab ein so prägnantes Zeitbild, dass ich mir Vater und Mutter als Radiogeräte dachte, mit deren Stimmen man genauso verfahren konnte. Klavierradios oder Radioklaviere, auf denen man nach Belieben spielen konnte, und so wurden Schimpfen und Schreien und all die Zwischentöne, die Mutter täglich so wunderbar zu orchestrieren wusste, zu Signalen mit Lautstärken und Klangfarben unter anderen. Verstärkt wurde diese Vorstellung noch, wenn ich bei akuten Auseinandersetzungen mit meinen Augen ihren Mund und ihre Augen ein- und ausschaltete und an ihren Ohren drehte, als seien sie Glücksräder einer Tombola. Und natürlich verdiente es diese Radiowerdung der Eltern, mit der Rachepüppchenfamilie nachgespielt zu werden. Hier herrschte dann eine fröhliche Party des Nichtausredens, jeder konnte jedem ins Wort fallen, war doch sein eigenes Wort selbst schon ohne Hauptgedanken und nur darauf aus, diesen in der Rede des anderen zu finden. Also tauschte man sich sprichwörtlich aus, man nahm und gab, so wie es gerade passte, da es ja sowieso nicht passte. Die Püppchen spielten Automaten, die Menschen nachmachten, denen das rechte Wort zur rechten Zeit nicht einfallen mochte, da ihnen so viel Ungeordnetes durch den Kopf ging. Bücher, das wurde mir hier klar, sind nur die momentanen Ordnungen des großen ganzen Ungeordneten, von dem immer nur ein kleiner Ausschnitt wahrgenommen werden kann.

Eines Tages, ich hatte mein Fernseherspiel inzwischen weiterentwickelt, indem ich die Augen schloss, wie man es zuweilen bei Dirigenten und Solisten beobachten kann, eine bei bestimmten Passagen der Partitur und des Spiels wiederkehrende Pose, deren gespielte Ergriffenheit einnehmend wirken soll, eines Tages passierte es, dass ich, entgegen den von mir aufgestellten Regeln, mitten in einer solchen Ergriffenheitspassage die Augen öffnete, die Taste für *Fernsehen* war über Gebühr in Gebrauch, da bot sich mir ein Bildergewitter in Schwarz-Weiß, das sofort ins Gehirn schoss und sich dort für Tage nicht mehr beruhigte. Die Bilder flackerten auf wie das Mündungsfeuer eines Maschinengewehrs, ich fürchtete um mein Augenlicht, um meinen Verstand, ein blitzender Kranz zog um mein Gesicht, und auch wenn ich die Augen schloss, war es blitzend hell. Es war das rasendste Ereignis meines bisherigen Lebens, mein bisheriges Leben war an Ereignissen so reich, wie ein Stillstand voll des Lebens ist. Da war kein Büchsengeknalle, hier wurden keine Lassos geschwungen, keine Pferde bäumten sich auf, kein Verirrter war in der Wüste auf der Suche nach Wasser, keine Postkutsche hatte Achsbruch, hier wartete niemand auf einen Überfall, und niemand stellte sich in felsiger Landschaft bei unerträglicher Hitze einem Duell. Es wurde kein Fremder erwartet, der an Schießkünsten dem Sheriff überlegen war und der mit dem ganzen Geld und Gold der Stadt wieder von dannen zöge. Hier gingen die Figuren nicht episodenhaft in Serie und kamen, sofern sie nicht gestorben waren, bei anderen Gelegenheiten immer wieder. Hier setzten Flammenwerfer die Häuser ganzer Dörfer in Brand, flogen Helikopter im Geschwader über Reisfelder und Tausende Granaten in Schützengräben, erzeugten Brandbomben einen Feuersturm, Menschen rannten nackt eine Straße hinunter, die Toten wurden beweint, über dichten Wäldern stieg Rauch auf, ein Flammenmeer, der unterkühlte Ton eines Nachrichtensprechers, Proteste an einer Universität, Männer mit Gewehren und Gasmasken rückten vor, legten auf die Studenten an, zogen sich zurück, drehten sich um, vier Studenten lagen herum, aus deren Köpfen und Körpern Blut lief, etwas Schwarzes. PAL hieß das Zauberwort, das Farbe in die Geräte brachte, ohne dass Gesichter sich plötzlich grün färbten oder eine Wiese rot in Flammen stand. Mit PAL konnte man sehen, dass der rote Knopf von Willy Brandt rot war. Was man nicht sah: dass er eine Attrappe war. PAL gab es aber nur unten im Fernsehzimmer, wo die Eltern auf einem neuen Farbfernseher einen endlosen Hollywoodfilm schauten, bei dem Mutter die Tränen kamen. Ich war mir sicher, dass die Toten echte Menschen waren und dass es sich um etwas handelte, das vielleicht gestern erst geschehen war oder heute sogar. Sollte ich denn, der ja längst zu schlafen hatte, jetzt runtergehen zu den Eltern und ihnen sagen, schaltet doch mal um, da läuft etwas Fürchterliches? Man konnte ergiebig träumen mit diesen Bildern, in meinen Träumen wimmelte es von Menschen, die beschriftete weiße Pappschilder hochhielten und meterlange Banner vor sich hertrugen, und von Feuer überall, von Schreienden, Blutenden, Liegenden, Auslaufenden, von Menschen, die sich mit Nachschub jeglicher Art vom Norden in den Süden wie Ameisen in endlosen Kolonnen durch den Dschungel bewegten, in Lastwagen, auf Fahrrädern und zu Fuß, Körbe tragend und Waffen, und dieser Pfad, las ich später, wurde stärker bombardiert als Deutschland und Japan während des Zweiten Weltkriegs zusammen; Menschen, die in Gräben in Deckung gingen und aus ihnen herausstürmten, die in der Luft standen, alle viere von sich gestreckt, ein Gewehr in der rechten Hand, und Rauch überall, der die Luft zum Atmen nahm, blitzendes Feuer, Bomben, die aus Flugzeugen fielen, und Flugzeuge, die endlose weiße Streifen hinter sich her zogen, die die Bäume entlaubten und die Menschen entstellten. Die Bilder hatten mich gefunden, ich fand nur die Worte noch nicht.

TRÄUME

Papa und ich sitzen am Frühstückstisch. Ich frage Papa, ob er Bilder oder Wörter träumt. Meistens Bilder, sagt Papa. Und die müsse man sich dann, könne man sich an den Traum erinnern, in Worte übersetzen. Allerdings könne man sich auch dann nur teilweise erinnern, sei man aber ins Erzählen gekommen, kämen neue Bilder hinzu, Brückenbilder, sagt Papa, die man sich wieder in Worte übersetzen müsse, und so komme es nicht selten vor, dass man den Traum, den man geträumt zu haben glaube, zuallererst erfinde. Und manchmal, wenn man einen Traum erzähle, schmücke man ihn bewusst aus, verändere ihn, mache ihn interessanter. Ob ich das verstünde. Nein. Ich habe einen schrecklichen Traum gehabt, sage ich. Papa will ihn sofort hören. Nur wenn du mir auch einen Traum erzählst, sage ich. Wir erzählen uns abwechselnd unsere Träume. Ich beginne.

Ich träumte von einer Truhe, die im Flur meiner Eltern steht. Mama warnt mich, ich solle die Truhe nicht öffnen, dann käme

Unglück über uns. Mama, das klingt ja wie im Märchen, sage ich. Das ist auch im Märchen, sagt Mama. Ich verspüre den Zwang, mehrmals am Tag vor der Truhe zu stehen in der Versuchung, sie zu öffnen. Ich öffne sie nicht. Vor der verschlossenen Truhe stehend, kann ich ihren Inhalt sehen. Ich sehe all das Geschirr, die Puppen und Kleider und Bilder, die sie beherbergt. Dann sterben Papa und Mama, ich öffne die Truhe im Traum, und Papa und Mama leben wieder und begutachten das Haus, in dem es windig ist, eine Bombe hat es getroffen, das Dach ist abgedeckt, auf den freigelegten Wänden kommen Malereien zum Vorschein, Porträts der Familie, aber auch der Großeltern, von der Geburt bis zum Tod, du schüttelst den Kopf und sagst: Als wenn es so gewesen wäre, und: Außerdem leben wir ja noch. Mit jedem Schritt, den wir tun, verändert sich das Haus, die Wände werden zu altem Gemäuer aus einer Zeit ohne Heizung, Eulen fliegen umher, es riecht nach gebratenen Hühnern und Fisch und Gemüse, die Räume werden immer größer, die Mauern höher, es riecht nach Weihrauch, Mama ist angezogen wie eine Königin, im nächsten Raum kocht sie Tee und ist ganz jung, von der Decke fallen Briefe, hebt man sie auf, zerfallen sie, dann stehen wir vor einem Wasserfall, der auf breiter Fläche die Wand hinunterstürzt, du hältst eine Rede, eine Truhe wird hineingetragen, zwei Männer öffnen sie, Mama entnimmt ihr etwas, das ich nicht erkennen kann, als ich näher trete, erkenne ich einen kleinen Kasten, in dem man wunderliche Dinge sehen kann, sie müssten mir allzu vertraut sein, schließlich stammen sie alle aus meiner Kindheit. Jemand fragt: Verstehst du das nicht?, ich fühle mich nicht angesprochen, erst als dieselbe Frage ein zweites Mal gestellt wird, dringlicher: Verstehst du das nicht?, sage ich: Ich verstehe das nicht. Da klappt die Lade der Truhe auf, und Kästen, Schachteln und Schatullen quellen aus ihr heraus, sie nehmen alsbald den ganzen Raum ein, versperren die Tür, dieselbe Stimme sagt: Du musst nur Stopp sagen, und wieder fühle ich mich nicht angesprochen, als der nicht enden wollende Inhalt der Truhe mich aber an die Decke hebt und dort zu erdrücken droht, sage ich: Stopp!, und stehe mit einem Mal in einem leeren Raum. Zu gerne würde ich etwas erhaschen von den vielen Dingen, allein ein Foto haftet an meinem Hosenbein, das mit jedem Blick etwas anderes zeigt. Mama, dann mich, der ich durch sie hindurchschimmere, und kaum bin ich ganz im Bild, erscheint in mir das Kind, wie du mich siehst, das ich nicht bin, und doch bin ich es auch.

Papas erster Traum: Alle sind da. Auch die Großeltern, die fast alle nicht mehr leben. Wir müssen alle eine Sprossenwand hochklettern. Die Sprossenwand steht im Nichts. Sie steht mal aufrecht, mal ganz schräg. Wenn einer hochgeklettert ist, fällt er wieder herunter. Und mit einem Mal wird es ganz eng. Die Sprossenwand steht in einem engen Schacht. Außerhalb des Schachts gibt es nichts, und atmen kann man nur in ihm. Wir müssen wieder die Sprossenwand hochklettern. Je höher wir klettern, desto schmaler wird der Schacht. Oben angelangt, ist Atmen kaum noch möglich. Man steckt fest. Trotzdem drängen die anderen nach. Der Körper des Nächstunteren nimmt den Körper des Oberen in sich auf. In dem Moment, als es nur noch einen Gesamtkörper gibt, ist man allein. Jeder ist nun in seinem eigenen Schacht. Oben angelangt auf der Sprossenwand, fällt man wieder herunter. Erst jetzt versuche ich, meine Stimme zu benutzen. Es entweicht ihr ein tierähnlicher Laut, jedenfalls fühle ich das als ein Brummen in mir, hören kann ich ihn nicht, und auch wiederholen kann ich ihn nicht, der nächste Laut muss ein hohes Wispern sein, das in meinem Kopf entsteht. Schlage ich rhythmisch die Hände, höre ich es. Ich gebe nun pausenlos Laute von mir, immer andere, und falle von der Sprossenwand, und es sind eindeutig Schmerzenslaute, die ich unten am Schachtboden höre, das ist meine Stimme, die ich höre, und das bin ich, den ich sehe, und so klettern wir um die Wette die Sprossenwand wieder hoch.

Ich erzähle meinen zweiten Traum: Ein großes Haus. Mein Zimmer schwebt. Es hat keine Tür. Aber einen Boden. Der Boden öffnet sich langsam. Alle meine Spielsachen rutschen zur Mitte und fallen geräuschlos durch den Spalt. Nun ist der Boden zu zwei Seiten weggeklappt. Ich schwebe. Etwa vier Meter unter mir sehe ich alle meine Spielsachen wunderbar geordnet auf dem Boden liegen. Auf unsichtbarer Hand oder Hebebühne gleite ich nach unten und sitze nun zwischen all meinen Sachen, dem Lego, den Dinos, den Rennautos, der Wahrsagerkugel, an die von innen Papa klopft und lacht und winkt. Ich bin nie glücklicher gewesen. Und doch beschleicht mich eine Angst. Und Glück und Angst ringen miteinander. Die Angst sagt, gleich öffnet sich auch dieser Boden, und ein weiterer Boden wird sich öffnen, und die Böden werden sich öffnen bis an dein Lebensende. Und das Glück sagt, Kind wirst du bleiben, und deine Sachen werden dich überallhin begleiten. Da achtete ich auf alles, was sich tat und tun wird, es tat sich aber nichts.

Papas zweiter Traum: Ein Drachen aus Papier, der immer größer und dabei lichter wurde. Seine Abertausend Papiere waren von Oma, die ich nie gekannt hatte, zart beschrieben worden mit noch mehr Sätzen, von denen ich in der Geschwindigkeit, in der der Drache wuchs, nur einzelne Worte erhaschen konnte, Worte wie *heimlich, heimwärts* oder *Michael.* Der Papierdrache erhob sich eines Tages aus der Mitte des Esstisches, indem etwas wie ein Feuersturm alle Luft der Umgebung mit zu sich in die wirbelnde Mitte zog und dabei alle Papiere, die Oma bis dahin so fein säuberlich beschrieben hatte, mit sich riss, dass sie flatterten wie die Vögel des Gartens, dabei gegeneinanderstießen und sich ineinanderpfropften, wie ich es einmal in einem Buch über die Entstehung des Buchs der Bücher gelesen hatte. Was sich hierbei zunächst als Pilz entpuppte oder Blume, die rasend über sich hinauswuchs und verblühte, noch ehe sie ganz aufgegangen war, wie ich es an den Tulpen so schätzte, wurde endlich zu einem Drachenmaul, das sich mir zuwandte und mich zu verschlingen drohte, bis es den Körperrest des Drachens hinter sich herzog, der sich mächtig über den Esstisch erhob und mit dem Kopf zwischen meine Schenkel fuhr, so dass ich, verkehrt herum, auf seinem unendlichen Halse davonreiten musste. Während er nun immer die Zukunft vor sich hatte, schaute ich stets nur in die Vergangenheit, was mir wenig verdrießlich war, bis ich bemerkte, dass es gar keine Gegenwart gab, die jemand schaute. Der Drache aber, mit dem Kopf nach hinten gewandt, sprach: *Ich will dich führen durch alle Dinge/Ich will dir zeigen alles/Ich will dir benennen alles*. Und dann sprach er von den *schlechten Stimmen, in welchen bestehet die Menschliche Rede*, die ich vor allen Dingen lernen müsse. Ich wollte aber gar nicht alles benannt haben, ich wollte, dass meine Zunge auch die Dinge weiß macht, die man nicht benennen kann, und dass meine Hand die Dinge malen kann, die man nicht sieht. Das erst hieße *ein lebendiges und stimmbares Alfabeth*, von dem der Mephistodrache nur tönen konnte.

Mein dritter Traum, den ich erzähle: Ich sehe das Insekt noch immer deutlich vor mir, das aus meinem linken Oberarm schlüpft, mit dem ich sein Erscheinen gerade aufschreiben wollte. Kaum ist es geschlüpft, kommt ein nächstes nach, als würde der Film wieder zurückspringen auf das Bild seines erstmaligen Erscheinens. Schließe ich das Loch im Arm mit einem Paketkleber, platzt es sogleich wieder auf, und eins nach dem anderen drängen die Insekten nach. Aber ist es immer nur dasselbe, das denselben Kreislauf aus Erscheinen und Verschwinden nicht unterbrechen kann, oder sind es ganze Heerscharen, wie im Alten Testament die Heuschrecken, die wir neulich im Unterricht durchgenommen haben? Sind es denn Heuschrecken, die mich als ihre Wüste hinterlassen, die Felder in mir leer gefressen, oder hat es vielmehr mit der handtellergroßen Fliegenattrappe zu tun, mit der ich Mama am Abend zuvor erschreckte? Ich kann das nicht entscheiden, das Insektenbild steht nicht still, und so wende ich mich an einen Arzt, der ohne Umstände meinen Körper öffnet, und mein Körper ist, zu seiner Freude, zu meinem Entsetzen, ganz voll von diesen Heuschreckenfliegen, nichts anderes mehr ist in mir zu finden. So bin ich gleichzeitig die Ernte und das Tier. Und bin ich ganz leer gefressen, ist dem Tier ganz leicht, und es entweicht.

Papas dritter Traum: Ich gelangte in der Dunkelheit zu einem Haus. Das Haus stand in Berlin, seine unmittelbare Umgebung war aber nicht Berlin. Das Haus hatte viele Stockwerke, in denen ein großes Durcheinander herrschte. Ständig liefen einige Personen über das Treppenhaus von einer Etage zur nächsten, schienen etwas zu suchen, rissen die Wohnungstüren auf, riefen etwas, blieben in der Wohnung oder polterten weiter, nur kurz herrschte Stille, da hörte ich meinen Namen; der gerufen hatte, war ich selbst. Jetzt stand ich vor dem fünften Stock, als jemand mir die Türe öffnete und mich bat, einzutreten. Nirgends war Licht, der freundliche Jemand war schnell schon in der diffusen

Dunkelheit verschwunden. In allen Zimmern wurde geschlafen, gurgelnde Geräusche mischten sich mit Räuspern und unverständlichem Gerede, das aus den Träumen sprach. In manchen Zimmern brannte ein schwaches Licht, ich konnte aber niemanden erkennen. In einem der Zimmer war auf dem Boden noch ein Schlafplatz frei, wie überhaupt alles in den Zimmern nur Schlafplatz war, kaum etwas befand sich sonst in den Räumen, die Wände waren leer, nirgends stand ein Bett, also legte ich mich hin und nahm eine der muffigen Decken, kaum aber lag ich, stand ich wieder auf und machte mich auf die Suche nach einer Toilette. Ich fand sie schließlich in schmalen, schlauchförmigen Räumlichkeiten am Ende des Flures, eine rosafarbene bis rostbraune Toilettenschüssel ohne Deckel, keine Tapete oder Farbe an der Wand, wie in einem Rohbau, zugig, kalt, als ich mich von der Toilette erhob, ohne Toilettenpapier gefunden zu haben, kippte die Toilette plötzlich nach hinten weg. Da erst bemerkte ich, dass der Raum keine Stirnseite hatte, wie man es auf Bildern aus dem Krieg sehen kann, wenn die Fassade weggesprengt ist. Die Schüssel stürzte aus dem Haus in die Tiefe. Was ist, wenn sie unten jemanden erschlägt, dachte ich, dann hörte ich einen dumpfen Aufprall. Ich ging zu meinem Schlafplatz zurück, überall wimmerte es nun, die Schlafenden waren unruhig, schienen Schmerzen zu haben. Auch beschwerte man sich, was ich denn suche und wieso ich das denn gemacht habe, mein Schlafplatz war belegt, ich nahm meine Jacke, die mitgebracht zu haben ich mich gar nicht erinnern konnte, und ging durch die fehlende Fassade nach draußen.

PARTY

Wenn es unten an der Haustür schellte, waren wir Kinder sofort zur Stelle und öffneten. Die Mäntel und Jacken der nach und nach Eintreffenden verschwanden in der Garderobe, die Mutter für diesen Abend extra ausgeräumt hatte, die Neuankömmlinge betrachteten sich kritisch im großen Garderobenspiegel, kontrollierten den Krawattenknoten, den Sitz des BHs unter der Bluse, die frisch geputzten Schuhe, die obligatorischen Schnäuzer wurden nachgekämmt. Man fand sich ein an der Bar, ein von Vater für diese Zwecke ausgeliehener Tresen, hinter dem er die Getränke ausschenkte, der Plattenspieler lief unermüdlich, das Licht war gedimmt. Die sechs Barhocker waren schnell besetzt. Wer nicht rauchte, musste mitrauchen. Das ganze Haus wurde vollgeraucht mit Zigaretten und Zigarren. Die Eltern rauchten auch beim Fernsehen, die Asche sammelten sie in einem bronzenen, einem kristallenen oder einem rot emaillierten Aschenbecher mit ausladender Form, auf dessen geschwungenen goldenen Rand die Zigarette abgelegt werden konnte. Der Stummel wurde nicht einfach im Ascher ausgedrückt, sondern in ein kleines bronzenes Gefäß gesteckt, wo er keine Luft mehr bekam, ganz wie die Raucher. Man wuchs im Rauch auf, rauchte selbst und kam im Rauch um.

Ich mochte die Leute, es waren über die Jahre immer dieselben, und manches Jahr war, zumeist einmalig, ein neues Gesicht zu sehen, eingeladen aus Neugierde, Freundschaft oder, selten, rein beruflichen Gründen. Zwischen acht und neun Uhr abends gab es ein Buffet, das meine Eltern bestellt hatten, es wurde geliefert, aufgebaut und in Betrieb genommen. Die Casseroles,

269

Rechauds, Tabletts und Etageren beeindruckten mich, ein Luxus, der so gar nicht zu meiner penibel Haushaltsbuch führenden Mutter passte, die an manchen Tagen den Eindruck erweckte, als stünden wir vor kriegsbedingten Einschränkungen und müssten uns jeden Moment auf trockenes Brot einstellen. Serviert wurden immer mehrere Essen, mit Suppen, Vorspeisen, Hauptspeisen und Nachtischen gleichzeitig, niemand schrieb einem vor, was man nehmen sollte, also nahmen wir von allem: Caprese, nicht weit weg von Capito, jedenfalls mit viel Sonne; Petits Fours ohne Ende, Stück für Stück, kleideten den Mundraum ganz vorzüglich, wie sie auch bevorzugten, dort eine ganze Weile zu verweilen; Saltimbocca, dessen Name schon auf der Zunge zerging, da musste es gar nicht erst in den Mund springen; Vitello tonnato, ein Künstlername, der aufhorchen ließ, man war stolz, ihn aussprechen zu dürfen, abwechselnd Trapezkünstler und Rochen. Dann auch, in anderen Jahren, Grünkohl mit Pinkel und allem Drum und Dran; Ochsenschwanzsuppe, Schwarzwurzeln und Zunge; Schweinemedaillons mit Pfefferrahmsoße, Karotten und Kroketten.

Nach dem Essen tummelte man sich auf der Tanzfläche wie eine Schar Kinder, die sich zum ersten Mal zum Spielen zusammengefunden hatte. Tanzen war eine ernste Angelegenheit. Schnauzer waren modern. Hochtoupiertes Haar. Es roch nach Rasierwasser und eigenartig süßem Parfum. Das alles konnte man jetzt, in einem blauen Sessel sitzend, ganz genau in Augenschein nehmen. Die Tanzpaare bewegten sich voneinander weg und wieder aufeinander zu. Manche Paare verhielten sich wie frisch verliebt, dabei tanzten ihre Ehepartner nur wenige Schritte entfernt. Wir huschten zwischen ihnen hindurch. Mit der Zeit ließen die Erwachsenen sich völlig gehen, so als ob der Alltag sie allzu sehr knechte und sie sich nun aus allen Zwingen befreien müssten. Sie weichten auf, verflossen an den Rändern. Die Partys waren die einzige Gelegenheit, bei der auch meine Mutter sich gehenließ. Es war traurig. Und schön, sie so gelöst zu sehen. Mein Vater versuchte, witzig zu sein. Sein Humor glich einer Mühle, deren übertragendes Getrieberad gebrochen war, das Wasserrad seiner Rede lief mit Schwung, allein die Mühle mahlte nicht. Vater, indem er dies bemerkte, überspielte solche Situationen mit einem stoßweise hervorgebrachten Lachen, das die letzte Luft aus seinen Lungen presste. Er entblößte hierbei seine obere Zahnreihe, und ich verlor mich ganz in der Betrachtung seiner Goldkronen, die ihm eine gewisse Humorautorität verliehen, an der man dann doch teilhaben wollte. Wollte man wissen, was die Stadt im Innersten zusammenhielt, musste man den Gästen am Tresen lauschen, wahrnehmen, wie die Stimmen aus ihnen hinaustraten, zwischen ihnen schwebten als selbständige Gesellschaft, und dabei ihre Gesichter beobachten. Die Botenstoffe ihrer Gesten und Mienen interessierten mich allemal mehr als der Inhalt ihrer Gespräche. Ich wüsste ihnen allen ihr Aussehen zu geben von damals, sie alle wieder hinzusetzen auf ihre Barhocker, sie anzuziehen, wie sie damals angezogen waren, ihnen die Speisen zu essen zu geben, die sie aßen, ich wüsste ihre Musik aufzulegen, sie tanzen und ihre Gespräche führen zu lassen, es gäbe eine Auferstehung, wie die Stadt auferstanden ist, und die noch Lebenden wären um Jahrzehnte jünger. Merkwürdig, dass ich jetzt um Jahre älter bin als damals der Älteste von ihnen, mein Vater. Auf den Partys hatte ich es mit alten Leuten zu tun, dachte ich. Ich fühle mich jung.

Da waren der Spirituosenhändler und seine Frau, die den ganzen Tag Spirituosen verkauften und, nachdem sie in der Mittagspause die am Morgen begonnene Lektüre der Tageszeitung beendet hatten, über das Weltgeschehen sprachen in einer Weise, die sie über ihre Kundschaft keineswegs erhaben machte, er mimte den Stadtteillehrer der Welt und ihrer Politik, und sein Erdendasein fand Erfüllung im schönen Spiel der Konversation. Hier war jemand, der war ganz Mensch, so stellte ich mir den Menschen vor, mit einem melancholischen Blick, der zu Boden geht, und die Augen, wenn sie sich dir zuwenden, trauen dir zu, etwas verstanden zu haben vom Menschengewimmel.

Das Optikerehepaar, dessen Geschäft die Welt bedeutete, 40 Quadratmeter Paris und Mailand, und jenseits der Türschwelle begann die Gosse. Nicht jeder ist zur Brille berufen, und wer kein Geld hat, mag den Herrn loben – vor dem nicht alle gleich sind –, wenn er nie im Leben eine Brille braucht. So waren sie nicht. Sie hatten einen gewissen Chic, der nicht Provinz war, an dem sie die Leute teilhaben ließen, und wenn sie jemandem ein Brillenmodell auf die Nase praktizierten, sollte das ganze Ensemble stimmen aus Umgebung, Luft, Gesicht und Brille. Denn wie man aus der Brille hinausschaut, so schaut die Welt in sie hinein.

Die Ärztin, der alle Krankheiten in ihrer unserer kleinen Stadt niveaulos waren? Gab es nicht. Jede Nacht studierte sie internationale medizinische Berichte, in denen extravagante Fälle der Medizingeschichte geschildert wurden, und hoffte, eines Tages einen solchen Fall auch in ihrer Praxis zu haben. Dürfen Ärzte rauchen? Arztopa hatte sich zu Tode geraucht, und auch diese mit meinen Eltern befreundete Ärztin rauchte und trank Alkohol. Und der Bruder sollte an beidem dahinsiechen.

Und da war der schon gealterte Nachwuchspolitiker, der auf jeder Party die Gelegenheit erneut für gekommen sah, jeden freundlich auszuhorchen mit einem ins Gesicht gravierten

Lächeln, das man sonst nur von den Plakatwänden kannte. Ein Günstling in spe, der auf die Gunst der Stunde hoffte. Nach etlichen Gläsern Bier hielt er eine private Antrittsrede über den Krieg, der das einzig Konstante in der Menschheitsgeschichte sei und deshalb zwar nicht immer willkommen, aber unvermeidlich sei. Den Kriegsdienst zu verweigern, sei eine Verkennung dieses ungeschriebenen Naturgesetzes. Und es sei auch ein Naturgesetz, dass Freunde zu Feinden würden, womit er auch meinen Vater meinte, den im Amt zu beerben sein deutlicher Vorsatz war. Wie wollte er das schaffen? Durch die Stimmen des gegnerischen Lagers. Das Joviale über den Abend hin aufrechtzuerhalten, kostete ihn größte Anstrengung, und diese Anstrengung in der Summe der Jahre kostete ihn, der schnell ausgebrannt war, viel zu früh das Leben.

Wenn das hier die Gesellschaft einer Kleinstadt war, die sich in ihren Reden und ihrer Selbstfeier zur Großstadtgesellschaft rauchte und trank, gab es keine Kleinstadt, und als Gesellschaft einer Großstadt hatte ich, der kaum einen Fuß vor die Tür des Elternhauses setzte, diese auch begriffen, die auf ihre Art reizend verklemmt war und von der ich mir sehnsüchtig einige Aufklärung über die insgesamt doch befremdlichen Eltern versprach. War ihre Gegenwart denn nur ein Echo der Vergangenheit, die ich mir als eine gewölbte Gruft vorstellte, in der man nichts als Kälte spürte und nur den eigenen Atem sah, der den Blick verstellte? Aufklärung gab es nicht, das wäre einem Verrat gleichgekommen.

Und dennoch: War diese Gesellschaft anwesend, hatte mein Elternhaus ein Zentrum, das bis hinauf aufs Dach tönte, und allein bei Gelegenheit dieser Partys stellte meine Mutter das Pendel der großen Wanduhr still und mit ihr den Alltag, der durch den überraschend hellen Glockenklang der Pendeluhr getaktet war.

OSTERN

Die schönen Momente sind es, die zählen, sagte Mutter bei jeder sich bietenden Gelegenheit. In Erinnerung geblieben sind mir auch Situationen, in denen dieser Satz völlig unpassend war. Zum Beispiel, wenn ich ihr von meinen Träumen erzählte. Dann lächelte Mutter, an ihrem Lächeln aber nagten Sorge und Traurigkeit. Selbstvergessenheit zählt zu den schönsten Momenten. Das Emportauchen aus ihr zu den schwierigsten.

Ostern. Nichts Schöneres gab es als das strahlende Gelb der Forsythie, die rechts in der Hecke des zum Haus führenden Kieswegs blühte. Ein Ölbaumgewächs, sagte Mutter, die Menschen lieben es, die Insekten meiden es. Und zeigte mir eines Tages einen Schmetterling, dessen Raupen neben dem Liguster auch die Forsythie als Futterpflanze schätzten, den Ligusterschwärmer. Als Raupe hat er sieben violette und sieben weiße Streifen. Und so einen komischen Stachel. Das Analhorn, sagte Mutter. Wie ekelhaft. Wie ein eingewickeltes Blatt sieht die auf den Pflanzen sitzende Raupe aus. Leuchtendes Grün. Zehn Zentimeter lang wird sie. Der ausgewachsene Falter hat sieben rosa-violette und sieben schwarze Streifen. Eine biblische Erscheinung. Ich hatte Angst vor ihm und wollte ihm nicht zu nahe kommen. Er ist eine Sphinx, sagte Mutter, was meine Ehrfurcht nur größer machte. Sphinx, ein Wort als Schere, Sphi hieß das obere, Nx das untere Scherenblatt. Sphinx konnte mir die Finger abschneiden. Einmal ging meine Mutter mit dem Zentimetermaß raus und maß den Schwärmer ab. Fünfeinhalb Zentimeter, sagte sie, das sind die größten Falter, die wir hier haben. Du solltest aber erst mal ihre Flügelspannweite sehen, sagte Mutter. Wollte ich gar nicht. Ich wurde die Vorstellung von der Schere nicht los, und nie wagte ich es, den Falter länger als bis drei zu betrachten, bei vier hätte er mich sicherlich gestochen. Das Unheimlichste aber war sein brummendes Geräusch beim Fliegen, wenn er seine Flügel ganz schnell zusammenschlug. Im Schwarm war dieses Geräusch geradezu unerträglich. Erinnerte es nicht an Flugzeuge? Mutter erzählte oft von den Bombenangriffen auf Düsseldorf und Neuerburg. Der Ligusterschwärmer und die Lancaster. In der kindlichen Vorstellung gerät das Kleine zum Großen, das alles Denken und alle Vorstellung beherrscht.

Das strahlende Gelb der Forsythie ist das gespeicherte Licht der Sonne, stellte ich mir vor. Ich schritt die mir weit über den Kopf gewachsenen Sträucher ab und atmete ihren Duft tief ein. Jetzt kleidet das Gelb mich innen aus und schützt mich, dachte ich, und in mir selbst sitze ich ja selbst und sehe und rieche die Forsythie ein zweites Mal. Gerüche gewannen zunehmend an Bedeutung für mich, sie erlaubten eine Orientierung über den Wechsel der Jahreszeiten hinaus, ihr Wiedererkennen verlieh Sicherheit und mäßigte die Angst, deren Herkunft, das spürte ich, tiefer reichte als die tiefste Wurzel eines Baumes. Mutter war fasziniert von Pilzen, die sich uns zumeist nur mit ihrem oberirdischen Fruchtkörper zeigen, deren weitaus größter Teil aber unterirdisch als Geflecht wächst und so dem menschlichen Auge verborgen bleibt. Mutter liebte es, das Wort *Myzel* auszusprechen, das der Rheinländer gerne auf der ersten Silbe betont. Mützel war mir verständlich, schließlich hatte ein Pilz ja einen Hut, das sah man ja. Die Vorstellung aber, das unsichtbare Mützel wachse unter dem Elternhaus und werde es eines Tages zum Einsturz bringen, beunruhigte mich dann so sehr, dass ich erst alles über Pilze und Mützels gelesen haben musste, bevor ich mich wieder beruhigen konnte. Alles, das war der *große Kosmos Pilzführer*, endlich eine vernünftige Lektüre, wie meine Mutter meinte. Wo die Forsythie blüht, beginnt der Heimweg. Und der Heimweg ist von Totentrompeten gesäumt. Jenen, die Freund Hartmut vierzig Jahre später im Wald von Wartaweil aufzufinden wusste. Er bereitete sie mit Knödeln und Rotkraut zu. Wir aßen. Und dann sagte er: Jetzt ist das Totenreich in uns. Und ich saß da, am Esstisch in Wartaweil, und sah uns langsam hinübergehen. Und wartete. Und spürte nach. Und Hartmut lächelte.

Ich mag keine Pilze. Nur manchmal. Seitlinge, zum Beispiel. Die macht Papa in der Pfanne mit Sahnesoße und Nudeln. Macht er ganz gut. Oma hat ihm den Tipp gegeben, die Seitlinge nicht nur mit Öl, sondern auch mit etwas Wasser anzubraten. Von Pilzen versteht Papa sonst nichts. Und von Bäumen auch nicht. Da weiß ich schon viel mehr. Hat Mama mir beigebracht. Bei Papa reicht es gerade noch für Eiche, Birke, Tanne und Kastanie. Bei allen anderen Bäumen sagt er immer Weide und liegt meistens falsch. Er kann es sich einfach nicht merken. Dabei muss man sich ja nur die Formen genauer ansehen. Überhaupt bin ich im Auswendiglernen viel besser als er. Neulich wieder. Eine Blindschleiche. Mitten auf dem Weg, dem Sandweg, in der Nähe des Hofes mit der silbernen Weide. Lebte noch. Blind ist sie nicht. Wenn die Sonne scheint, blendet sie mit ihren Schuppen die neugierigen Menschen. Papa wusste das nicht. Wir sehen hier manchmal Kraniche und Rehe. Die Kraniche machen so komische Laute. Bin ich mit dem Fahrrad unterwegs, kann ich weite Strecken im Wald erkunden, da käme ich sonst nie hin. Papa und Mama kannten den Ort vorher nicht, wir haben ihn zusammen kennengelernt. Papa sagte, seine Eltern hätten immer alles schon gekannt, und wo auch immer sie hingefahren seien, es sei VaterMutterland gewesen. Papa entschuldigt sich, wenn er mal wütend ist. Manchmal entschuldigt er sich schon zu oft. Er will immer alles erklären, warum er etwas so macht und nicht so. Sein Vater hätte nichts erklärt, sondern einfach nur gemacht. Papa findet es schön, dass ich viele Dinge kann, die er nicht kann. Zum Beispiel Judo, Handball oder Malen. Seine Eltern hätten immer so getan, als ob sie alles könnten, und zwar besser.

Manchmal erzählt Papa viel von sich und seiner Familie, seinen Eltern und Geschwistern, manchmal nichts, und an manchen Tagen erst, wenn ich ihn mehrfach dazu aufgefordert habe. Wie auch immer, ob viel oder wenig, man darf Papa nicht alles glauben, was er sagt oder nicht sagt.

Die prächtigen Rosen im Garten, heute, da sie nur noch in der Erinnerung sind, liebe ich sie. Die frühe Liebe zu den Tulpen ist bis heute geblieben. Sie tauchen aus dem Boden auf, gewinnen rasch an Höhe, bekennen Farbe, öffnen ihren Kelch, streben himmelwärts, recken sich und strecken sich, immer noch ein Stückchen scheinen sie der Natur abzutrotzen, dann verausgaben sie sich im langsamen Verblühen, in der Totalöffnung ihrer Blätter, die den Blütenstempel und die Staubblätter entblößen.

Ostern war stets das Fest meiner eigenen Beerdigung. So stellte ich es mir vor. Freitags gekreuzigt, sonntags auferstanden und für immer verschwunden. Seitdem erscheine ich allen, die an mich glauben. Viele sind es nicht. Sie langweilen mich. Auch meine Eltern sind unter ihnen. Ich würde sie gerne umbringen. Sie einen langsamen Martertod sterben sehen. Das sind so Vorstellungen. In der Realität würde man sie nicht ertragen.

Ostern ist für mich die schönste Zeit im Jahr. Nichts Schöneres gibt es, als am Ostersonntag auf der Wiese die Ostereier zu suchen, die bemalten gekochten und die aus Schokolade. Und die kleinen Geschenke. Ich frage Papa immer, ob es bei ihm auch so war. Und vieles war bei ihm auch so. Gelbe Sträucher voller Ostereier. Und die aus Schokolade im Garten. Ich sammle sie in einem Weidenkorb, bis er ganz voll ist, und draußen ist es in manchen Jahren noch ganz kalt, einmal lag sogar Schnee, und das erzähle ich immer wieder und immer wieder etwas anders, das ganze Jahr über, bis wieder Ostern ist. Den Inhalt des Korbs betrachte ich zunächst im Einzelnen und ordne ihn der Größe nach, der Überblick ermöglicht mir einen Vergleich zu den früheren Jahren. Das Wichtigste aber ist die Suche und die Erfahrung, nicht alles auf Anhieb zu finden.

Als wir auf das Gymnasium kamen, fragte ich Paul: Möchtest du auch deine Eltern umbringen? Paul bat sich einige Tage Bedenkzeit aus. Er werde sich die Frage gründlich durch den Kopf gehen lassen und mir dann ehrlich antworten. Die folgenden Tage blieb eine Antwort aus, und je länger sie ausblieb, desto nachhaltiger verstand ich das Leben als ein Ausweichen vor allen wichtigen Fragen, die es zu bieten hat. Als ich ihm nach mehr als einer Woche die Frage noch einmal stellte, sagte er, als hätte er ganz lange schon auf diese Frage gewartet und als würde sie ihn, nun endlich gestellt, erlösen: Nein! Ich schämte mich, hätte ein Ja mein Ansinnen nicht ganz so absonderlich erscheinen lassen. Ich auch nicht mehr, sagte ich. Ach so, jetzt ist es aber zu spät, meinte Paul, und bevor ich fragen konnte, was denn zu spät sei, sagte er noch, er habe alles schon seiner Mutter erzählt, die es, aber nicht wirklich, ging es mir durch den Kopf, meiner Mutter am Samstag auf dem Markt erzählt habe. Da bin ich ja beruhigt, sagte ich. Paul lachte. Was hast du ihr denn erzählt? Dass du deine Eltern umbringen möchtest, was denn sonst? Und dann meinte Paul, er müsse jetzt nach Hause gehen. Also ging Paul nach Hause, und ich war mir nicht ganz sicher, ob ich auch nach Hause gehen sollte. So einer ist also der Paul, dachte ich, da habe ich mich also die ganze Grundschulzeit geirrt. Ich ging mir in der Stadt die Auslagen anschauen, fand nun Papierläden und Schuhgeschäfte für Kinder sehr interessant und nahm mir vor, bis in die Dunkelheit hinein die Hauptgeschäftsstraße meiner Geburtsstadt auf und ab zu gehen. Ich bewegte mich im Außen meiner selbst und hatte doch zunehmend das Gefühl, mich in meinem Inneren, in mir selbst zu bewegen: Nichts war mir mehr fremd, alles war schön und schien selig in mir selbst, ich sah mich schon selbst in den Auslagen liegen sitzen stehen, ein Ding unter anderen, freigestellt von Empfindungen, als Schaufensterpuppe im Anzug, als Perle einer Kette um den Hals eines Puppentorsos, als Köder im Fenster eines Geschäfts für Anglerbedarf. Eine nie gekannte Hochstimmung breitete sich in mir aus, ich flanierte hier in Paris und Florenz, ich war das Zentrum der Welt, und erst wenn ich mich bewegte, gemessenen Schrittes von Fenster zu Fenster, bewegte sich die Welt, ich drehte sie mit meinen Füßen, sie rollte voran, und ich schwebte über ihr. Und dann war, dem Hin und Her zum Trotz, das Ende der Welt erreicht, und langsam ging es nach Hause. Das Abendessen war abgeräumt. Ich fand die Eltern vor dem Fernseher. Wenn du dir vorgenommen hast, immer später zu kommen, gibt es kein Abendbrot mehr, sagte mein Vater. Er sagte immer *Abendbrot*, und jedes Mal musste ich an den Pfarrer und die geweihten Hostien denken. Innerlich war ich ja auch schon mehr als satt, ich schlich mich aus dem Zimmer, schloss die Tür und lauschte. Kein Nachsatz, nur das Summen der Stimmen im Fernseher. In meinem Zimmer legte ich mich aufs Bett und schlief sofort ein. Ich schwamm durch ein Aquarium. Die Menschen schauten mich stieren Blickes an, und es war mir, als ob sie die Fische wären und jenseits der Glaswände das Aquarium. Es gab die Fensterputzermenschen und die Gründelmenschen, die Schnappermenschen und die Reglosmenschen. Und irgendwann wurden die Menschen so langweilig, dass ich immer tiefer hinabsank in den Trichter Schlaf. Dann blieb ich stecken und hörte Pauls Stimme, die sagte: Ach so, jetzt ist es aber zu spät. Es war sechs Uhr morgens. Ich saß senkrecht im Bett, erhob mich und schlich, die Hausschuhe mit ihren festen Gummisohlen in der Hand, die Speichertreppe hinunter, jede Stufe prüfend, ob sie nicht ein Knarren und Knacken von sich gab, die das Haus in Aufruhr versetzt hätten. Dann das kurze Stück über den Filzteppich im ersten Stock, die Steintreppe hinunter, rechts links in die Küche, hinsetzen. Das fehlende Abendbrot verlangte ein vorgezogenes Frühstück. So ist das, wenn die Eltern tot sind, stellte ich mir vor, niemand ist mehr im Haus, es ist so still, dass man das Rauschen im Ohr hört, man atmet flach, um die Stille nicht zu stören, die zu einer verborgenen Person geworden ist, und diese Person ist, wo immer du dich auch befindest, dahinter, hinter dieser Tür, jenseits dieser Wand, unter diesem Boden. Schon da? Das ist ja erfreulich, sagte Mutter, als sie die Küche betrat, dann läuft ja heute alles mal pünktlich. Ich verfolgte jede ihrer Bewegungen, prüfte den Tonfall ihrer Stimme, suchte in ihrer Mimik nach verräterischen Signalen, was ihr nicht verborgen blieb. Ist das jetzt auch ein schöner Moment?, fragte ich sie. Natürlich, sagte meine Mutter, wir beide hier, ausgeruht, früh am Morgen, und es ist noch Zeit.

APFELKUCHEN

Die schönen Momente sind aber auch solche des Alleinseins. Auf der Terrasse in einem Sessel sitzen und den Rosen beim Blühen zusehen. Nichts begehren, nichts tun, nicht grübeln. Apfelkuchen essen, zwei Stücke, mit Sahne, Samstag für Samstag, im Sonnenschein, oder am Küchentisch sitzen und Apfelkuchen essen, zwei Stücke, mit Sahne, Samstag für Samstag, nichts anderes steht auf dem Tisch, zwei Teller, darauf jeweils ein Stück gedeckter Apfelkuchen. Ausgiebig betrachte ich den Kuchen von allen Seiten, rieche an ihm, nehme ein winziges Stückchen nur, einen Hauch, wie meine Mutter zu sagen pflegte, lasse den Hauch auf der Zunge zergehen, der Apfel hat eine fast schmerzhafte Süße, ich durchbohre mit der Gabel die Zuckerdecke, frage mich, wie jedes Mal, ob es nun wünschenswert ist oder nicht, dass es diese schwere Zuckerdecke gibt, die den Apfelgeschmack eindeckt.

Es gibt ein Café hier ganz in der Nähe, da gehe ich oft mit Papa hin, das Café Gold. Papa isst da immer Apfelkuchen, ich esse immer Eis. Sein Apfelkuchen hat eine dicke Decke aus Zucker, das mag ich gar nicht, Papa sagt, so war es früher, nur die Stücke seien größer gewesen, im Rheinland und der Eifel sei der Kuchen sowieso viel größer als hier, woran sie bei einem Besuch in der Eifel wieder erinnert worden seien, in Heimbach in einem Café habe er mit Mama einmal, nachdem sie schon Jahre hier gewohnt hätten, jeder zwei Stück Riemchenkuchen bestellt, da seien zwei große Teller gekommen anstatt dieser üblichen, zwei große Teller, und die seien komplett mit dem Kuchen ausgefüllt gewesen. Da habe er sich geschämt, es sei aber auch lustig gewesen. Das Kuchenessen ist ein komisches Ritual. Überhaupt Sitzen ist komisch, dass man sich hinsetzt, um irgendetwas zu tun oder nur um zu sitzen. Kaum ist man ein paar Meter gegangen, sitzt man wieder. Sitzen stehen liegen gehen. Komisch. An meinen beiden Eiskugeln kleben immer Smarties. Die gefährliche Politik des Süßen, sagt Papa. Dabei isst er selber Süßes.

Der Kuchenboden, sagte Mutter, wird mit Aprikosenmarmelade bestrichen, zusätzlich bestreut man ihn mit Semmelbröseln, so verhindert man, dass der Mürbeteigboden durch die Apfelfüllung feucht wird. Die Äpfel, sagte Mutter und machte es oft genug auch vor, werden in Apfelsaft gedünstet, bevor der Kuchen gebacken wird. Ganz wichtig sei es, die Apfelfüllung mit Vanillepuddingpulver zu binden. So halte er gut zusammen und schmecke ausgezeichnet.

Der Zuckerguss werde aus Puderzucker, Zitronensaft und einer geringen Menge Wasser hergestellt. Am Puderzucker werde nicht gespart, 125 Gramm sollten es schon sein, der Zitronensaft wird mit 1 Teelöffel dagegen sparsam eingesetzt. Die geschälten und gewürfelten Äpfel werden in einen Topf gegeben, in dem zuvor etwa 300 Milliliter Apfelsaft mit Zucker und Zimt, Zitronenschale und Zitronensaft zum Apfelsud aufgekocht wurden, an Apfelsaft kann es auch etwas mehr sein.

Auf einem Bild war die auf diese Weise zubereitete Füllung gut zu sehen. Mutter sagte immer, wenn sie gedeckten Apfelkuchen machte, sein Rezept sei ein Roman. Sie müsse die einzelnen Schritte stets ablesen. Ich habe es eingehend studiert und größtenteils wieder vergessen. Insbesondere die Herstellung des Mürbeteigs schien mir eine Kunst zu sein. Mutter fürchtete jedes Mal, dass er zu hart wird und bricht. Man darf ihn nicht zu lange kneten, er werde sonst *brandig*, sagte Mutter. Das ist eins dieser Wörter, die sich mir mit dem ersten Hören eingebrannt haben.

Ist der Mürbeteig schließlich hergestellt, muss er in den Kühlschrank. Die beiden Eier, die Mutter in den Teig regelrecht hineinzelebrierte, müssen hingegen Zimmertemperatur haben. Verkehrte Apfelkuchenwelt.

Rieche ich die Apfelsorte, schmecke ich sie? Boskop, Elstar, Gravensteiner, Idared? Boskop. Riesige Boskopäpfel im hinteren Teil des Gartens, der durch ein kleines Wäldchen vom großen Garten abgetrennt war. Die Boskopwiese befand sich gegenüber den Stachelbeersträuchern und dem Kartoffelbeet, von denen sie durch einen Schotterweg getrennt war. Ich kann mich nicht erinnern, im Vorgarten mit seiner Trauerweide, dem Fahnenmast und dem verzinkten quadratischen Schachtdeckel für den Öltank, einen sogenannten Erdtank, gespielt zu haben. Unter dem Schachtdeckel verbargen sich der Ein-Mann-Einstieg und der Einfüllstutzen für das Öl, das von einem mittelgroßen Tankwagen angeliefert werden musste, der Vorgarten war von der Straße nur durch ein kleines Mäuerchen getrennt und von überallher einzusehen, insbesondere störte mich, dass die Nachbarn in den mehrstöckigen Häusern auf der gegenüberliegenden Straßenseite hinter zugezogenen Gardinen uns beobachten konnten, wir aber sie nicht. Dieses den fremden Blicken Ausgesetztsein führte dazu, dass ich bei jedem Gespräch der Nachbarn auf der Straße den Eindruck hatte, sie sprächen über mich. Und natürlich würden sie nur abschätzig über mich sprechen. Niemand in der näheren Umgebung wohnte in einem Einfamilienhaus, und so stellte die Nachbarschaft mit ihren lückenlos aneinandergereihten, gleich hohen Mietshäusern eine soziale Einheitsfront gegen die vermeintlich Privilegierten dar. Auslöser meiner Verstörtheit – und es dauerte Jahre, mir das selbst einzugestehen – war die unerwiderte Liebe zu einem mit seiner Mutter im dritten Stock des von uns aus gesehen auf der rechten Seite gelegenen Eckhauses lebenden Mädchen, das sich rauchend zuweilen derart weit aus dem Fenster lehnte, dass ich befürchtete, sie werde im nächsten Moment Hals über Kopf hinunterstürzen. An einem sommerlichen Tag sah ich sie wieder im Fenster und setzte mich auf das ringsum laufende gusseiserne Geländer des Mäuerchens in der Hoffnung, sie für einige Sekunden betrachten zu können, bevor sie mich entdeckt. Es dauerte nicht lange und sie rief mir ein paar Unflätigkeiten zu, die ich aufgrund des Straßenlärms zwar nicht im Wortlaut verstand, ihre Mimik und Gestik ließen über ihren Inhalt jedoch keinen Zweifel. Dann rief sie ihre Mutter herbei, und gemeinsam lachten sie über mich. Zunächst hielt ich ihrem Spott stand, dann fiel mir ein, dass ich ihr einige Tage zuvor eine Art Liebesbrief in den Briefkasten gesteckt hatte, in dem ich ihr unbeholfen meine Gefühle für sie gestand. Aus allen ihren im Fenster zur Schau gestellten Überheblichkeiten las ich eine Antwort auf diesen Brief. Wohin nun? Mich hinter das Mäuerchen fallen zu lassen, war keine Option, es war zu niedrig, um sich hinter ihm zu verstecken. Ich erprobte die Haltung des Unbeteiligtseins. Sie durchschaute das sofort und rief mir zu, ob ich jetzt auf bockiges Kind mache. Dieses Mal verstand ich ihre Worte. *Kind*, sie wusste sicher, dass mich das besonders ärgerte. Ich beschloss, die Sache auszusitzen. Kinder sind eben manchmal störrisch. Anscheinend hatte sie dasselbe beschlossen. Ab und zu erschien auch ihre Mutter im Fenster. Plötzlich fühlte ich meine Mutter im Rücken, drehte mich zum Haus um, und tatsächlich stand meine Mutter hinter der Gardine des großen Fensters links neben der Haustür. Das gab mir die Gelegenheit, mich zu erheben. Da geht er, rief das Mädchen, wo gehste denn hin? Zu Mama geht er. Mutter hatte gedeckten Apfelkuchen gebacken.

In der Zuckerglasur steckten geröstete Mandelstifte. Die Äpfel dürfen beim Dünsten im Topf nicht weich werden, sagte sie. Man dünstet nur kurz, und das mit geschlossenem Deckel. Und Umrühren nicht vergessen. Sie hatte ihren blauen Kittel an, von dem sie jeden Saftspritzer, jeden Fleck mit einem Tuch einfach wegwischen konnte. Was wollte das Mädchen?, fragte sie. Ich habe sie nicht verstanden, antwortete ich. So, und warum hast du denn dann so lange auf dem Mäuerchen gesessen, da ist es doch so unbequem, fragte Mutter. Ich fand die Sonne so angenehm, sagte ich. So, sagte Mutter. Weißt du, wie man den Zuckerguss macht? Das hast du mir schon mal gesagt. Man nimmt Puderzucker und rührt ihn mit Zitronensaft und ein wenig Wasser an. Mich interessierte das überhaupt nicht. Dann streicht man die Glasur auf den Apfelkuchen und steckt die Mandelstifte hinein. Sie will von irgendetwas ablenken, dachte ich. Noch nie habe ich mich für Rezepte interessiert. Warum auch, Mutter machte ja alles. Im Rückblick ein Versäumnis. Der Zuckerguss muss selbstredend noch nass sein, sagte Mutter. Was ist denn der Unterschied zwischen Glasur, Zuckerguss und – wie hieß das Dritte noch mal? Ich sage dazu nur Zuckerguss oder Glasur, sagte Mutter. Und was ist da der Unterschied? Das ist dasselbe. *Zuckerdecke* hast du es noch genannt. So würde ich es nie nennen, sagte Mutter. Aber du hast es doch so genannt. Nein. Zuckerdecke ist aber dasselbe, sagte Mutter. Da steht der gedeckte Apfelkuchen, und ich ernähre mich von seinem Rezept. Vielleicht ist es das Rezept meiner Mutter, dass ich das Mädchen vergesse, wenn sie mir nur genug über die Herstellung des Kuchens erzählt. Der Geschmack hängt wesentlich davon ab, wie die Füllung zubereitet wird, sagte meine Mutter. Hat man die Äpfel gedünstet, muss man sie absieben. Wichtig dabei ist, dass der Sud nicht einfach ins Becken weggeschüttet, sondern dass er in einem Behältnis aufgefangen wird. So ist es mit den Erinnerungen. Der Sud wird wieder zum Kochen gebracht, dann wird das mit kaltem Apfelsaft vermischte Vanillepuddingpulver untergerührt, nicht mehr als 50 Milliliter Apfelsaft – hatte ich doch gesagt, dass wir Vanillepuddingpulver brauchen, oder? –, das Ganze wird wieder aufgekocht, kurz nur, am Geruch erkennt man schon den Geschmack, dann soll man den Topf vom Herd nehmen, wir drehen einfach das Gas ab und lassen den Topf stehen, sagte Mutter, ein paar Rosinen, die wir druntermischen, machen den Geschmack interessanter. Der gedeckte Apfelkuchen ist natürlich noch lange nicht fertig, sagte Mutter, man muss einen Mürbeteig herstellen aus 500 Gramm Weizenmehl Type 405, ungefähr 170 Gramm Butter, die möglichst weich sein sollte, sage und schreibe 150 Gramm Zucker, wenn du den Kuchen alleine isst, hast du also allein schon 150 Gramm reinen Zucker gegessen, das besagte Päckchen Vanillezucker darf nicht fehlen, eine sogenannte Prise Salz, die beiden Zimmertemperatureier, 1 gestrichener Teelöffel Backpulver und ebenfalls 1 gestrichener Teelöffel Zitronenschale. Für den Mürbeteig verwendet man eine Springform, sagte Mutter. *Springform* müsste eigentlich *Aufspringform* heißen, sie springt ja nicht wild durch die Gegend, wie ich mir das als Kind immer vorgestellt hatte, sie hat einen Spannhebel, mit dessen Hilfe der äußere Ring aufspringt, in den man den Boden einspannt. Verliebtsein muss auch einen Spannhebel haben.

Ich kann stundenlang Teig ausrollen. Am liebsten direkt auf dem Küchentisch. Für meine Vorstellung von Kuchen ist das Kuchenblech eigentlich zu klein. Hier fehlt noch etwas Teig und da, und hier ist ein Hubbel, den ich flacher machen kann, dann schließt sich die Lücke. Manchmal scheint das Blech durch, dann ist da etwas Schwarzes zu sehen, das ich korrigieren muss, und manchmal ist das schwarze Loch einfach nur deswegen da, weil ich vom Teig probiert habe. Meistens schmeckt der Teig besser als der Kuchen, es wird nicht langweilig, ihn zu probieren, der Kuchen kann aber schnell langweilig werden.

Papa backt keinen Kuchen, er isst ihn aber immer. Kuchenbacken mit Mama und Oma ist manchmal wie Malen, die Backsachen liegen da, die Malsachen liegen da, dann kommt das eine zum anderen, etwas wird vermischt, etwas bildet eine Fläche, auf der Fläche werden bunte Sachen angeordnet, und mit einem Mal weiß ich, jetzt ist es fertig. Das Malen trocknet, der Kuchen geht auf. Der Geruch ist vielleicht das Wichtigste am Kuchen. Die Küche müsste immer nach Kuchen riechen. Dann wüsste ich in vielen Jahren noch, wie der Kuchen meiner Kindheit gerochen hat.

Ist der Kuchen fertig gebacken, muss man ihn nicht stürzen, sondern öffnet einfach den Spannhebel, legt den äußeren Ring beiseite und serviert den Kuchen, wenn gewünscht, anstatt auf dem Boden der Springform auf einer schönen Kuchenplatte. Ich liebte es, die Springform innen mit Butter zu bestreichen. Wir hatten einen Backpinsel mit einer Mischung aus Schweineborsten und Nylon als Besatz, war er erst mal voll Butter, schien mir seine Reinigung jedes Mal unmöglich. Immer erst den Kuchendeckel herstellen, aus etwa einem Drittel der Teigmenge, sagte Mutter. *Kuchendeckel:* ein Gerät, das den Verzehr von Kuchen begrenzt. Oder das Dach des Nachbarhauses. Dann die Bodenplatte herstellen; die Teigplatten für Deckel und Boden, schön ausgewellt, sind etwas größer als die Springform, mit der sie beherzt ausgestochen werden, sagte Mutter. Der Kuchendeckel wird auf einen Kuchenheber manövriert, auch Kuchenretter genannt, sagte Mutter. Das war ein Wort ganz nach meinem Geschmack. Wie gern wäre ich der Retter aller Kuchen gewesen. Man rettet sie am besten, indem man sie isst. Was man nicht vergessen darf, sagte Mutter, damit er nicht zu weich wird, muss der Kuchendeckel so lange in den Kühlschrank, bis er auf den Kuchen aufgesetzt werden kann. Er ist also ein Hut, dachte ich. Ich bin einfach nur ein nichtsnutziges Früchtchen, das hat es gut in seiner Springform mit Kuchendeckel.

Wenn die Teigmenge wie angegeben stimmt, hat man nun noch genug Teig übrig, den Rand der Springform auszulegen. Hatte ich schon gesagt, dass der Kuchenboden mit Aprikosenmarmelade bestrichen und mit Semmelbröseln bestreut wird, damit er durch die Apfelfüllung nicht durchfeuchtet?, fragte Mutter. Ich konnte mich nicht erinnern.

Also dann, es ist so weit. Du nimmst die Äpfel, zum Beispiel mit einem größeren Löffel, aus dem Topf und verteilst sie gleichmäßig in der Springform, holst den Kuchendeckel aus dem Kühlschrank und legst ihn vorsichtig auf den Kuchenrand, die Äpfel sollten nun vollständig abgedeckt sein. Der Kuchen war jetzt etwa 40 Minuten im Backofen und ist mittlerweile, wie du bemerkt haben wirst, abgekühlt. Während der ganzen Zeit hast du wie von dem Mädchen dahin beordert auf dem Mäuerchen gesessen. Man kann in so einer langen Zeit also auch vernünftige Dinge tun, sagte Mutter. Aber vielleicht bist du jetzt ja selbst abgekühlt. Gas hat Vorteile, da wird der Teig wunderbar fest, ohne trocken zu sein, die Apfelfüllung verliert ihre überschüssige Feuchtigkeit. An einen solchen Kuchen erinnert man sich gern. Ich erinnerte mich an Vaters Restaurantkomplimentklassiker: *Das Steak war ein Gedicht* oder kurz *Ein Gedicht*. Das passte nicht zusammen. *Steak* sagte er immer mit einer gewissen Aggressivität, bei *Gedicht* wurde er ganz weich, weich wie das Steak, das er komplementös zerzähte. War Vater verbissen? War ich es? Ja, ich war verbissen. Ich wollte immer gewinnen, immer der Beste sein, immer immer immer. Nach außen hin war ich ein weichgekochter Hänfling, dem die Natur so viel Saft gelassen hatte, dass er überleben konnte. Wenn das Steak ein *Gedicht* war, dann ist das hier Drama. Den Apfelkuchen abkühlen lassen und dann erst aus der Form nehmen, sagte Mutter. Weißt du, warum? Mein lammfromm nichtssagendes Gesicht. Weil er sonst auseinanderfallen könnte wie eine Geschichte, die kein Leben hat, sagte Mutter. Und, hat meine Geschichte Leben?, fragte ich sie. Zum Schluss, bevor man sie auf den Kuchen steckt, röstet man die Mandelstifte in einer Pfanne ohne Fett leicht an, sagte Mutter.

Ich hatte mein Stück schon längst aufgegessen und ging wieder nach draußen. Das Fenster der Nachbarin war geschlossen. Angeröstet auf dem Geländer des Mäuerchens. Garnitur des Kuchens. Es zählen die inneren Werte. Ich sah mich weinen und musste weinen, dann sah ich dasselbe Bild noch einmal und musste lachen. Auf einem der Bilder hatte ich einen Besen in der Hand und kehrte die Steinplatten hinter dem Haus, auf einem anderen schaute ich oben aus dem Fenster im ersten Stock und war wohl erstaunt, dass mich unten jemand entdeckt hatte, auf einem anderen saß ich am Tisch und hatte einen blauen Stift in der Hand, mit dem ich unbeholfene Zeichnungen anfertigte. Die Zeichnungen wurden von meiner Mutter überschwänglich gelobt, aber ich durchschaute ihre Taktik, sie wollte mich vom Hals haben, und da mir das Zeichnen nicht lag, brachte ich ganze Nachmittage damit zu, Teile einer Gestalt zu skizzieren, die zum Beispiel einer Giraffe ähnlich sein sollte, wenn ich mir vorgenommen hatte, eine Giraffe zu zeichnen, oder wenn Mutter mich dazu überredet hatte, eine Giraffe zu zeichnen. Ich sah auf dem Bild deutlich meine Scham, die Teile nicht zu einem Ganzen fügen zu können, und die Überwindung, die es mich kostete, etwas wider besseres Wissen zu tun, aber was heißt schon Wissen, wenn es um Scham und Haltung geht? Nur keine Sozeichnenallebilder, sagte ich mir, keine Befehlsausführung nach Lehrbuch, schließlich hätte ich die Giraffe ja abpausen können. *Abpausen* ist ein Wort, das mich noch heute ängstigt. Dieses *ab* und sein Kompagnon *ver*: *abpausen* und *verschweigen*, *abstechen* und *vernichten*, *abspritzen* und *vergessen*. Etwas nicht *können* und die Scham der Bloßstellung. Was ist der Mensch, dass er den anderen immer bloßstellen muss? Die Schul- und die Liebes-, die elterliche und die Bloßstellung durch Freunde. Welche wiegt schwerer, und welche kann ich hinnehmen? Scham kann das Schlimmste sein. Für etwa eine Woche habe ich wegen des Mädchens das Haus nicht mehr durch den Hauseingang verlassen, sondern ausschließlich durch die Küchentür zum Garten, wenn Mutter in der Nähe war und die Tür wieder schließen konnte. Der Weg durch den Garten, aus dem Gartentor hinaus, rechts die Hierhin-Eichen-Straße hinunter, von dort die erste rechts in die Theo-Eg-Straße undsoweiter, war zur Schule ein ziemlicher Umweg, ein Spaziergang schadet nicht, sagte ich mir, so lerne ich meine Geburtsstadt besser kennen. Meine Integration in Mutters Rezepte linderte in ihren Augen vielleicht ihre Einsamkeit, wochentags war sie den Vormittag über allein zu Hause, abgesehen von der Zugehfrau, die sich allerdings mit Vorliebe in den Räumen aufhielt, in denen Mutter nicht zugegen war. *Zugehfrau* klang vornehm, *Haushaltshilfe* bürokratisch und raubte durch seine Länge nur Zeit. *Putzfrau?* Ordinär. Zudem waren die Tätigkeiten dieser Frauen nicht auf das Putzen reduziert. Manchmal blieben mir die Zugehfrauen fremd, sie schwebten wie ein Geist durchs Haus, verrichteten da und dort ihre Tätigkeiten, ohne dass sie weiter aufgefallen wären, wären sie nicht da gewesen, ich hätte es nicht bemerkt. Von manchen kannte ich nicht einmal den Namen oder vergaß ihn sofort wieder. Andere aber waren mir ans Herz gewachsen, ein Ausdruck, der mich ängstigte, ich stellte mir etwas vor, meinen Teddy zum Beispiel, das mir tatsächlich ans Herz gewachsen wäre. Da hing er nun in meinem Brustkorb, mit einem oder beiden Beinchen an mein Herz gewachsen, und konnte sich nicht von der Stelle rühren. Hatte ich Herzflattern, ein Wort, das Mutter des Öfteren verwendete, wenn sie ihrem allgemeinen Unwohlsein eine bildhafte Vorstellung verleihen wollte, dann war es Teddy, der freizukommen versuchte, indem er wild mit den Armen ruderte. Teddy hatte immer Angst, den Halt zu verlieren. Der Übergang vom Kindermädchen zur Zugehfrau war fließend, das heißt, irgendwann kamen die Kindermädchen, von denen es jahrelang mindestens zwei im Haus gab, einfach nicht mehr, ohne dass man gefragt worden wäre, ob man damit einverstanden sei, und es kamen die Zugehfrauen, die alle älter waren als die Kindermädchen, ernster, beschäftigter, unnahbarer, und zum ersten Mal hatte ich das Gefühl, selbst älter geworden zu sein, eine Schwelle war überschritten, die brachte einen Verlust, führte in Zimmer, in denen es merklich kälter geworden war, in diesen Zimmern begegnete ich mir selbst, und ich sprach mit mir, und ich sagte, ja, traurig. Eins der Kindermädchen, oder war es doch eine jüngere Zugehfrau, ein Zugehmädchen, zeigte mir, als wir einmal gemeinsam auf meinem Bett saßen, ihren Bauchnabel und fragte mich, ob ich auch etwas anderes sehen wolle, was ich verneinte, ich wusste auch nicht, was, da verließ das Zugehmädchen wortlos mein Zimmer, und ich schämte mich. Ein ungutes Gefühl. Es zog etwas aus mir hinaus und blieb doch in mir hängen.

Ich wusste jetzt, wie ihr Bauchnabel aussieht. Viel war das nicht.

LEXIKON

Verliebtsein, aber keine Einlösung, kein Gespräch, eher Abwehr sogar, Austreibung. Etwas stimmt mit mir nicht, sagte ich mir. Und gleichzeitig war Verliebtsein, das kein Thema hatte, etwas Wohliges, das ich morgens mit in die Schule nahm, und in der Schule beschloss ich, mich gleich in viele andere Mädchen zu verlieben, ohne genau zu wissen, was das war, verlieben, und wenn ich schon mal dabei war, konnte ich mich auch in Jungs verlieben. Das machte ein schönes Schweben, erzeugte eine mich umhüllende Wärme, machte nervös, dass es auf dem Stuhl kaum auszuhalten war. Aber keinen Schritt nach vorne, niemandem etwas sagen, es baute sich in mir auf, brannte und verlosch. Wenn kein Gespräch über Verliebtsein, Angst oder Nervosität unter vier Augen stattfinden kann, muss ich mir einen Gesprächspartner der anderen Art zulegen, dachte ich und wünschte mir zum Geburtstag ein psychologisches Lexikon. Lexikon, dachte Vater wohl, ist immer gut. Meine Mutter sollte das Geschenk kurze Zeit später schon bereuen.

Im oberen Regalfach meines furnierten braunen Schranks, dem Giftschrank, wie ich ihn nannte, stand bereits seit längerem ein Buch, das ich bei meiner Mutter in ihrem Sekretär im Fernsehzimmer gefunden hatte, der *Pschyrembel*. Nun stand das

Psychologische Lexikon neben ihm. Insbesondere vom *Pschyrembel* ging eine magische Anziehungskraft aus. Ich wurde süchtig danach, mich selbst zu diagnostizieren, und der *Pschyrembel* ließ mich nie im Stich. Was die Differenzialdiagnostik betraf, hatte ich allerdings Schwächen. In Zweifelsfällen behalf ich mir damit, beide oder mehr Erkrankungen gleichzeitig zu haben. Der bloße Begriff genügte, mich in Entzücken zu versetzen, ein Entzücken der Angst. Auch *Scham* fand sich im Stichwortverzeichnis: Ausdruck von Unwohlsein oder Fremdheit eines Menschen in einer bestimmten sozialen Situation. Kennzeichen sind Erröten, Erblassen, das Bedürfnis oder der Versuch, sich wegzudrehen, zu verstecken oder zu bedecken. Ich lernte den Passus auswendig und sagte ihn mir bei jeder Gelegenheit stumm auf, bei der es mir nicht ganz wohl war. Das Psychologische Lexikon kam zunächst dann ins Spiel, wenn ich im *Pschyrembel* nicht fündig wurde oder mir eine günstigere Prognose versprach. Zunehmend aber wurde es zu der von mir erstbefragten Instanz.

Meine Mutter meinte oft, ich sei *überempfindlich*, blass, schmal, ein *nervöses Hemd*. Ich empfand *empfindlich* als etwas Positives, besagte es doch, für etwas empfänglich zu sein, das man nicht selbst ist. Mein Vater war also nicht empfindlich.

Papa weint nicht, nach wie vor. Aber er sagt wenigstens, wenn er mal keine Kraft hat, wenn er *Stress* hat. Er erklärt dann manchmal viel. Ich bin in meiner Welt. Ich habe leider gar nicht zugehört, kannst du das noch einmal wiederholen?, sage ich. Denn ich will immer nur bei mir sein. Und das in Gegenwart von Papa und Mama und meinen Freunden. Ganz versinken in die Dinge, die ich mache. Ein Bild so lange anschauen, bis es lebendig wird. So lange mit den Spielsachen spielen, bis ich einschlafe. So lange ein Selbstgespräch führen, bis meine Stimme aus der Tür geht.

Die Rechtschreibung musste peinlich genau beachtet werden, ich sagte mir den jeweiligen Begriff so oft hintereinander auf, dass er mir scharf konturiert wie eine Skulptur vor Augen stand. Ich konnte in ihn förmlich hineinbeißen, ihn umarmen. Dann schrieb ich ihn zur Kontrolle auf, betrachtete eingehend seine Buchstaben, füllte mit ihnen meinen leeren Mund und schluckte den Begriff hinunter. Ich spürte, wie er in meine innere Krypta glitt, die ich hinter ihm wieder verschloss. Hatte ich Sehnsucht nach ihm, schloss ich die Krypta wieder auf und holte den Begriff heraus. Allerdings konnte es geschehen, dass er nun anders aussah, er hatte eine andere Gestalt, so dass ich ihn nicht mehr erkannte und weiter nach ihm suchte. Panik brach aus. Der Verkannte stand vor dem niedrigen Tor der Krypta und zog es vor, mir nicht in die Augen zu schauen. Es genügte meist, ihn lange genug anzuschauen, dann verriet mir etwas an ihm, dass er es war; er ist es doch, sagte ich mir, und die Angst löste sich aus meinem Körper.

Ich schreibe etwas auf, eine Geschichte oder einen Brief an Papa oder Mama, zum Beispiel zu ihrem Geburtstag, und wenn ich das noch mal lese, sehe ich einige Fehler. Und die Fehler sehen auch mich und rufen: Verbessere mich. Das mache ich dann manchmal, und manchmal lasse ich das einfach so stehen, man versteht ja, was es bedeutet, und irgendwann mache ich diese Fehler eben nicht mehr. Es gibt aber Tage, da stören mich Fehler dermaßen, dass ich einen Wutanfall bekomme. Dann kommt mir das alles komisch vor. Warum sehen Wörter überhaupt so aus? Und ändern sich die Dinge, wenn man ein *h* weglässt, das man doch sowieso nicht hört? Die Dinge sollten so aussehen wie ihre Wörter. Und wenn man die Wörter anders schreibt, sollten die Dinge sich ebenfalls ändern. Manchmal kann man die Dinge nämlich verbessern, wenn man die Wörter verändert, auch

Lieder: Und wenn ich steh, dann so, wie ich geschwommen bin. Wie ein Komat.

Mit der Zeit hatte ich mir einen ganzen Stall voller Begriffe zugelegt, die meine Freunde wurden, was sie aber bedeuteten, hatte ich zuweilen vergessen oder nie richtig erfasst, und die Vorstellung, was sie bedeuten könnten, machte mir manchmal Angst, so dass ich es vermied, im *Pschyrembel* nachzuschauen; einmal verklebte ich sogar die Seiten, die ich später gegen das Licht hielt, um wenigstens noch Fragmente zu entziffern. Gerade die Fragmente waren es aber, die in mir Panik verursachen konnten. Tagelang überlegte ich, ob es nicht besser wäre, Mutter hiervon zu unterrichten, vielleicht hatte sie einen Rat. Ich war mir schließlich sicher, dass sie mir den *Pschyrembel* abnehmen würde, ohne den zu leben ich mir nicht mehr vorstellen konnte. Ich war da in eine gewisse *Abhängigkeit* geraten; ein Begriff, der erst Jahre später mein Interesse weckte, und auch hier enttäuschte mich der *Pschyrembel* nicht. Zur richtigen Herausforderung wurde diese Abhängigkeit, als Mutter ihn suchte, sie wollte etwas nachschlagen, das sie mir nicht verriet, sosehr ich auch fragte, sie meinte, das sei nichts für mich, ich würde es noch nicht verstehen. Nie hat sie in meinem Schrank nachgeschaut. Sie kaufte sich einen neuen, eine neue Auflage, wie sie sagte, und ich hatte Angst, die Begriffe und Definitionen von meiner Ausgabe hätten nun keine Gültigkeit mehr. Ihren neuen *Pschyrembel* stellte sie wie schon den alten in ihren Sekretär, den ich in einem günstigen Moment öffnete, um einen bestimmten Begriff in Mutters Ausgabe zu überprüfen, dann lief ich hoch in mein Zimmer – und hatte auf dem Weg dorthin aus lauter Angst, bei meinen Expeditionen erwischt zu werden, die neuere Version nur noch bruchstückhaft im Kopf oder bereits vergessen oder mir falsch eingeprägt, und so dauerte es nicht lange, da befanden sich beide Exemplare in meinem Schrank.

Hatte ich Streit mit meiner Mutter, begnügte ich mich damit, einen einzelnen Begriff fallenzulassen, ohne vollständigen Satz, wurden die Sätze meiner Mutter immer länger, blieb ich konstant bei diesem einen Wort, änderte meine Mutter ihren Tonfall der Anklage und versuchte etwa, begütigend auf mich einzureden, verwendete ich einen anderen Begriff. Ein Spiel. Eine gegenseitige Erziehung zum Hund.

Hatten weder meine Mutter noch ich selbst die von mir ins Spiel gebrachten Begriffe bislang verstanden, setzte es auf einen Begriff wie *schizophren* eine Ohrfeige. Dein Sohn meint, ich sei schizophren, sagte meine Mutter am Abend meinem Vater, kaum dass er einen Fuß ins Haus gesetzt hatte. Mein Vater erwiderte bloß, das sei typisch für mein Alter, mit Begriffen um mich zu werfen, die ich nicht verstünde. Gleichwohl bereute er, diesem trojanischen Geschenk zugestimmt zu haben. Ich solle doch bitte schön meine Lesefrüchte, die zuweilen eben verbotene Früchte seien, für mich behalten und Mutter damit nicht traktieren, die sich mir sonst unterlegen fühle. Von Begriffen ging also eine eigentümliche Macht aus, sie bedeuteten die Welt, und wenn sie vielleicht doch nicht die Welt bedeuteten, so konnte mit ihnen in die Welt eingegriffen werden, sie konnten die Welt in den klaren Blick setzen oder verzerren, sie entschieden, was zur Welt gehörte und was nicht. Der Begriff vollzog jedenfalls eine tiefe Spaltung im Denken und Empfinden, und konnte man an ihm nicht sein Leben ausrichten? Allemal war er ein schöneres Spielzeug als Matchbox, Klötzchen oder Puppen. Ein Begriff ist etwas, da weiß man nie genau, was darin ist. Und nichts ist faszinierender als ein Behältnis, in dem sich andere Behältnisse befinden, und

man zögert, sie zu öffnen, in der Angst, ihr Inhalt könnte ent-
täuschen. Vielleicht legt man sie auf Jahre weg, vergisst sie, und
ein mit wildem Entschluss durchgeführtes Aufräumen fördert
sie wieder zutage. Da ist es dann wieder, das Erstauntsein und
zugleich das Zögern. Hatte ich den Begriff für mich erst einmal
entdeckt, verdrängte er alle bis dahin immer wieder wechselnden
Berufswünsche. Von nun an wollte ich Begriffer werden oder
Begriffler. Jemand also, der nur noch an Begriffen bastelt. Mit
Begriffen kann man so schön verreisen.

KOFFER

Mein Vater hatte einen Koffer, den er hütete wie seinen Augapfel.
Niemand durfte ihn berühren oder gar öffnen. Der Koffer war
schwarz wie die Nacht, und wenn Vater ihn aufmachte, war sein
Inneres ebenfalls schwarz. Alle Dinge, die Vater in ihn hineinleg-
te, schienen in einem schwarzen Loch zu verschwinden. Suchte
ich im Haus nach diesem Koffer, konnte ich ihn nirgends finden.
Vater nahm ihn manchmal auf Reisen mit, aber nie waren es
Reisen mit der ganzen Familie. Eines frühen Morgens begegnete
ich Vater auf der steinernen Treppe, die in die erste Etage führte.
Es war das erste Mal, dass wir gleichzeitig die Treppe benutzten,
und es war ihm sichtlich unangenehm, mir zu begegnen, zumal
so früh. Die Treppe war schmal, für uns beide war nebeneinander kein Platz. Vater schleppte gerade den schwarzen Koffer die
Treppe hinunter, ich hatte im Hobbyraum an meinem Fimo-
Plast-Alter-Ego gebastelt und war wieder auf dem Weg zurück
zum Speicher. Meinem Alter Ego waren der Kopf und die Arme

abgefallen, zudem wollte ich seinen Rücken verstärken, er sollte den lästigen Hackestüpp von mir nehmen, wozu es einer vertraulichen Unterredung bedurfte. Was ist in dem Koffer?, fragte ich Vater, mit der Frage wollte ich seiner Frage zuvorkommen, was ich denn da in der Hand hätte. Das geht dich nichts an, sagte Vater. Er sagte meist, das gehe mich nichts an, wenn ich ihn etwas fragte, dieses Mal war aber eine Ängstlichkeit in seiner Stimme, die ich von ihm nicht kannte. Vater drückte sich die Wand entlang und ließ mich an ihm vorbeigehen.

Peter, mein Alter Ego, hatte nun Draht im Rumpf und konnte als Einziger der Fimo-Rachefamilie Kopf und Arme bewegen. Die Unterredung mit ihm musste warten, das vor Anstrengung verzerrte Gesicht meines Vaters ließ mir keine Ruhe, ich eilte die Treppen wieder hinunter, durch das Fenster der Diele konnte ich ihn noch sehen, wie er sich mit dem Koffer über den Kiesweg mühte. Der Koffer schien immer gleich schwer zu sein, nie habe ich meinen Vater etwas aus dem Koffer herausnehmen sehen. Was sollte Vater anderes in ihm aufbewahren als die Hinterlassenschaften seines Vaters, dem der Koffer, so viel immerhin verriet Vater, einst gehörte? Als Vater am späten Nachmittag von der Arbeit nach Hause kam, war ihm der Koffer ganz leicht. Von nun an sprach er mit einer nie gekannten Begeisterung von seinem Vater, den er erst jetzt so richtig verstehe, sagte er. All seine Härte, seine Zornesausbrüche und Regeln verstehe er erst jetzt. Wem sei nicht schon mal die Hand ausgerutscht, auch wegen Nichtigkeiten?, sagte Vater und schenkte mir den Koffer. Außer einer Vogelfeder fand sich nichts in ihm. Auf einer der Innenseiten klebte ein Etikett: *Pro Nada einpacken auspacken: entspannt verreisen mit Pandora*. Darunter standen in krickeliger Handschrift ein Datum und die Initialen *ALZ*.

Was ist denn *Pandora?*, fragte ich meinen Vater. Und er erzählte es mir. Jedenfalls so gut, wie er es wusste.

Von Unglück, Leid und Not zeugte dieser Koffer vorerst nicht, doch blieb abzuwarten, was Vater, Mutter, dem Bruder, der Schwester und mir einst noch widerfahren sollte, denn steht nicht geschrieben: *Heraus fährt in die Zeit,/Greift um sich überall:/ Unglück und Not/Jammer und Tod.* Alle Güter sind aus dem Koffer himmelwärts hinausgeflohen, die von sich zu weisen kaum einer wagt, und so wandeln sich diese Ungeschenke mit der Zeit in alle Übel; allein die Hoffnung ist im Koffer geblieben, denn singt die Krähe nicht pausenlos *morgen, morgen?* Oder singt sie *Grab, Grab?* Wurde Pandora nicht aus dem Lehm eines Vulkans geformt, dessen wassergefüllten Krater man in der Eifel als Dauner Maare kennt? Aus demselben Lehm wie Otto Golem? Kaum leben die Eltern nicht mehr, muss man sich aus allem, was sie sagten, ein Buch des Lebens zusammenschreiben, vergaß man doch, sie einmal wenigstens gründlich zu befragen.

Pandora besaß also keine Büchse, und es war auch kein Bottich, keine Vase, kein Fass, kein Salbgefäß, kein Vorratskrug, groß genug als Sarg für die Toten, vielmehr besaß sie einen Koffer, den manche für eine Truhe hielten, und manche meinten, sie habe eine Truhe besessen, die andere für einen Koffer hielten, und wieder andere meinten, der Koffer, den sie besaß, hätte die Gestalt einer Truhe gehabt, während wieder andere sagten, die Truhe, die sie besaß, hätte die Gestalt eines Koffers gehabt. Jedenfalls war ein solcher Koffer oder eine solche Truhe so ziemlich unbeweglich, aber eben nicht ganz; dagegen ist eine Büchse doch schön mobil. Mein Vater schleppte sich ab zwischen Vergangenheit und Gegenwart, bis er sich der Vergangenheit auf diese Weise zu entledigen wusste. Wie schön wäre es, dachte ich, keine Vergangenheit zu haben. Dann würde man staunend die Bäume betrachten, wie sie im Frühjahr austreiben und sich aus ihren Knospen rot und grün die Blätter falten, die zum Winter hin auf dem Boden liegen. Man würde in den Eltern nicht die schiere Vergangenheit sehen, sondern eine Mitgegenwart, die keine Löcher hat. Man muss mit seinen Kindern auch dann noch spielen, wenn man das erste Mal gegen sie verloren hat. Nach der ersten verlorenen Schachpartie spielte mein Vater kein Schach mehr mit mir, und seit wir geschickter am Ball waren als er, war Fußball kein Thema mehr für ihn. Überhaupt schien Spielen nur Sache der Mutter zu sein.

Ich liebe Rollenspiele, am liebsten spiele ich Schule. Papa spielt den Schüler, ich den Lehrer. Er weiß nicht alles. Vier in einer Reihe spielen wir, Mau-Mau, Schach und Kniffel. Im Garten spielen wir Fußball und Werfen. Es ist jetzt nicht mehr so, dass Papa extra verliert, er verliert jetzt halt manchmal. Wenn wir verreisen, nehmen wir viele Spiele mit. Papa sagte, er habe als Kind nie einen eigenen Koffer gehabt. Seine Mutter habe immer alles rausgelegt, was einzupacken war, sein Vater habe es in die Koffer gepackt und im Feriendomizil wieder ausgepackt, woraufhin seine Mutter es in die Schränke und Regale verräumt habe.

Ich habe den Koffer viele Jahre aufbewahrt, er war viel zu groß für die wenigen Dinge, die ich besaß. Und wohin sollte ich auch verreisen? Mit der Zeit aber füllte er sich an – mit Dingen, die meinem Vater gehörten. Und als er so voll war, dass er kaum noch geschlossen werden konnte, stellte ich ihn auf den Dachboden und vergaß ihn dort mit der Zeit. Erst als ich an Michael denken musste, der mir den Namen gestohlen hatte und den ich im Koffer auf dem elterlichen Dachboden zurückgelassen hatte, fiel mir Vaters Koffer auf dem eigenen Dachboden wieder ein.

Was genau beherbergte der Koffer? Ich überlegte, ihn ungeöffnet zu entsorgen. War das noch Groll, den ich auf Vater hegte? Glaubte ich dadurch, mit ihm *quitt* zu sein? Eine Formulierung, die meine Mutter gerne verwendete, *mit jemandem quitt sein*, das klingt so wunderbar ausgepresst, die Luft ist raus, das Blut ist verspritzt.

Sah Vaters Koffer denn nicht tatsächlich aus wie die Truhe vor dem Schlafzimmer meiner Eltern? Und war er nicht genauso schwer? Ihn unbesehen zu entsorgen, wäre gar nicht möglich gewesen. Also packte ich ihn aus. Obenauf lagen Flaschenhüllen aus dehnbarer Wellpappe, die immer zuhauf in Vaters Weinkeller lagen, all die Jahre unbenutzt, sie dienten wohl als Polster oder sollten das darunter Liegende vor allzu neugierigen Blicken schützen. Und was lag darunter? Manuskripte meines Vaters, eingelegt in verschiedenfarbige Aktenmappen aus Karton, Gedichtartiges neben Entwürfen von Liebesbriefen, juristische Studien, begleitet von Auszügen aus seinen Tagebüchern, darin Durchgestrichenes, Überschriebenes, Urlaubsfotos der Eltern und Porträtfotos der gesamten Familie in Passepartout-Mappen, die man als Leporellos entfalten konnte, die Bilderserien mit ihren typischen Körperhaltungen und Gesichtsausdrücken, der adretten Kleidung, dem Licht und den wechselnden Hintergründen sind denkbar beste Zeitzeugen. Und wie falsch sie waren. Es waren Anweisungsfotos. Ein bisschen mehr nach rechts, bitte die Haare noch einmal nachkämmen, da ist eine Fluse auf dem Hemd, und lächeln, bitte natürlich lächeln, es muss wie gar nicht fotografiert aussehen. Sieht man den kindlichen Gesichtern nicht ihre Widerspenstigkeit an, ihre Traurigkeit? Nein. Das Gespenst in den Gesichtern lockt den, der sich hier selbst betrachtet, weg, hin zu den wahren Geschichten, die er innehat, ohne sie je zu sehen. Es ist das Gespenst in den Gesichtern, das sie aufspannt und täuschen macht. Denn Foto bist du, und zum Foto wirst du zurückkehren! Und das Gespenst wird lebendig, je länger ich das Foto betrachte. Gilt das falsche Lächeln nicht mir, und hat der Bruder da nicht geblinzelt? Unter den Fotomappen lagen verschiedene Schmucketuis und eine mit Samt ausgeschlagene Schatulle. In einem der Etuis lag ein Siegelring, viel zu groß für meine Finger. In einem anderen fand sich der Ehering meines Vaters, bei dem ich sofort an ein amputiertes Gliedmaß dachte. Der Siegelring hatte kein Siegel. Elitär ohne Elite. Welche Dokumente hätte es auch zu besiegeln gegeben? Die Gedichte, Liebesbriefe oder Tagebücher? In der Schatulle hingegen befand sich nichts als ein mit Mundlack versiegelter Zettel, das Siegel war intakt. Der Zettel war das wahre Gespenst, es hatte keine Stimme, auch rührte es sich nicht, es hatte kein Gesicht und keinen Körper, aber es ließ mich unentwegt Fragen stellen: Ein geheimes Testament? Wie alt mag der Zettel sein, hat Vater ihn selbst versiegelt, hatte Vater in dem Koffer tatsächlich die Hinterlassenschaften seines Vaters transportiert und entsorgt? Soll ich das Siegel aufbrechen und den Zettel lesen? Und ihn dann in den Mund stecken und verschlingen? Aber auf wen kann ich dabei unverwandt das Auge richten? Ein Hin und Her, das keine Lösung zuließ, und wie ich so zögerte und im anderen Moment voller Entschlussfähigkeit zu sein schien, entdeckte ich unter Schachteln mit in Seidenpapier eingewickelten Tassen, Tellern und Untertassen Meissener Porzellans etwas, das noch mehr Gespenst war als die Fotografien und der versiegelte Zettel, da schaute mich etwas aus so grundgütigen Augen an, dass längst gebannt geglaubte Angst in mir aufstieg, ich wusste sofort, wem diese Augen gehörten, und bald kam, befreit von auf ihr liegenden Utensilien, die ganze Puppe zum Vorschein: Michael war nun in sein Matrosenkostüm hineingewachsen, als wäre es maßgeschneidert, und war und blieb er auch leblos, er sprach nicht, er bewegte sich nicht, die Erinnerung an ihn war umso lebhafter. War das die Angst, dass Erinnerungen lebhafter als das Leben sein könnten? Auf dem Koffergrund lagen Splitt und Mehl von Ziegelsteinen, wie sie im Elternhaus zur Schadensausbesserung auf dem Dachboden lagerten. Leer war der Koffer nun ganz leicht.

Ich hob Michels Kopf vorsichtig vom Rumpf, ohne das Gummi, das beide zusammenhielt, zu zerreißen, steckte den versiegelten Zettel bis zur Hälfte in seine Brust und setzte den Kopf, in dem sich nun die andere Hälfte der Seele befand, wieder auf den Rumpf. Lass uns endlich verreisen, sagte er. Und wohin soll die Reise gehen?, fragt das Kind. In die ferne Gegenwart. Gut, sagt das Kind.

INHALT